BASTEI
LÜBBE

KONSALIK

DER HYPNOSE-ARZT

ROMAN

BASTEI
LÜBBE

BASTEI LÜBBE TASCHENBUCH
Band 14549

1.-2. Auflage: Juni 2001

Vollständige Taschenbuchausgabe
der im Gustav Lübbe Verlag erschienenen Hardcoverausgabe

Bastei Lübbe Taschenbücher ist ein Imprint
der Verlagsgruppe Lübbe

© Copyright 1999 by Verlagsgruppe Lübbe GmbH & Co. KG,
Bergisch Gladbach
Umschlaggestaltung: DYADEsign, Düsseldorf
Titelbild: The Stock Market
Satz: Dörlemann Satz, Lemförde
Druck und Verarbeitung: Elsnerdruck, Berlin
Printed in Germany
ISBN 3-404-14549-6

Sie finden uns im Internet unter
http://www.luebbe.de

Der Preis dieses Bandes versteht sich einschließlich
der gesetzlichen Mehrwertsteuer.

KAPITEL 1

Er ging mit Dagmar ganz vorn, gleich hinter dem Priester mit den beiden Ministranten und dem Mann, der die Fahne des Zechenvereins trug. Es war eine Fahne, die keiner mehr brauchte und die man nur noch bei Beerdigungen und Gewerkschaftsumzügen sehen konnte. Die Zeche »Albert II« hatte schon vor zwölf Jahren dichtgemacht.

Dagmar schaffte den Weg nur mit Mühe. Sie trug schwarze Pumps mit hohen Absätzen und knickte immer wieder um. Manchmal stolperte sie, obwohl sie sich doch an Stefans rechtem Arm festklammerte. Als sie das Grab sehen konnte, bohrten sich ihre Finger so hart in sein Fleisch, daß es schmerzte.

»Steffen, ich kann das nicht ...« Sie schluchzte. »Ich kann's einfach nicht. Steffen, mir ist so schlecht ...«

Er legte den Arm um ihre Schultern.

Es hatte zu regnen begonnen. Der Regen kam von vorn und traf Stefan Bergmanns Hand. Dagmar trug einen breiten schwarzen Hut, und der Schleier daran fiel über ihr Gesicht, all die Regentropfen schien sie nicht einmal zu bemerken. Stefan zog ihr den Schleier zurück. »Komm, Kleine, tief durchatmen, ganz tief.«

Sie sah ihn nur an. Nie hatte er ihre Augen so groß gesehen und nie ihr Gesicht so weiß, ein Gesicht, über das die Tränen liefen, förmlich gebadet war es in Tränen und Regenwasser.

»Ich kann nicht mehr, Steffen. Ich glaub, ich muß mich übergeben ...«

»Reiß dich doch zusammen, Herrgott.«

Er wußte, daß ihr vor einer Woche der Arzt eröffnet hatte, daß sie schwanger war. Er wußte auch, der Vater des Kindes war ihr Chef, irgendein läppischer Filialleiter irgendeiner läppischen Drogeriekette. Er wußte, ihr war schlecht – ihm auch – und dort vorn trugen sie den Sarg: sechs Kumpels ohne Job, sechs Dauerarbeitslose oder Frührentner und ehemalige Bergarbeiter. Im Sarg aber lag Rosi, die sie im Viertel auch »Tante Frosch« nannten und die für Stefan und Dagmar alles gewesen war, was es an Licht und Wärme in ihrer Jugend gegeben hatte.

Dagmar stolperte wieder. Diesmal mußte er stehenbleiben und sie festhalten, so sehr zitterte sie. Er spürte den Regen kalt im Nacken. Auch seine Hände waren nun naß. Die anderen spannten ihre Schirme auf und sahen auf ihn und Dagmar, alles Leute aus dem Mühlbachviertel, und das Mühlbachviertel wiederum war das älteste, das ärmste, das vergessene Viertel der Stadt.

Die alte Frau Makuleit, eine von Rosis Freundinnen, schob ihre Hand unter Dagmars Ellbogen.

»Denk doch Kind: Sie is' im Himmel ... Für sie is' alles vorbei ...«

Stefan sah in das zuckende Gesicht seiner Schwester, das die Tränen in eine schreckliche Clownsmaske voller Verzweiflung und Anklage verwandelt hatten. Ihre Wimperntusche hatte sich aufgelöst und zog schwarze wäßrige Bahnen bis zum Kinn, dazu der zerfließende Mund und die Augen, in denen nichts stand als die Bitte um etwas, das er ihr nicht geben konnte.

»Warum, Steffen, warum?«

Richtig – warum? Das war es: Warum, Herrgott noch

mal, warum hast du dich nicht mehr ins Zeug gelegt? Warum hast du bloß versagt?

Im Frühjahr hatte sich der Rhein wieder einmal aufgeführt wie ein wildes Tier, hatte das Land überschwemmt, Eisenbahnlinien unterspült, Bootsstege und Telegrafenmasten mit sich gerissen, und schon im Frühstücksfernsehen war zu sehen gewesen, wie er braun und zornschäumend am Pegel nach oben kletterte, die Sandsäcke überflutete, die die Leute hastig vor ihren Häusern aufbauten, und wie die Reporter bis zu den Knien in der Brühe standen und in ihre Mikrofone sprachen, während die Pumpen armdicke Strahlen von Schmutzwasser aus den Kellern spuckten. Der Rhein zeigte allen, wo's langging.

Doch um Oberhausen brauchte Stefan sich nun keine Sorgen zu machen. Das lag weit genug entfernt vom Überschwemmungsgebiet, und als seine Schwester schließlich anrief, hatte sie wie immer den falschen Zeitpunkt erwischt: elf Uhr und Hochbetrieb! Die Praxis kämpfte mit einer Grippewelle, Christa, Stefans Frau, war völlig entnervt, was bei ihr bei Gott selten vorkam. Es gab jede Menge Nebeninfekte, Lungenentzündungen, Kreislaufzusammenbrüche, und er selbst stand am Untersuchungstisch, eine Patientin vor sich, und hatte Sorgen.

Marga, die Sprechstundenhilfe, reichte ihm den Apparat. Zunächst verstand Stefan kein Wort. Dann aber sagte Dagmar: »Du solltest besser kommen, Steffen.«

»Was?«

»Du mußt kommen, Steffen.«

»Was ist? Kannst du nicht lauter sprechen? – Herrgott noch mal, ja, Marga, wir brauchen eine Überweisung. Bereiten Sie die schon mal vor. Schreiben Sie rein: Verdacht auf Bauchhöhlenschwangerschaft.«

Das hätte er nicht sagen sollen. Es war ihm einfach so rausgerutscht, und natürlich reagierte die Patientin sofort, richtete sich auf, stöhnte, und in ihrem fieberglühenden Gesicht spiegelten zwei aufgerissene, glänzende Augen alle Angst der Welt. Aber es war nun einmal passiert. Erfahren mußte sie es sowieso. Und so fuhr Stefan fort: »Rufen Sie den Krankenwagen, Marga. Ja, es ist ein Notfall.«

»Herr Doktor ...«, setzte die Patientin an.

»Gleich, Frau Schürmann.«

»Steffen ...«

»Dagmar! Kannst du nicht später anrufen?«

»Nein, kann ich nicht. Es geht nur vom Büro aus.«

Mit der Hand deckte er den Hörer ab. »Es wird alles gut werden, Frau Schürmann, machen Sie sich bloß keine Sorgen. Aber Sie müssen nun mal in stationäre Behandlung. Es ist besser so, glauben Sie mir.«

Er hatte ihr ein Analgetikum gegeben, aber ihm war klar, daß er damit die Schmerzen nicht in den Griff bekam. Nun tastete die Frau schon wieder ihren Bauch ab, und Stefan starrte auf die rote verarbeitete Hand auf dem weiß schimmernden, aufgeblähten, brettharten Fleisch. Sie mußte in die Frauenklinik nach Hanau. Und dort sofort auf den Tisch. Er würde Reuther anrufen, Reuther war hervorragend. Neununddreißig sechs Fieber? Nicht nur sein Instinkt, jedes Symptom sagte Stefan, daß sich das Kind im Eileiter einzunisten begann.

Im Telefonhörer knackte es. »Steffen ...« Ach ja, Dagmar natürlich, sie war noch dran.

»Es ist wegen Rosi«, vernahm er. »Der Tante Frosch geht es nicht gut.«

»Ist sie krank?«

»Krank? Und wie!«

»Was heißt – und wie? War sie bei Doktor Krüger?«

»Ja. Und der Krüger sagt auch, es sei schlimm, ganz schlimm. Du mußt kommen.«

»Ich komme«, antwortete er. »Ich komme, sobald ich kann, glaub mir. Und gib der Rosi einen Kuß.«

Aber warum hatte er Hermann Krüger nicht sofort angerufen? Das war die Frage, die in den Monaten, die kommen sollten, wie ein Preßluftbohrer in Stefans Schädel wütete. Was er auch dagegenzusetzen versuchte, dieser ganze Panzer an Erklärungen und Ausflüchten taugte einen Dreck.

Es stimmte: Sie waren in dieser Zeit bis in die Nächte hinein mit Arbeit eingedeckt gewesen, und wenn es in der Praxis endlich ruhig wurde, schlangen Christa und er in der Küche noch eine Kleinigkeit zu essen hinunter und krochen ins Bett. Aber selbst das half nicht immer. Ihre Körper waren wie Blei, doch die überhitzten Nerven spielten weiter verrückt. Stefan hatte seine Methode, sich ruhigzustellen und einzuschlafen, doch meist hielt er noch Christas Kopf im Arm und wartete darauf, daß ihr Atem ruhig wurde und ihr endlich die Augen zufielen. Überarbeitung ließ sich als Entschuldigung anführen, Streß – und blieb doch nichts als eine lahme Ausrede.

Warum hatte er nicht sofort den Kollegen Krüger angerufen?

War es egoistische Ignoranz, Bequemlichkeit – oder Feigheit? Stefan konnte es sich aussuchen. Ein ganzes Jahr lang hatte er sich um Rosi kaum gekümmert. Dazu hatte er noch hingenommen, daß sie sich nicht meldete. Und selbst als Dagmars Hilferuf kam, wartete er noch drei Tage ab. Also doch Feigheit? Das Unbehagen, ja, die Angst vor Christas Reaktion, vor ihrem: »Ja, willst du mich im

Ernst hier mit all den Patienten sitzenlassen, um zu deiner Tante in den Ruhrpott zu fahren?«

»Der Ruhrpott«, auch das gehörte zu Christas Aversion gegen alles, was mit seiner Jugend zusammenhing. Sie sprach nie darüber, aber dieses Schweigen war wie eine dünne Wand aus Glas.

Endlich, am dritten Tag, war es soweit: Stefan packte den Koffer. »Ich fahre morgen nach Oberhausen, Christa. Gleich morgen früh.«

»Wegen Tante Frosch.«

»Ja. Sie ist krank.«

»Was hat sie?«

»Keine Ahnung. Dagmar konnte das nicht sagen.«

»So, Dagmar konnte das nicht sagen? Herrgott, wieso hast du dich dann nicht erkundigt? Frag doch deinen Arztfreund dort, ob es schlimm ist.«

»Es ist schlimm«, sagte er. »Ich weiß das.«

Sie hatte ihn nur angesehen. Und sie hatte ja recht: Selbst da hatte er noch nicht mit Dr. Krüger telefoniert. Aber Stefan wußte, es war schlimm, das mit Rosi.

Ein Schäferhund rannte an dem verrosteten Zaun entlang, hinter dem Kronacher seine Schrottmühlen aufgereiht hatte: Mercedes 190, Golf, Polo, Ford Fiesta, Opel Corsa. EINMALIGE ANGEBOTE – billig wie nie stand auf der schwarzen Tafel neben dem Eingang, aber das Vorhängeschloß hing an der Tür und war abgesperrt.

Vor fünfundzwanzig Jahren hatte es hier nichts als Reifenstapel gegeben, und die Jungen aus der Mühlbachstraße hatten sich wilde Schlachten gegen die von der Albertstraße geliefert, oder sie hatten sich mit ihren Mädchen abgegeben. Ein Loch im Zaun, durch das man hindurchklettern konnte, fand sich immer, und schließlich:

Gab es ein idealeres Versteck für die ersten scheuen Bemühungen, den ersten halb mißlungenen Zungenkuß als das Innere von vier aufeinandergetürmten LKW-Reifen? Nur daß die im Sommer ziemlich penetrant nach Gummi rochen.

Stefan Bergmann parkte den Wagen neben dem Schild *Erich Kronacher – Ihr Autofreund in Oberhausen* und warf einen Blick zu den drei blauen zerrissenen Perlonfahnen hinauf. Es war jetzt zehn Uhr dreißig. Um sieben Uhr bereits war er in Burgach losgefahren, drei Stunden hatte er gebraucht, eine Schande, aber die Autobahn war überfüllt und eingehüllt in Regenschwaden. Dafür knatterten jetzt Kronachers vergammelte Perlonfahnen fröhlich im Wind, und das bißchen Sonne ließ sie leuchten wie hellblaue Saphire.

Stefan schloß seinen Wagen ab.

In der schmalen Mühlbachstraße gab es nur auf der rechten Seite Stellplätze. Der Großteil der Leute hier war arbeitslos oder in Rente, und so mußten die Karossen täglich frisch gewienert werden, um dann mit leerem Tank den ganzen Tag an der Bordsteinkante zu glänzen, zusammen mit den Zweitwagen für den Junior oder die Tochter, auch die auf Raten bei Kronacher gekauft. Klar, aber mit Extraspoiler und Breitwandreifen.

Es war besser, man ging die paar Schritte zu Fuß.

Und das tat Stefan.

Tante Frosch bewohnte die Nummer 24, das letzte Haus auf der rechten Seite. Und das größte. Das Grundstück ging direkt bis zum Kanal. Das Haus hatte Stefans Großvater erbaut: fünf Zimmer, zwei Toiletten, alles über drei Stockwerke verteilt, wenn man den Taubenverschlag von Kammer unter dem Dach ein Stockwerk nennen wollte. Die Jahreszahl stand auf dem rechten der beiden grauen Betonklötze, die die Treppe zur Haustür einfaßten: 1923.

An einem Märztag vor tausend Jahren hatte Tante Frosch Stefan und seine Schwester Dagmar in die Mühlbachstraße gebracht. Sie wurden gefahren, im Taxi des alten Kronacher. Ihre Schulbücher und Kleider lagen im Kofferraum. Immer wieder erinnerte sich Stefan Bergmann später, wie Kronacher nach dem Ranzen gegriffen, ihn energisch auf seinem Rücken festgeschnallt und dann Stefans Hand in seine eigene Pranke genommen hatte. Sonst blieb wenig von diesem Tag, nichts als ein tanzender Kreis verschwommener Bilder: Tante Frosch, die plötzlich in der neuen großen, frisch gestrichenen Wohnung seiner Eltern in der Danzigerstraße aufgetaucht war. Ein paar fremde Erwachsene hatten hier herumgestanden, die sich mit gedämpften Stimmen unterhielten. Tante Frosch aber hatte die Koffer geholt und gepackt, kopfschüttelnd die Wohnung betrachtet und mit den anderen kaum ein Wort gewechselt.

»Ist schon schlimm, Steffen«, hatte sie gesagt und mit beiden Händen seine Schultern festgehalten. »Aber jetzt kommst du zu mir. Was kann man schon ändern?«

Papa und Mama waren tot – das war es, das man nicht ändern konnte. Beide in Papas neuem Mercedes gestorben, am Brückenpfeiler des Autobahnkreuzes Duisburg.

So zogen Stefan und Dagmar in die Mühlbachstraße Nummer 24. Und bald wurden der Mann, dieser rotgesichtige, ewig brüllende, vor Ungeduld zitternde, jähzornige Mann, den sie »Papa« genannt hatten, und die Frau, die noch nicht einmal den Blick von ihrer Schreibmaschine hochnehmen durfte, wenn der Hunger Dagmar und Stefan in ihr Büro trieb, zu Schatten, die weder Erinnerungen noch Gefühle auslösten.

»Den Otto hat's immer gereut, daß er eine aus der Mühlbachstraße geheiratet hat. Dabei war meine Schwester die Beste von uns. Aber sie hatte keinen Mumm, die Anni. Die hatte immer nur Angst ...«, hatte Tante Frosch gesagt.

Es war das einzige Mal, daß sie darüber sprach.

Sie hatte noch einen Satz hinzugefügt: »Die Schraubenhandlung war's ja nicht allein. Auch die schicke Wohnung reichte nicht, ein Mercedes mußte es sein. Den hat der Otto dann ja auch gekriegt. Als Sarg, als Luxussarg ...«

Bergmann lauschte dem Klang seiner Schritte auf dem ausgetretenen Bürgersteig. Die Mehrzahl der Häuser hatte vor ein paar Jahren einen neuen Verputz erhalten, kanariengelb, blau, grün, rosa. Für ihn allerdings war nichts gelb, nichts blau, nichts grün oder rosa. Er sah die braunen Backsteine von einst und den Ruß in den Fugen. Hinter der Glasscheibe des Videoshops, in dem jetzt Regale mit Thrillern und Pornokassetten standen, warteten für Stefan wieder die kleinen Heimbrenner und Koksöfen des Ofensetzers Müller. Auch der hatte längst verkauft. Schräg gegenüber lagen ein Supermarkt, das Schreibwarengeschäft Granitzky, und ganz am Schluß kam die Nummer 24.

Langsam ging Stefan, Schritt um Schritt. Er bewegte sich auf einer anderen Ebene, in einer anderen Welt, und die Bilder von einst überlagerten die Gegenwart.

All diese Fensterscheiben mit den Wolkenstores aus Katalogen, die Autos mit dem aufpolierten Lack, es gab sie nicht. Nur das Rad dort oben auf der Halde war wirklich: das Rad im rostigen Eisengerüst, das einst die Förderkörbe hochgezogen hatte.

Es drehte sich nicht. Es stand still.

Hier, diese Straße entlang, war Stefan früher nach Hause gerannt. Hier hatte er mit blutenden Knien Fußball gespielt. Und hier waren auch die kleine Gartentür mit der Nummer 24 und dahinter die blaue Glaskugel und die zehn Quadratmeter Rasen. Doch die blaue Glaskugel funkelte und blitzte nicht, wie Stefan es gewohnt war. Und das war ein verdammt schlechtes Zeichen. Der Staub auf der Kugel war das Alarmsignal, das ihn blitzartig in die Gegenwart zurückholte.

Wenn er Rosi besuchte, brachte Stefan stets zwei kleine rote Schokoladenpackungen mit. Immer die gleichen. Die eine enthielt Nougat-, die andere Kirschpralinen. Er hatte sie schon in der Hand gehalten. Jetzt steckte er sie in die Taschen des Regenmantels zurück.

Er ging die letzten Schritte ganz langsam. Sein Arm brauchte alle Kraft, als er ihn hochnahm, um auf die Klingel zu drücken. Stefan klingelte zweimal kurz und einmal lang.

Nichts.

Er versuchte es wieder und ließ beim letzten Ton den Daumen auf dem Knopf.

Aus dem Haus kam keine Antwort. Haus, Garten, die Straße, alles lag wie eingeschnürt in Stille.

»Krank ist sie. Und wie, Steffen«, hatte Dagmar gesagt.

Das konnte bedeuten, daß Rosi oben im Schlafzimmer im ersten Stock im Bett lag. Falls es so war – hatte sie dann nicht einmal mehr die Kraft, aufzustehen und zum Fenster zu gehen? Vielleicht hatte sie Tabletten genommen und schlief? Auch eine Möglichkeit ... Es gab viele Möglichkeiten. Verdammt, aber wenn jetzt nicht bald etwas passiert, gehst du zur Rückseite zum Küchenbalkon. Wenn dort auch abgeschlossen ist, drückst du die Scheibe ein.

Stefans Erregung schlug in Panik um.

Diesmal drückte er nicht auf die Klingel, sondern schlug mit der Faust gegen das Holz der Tür. Es dauerte, und dann vernahm er, wie der Schlüssel sich drehte.

Die Tür öffnete sich zunächst nur einen Spalt, blieb ein paar Herzschläge so und flog dann weit auf. Und da stand sie, stand im blauschwarzen wattierten Schlafmantel, doch das Gesicht zwischen dem hochgeschlagenen Kragen war nicht ihr Gesicht. Rosis Gesicht hatte rund zu sein, rund wie ein Apfel, wie ein etwas verschrumpelter Apfel vielleicht – aber dies? Stefan spürte Kälte im Nacken. Die Augen? Es waren Rosis Augen, wenngleich sie tief in bläulichen Höhlen lagen. Ihre Haut aber sah aus, als sei sie, perlmuttfarben und bräunlich glänzend, über einen nackten bloßen Schädel gespannt.

»Steffen! Was machste bloß für 'n Krach?«

»Wenn sich keiner meldet, Rosi ...«

Nichts anmerken lassen, gelassen bleiben, freundlich lächeln, klar doch, schließlich bist du Arzt! Aber wie schaffst du das jetzt? Ihr Haar, das sie immer zu kleinen lustigen und liebenswerten blau getönten Löckchen gedreht hatte, wo war es geblieben? Die Lippen zitterten, aber in dieser herzzerbrechenden Grimasse zeigte sich noch immer ein Lächeln, das alte Tante-Frosch-Lächeln.

»Guck nicht so, Steffen!«

Er brachte keinen Ton heraus. Der Adrenalinschub hatte seine Mundhöhle ausgetrocknet. Er stand vor Rosi, seine beiden dämlichen Pralinenschachteln wieder in der Hand, und hielt sie ihr hin. Sie sah ihn an, schüttelte den Kopf, zeigte dieses schreckliche Lächeln, das Freude bedeuten sollte.

»O Steffen! Steck das Zeug weg. Die Dinger kann ich ja

nicht mehr essen ... Gib sie Daggy. Hat gedauert, was? Aber weißte, bis ich aus dem Bett komme und an der Tür bin ...«

Stefans Lächeln zerfiel endgültig.

Rosi drehte sich um. Da war der Korridor mit den zwei Türen, die eine zum Wohnzimmer, die andere zur Küche. Rosi ging voraus, vorsichtig trippelnd und unendlich langsam, als bestehe der Fußboden aus Eierschalen. Bergmann folgte ihr.

Sie öffnete die Tür zur Küche.

Auf der Kommode stand der Wecker und tickte wie immer: laut, hart und irgendwie unerbittlich.

Auf der Wachstuchdecke des Tisches lagen in einer Schale drei Bananen. Und hinter den Leisten der Küchenvitrine, da steckten viele Postkarten, darunter auch die, die Stefan ihr im vergangenen Jahr aus Ibiza geschickt hatte: weiße Häuser, ein blauer Himmel, blaues Meer und rundherum rote Felsen.

Dann sah er noch etwas.

Er hatte sich gerade den alten Korbsessel näher an den Tisch gezogen, doch jetzt stand er wieder auf und ging zur Kommode.

Die weiß-blaue Packung neben dem Wecker?

Den Namen brauchte er erst gar nicht zu lesen, er hatte das Medikament sofort an der Farbe der Packung erkannt: *Dipidolor*, ein Opioid, eines der stärksten Analgetika, ein Schmerzmittel, nein, eine Bombe!

»Woher hast du das, Rosi?«

Sie verzog das Gesicht, als wäre sie ertappt worden: »Na, woher schon!«

Er setzte sich auf den Korbstuhl und nahm ihre Hände. Kalt waren sie und feucht und so merkwürdig leicht. Sie sah ihn an. Über ihren Augen lag ein wässriger grauer Schleier.

»Was ist los?« fragte Stefan.

Ihre Unterlippe begann zu zittern. Sie gab keine Antwort.

»Bitte, Rosi.«

»Die Schmerzen, Steffen. Es sind die Schmerzen.«

»Und die Tabletten hast du von Dr. Krüger?«

Sie nickte.

»Wo hast du die Schmerzen? Was ist es denn, woran du leidest?«

Er brachte es auch jetzt noch fertig, gelassen und ruhig zu reden.

»Im Rücken. Meistens.« Sie flüsterte, als handle es sich um ein Geheimnis.

»Was heißt denn meistens.«

»Hier auch.«

Sie deutete auf ihren Bauch oder auf das, was unter dem Morgenmantel davon übriggeblieben sein mochte.

»Rosi, sag mir, warum hast du mich nie angerufen und mir erzählt, daß es dir schlechtgeht?«

»Du hast doch soviel zu tun, Steffen. Und die Christa auch. Vor allem die Christa … Ich kann euch doch mit meinem Kram nicht auch noch kommen.«

Er schluckte. Er brachte keinen Ton heraus. Er hörte ihren Atem, er klang leicht, oberflächlich, sehr schnell.

»Rosi, du mußt ins Bett. Komm, ich helf dir.«

Sie sah ihn immer nur an, und ihm war klar, sie sah nicht ihn, wie er jetzt war. Den Jungen sah sie, »ihren Steffen«, den Jungen mit den verschwitzten Haaren und den ewig aufgeschlagenen Knien. Den Jungen, dem sie Krautwickel kochen mußte, weil er die doch so mochte, dem sie im Schuppen eine Arbeitsecke einrichtete, damit er dort ungestört »studieren« konnte, dessen Wunden sie verband, dessen Fieber sie maß, bei dem sie am Bett saß, wenn er nicht einschlafen konnte, und ihm Geschichten erzählte. Den Jungen, den sie verprügeln mußte, als er aus der blauen Kaffeetasse, die noch immer dort oben auf dem Büfett stand, die letzten fünfzig Mark klaute, um sich bei »Sport-Schomberg« ein Paar Fußballstiefel zu kaufen.

»Die Treppe brauch ich nich' mehr«, hörte er Rosi sagen. »Ich lieg nicht mehr oben im Schlafzimmer. Die Berta hat mir das Bett unten auf dem Kanapee gemacht.«

»Du mußt dich hinlegen.«

Er half ihr beim Aufstehen, führte sie ins Wohnzimmer, bettete sie, so gut er konnte, aufs Kanapee und sah auf sie hinab.

»Rosi ...« Er räusperte sich. »Ich bin gleich wieder da. Muß nur ganz dringend was zur Post bringen. Einen Brief. Den habe ich von zu Hause mitgenommen und einzuwerfen vergessen.«

Sie gab keine Antwort, und er ertrug ihren Blick nicht länger ...

Auch in Oberhausen hatten sie sich zu Gemeinschaftspraxen zusammengetan, nannten sie »Ärztezentrum« oder sogar »Gesundheitswerkstatt«. Bei Oskar Krüger jedoch hatte sich nichts geändert. Er wohnte noch immer in dem alten torfbraunen Haus, in dem sein Vater eine Kistenfabrik betrieben hatte, arbeitete noch immer mit einer uralten, verdrossenen Schachtel von Sprechstundenhilfe, die er meist anraunzte. Die Leute kamen noch immer durch das Portal, durch das einst die Kisten aus der Werkstatt auf die Straße gekarrt worden waren, nur daß die grüne Farbe daran nun gänzlich abgeblättert war und das Praxisschild *Dr. Oskar Krüger, alle Kassen* noch mehr blinde Flecken bekommen hatte.

Krüger hatte Stefan Bergmann sofort an dem überfüllten Wartezimmer vorbei in sein Sprechzimmer geholt. Nun blickte er ihn an, aus zwei rauchgrauen Augen, unter denen schwere Tränensäcke hingen.

»Du kommst wegen ihr, was?«

»Ja.«

»Lange ist's her, was Steffen?«

Bergmann nickte.

»Und dabei müßte ich mich doch freuen, wenn ich dich mal sehe.«

Stefan nickte wieder.

»Das mit der Rosi, das ist besonders traurig. Ich mag sie. Sie ist ja eine meiner ältesten Patienten. Macht alles keinen Spaß mehr, Stefan.«

»Wieso, verdammt noch mal, hast du mich nicht angerufen?«

Krüger sah ihn nur an, und Bergmann spürte, wie er unter diesem Blick rot wurde.

Er senkte die Lider. Es wurde ihm noch mieser zumute.

»Ich habe mit deiner Schwester gesprochen«, hörte er Krüger sagen. »Und ich habe mir eingebildet, daß das reicht.«

Stefan nickte.

Und da kam es: »Sie hat ein Karzinom.«

»Und wo?«

»Pankreas. Bauchspeicheldrüse.« Krüger beugte sich ein wenig nach vorn und legte die schweren Hände auf den Tisch.

»Mensch, Steffen! Du weißt doch, wie das ist bei Leuten wie Tante Frosch. Man hat Bauchweh, aber es tut ja nicht so richtig weh. Wer rennt da gleich zum Arzt? Die paar Schmerzen, nicht wahr? Monatelang lief sie damit herum, mit den ›paar Schmerzen‹, während der Krebs sich in ihre Bauchspeicheldrüse hineinfraß. Und als sie dann endlich bei mir auftauchte …«

Er hörte auf zu reden, rieb sich die dicke Nase und starrte Bergmann erbittert an.

»Und das Karzinom sitzt im Pankreas?«

»Ja. Es hat metastasiert. Was glaubst du, was mich das gekostet hat, Rosi in die Röhre zu schieben. Die hat sich aufgeführt wie ein Maulesel. Aber die Computertomographie bleibt nun einmal die leistungsfähigste Untersuchungsmethode.«

»Und in welchem Stadium?«

»Inoperabel, Steffen. Leider. Ich geb ihr nicht mehr als drei Wochen.«

Bergmann schloß die Augen. Das war keine Last mehr, es war ein Steingebirge, das ihn in den Sessel drückte.

»Das Ding hat im ganzen Bauchraum metastasiert, aber sie will nun mal nicht ins Krankenhaus, und langsam finde ich, sie hat auch recht. Sie braucht's nicht. Die Gemeindeschwester ist ihre Freundin. Und die Berta ist ganz prima, die steht jederzeit auf der Matte. Aber da sind diese elenden Schmerzen … Da hilft dann nur noch das stärkste Zeug. Und du weißt doch, wie in ihrem Alter so was auf den Kreislauf geht. Und auf die Atmung.«

Bergmann schwieg weiter.

»Ich hab schon mit Winterfeld telefoniert«, sagte Krüger. »Winterfeld vom Knappschaftskrankenhaus. Ein Top-Chirurg. Ich dachte an eine Ganglionektomie zur Schmerzausschaltung. Aber Winterfeld meint, in dem Zustand würde sie den Eingriff nicht überleben.«

Bergmann hatte beide Hände auf die schwarze Glasscheibe von Krügers Schreibtisch gelegt. Er fühlte, wie seine Finger feucht wurden und am Glas klebten.

»Die Leber?«

»Ist auch schon befallen. Es tut mir so leid, Stefan, wirklich. Berta erzählt mir manchmal, wie die Rosi das alles durchsteht. Schmerzattacken bis zur Ohnmacht. Und wenn sie aufwacht, bringt sie doch tatsächlich noch 'nen Witz. Wirklich, ein Held ist Rosi, unglaublich tapfer, unglaublich ...«

»Und?« fragte Bergmann. »Was hilft ihr das?«

Der graubraune Schleier, der auf den Dächern, Hausfassaden und Straßen lag, ließ jede Farbe matt werden. Die Geranien blieben die einzigen bunten Punkte, die Geranien und die Autos, die am Straßenrand standen. Unter dem Asphalt gab es noch immer Kohle; es gab sie in tausend Metern Tiefe, und es gab sie im Übermaß, aber das »schwarze Gold« brachte kein Geld mehr, nicht einmal das bißchen Geld, das nötig gewesen wäre, um das Elend hier oben ein wenig zu verbessern, ein paar neue Gebäude hinzustellen, ein wenig Leben zu mobilisieren. Das Mühlbachviertel war abgeschrieben.

Bergmann hatte den Wagen an der Kanalbrücke geparkt und war ausgestiegen. Er hatte beide Hände auf den nassen grünen Stahl des Geländers gedrückt und blickte auf das Wasser hinunter. Immer hatte es auf ihn so schwarz gewirkt, schwarz wie Asphalt oder Kohle – und so tot. Heute jedoch? Der Mühlbach tobte. Er schäumte gegen die Brückenlager, ließ den Belag zittern, warf Schaum über die Fahrbahn.

Stefan drehte den Kopf.

Auch Kronachers lustige Fahnen waren zu dunklen

nassen Lappen geworden, die sich um ihre Stangen wikkelten.

Zu spät, dachte er wieder. Er haßte die beiden Worte. Sie waren wie Hämmer in seinem Nacken, und sie schlugen weiter zu, während er auf den dahinschießenden Mühlbach zu seinen Füßen starrte, auf das Monster, das der Mühlbach geworden war, auf die heftigen kurzen Wellen, die kreisenden abgerissenen Zweige, die weißlichen Ketten von Gischt. Zu spät!

Ja, am Anfang, als das verdammte Karzinom sich herauszubilden begann, und bei alten Leuten wie Rosi nimmt es sich dazu Zeit, zu Anfang wäre etwas zu machen gewesen. Auch mit Hypnose. Gerade mit Hypnose vielleicht. Nun blieb nur eines: Rosi die schlimmsten Schmerzen zu nehmen. Oder es zumindest zu versuchen. Dabei war es doch gerade der Krebs, den man vielleicht ...

Timmendorf, dachte Stefan plötzlich. Das Wort huschte wie ein Schatten durch sein Bewußtsein.

Vor fünfzehn Jahren, in der Klinik in Hamburg, hatte Stefan Bergmann zugesehen, wie bei einer ziemlich kreislauflabilen Patientin unter Hypnose eine schmerzfreie Geburt durchgeführt wurde. Es war seine erste Begegnung mit den Möglichkeiten der Hypnose-Therapie gewesen.

Der Fall war klinisch ziemlich problematisch, aber die Geburt verlief ohne Schwierigkeiten, die Frau hatte keine Schmerzen, merkte nichts. Darüber hinaus hatte der hypnotisierende Arzt ihr in Tiefenhypnose eine Amnesie, eine Erinnerungssperre, induziert. Er hatte ihr suggeriert, sie erlebe gerade einen wunderschönen Aufenthalt am Timmendorfer Strand, und als dann alles vorbei war, war eine selig strahlende Wöchnerin tatsächlich der Ansicht gewesen, sie käme aus dem Urlaub zurück – mit Baby.

Beeindruckend, o ja! Was Stefan jedoch an den Anwendungsmöglichkeiten der Hypnose-Therapie am meisten faszinierte, war die Chance, die körpereigene Abwehr, das Immunsystem hypnotisch zu aktivieren.

Er las einschlägige Bücher und begann zu experimentieren. Als er bei einem Patienten mit der Behandlung von Ekzemen Erfolg hatte, später dann bei einem anderen Patienten der Rückbildung eines hartnäckigen Beingeschwürs beinahe zusehen konnte und sich obendrein eine Warze – immerhin doch ein eingekapselter Virusherd – selbst weghypnotisierte, gab es keine Zweifel mehr.

»Ich mach ein Seminar mit. Ein Seminar in Hypnose-Therapie«, verkündete Stefan seiner verblüfften Frau. »In Salzburg«, setzte er stolz hinzu.

»So, in Salzburg? Du hast sie wohl nicht mehr alle!« Er hätte Christa genausogut eröffnen können, er beabsichtige, sich in ein Bordell einzukaufen. Hypnose! Für sie wie für den ganzen Ärzteklan der Rüttkers, aus dem sie stammte, machte Bergmann sich nicht nur lächerlich, nein, er war im Begriff, eine Art obszöner Todsünde zu begehen.

»Mag sein, daß ich spinne. Das werden wir ja sehen ...«
Christas wissenschaftliches Leitbild war etwas, das Stefan längst zweifelhaft erschien: Es bestand in dem Glauben, der Mensch sei nichts anderes als ein zwar höchst komplizierter, aber bis ins letzte Detail erforschter biochemischer Mechanismus, der von einem Leitcomputer, dem zentralen Nervensystem, gesteuert werde. Bei diesem Computer allerdings mußte man bedauerlicherweise auf Überraschungen gefaßt sein, da sein Programm bei Aufregungen oder unter Streß manchmal verrückt spielte. Derartige Ausfälle wurden, damit das Bild wieder stimmte, als »psychosomatische Phänomene« abgetan,

ein Begriff, der sich bereits in den siebziger Jahren mehr und mehr auszuweiten begann.

Die »Psychosomatik« wurde zu einer eigenen Fachrichtung – mit der Einschränkung, daß man auf der schulmedizinischen Seite nie etwas Richtiges damit anzufangen wußte, umgekehrt jedoch, wenn man nicht weiterkam, froh um diesen diagnostischen Abfallkübel war, in dem sich alles Ungeklärte entsorgen ließ.

Fast täglich hatte Stefan bei seiner Arbeit im Umgang mit Leiden und Krankheit erfahren, wie sehr die seelische Verfassung eines Menschen, seine psychische Konstitution und damit letztlich alle Erfahrungen, die er gemacht hatte, die Heilungschancen bestimmten und über den Krankheitsverlauf entschieden. Mehr noch: In der Mehrzahl der Fälle, schien es Stefan, waren es gerade die seelischen Faktoren, die ein Leiden auslösten.

Das war die Situation. Sie glich einer Sackgasse, und Stefan Bergmann suchte einen Ausweg. Was er dabei zu finden hoffte, war die Möglichkeit, dort anzusetzen, wo schon die alten Ärzte die Quelle allen Übels sahen – im »Inneren Knoten«, wie Demokrit sagte, in der Psyche. Bei dieser Suche stieß Stefan auf den Namen Paul Liebherr.

Professor Doktor Paul Liebherr war Österreicher und galt als einer der führenden Köpfe auf dem Gebiet der Hypnose-Therapie, ein großer, schwergewichtiger Mann mit wirren, schütteren Locken, die ihm bis zu den Schultern reichten, ein paar dunklen, braunen sanften Augen und einer dunklen, gleichfalls sehr sanften Stimme, die oft so leise sprach, daß man sie kaum verstehen konnte.

Liebherr hatte seine Praxis in Wien, der Stadt Sigmund Freuds, doch er hielt regelmäßig Seminare an der Universität Salzburg. Und dort, an einem Nachmittag, klemmte er eine Reihe von Röntgenbildern auf den Leuchtschirm.

Es waren Vorher-Nachher-Aufnahmen. Zwischen dem ersten und dem letzten Bild lagen immer drei Monate. Die Aufnahmen zeigten die Krebsentwicklung bei vier Patienten, drei Männern und einer Frau. Es handelte sich jedesmal um ein Lungenkarzinom.

Stefan stand mit den anderen Seminarteilnehmern hinter Liebherr. Er hatte sich nach vorn gebeugt und starrte sprachlos wie die anderen. Zuvor hatten sie noch mit den Patienten gesprochen, nun sahen sie den Beweis. Es verhielt sich tatsächlich, wie Liebherr gesagt hatte: Unter der Hypnose-Therapie hatten sich bei zwei der Krebskranken die Herdschatten um die Hälfte zurückgebildet, bei den beiden anderen waren sie völlig verschwunden. Das einzige, was blieb, war die zarte, fast nicht erkennbare Struktur von Vernarbungen.

Liebherr hatte die Methode des US-Hypnose-Therapeuten Beards verfeinert und ausgebaut. Sie bestand darin, daß die Patienten in Hypnose ein wahres Schlachtgetümmel erlebten. Sie wurden in Tiefentrance dazu angeleitet, sich mit aller Gefühlsintensität, zu der sie fähig waren, mit allem Zorn und der ganzen Verzweiflung des Überlebenswillens auf den »Feind«, den Eindringling zu konzentrieren und sich dabei vorzustellen, wie ihr Immunsystem zur Attacke überging, wie es seine *Imuno-Soldaten*, die weißen Blutkörperchen, gegen die heimtückischen Killer aussandte, damit sie sie verschlangen.

Und die Soldaten taten das auch brav: Sie verschlangen. So verrückt es klingen mochte, es funktionierte. Hier hatte Stefan den Beweis – und sein Saulus-Paulus-Erlebnis.

Und dennoch, in all den Jahren, die folgten, bei all den faszinierenden, ihm selbst wundersam erscheinenden Erfolgen, die Stefan Bergmann mit der Hypnose-Therapie

erzielte, an die Krebsbekämpfung hatte er sich nie heran-
gewagt. Vielleicht daß das schulmedizinische Denken,
das ihm über ein Jahrzehnt eingetrichtert worden war, zu
lebendig geblieben war, vielleicht daß diese andere Per-
son in ihm, der auf strikte Beweisführung pochende Wissenschaftler, warnend den Zeigefinger hob. Vielleicht
auch, weil er sich vor der Verzweiflung, vor dem Absturz
in die Hoffnungslosigkeit fürchtete, die ein Versagen bei
dem Kranken auslösen mußte. Vielleicht daß er schlicht
zu ängstlich, zu feige war?

*Bei der Therapie müssen Sie Ihr Ziel mit allem Gewicht und
aller Eindringlichkeit verfolgen, zu der Sie nur fähig sind. Erfahrungen oder medizinisches Können sind nichts als handwerk-
liche Voraussetzungen. Entscheidend ist und bleibt Ihre Persönlichkeit, Ihr Charisma. Denken Sie daran: Sie brechen in die
Welt eines anderen Menschen ein, in seine Persönlichkeit. Mehr
noch: Sie besetzen seine Phantasie. Was bedeutet das? Doch nur
das eine: Sie müssen sich entschließen, ein anderer zu sein, die
Reaktionen des Patienten, ja, sein Schicksal nachzuvollziehen.
Und dabei hilft Ihnen nur eines: Ihr Einfühlungsvermögen, ihre
Intuition.*

Es war die Basis der Hypnose-Therapie, die Liebherr
damals aufgezeigt hatte.

Er nannte sie »die Gnade des Talents«.

Wieder trieb eine heftige Böe Gischt über die Brücke. Bergmann steckte die Hände in die Taschen, kramte darin
herum wie zu den Zeiten, als er noch rauchte, fand nichts
als den Wagenschlüssel. Er ging ein paar Schritte weiter
und blickte zur Mühlbachstraße. Das Haus konnte er nicht
sehen, nur den Schuppen, der ganz vorn am Wasser
stand. Stefan nickte ihm zu und rannte zu seinem Auto.

Er fuhr über die Brücke zurück und langsam am Kinderspielplatz vorbei. Aber da waren keine Kinder; es gab nur die beiden alten Blechrutschen, und wie immer rosteten sie friedlich und feucht vor sich hin. Und es gab zwei alte Frauen, die in ihren dunklen Regenmänteln auf einer feuchten Bank saßen und ihren Dackeln zusahen, wie sie die halbverhungerten Ulmen beschnupperten. Die Ulmen hatten in all den Jahren noch nicht einmal einen Meter Höhe geschafft, und die alten Frauen sahen aus, als säßen sie dort seit dem Bombenkrieg unter einem grauen Himmel, im Regen und Wind oder was das Wetter sonst noch so bringen mochte.

Am alten Postamt bog Stefan Bergmann scharf nach rechts ab.

Das alte Postamt war kein Postamt mehr. Die Tür war zugemauert. Und dann war er in der Mühlbachstraße und parkte vor der Hausnummer 24.

»Hallo«, sagte eine Stimme.

Er stieg aus. Zwei blaue Augen musterten ihn unter dem Schild einer Polizeimütze.

»Sie können sich's ja noch überlegen«, sagte die Politesse fröhlich. »Dann überlege ich es mir, ob ich Ihnen ein Knöllchen verpasse.«

»Sehen Sie nicht das Schild an meiner Windschutzscheibe? Ich bin Arzt.«

»Da gibt's noch 'n Schild!« Ihr Bleistift deutete über seinen Kopf. »Halteverbot!« Dann war das Lächeln plötzlich weg, und ihre Augen wurden aufmerksam: »Geht's um die Tante Frosch?«

»Ja.«

»Oh, das ist was anderes.« Sie steckte das kleine schwarze Buch mit den Formularen weg. »Machen Sie mal, Doktor. Sagen Sie der Tante Frosch 'nen Gruß, ja? Von Ilse. Sie weiß schon.«

Er drückte die Gartentür auf. Die Haustür war unverschlossen, und er dachte daran, daß vielleicht die Gemeindeschwester inzwischen gekommen sein könnte, aber die Garderobenhaken waren leer.

Der lange schlauchartige Korridor lag in einer düsteren sepiafarbenen Dämmerung. Am Ende, dort, wo die Küchentür halb offen stand, gab es ein wenig Licht.

Stefan war stehengeblieben. Er rührte sich nicht. Die Stille im Haus war wie eine schwere dunkle Decke, die sich über ihn senkte, ihm das Denken, nahezu den Atem einengte. Alle seine Vorsätze erschienen ihm so unwirklich und leblos wie eine alte Gebetsformel. So stand er und unterdrückte nur mit Mühe den Wunsch, an der zweiten Tür dort vorn einfach rechts vorbei in den Garten zu gehen. Dort gab's den Schuppen. Und gleich daneben das Rund des Brunnens aus Tuffsteinen, den sein Großvater noch gemauert hatte. Stefan selbst hatte später im Schutt einer Abbruchhalde den Frosch gefunden: einen Frosch aus Zement. Er hatte den Frosch auf den Tuffsteinrand gesetzt und mit grüner Ölfarbe angemalt. Es war ein Zementfrosch, gewiß, aber der Brunnen war ja auch kein richtiger Brunnen, sondern eine kreisrunde Mauer, aus der im Herbst die Brennesseln wuchsen. Aber was besagte das schon? Nichts. Für Stefan, für Dagmar, auch für Tante Frosch blieb es ein Brunnen, unendlich tief und mit dunklem Wasser gefüllt ...

Er öffnete die Tür zum Wohnzimmer. Groß war es nicht, vielleicht drei mal vier Meter. Das einzige Fenster ging nach Norden, doch den Blick auf das nächste Haus verdeckten die Blätter des Pflaumenbaums, der ziemlich nahe an der Grenze stand und Stefans Großvater Jahre des Ärgers und Streits mit dem Nachbarn gekostet hatte.

Rechts stand die große Vitrine, eine dunkelbraune Schauerbastion aus Glas und furniertem Holz, in der Mitte ein runder Tisch, über dem seit Jahrzehnten die grünrote Häkeldecke hing, die Rosi selbst gemacht hatte. In der anderen Ecke standen der Fernseher mit dem Sessel und gegenüber das Bett, das eigentlich ein altes Sofa war. Es war mit braunem, verschlissenem Stoff bezogen. Das Rosenmuster darauf war kaum mehr erkennbar. Fuß- und Kopfende hatten Metallgelenke, so daß man sie absenken konnte und genügend Platz zum Schlafen gewann.

Die geöffnete Tür verhinderte den Blick zum Sofa.

Stefan war stehengeblieben und nahm den Raum in sich auf.

Es gab kein Bild im Wohnzimmer, nur eine einzige Fotografie, eine Vergrößerung, die in einem scheußlich kitschigen rosa Plastikrahmen steckte und über dem Fernseher hing. Es war ein Farbabzug, und er zeigte den fünfzehnjährigen Stefan Bergmann in einem blauen verbeulten Trainingsanzug, verschwitzt und grinsend. Den rechten Arm hatte »Steffen« erhoben, in der linken Armbeuge hielt er einen Fußball.

Wieder spürte er, wie sich etwas in seiner Brust zusammenzog. Er atmete tief durch, trat ein und schloß die Tür hinter sich.

Sie lag, den Oberkörper halb aufgerichtet, die beiden Arme auf der frisch überzogenen Bettdecke und sah ihm entgegen.

Zwei Kissen steckten hinter ihrem Rücken. Berta, die Gemeindeschwester, mußte inzwischen dagewesen sein. Irgend jemand hatte Rosis dünnes verbliebenes Haar gekämmt und war für die beiden komischen Zöpfchen verantwortlich, die rechts und links von Rosis Kopf abstanden.

Stefan sah auf sie hinab, und wieder wurde es ihm schwer, ihr Gesicht zu ertragen, die tabakfarbenen Tränensäcke, die Haut, die sich über ihre Wangenknochen spannte und darunter zu fein gestrichelten hängenden Lappen wurde, der Mund und die Kieferknochen, die das Gebiß kaum halten konnten. Doch Rosis Iris war klar und ihr Blick wach und direkt.

»Steffen ...«

»Ja?«

»Steffen, du warst beim Krüger, was? Wieso ... wieso hast du mich dann angelogen?«

»Hab ich das?«

»Sicher. Da war doch was mit 'nem Brief.«

Er setzte sich neben sie. Sie ließ ihn nicht aus den Augen. Er beobachtete ihre eingefallenen Wangen, er sah die schwachen, krampfhaften Bewegungen der bläulichen Lippen, die um ein Lächeln kämpften und es doch nicht zustande brachten.

»Aber den hab ich doch eingeworfen.«

Jetzt log er tatsächlich.

Rosis Blick blieb aufmerksam, die Stimme wirkte lebendig, die Pupillen schienen reichlich groß, beinahe normal. Die Wirkung des *Dipidolor* mußte längst abgeklungen sein; trotzdem schien Rosi im Augenblick keine Schmerzen zu haben. Zumindest keine schweren.

»Wie oft nimmst du deine Tabletten?«

»Dreimal. Immer zwei. Und immer nach dem Essen.« Sie sprach schwach, langsam – aber relativ mühelos. »Einmal habe ich vor dem Schlafengehen sogar drei genommen. Da hat die Berta mich dann schön ausgeschimpft.«

»Und heute? Hast du schon gegessen?«

Sie schüttelte schwach den Kopf.

»Essen? Die Berta war mit ihrem Brei da. Wie bei

einem Baby. Das steht mir bis hier oben, sag ich dir. Schon wenn ich dran denke, wird mir schlecht ...«

Das *Dipidolor* mußte also keine Wirkung mehr haben? Trotzdem schien es Rosi relativ gutzugehen. Wenn sie Glück hatten, dann hatten hormonelle Schmerzblocker die Arbeit übernommen, und Rosi befand sich tatsächlich im schmerzfreien Intervall.

»Du hast also wirklich die letzte Tablette ...«

»Wieso fragst du immer?« sagte sie müde. »Ich nehm sie schon nach dem Essen. Aber das muß ich erst mal schaffen.«

Er brachte seinen Arztblick zustande, beugte sich in Verschwörerhaltung nach vorn. »Soll ich dir etwas sagen, Rosi? Weißt du noch, damals vor drei Jahren, als du diese schrecklichen Kopfschmerzen hattest?«

»O ja. Das war ja auch ziemlich schlimm, Steffen, aber ...«

»Aber sie gingen vorbei ...«

»Die Migräne hast du mir weggemacht, Steffen, stimmt!«

»Nicht ich, Rosi, wir haben sie weggebracht. Das tun wir jetzt wieder ...«

»Steffen, das ... das war doch nichts ...« Sie sprach jetzt mühsamer, manche Worte waren nur schwer zu verstehen. »Was jetzt ist, kann man gar nicht beschreiben. Das ist so, als würden sie ... als würden sie dir den Bauch mit Blei füllen, mit heißem Blei ... so wie das in manchen alten Kirchenbüchern steht, wenn sie von der Hölle reden. Das ist wie ein Meer, das dich verschlingen will, ein Meer aus heißem Blei ... Wenn's schlimm kommt, Stefan, wenn's dann wirklich ... Dann helfen auch die Tabletten nicht, dann hilft nischt ...«

Bergmann lächelte weiter. »Wir kriegen das weg. Du wirst sehen.«

»Steffen, soll ich dir was sagen? Ich hab da oben so 'nen alten Strumpf, 'ne Wollsocke, und in die beiß ich immer rein. Ich kann doch nich' immer schreien, was? Und so beiß ich einfach rein und hab den ganzen Mund voll Fusseln … So ist das.«

Er brachte seine Augen noch näher. »Wir kriegen es weg.«

»Wer – wir?«

Er hatte sich so weit nach vorn gebeugt, daß sich ihre Stirnen beinahe berührten. Er sah Rosi unverwandt an. »Du und ich, Rosi … wie damals. Glaub mir.«

Glaub mir, hörte er sich sagen, und dachte, genau das ist es.

Nichts als eine Sache des Glaubens – wie in den alten Kirchenbüchern.

»Meinst du, Steffen? Ja, wirklich, wenn du mich so anguckst … Ich bin so müde … Damals hatte ich auch keine Schmerzen.«

Er nahm ihre Hände in seine, fühlte mit dem Daumen diese papierdünne, kühle, feuchte Haut, die nichts anderes schien als eine Membrane, die ihre Knochen bedeckten.

Er hob die Stimme, um zu verhindern, daß Rosi ihm wegdämmerte.

»Hör zu, Rosi. Erinnerst du dich, wie das war, als sie dich damals im Knappschaftskrankenhaus operiert haben? Als sie das mit der Schilddrüse gemacht haben?«

»Ja, Stefan. Der Doktor Schürner …«

»Nichts hast du gespürt, Rosi. Weißt du noch? Gar nichts. Und die haben drei Stunden lang an dir herumgewerkelt.«

»Eigentlich ging's mir gut bei denen dort … in diesem Operationssaal. Ganz gut. Die haben sogar Musik gemacht.«

»Ja, das hast du mir erzählt.«

Er senkte die Stimme wieder und verlieh ihr einen gleichmäßigen sanften und sehr eindringlichen Ton.

»Rosi, sag mir, wie das war. Erinnere dich, Rosi, erinnere dich an alle Einzelheiten ... Das kannst du doch.«

»Musik ...« Die Worte kamen leise, schläfrig. »Der Schürner war da. Der war aber nicht allein. Da stand ein ganzer Haufen Leute, die hatten alle so komische Tücher um den Kopf ...«

Ihre Stimme brach ab, der Atem war ruhiger geworden.

»Weiter, Rosi!«

»Den Schürner hab ich sofort erkannt. An den Augen konnte man sehen, wer das ist ... auch, was das für ein Mensch ist ... Und der Schürner war ein ganz netter Mensch.«

»Und ein guter Arzt«, sagte er.

Er ließ sie nicht aus den Augen. Ihre Hände lagen flach auf dem Kissen, er beobachtete, wie die Schultern leicht nach vorn sackten. Seine Stimme, die Anstrengung, sich konzentrieren zu müssen, hatten ihr Wahrnehmungsvermögen bereits reduziert. Sie war hoch suggestibel, zum Glück. Seine Gegenwart, die Blickfixierung hatten gereicht, einen leichten Trancezustand herbeizuführen. Die Realität begann ihren Zugriff auf Rosi zu verlieren, nur Stefans Stimme war noch Wirklichkeit. Rosis Mundwinkel senkten sich, und auch die tausend Falten in ihrem armen Gesicht begannen ihre Spannung zu verlieren. Stefan war im Begriff, in die Welt ihrer Vorstellungen einzudringen, nun würde er davon Besitz nehmen.

»Ist etwas mit deinen Augen, Tante Rosi?« Seine Frage kam sanft und teilnahmsvoll. »Werden sie nicht schwer? Nicht wahr, du hast doch das Gefühl, als wär' so ein leichtes Brennen darin?«

»Ja.«

»Und nicht nur die Lider, auch die Augäpfel, die sind so schwer.«

»Ja, Steffen.«

»Und dein Körper auch ... Schwer und schwerer wird er, so angenehm schwer.«

Mit den Fingerspitzen berührte er leicht ihre rechte Hand. Es kam keine Reaktion.

»Deine Augen, Rosi ... Versuch mal, sie zu öffnen. Du kannst es nicht! Selbst wenn du wolltest, es geht nicht ...«

Ihre Lider zitterten. Er wußte, ihr Wachbewußtsein hatte sich nun aufgelöst. Etwas Neues war an diese Stelle getreten, eine übersensible Aufmerksamkeit, die Rosis Bewußtsein nur auf eines, auf seine Stimme konzentrierte. Er übernahm die Führung ihrer Vorstellungen.

»Ich halt jetzt deine Hand, Rosi, spürst du es? So, ich halte sie ganz ruhig. Und jetzt, Rosi, jetzt zwicke ich in die Haut ... ganz stark. Aber nicht wahr, du fühlst es nicht. Du fühlst gar nichts ... Nun nehm ich eine Nadel ...«

Stefan griff zu der Akupunkturnadel, die er zuvor vorbereitet hatte, zog mit Daumen und Zeigefinger aus der Mitte ihrer Hand einen Hautstreifen nach oben und stach durch – von rechts nach links.

Rosi zuckte nicht einmal mit der Wimper.

»Nichts hast du gespürt, Rosi, gar nichts. Aber du hörst den Wecker, tick-tick-tick ... Ja, Rosi, hör ihm nur zu. Es ist wie der Schlag eines lieben, großen Herzens.«

Ihre Augen waren nun fest geschlossen. Es war, als flösse über ihr Gesicht eine Welle der Ruhe, die selbst die Verwüstungen des Leidens zu glätten vermochte.

Bisher hatte Rosi sich in einem mittleren Trancezustand befunden.

Nun mußte Stefan sie tiefer führen, bis jeder, auch der

letzte Gedanke sich auflöste und ihr Bewußtsein einer matten leeren Leinwand glich, auf die sich neue Vorstellungen und Bilder projizieren ließen. Die aber kamen von ihm.

»So ruhig und freundlich ist alles um dich. Du spürst, wie du müde wirst, du spürst den Schlaf, Rosi. Mit jedem Atemzug wirst du müder und müder ... Mit jedem Atemzug entspannt sich dein Körper mehr und mehr, alles entspannt und lockert sich, jeder Muskel, jede Sehne, jede Zelle in dir ... So wunderbar ist es, zu spüren, wie sich alles entspannt. Dein Gesicht, wie es sich entspannt, die Stirn, die sich entspannt und kühl wird, die Augen, die Nase, die Wangen, der Nacken, der Mund ... Jetzt der Kiefer, alles ist ganz entspannt, ruhig und schwer ... Nun die Zunge ... Spürst du sie? Schlaf, Rosi, schlaf ...«

Und sie schlief.

Er baute ihre Trance noch tiefer aus.

»Nichts mehr bedrängt dich, Rosi, nichts mehr existiert, nichts mehr ist da außer deinem Atem ... Folge ihm, konzentriere dich ganz darauf, wie gleichmäßig er doch auf und ab fließt, ja, dein Atem ist wie eine Welle – auf und ab und auf und ab. In deinem ganzen Körper ist es ein Auf und Ab, im Brustkorb, im Rumpf, den Hüften ... Alles öffnet sich, die Blutgefäße, jede Nervenbahn, sie öffnen sich ... Du spürst die Kissen des Bettes. Sie sind so angenehm, so weich, du spürst, wie sie die Schwere tragen, die dich erfüllt. Ruhig, Rosi, ruhig und regelmäßig schlägt dein Herz, und mit jedem Schlag sinkst du tiefer und tiefer, und nichts kann dich mehr stören. Nur noch Schwere und Wärme sind in dir, und mit jedem Atemzug sinkst du tiefer und tiefer und fühlst dich wohler und wohler ...«

Er führte sie sanft, aber entschieden, stellte sich dabei vor, wie seine Gedanken zu einer Hand wurden, die

Rosi führte, und seine Stimme zu einer Brücke in ihr Innerstes.

»Verdeckte Induktion« lautete das Wort, und es war ziemlich ungenau – wie so viele Fachausdrücke.

Um was es dabei ging, war, einen Menschen zu hypnotisieren, ohne daß er es überhaupt merkte, also um einen Trick, den auch Schaubudenhypnotiseure auf den Jahrmärkten vorführten. Im wesentlichen bestand er darin, die Aufmerksamkeit der Hypnotisierten so sehr abzulenken, daß er alles Gewohnte und damit auch sich selbst, die eigene Identität vergaß.

Stefan hatte etwa dreißig Minuten mit Rosi gearbeitet.

Nun schlief sie, tief und ruhig und ohne Anzeichen von Schmerzen. Er klopfte leicht an ihre Wange, strich ihr Kissen glatt und legte noch einmal die Hand auf ihre feucht-kühle Stirn.

Dann schloß er leise die Tür.

Er wollte gerade in den ersten Stock hinaufgehen, als sich in der Eingangstür der Schlüssel drehte. Stefan ging hin und öffnete selbst.

Die Frau, die vor ihm stand, trug einen dunkelgrauen Regenmantel. Die hochgeschlagene Kapuze umrahmte ein energisches knochiges Gesicht, aus dem ihn zwei wachsame blaue Augen ansahen. Sie mochte an die fünfzig sein. In der rechten Hand trug sie einen grünen Plastikbehälter: *Caritas Oberhausen* stand in weißen Buchstaben darauf.

»Sie sind Schwester Berta, nicht wahr?«

Sie nickte nur, trat ein, zog den Mantel aus und hängte ihn sorgsam auf einen Bügel. Sie war ziemlich groß, und als sie ihre Regenverpackung los war, sah er, daß sie unter dem Mantel nicht etwa Schwesterntracht trug, sondern

Jeans, Pulli und eine Art Wanderschuhe mit dicken Sohlen. Sie drehte sich um und leistete sich die Andeutung eines Lächelns. »Der Steffen, was? Zu Ihnen muß man ja Doktor sagen.«

»Bleiben Sie bei Steffen.«

»Was macht sie?«

»Sie schläft.«

Bertas Augen waren plötzlich nicht mehr schmal. »Schläft? Wie denn? Sie hat noch gar nichts gegessen?«

»Trotzdem.«

»Das geht doch gar nicht. Ich meine, sie kann dieses Zeug doch nicht mit leerem Magen ...«

»Das *Dipidolor* hat sie nicht genommen, Schwester Berta.«

»Ja – und die Schmerzen?«

»Hat sie nicht.«

»Nicht? Wie denn?«

Er bückte sich, nahm den grünen Essensbehälter und trug ihn in die Küche. Dort stellte er ihn auf den Tisch, zog einen Stuhl heran und drückte Berta darauf nieder.

Er setzte sich auf die Ecke des Küchentisches, um mit seiner Standardeinführung über hypnotische Schmerzbekämpfung zu beginnen, stellte aber sofort zu seiner eigenen Überraschung fest, daß er sich das ersparen konnte. Schwester Berta wußte Bescheid. Im Caritas-Krankenhaus waren bereits Geburten unter hypnotischer Anästhesie durchgeführt worden.

»Aber das sind Geburten, Steffen. Nich' so was. Das kann doch nich' anhalten.«

»Kann schon ...«, erwiderte er. »Muß nicht, aber kann. Wenn die Schmerzen wieder schlimm werden sollten, können Sie ihr ja immer noch das *Dipidolor* geben. Aber das Zeug bringt sie um. Jetzt wollen wir es mal so versuchen.«

»Wie lange?«

Das genau war die Frage. »Solange sie es braucht.«

»Was heißt das?«

Er schwieg. Sie sahen sich an. Sie wußten beide, was es hieß. Zwei bis drei Wochen, hatte Krüger gesagt. Stefan schien es eine ziemlich günstige Prognose.

Er wandte den Blick zu dem grünen Plastikbehälter hin.

»Hühnerfrikassee«, sagte Berta. »Ein ganz leichtes. Und Reis. Vielleicht schafft sie das.«

Was sollte er antworten? Sie hatte die Antwort ja schon gegeben: Vielleicht ...

»Wissen Sie, Herr Doktor ...«

»Lassen Sie bloß den Doktor weg, Berta.«

Es war das zweite Mal, daß sie lächelte, und dieses Lächeln war anders als das, das sie sich kurz an der Haustür abgerungen hatte. Es war warmherzig, sanft und sehr, sehr nachdenklich.

»Sie redet so viel von Ihnen.«

Er schwieg und spürte den Druck hinter den Lidern.

»Und so kenne ich Sie eigentlich schon lange, Steffen. Begegnet sind wir uns ja nie, aber ich dachte immer an den Jungen drüben im Wohnzimmer, den mit dem Fußball.«

»Den gibt es schon lange nicht mehr, Berta.«

»Trotzdem ...« Sie ließ das Wort einfach so stehen – ohne eine Erklärung. »Haben Sie denn schon was gegessen?« fragte sie dann.

»Mir ist nicht nach essen.«

»Kann ich mir denken. Versuchen Sie es trotzdem ... Ich mach hier 'n bißchen die Bude sauber, dann les ich was ... Da steh'n Haufen schöner Bücher rum. Die haben Sie ihr geschickt, hat sie gesagt.«

Stefan nickte, legte die Hand auf Bertas Schulter, sagte danke und ging.

Die Straßendurchreiche der Kneipe befand sich noch am selben Platz. Sie war geöffnet, obwohl es schon wieder leicht zu regnen begann. Hinter der verglasten Front lümmelten sich ein paar Gestalten an der Theke. Draußen, hinter den grauen Wasserschleiern auf dem Platz, rannten andere schattenhafte Figuren hinter einem Ball her und produzierten einen fürchterlichen Lärm: irgendeine B- oder Jugendmannschaft. Auch wenn's Katzen hagelt, harte Typen geben nie auf ...

Stefan stützte die Ellbogen auf das Brett der Durchreiche, machte es sich unter der Regentraufe gemütlich und bestellte bei der mageren sommersprossigen Sechzehnjährigen, die im Hintergrund an einem Minifernseher lehnte, Currywurst und ein Pils.

Dann dachte er nach.

Wenn wir Glück haben, hatte er der Gemeindeschwester gesagt ... Lässig und cool, Dr. Stefan Bergmann, der unerschrockene, altbekannte Schmerzbekämpfer aus Burgach in Nordhessen.

Eines stand fest: Was Dr. Stefan Bergmann tun konnte, hatte er getan. Die Umstände waren schwierig und doch gleichzeitig günstiger, als er gehofft hatte: Mehr als zwanzig Minuten hatte er in Tiefentrance Verbindung mit Rosi gehabt und arbeiten können. Die Suggestion, daß sie sich nach dem Erwachen schmerzfrei und erfrischt fühlte, würde mit Sicherheit Erfolg haben. Doch was half das schon auf Dauer? Wichtig allein blieb, die posthypnotischen Befehle so in Rosi zu verankern, daß sie später in jeder Situation ihre Macht ausübten. Wenn alles gutging, konnte sich so während Stefans Abwesenheit der Hypnose-Effekt der Schmerzfreiheit nicht nur erneuern, sondern sogar verstärken.

Punkt um Punkt ging er die Vorstellungen, die er in

Rosi versenkt hatte, noch einmal durch und rief sich die Situationen ins Gedächtnis, mit denen er sie verbunden hatte:

Das Fenster zum Garten.

Der Wecker.

Der Brunnen.

Die Operation.

»Wenn du die Augen aufmachst, Rosi, und zum Fenster hinaussiehst auf den Pflaumenbaum, dann wird es sein wie jetzt, jedes Mal wie jetzt! Die Schmerzen werden sich auflösen wie Rauch, und wenn du die Stellen betastest, wo sie sich sonst melden, dann wirst du nichts fühlen, gar nichts. Alles bleibt gefühllos und taub. Genauso wird es sein, wenn du in der Küche den Wecker hörst ...«

Dann kam die Geschichte mit dem Brunnen.

Dabei hatte Stefan sich besondere Mühe gegeben.

Vorstellungen lösen Gefühle aus, doch es war wie mit Bildern: Sie mußten dem Aufnahmevermögen eines Menschen entsprechen, um sich zu entfalten und einzuprägen. Vor allem mußten sie die innersten Gefühle anrühren. Nicht zu laut durften sie sein, nie unangenehm. Um sie richtig zu beurteilen, mußte man den Menschen kennen. So hatte Stefan bei Rosi noch einmal die Situation heraufbeschworen, die sie während der Operation im Knappschaftskrankenhaus als so angenehm erlebt hatte. Doch er wählte einen vertrauten Weg:

»Es wird schön sein, Rosi, richtig schön. Siehst du, ganz tief im Brunnen, in unserem Brunnen, ganz tief auf dem Grund, dort, wo er weiter und breiter wird, befindet sich ein Raum. Und dort hörst du nichts als eine leise, angenehme, ganz wunderschöne Musik ... Und Schürner ist dort ... Er lächelt über sein Tuch hinweg. Siehst du, wie er dich anlächelt? Du trägst jetzt selbst so ein Tuch, ein schönes grünes Seidentuch, ganz angenehm leicht, so leicht wie eine Blüte ... Es ist das Tuch, das du schon kennst, das Seidentuch, das du einmal von Christa geschenkt bekommen hast ... Erinnerst du dich? Siehst du es?«

»Ja.« Sie hatte genickt und gelächelt.

»Sieh doch, wie angenehm ... Nun legt es sich über deine Nase wie die Maske im Krankenhaus – hier über deine Nase ... Doch es riecht so schön, riecht nach Rosen und leicht nach dem anderen Duft, den du schon kennst, dem Duft in der Maske, der dir die Schmerzen genommen hat ... Und es wird wieder so sein, jedesmal. Der grüne Schal ist dein Zaubertuch, Rosi. Er wird immer neben deinem Bett liegen. Wenn du ihn nimmst, ist es wie damals, du hast keine Schmerzen mehr. Nichts mehr ist da, nichts gibt es mehr als Schürners Augen, das Tuch und diese leise wunderschöne Musik ...«

Diesmal gab es keine Politesse, die den Bleistift zückte. Dafür hatte der Regen zugenommen. Kaum hatte Stefan die Tür seines Wagens geöffnet, bekam er einen Schwall Regenwasser ins Gesicht. Er stieß das Gartentor auf und rannte zur Tür. Sie war schon offen. Im Rahmen stand die Gemeindeschwester.

»Ich hab Sie kommen sehen, Herr Doktor.«

»So«, keuchte er und wischte sich mit dem Handrücken Wasser und nasse Haare aus der Stirn. »Das heißt Steffen, nicht Doktor. Darin waren wir uns doch einig? Also was ist? Sag's mir gleich, Berta, dann hab ich's hinter mir. – Wie geht es ihr?«

»Steffen, Menschenskind, Steffen ...«

Zwei Hände legten sich auf seine Schultern, zogen ihn

an eine füllige Brust. Nun konnte er Bertas Augen erkennen. Sie lachten.

»Steffen! Ich kann's nich' fassen, Mensch! Komm in die Küche.«

Und dort blieb sie stehen und starrte ihn an. »Steffen, sie hat gegessen! Und ob! Wie nie ... Den ganzen Reis ... na, sagen wir, den halben. Aber das macht ja nichts. Wirklich mit Appetit hat sie gegessen ... Wir werden ja sehen, ob sie's bei sich behält.«

Er nickte. »Weiter?«

»Ja, was weiter? Glücklich war sie. Sie sagte: ›Der liebe Gott wird den Kopf schütteln über den Steffen. Der konnt's nämlich besser als er. Nein‹, hat sie gesagt, ›der Steffen ist der liebe Gott. Er hat mir alles weggezaubert. Berta‹, hat sie gesagt. ›Das kannst du dir nicht vorstellen ...‹ Und dann hat sie geheult: ›Nichts spür ich mehr. Kein bißchen Schmerzen.‹«

»Weiter?«

»›Und wenn die wiederkommen‹, hat sie gesagt, ›nehm ich einfach das grüne Tuch.‹«

Berta starrte ihn immer noch an. Ein Blick, der von weither kam, war es, ein Blick, in dem viel Erfahrung und noch mehr Hilflosigkeit lagen. »Und das ist Hypnose, Steffen?«

Er ließ sich auf den Stuhl fallen. Es war Hypnose – und ein bißchen mehr ... Glück vielleicht?

»Hast du 'n Bier?« fragte er.

Sie holte eine Flasche aus dem Eisschrank. »Ich nehm auch ein Glas.« Und so saßen sie im kalten Licht der Küchenlampe und sahen sich an.

Schließlich sagte Berta noch etwas: »Da kam ein Anruf für dich.«

»Vom wem?«

»Von deiner Frau. Sie sagt, sie braucht dich zu Hause.

Wann du kommen würdest ... Sie hätte so viel zu tun in der Praxis.«

Er schwieg. Er wußte, daß sein aufschießendes Unbehagen fehl am Platze war. Es gab noch andere Menschen außer der alten Frau dort drüben auf dem Sofa.

Berta trank ihr Glas leer. »Na, jetzt kannst du ja fahren. Mach dir keine Sorgen. Wenn etwas ist mit Rosi, ruf ich dich sofort an.«

»Nicht, wenn etwas ist, sondern sobald die Schmerzen wiederkommen.«

»Versprochen«, sagte Berta.

Aber es kam kein Anruf in den folgenden Tagen.

Stefan selbst hatte einige Male angerufen und jedesmal dieselbe Antwort erhalten: Tante Frosch ginge es gut. Den Umständen nach ... So betrachtet, gehe es ihr sogar ausgezeichnet. Sie klage noch immer nicht über Schmerzen. Ein Wunder!

Na gut, es war »sein Wunder« – vielleicht.

Dann, inzwischen waren zehn Tage verstrichen, erhielt er Dagmars Telegramm.

Der Text lautete: *Gestern nacht ist Rosi ganz sanft entschlafen.*

Ein einziger Satz.

Nur, was macht man damit? Er konnte die Buchstaben so lange anstarren, wie er wollte, es blieben dieselben. Wieso erschienen sie ihm so unwahrscheinlich? Hatte er es nicht erwartet? Konnte es eine bessere Nachricht geben als diese? »Ganz sanft entschlafen« – das hieß doch, ohne Schmerzen?

Aber auch das half nicht weiter.

Stefan saß in seinem Büro. Draußen war das übliche Praxisgemurmel zu hören.

»Es gibt nun einmal Dinge, die du nicht ändern kannst«, sagte Christa und legte die Hand auf Stefans Schulter. »Schon deshalb nicht, weil sie einfach normal sind. Und dazu gehört, daß eine sechsundsiebzig Jahre alte Frau stirbt.«

Sein Verstand sagte das gleiche. Sein verdammter Verstand stellte auch Fragen. Sie liefen stets auf dasselbe hinaus: Warum?

Und – sechsundsiebzig Jahre?

Auch bei den Leuten, bei denen Liebherr den Krebs zum Stillstand gebracht hatte, hatte es sich schließlich um ältere Menschen gehandelt ... Gut, du hattest keine Übung in der Krebsbekämpfung, aber du hast Liebherr bei der Arbeit zugesehen. Du hast die Berichte gelesen, die Technik kanntest du auch, im wesentlichen war sie ja dieselbe, die du anwendest.

Na also! Gib dir schon die Antwort: Warum, Herrgott, hast du derart versagt?

KAPITEL 2

Das Amulett der heiligen Magdalena begann zu zittern, schwang aus und wurde zu einem dunklen Flirren vor Stefans Augen.

Er hatte die Autobahnbaustelle bei Siegburg erreicht. Die Reifen seines Wagens holperten über den Waschbrettbelag, den er schon von der Herfahrt kannte. Stefan griff mit der linken Hand nach oben zur Sonnenblendenaufhängung, an der er das Amulett befestigt hatte, streifte es ab und spürte die Berührung der dünnen Kette in der Hand. Er schloß die Finger darum. Die Kette war aus Silber, das Amulett nur billiges Blech, und die Jahre hatten ihm derart zugesetzt, daß Magdalenas Kopf mit dem Heiligenschein kaum zu erkennen war.

Das Amulett hatte Rosi ihm vor langer Zeit schon schenken wollen. »Nimm's, Steffen«, hatte sie gesagt, als er nach Hamburg fuhr, um seine erste Stelle anzutreten. »Das kannste brauchen, wenn du jetzt Doktor wirst. Die Magdalena hilft.«

Er hatte den Kopf geschüttelt. »Das ist deine Magdalena. Und wenn sie hilft, mußt du sie behalten.«

Sie hatte nicht geholfen …

Stefan fuhr nun noch langsamer. Es wurde schwer, sich auf die Autobahn und den Verkehr zu konzentrieren. Auch der Wagen litt. Er heulte im zweiten Gang. Stefans Augen brannten, und sein Herz begann wieder zu schmerzen. Der Himmel blieb grau.

Dann trafen die ersten Tropfen die Windschutzscheibe. Wie gestern, dachte er. Und: Vielleicht gehört Regen zu Beerdigungen – genauso wie die Trauerweiden und Lebensbäume …

Vor ihm stieg etwas Blaues, Schwankendes auf, schwenkte nach links, wuchs zur Größe einer Kinoplakatwand auf: ein holländischer Fernlaster. Der LKW kam aus Utrecht. Die riesigen gelben verdreckten Buchstaben sprangen Stefan förmlich an.

Er trat auf die Bremse. Beinahe hättest du das blöde Ding gerammt! Raus hier, bloß weg! Fahr in die Abzweigung, die zum Parkplatz führt …

Stefan atmete tief durch, steuerte den Wagen vorsichtig, als fahre er nicht über sandbestreuten Asphalt, sondern über Glas, hielt an, zog den Schlüssel ab, öffnete die Tür: Regen, trauergrauer Regen …

Er stieg aus, holte den Mantel von der Rückbank und zog ihn an.

Dann ging er zu den drei nassen Aussichtsbänken hinüber und setzte sich auf die erste. Vor ihm lag eine Böschung, dann kam ein Rapsfeld. Eine Hintergrundkulisse gab's auch: irgendwelche weich abgeschliffenen Bergschatten hinter einem silbernen Regenvorhang. Und ein blinkendes Licht. Es zuckte. Kein Sinn, kein Rhythmus schien in diesem Flackern. Es war nichts als ein nervöses Lichtauge, das Stefan eine Botschaft zublinken wollte. Nur – die Botschaft interessierte ihn nicht.

Er legte den Kopf in den Nacken und überließ das Gesicht dem Regen. Er rann durch Stefans Haare und war kühl und tat irgendwie gut. Und noch angenehmer war die große Leere, in der Stefans Trauer langsam versank.

Wie lange er so saß – er wußte es nicht. Doch die Imprägnierung seines Mantels wollte der Nässe nicht mehr standhalten. Stefan spürte es feuchtkalt auf den Schenkeln, stand auf, zog den Mantel aus und warf ihn in den Wagen, und als er darin saß, sich nach vorn beugen wollte, um den Zündschlüssel zu drehen, überfiel ihn ein präzises, völlig realitätsnahes Gefühl, nicht allein zu sein.

Stefan blieb in seiner Haltung, betrachtete die Regentropfen auf der Windschutzscheibe und war hilflos vor dem Wissen: Rosi! Und sie sitzt neben dir. Direkt neben dir. Jawohl, sie ist da …

In einem dieser sonderbaren Traktätchen, die sich mit dem Leben nach dem Sterben beschäftigen, hatte Stefan gelesen, daß die Seelen Verstorbener sich nur schwer von den Orten, die sie kennen, und von den Menschen, die sie lieben, zu lösen vermögen. War es das?

Stefan schaltete den Scheibenwischer an, ließ den Motor anspringen, steuerte den Wagen der Ausfahrt entgegen und vernahm Rosis Stimme: *Steffen*, hörte er.

Er fuhr ganz langsam.

Steffen, das is' doch nicht schlimm … Steffen, du hast mir doch so geholfen …

Wirklich? Dachte er es? Flüsterte er es?

Steffen, du mußt was essen … Gestern haste nichts gegessen. Steffen, du bist ja viel zu schwach …

Dann war es still.

Du mußt was essen, Steffen …

Nach fünf Kilometern leuchteten aus dem verschmierten Grau die Neonreklamen und Tiefstrahler einer Tankstelle und eines Rasthauses. Stefan bog ab und parkte. Es hatte aufgehört zu regnen. Er legte beide Hände auf das Dach des Wagens und streichelte das nasse Blech, als streichle er die Haut eines Menschen.

Er betrat den Gastraum, bestellte irgend etwas, aß

irgend etwas und ging anschließend zu der kleinen Verkaufsstelle neben der Eingangstür und verlangte eine Flasche Korn und ein Päckchen Pfefferminzbonbons.

Als er die Wagentür wieder aufschloß, bemerkte er, daß Rosi noch immer da war. Vielleicht war ihre Präsenz nicht mehr so eindringlich, so nahe wie zuvor, doch es gab sie. Nur – sie sprach nicht mehr ...

»Rosi?« fragte er halblaut.

Es kam keine Antwort.

Stefan nahm einen Schluck von dem Korn und fuhr los. Die Autobahnraststätte befand sich vierzehn Kilometer nördlich von Siegburg. Wenn er die Strecke über Wetzlar nahm, hatte er noch etwa hundert Kilometer vor sich. Er würde nicht schnell fahren, er hatte nicht die geringste Absicht. Er würde also kurz vor acht in Burgach eintreffen. Die arme Christa ... Hoffentlich hatte sie bis dahin den Praxisbetrieb durchgestanden ...

Die Dämmerung kam kurz nach sieben Uhr. Stefan verließ die Autobahn und fuhr in Richtung Ortenberg. Als er die Bundesstraße 275 erreichte, mußte er die Scheinwerfer einschalten; es lag nicht allein an der Dunkelheit. In den Niederungen hielt sich Dunst, verdichtete sich zu Nebel, verschwand dann, aber immer wieder stiegen einzelne weiße Nebelnester vor ihm auf, flüchtig und unvorhersehbar. Wie Geister schienen sie, verhüllten die Straße, um sich irgendwann aufzulösen.

Stefan fuhr noch langsamer. Und griff nach der Flasche im Seitenfach. Als endlich das Schild *Burgach – 15 km* im Scheinwerferlicht auftauchte, war die Flasche halb leer ...

Der Lauf der Waffe lag auf einem Baumstamm.

Davor senkte sich der mit Gras bewachsene Hang, setzte sich auf der gegenüberliegenden Seite der Straße fort, wurde noch steiler und endete am Wald. Der Stamm war eine gute Auflage. Es war der Stamm einer alten zwanzig Meter langen, verdorrten Fichte. Der Sturm hatte sie aus der Erde gerissen. Zwischen den grotesk verdrehten, schlangenförmigen Wurzeln hingen Dreck und große Steine. Die Wurzelballen und die Büschel weiter unten boten genügend Sichtschutz.

Der Mann liebte es, wenn sich die Kolbenrundung des Gewehrs an seine Schulter schmiegte wie jetzt, denn dann passierte jedesmal das gleiche: Eine außerordentliche lustvolle, geradezu überirdische Ruhe ergriff von ihm Besitz, durchströmte ihn von den Schultern bis zu den Haarspitzen und von dort wieder über den Rücken zu den Zehen. So mußte es sein, o ja, genauso wie jetzt. Es war schon ein verdammt gutes Gefühl …

Langsam, ganz langsam drehte der Mann den Lauf nach links, dorthin, wo die Kurve begann, und wunderte sich dabei erneut über den spärlichen Verkehr. Vor fünf Minuten war ein Pulk von Autos vorbeigerauscht. Wahrscheinlich war er vor dem Überholverbot an der Kurve entstanden. Dann kamen zwei Lieferwagen, ganz langsam, und der Mann hatte versucht, die Reklame-Aufschriften an ihren Karosserien zu entziffern, aber seine Deutschkenntnisse hatten dazu nicht ausgereicht.

Und nun kam nichts mehr.

Ein Jaguar, dachte der Mann wieder. Ein 2,8-Liter-Jaguar …

Schwarzgrün, hatte der Dicke gesagt und ihm ein Foto gezeigt und wieder einmal so getan, als hätte er einen Idioten vor sich, der einen britischen Jaguar nicht von einem Wolga unterscheiden konnte. Schwarzgrün, na gut – aber wo blieb er?

Wie auch immer – der Jaguar würde die Kurve vermutlich ganz innen nehmen. Kam er mit Tempo, konnte er sich bis zum weißen Trennstreifen hinaustragen lassen, aber auch wenn er sich rechts hielt, war es kein Problem.

Der Mann preßte das Auge an das Okular.

Das Zielfernrohr tastete die zwanzig bis dreißig Meter ab, auf die es ankam. Er drehte den Lauf ein wenig nach rechts, und in dieser Vergrößerung wirkten die Nieten der Leitplanke, die dort drüben die Kurve sicherte, fast so groß wie Daumennägel. Vorhin hatte der Mann sie viel deutlicher gesehen. Jetzt schienen sie merkwürdig verwischt und dunkel, doch die Sicht reichte noch immer.

Er aktivierte die Infrarot-Einrichtung und ließ den kleinen roten Punkt wandern. Winzig, rubinrot, präzise hatte er zu sein, aber das Rot schien verblaßt, die Leitplanke verschwamm, ihre Ränder lösten sich auf, als seien sie in eine graue alles zerfressende Flüssigkeit gefallen. Nicht nur der Stahl dort zerfloß und verschwand, auch die Spitzen der Fichten am gegenüberliegenden Hang wurden zu Schatten. Eine weißliche Zunge leckte an ihnen hoch, hüllte sie ein, schob sich über die Straße …

Nebel! Herrgott, Nebel …

Der Mann hatte sich längst abgewöhnt, in solchen Situationen zu fluchen. Fluchen brachte nichts.

Nebel!

Und wie hatte der Dicke gesagt: »Nur der Chauffeur, hörst du? Du nimmst dir nur den Fahrer vor. Der auf dem Rücksitz darf keinen Kratzer abbekommen.«

Der auf dem Rücksitz?

Die Straße war weg, im Nebel verschwunden. Also würde es auch »den auf dem Rücksitz« nicht mehr geben. Bei dieser Sicht würde er noch nicht einmal die Karre treffen. Wenn der Jaguar jetzt ankam, konnte er vermutlich gerade noch den Motor hören.

Er ließ das Gewehr auf dem Stamm liegen und schob sich hoch.

Der Nebel hatte jetzt den Hang erreicht, floß über die hohe Fichte hinweg, ließ seine milchig weißen Gespenster tanzen, präsentierte ein verrücktes, geisterhaftes, langsam sich drehendes Schleierballett, das mit grau-weißen Gazeflügeln die Pflanzen, die Erde, die Straße verhüllte. Der Teufel hatte die Finger drin. Er hatte diesen Mistnebel geschickt. Da konnte ein Dutzend Jaguar-Limousinen mit einem Dutzend Chauffeuren am Steuer kommen, sie würden friedlich vorüberrollen. Er würde keinen erwischen, keinen einzigen!

Er zog das Handy aus dem Gürtel, um es dem Dicken zu melden. Doch als hätte der es geahnt, schlug zuvor der Apparat in seiner Hand an. Zweimal ...

Das Zeichen: Er kommt.

Na und? Soll er ... Der Dicke dort hinter dem Berg mußte Spiegeleier auf den Augen haben, oder, auch das war möglich, der verdammte Nebel war nur auf dieser Seite den Berg hochgekrochen. Jetzt war der Mann so weit zu fluchen, aber die zweite Überraschung, nein, eine Art Wunder, ließ ihn den Fluch nicht aussprechen. Die Nebelschleier flogen so plötzlich hoch, als habe ein gewaltiger Ventilator sie erfaßt, sie drehten sich, dünnten sich aus, andere drifteten in einer langsamen Aufwärtsspirale in das undefinierbare dunkle Grau über ihm.

Sieh dir das an! Mein Gott, sieh dir das an ...

Es war so still wie zuvor. Eine lastende, schwere, wattige Stille. Nur – es war eine andere Stille als zuvor.

Der Mann hielt den Atem an.

Und in das Schweigen drang nun ein sanftes Brummen. Oben vom Berg kam es, schien die allgemeine Todesstille noch zu unterstreichen, die sonst über dem Land lag. Der Fahrer dort hinter der Kurve schaltete, das war ganz deutlich zu hören. Gerade mußte er die verdammte Kuppe überwunden haben ...

Und nun war auch die Straße wieder zu sehen. Ihr Asphalt glänzte, die Leitplanke zog sich wieder glatt und präzise an der Seite entlang.

Der Mann ging hinter dem Baumstamm in die Knie.

Er hatte das Gewehr an der Schulter.

Und oben an der Kurve tauchte ein verschwommener dotterfarbener Schimmer auf: Scheinwerfer! Langsam, ganz langsam näherten sie sich.

Laß dir Zeit, Junge, keine Eile jetzt ... Ich kann dich sehen ...

Der Wagen, der den Hang herunterkam, nahm allmählich Konturen an. Aber das war kein sattes Motorenbrummen, eine kleine Nuckelpinne war das. An den Büschen schob sie sich vorbei, irgendein zweitüriges Minifahrzeug. Nun zeigte es bereits das Heck, und die Bremslichter strahlten auf.

Abgehakt.

Er wollte sich schon erheben, als er erneut Motorengeräusch vernahm. Noch immer lagen manche Bäume im Dunst, die Kurve aber war nun klar und deutlich zu sehen. Das Geräusch wurde zu dem sanften, satten Brummen eines kraftvollen Motors.

Das könnte er sein ... Er kommt!

Und er kam.

Der Wagen wirkte flach und langgestreckt, beinahe schwarz. Er hatte den charakteristischen Schwung der Kotflügel, die typische langgezogene Jaguarform der Motorhaube.

Das Herz des Mannes schlug ganz ruhig. Nun ging alles automatisch. Er hatte das Auge am Okular.

Langsam, elegant, mit eingeschalteten Nebelleuchten und schimmernden Chromstreifen, klar und deutlich wie auf einem Servierbrett, rollte der Wagen heran.

Der rote Punkt der Zieleinrichtung wanderte über die Kühlerhaube zur Windschutzscheibe.

Der Fahrer? Hier hast du ihn! Ja, er konnte den Kopf des Chauffeurs hinter dem Steuer erkennen: Ein Schatten war es, ein dunkles Oval, klar konturiert.

Der rote Punkt kam zum Stehen.

Er hielt den Atem an und betätigte den Abzug. Der Schuß drückte den Gewehrkolben gegen seine Schulter. Der Jaguar fuhr weiter, als sei überhaupt nichts geschehen.

Aber er hatte ihn getroffen!

Er war sich dessen absolut sicher. Er hatte den Fahrer getroffen ...

Doch was tut der verdammte Wagen? Hält sich korrekt auf der Straße. Nichts, das darauf hindeutet, daß da ein Mann in den letzten Nervenimpulsen seines Lebens das Steuer verrissen hätte. Nein, die Karre rollt und rollt – oder?

Sieh doch: Die Vorderräder berühren jetzt die weiße Mittellinie der Straße, überqueren sie, nun ist er bereits auf der Gegenfahrbahn – und endlich kommt, was kommen muß: Der linke Kotflügel knallt gegen das Geländer, Blech kreischt und kracht, als das Tonnengewicht des Wagens die Leitplanke verbiegt und sie niederquetscht. Da taucht die Kastenform des Chassis' auf, als das rechte Räderpaar hoch kommt – und dann die Unterseite der Radaufhängung, Stoßdämpfer, und das war es dann auch. Das war das letzte Bild.

Der Wagen war verschwunden.

Äste brachen, ein dumpfer Aufprall ertönte, danach ein langes quälendes Schleifgeräusch.

Der Mann erhob sich und lauschte.

Die Stille hatte die Welt wieder in ihrem Griff. Und der Nebel senkte sich erneut über die Straße, wurde dichter und dichter.

Der Mann nickte zufrieden. Er griff in die Tasche nach einem Eukalyptusbonbon. In derartigen Situationen leistete er sich jedesmal ein Eukalyptusbonbon, obwohl der Arzt ihm das wegen seiner Gastritis eigentlich verboten hatte. Aber es mußte sein. Der Mann schob es sich in den Mund. Sein Magen verhielt sich friedlich. Das Herz auch. Erledigt. Dies alles ging ihn nichts mehr an.

Er nahm die Zieleinrichtung vom Gewehr, zerlegte die Waffe und schob die Teile in die dafür vorgesehene Tasche zurück. So etwas dauerte bei ihm nie länger als fünfzehn Sekunden.

Er lauschte wieder. Kein fernes Autobrummen war zu hören. Nicht einmal der Ruf eines Vogels.

Der Mann ging den Hang entlang, um dort im Schutz der Bäume zu der verabredeten Stelle am Straßenrand zu klettern, wo der Dicke ihn wieder in seinem Wagen aufnehmen würde.

In aller Eile hatte Dr. Christa Bergmann aus den Regalen zusammengesucht, was sie brauchte. Viel war das nun wirklich nicht: Obst, eine Packung Brot, Spülmittel, Stefans Zigaretten, eine große Dose Hautcreme, ein Glas Erdbeermarmelade und schließlich die Tiefkühlpackung mit der Kohlroulade.

Die Obstkisten der Straßenauslage wurden von den Mädchen des Supermarktes bereits in den Laden getragen, an den beiden Kassen gab es eine Schlange. Herrgott noch mal, wieso bloß mußt du immer auf den letzten Drücker kommen? Warum schaffst du so einen läppischen Einkauf nie wie ein normaler Mensch?

»Guten Abend, Frau Doktor!«

Gesichter, die ihr zulächelten, nicht eines, viele Gesichter, und sie selbst, die zurücklächelte, so strahlend optimistisch, wie man das wohl von ihr erwartete: Zwanzig Patienten am Nachmittag, was ist das schon? In guter Verfassung zu sein, und das immer, darauf kommt es an.

In dem Einkaufswagen vor Christa erhob sich ein wahres Warengebirge. Nun wurde es eilig zur Seite gezogen und gab den Blick zur Kasse frei. Der zu dem Gebirge gehörende Mann, klein, untersetzt, dick, glatzköpfig und in einem grün-violetten Jogginganzug steckend, strahlte Christa gleichfalls an. Er hieß Grassnitz. Zwei leichte Hinterwand-Infarkte im vergangenen Jahr ... Er zählte zu den Dauerkunden der Praxis.

»Aber Herr Grassnitz ...« Christa Bergmanns Protest fiel ziemlich schwach aus.

»Nichts da, Frau Doktor. Sie mit den paar Sachen im Korb! Also gehen Sie schon vor.«

Auch an der Kasse streckten sich Christa bereits hilfreiche Hände entgegen: »Ich pack Ihnen das ein, Frau Doktor.«

Und die Leute lächelten.

Das Gefühl dankbarer Wärme, das in Christa aufstieg, war ihr längst vertraut.

»Sie ist im großen schwarzen Loch verschwunden«, pflegte ihr Vater zu sagen. »In Burgach, dem hinterletzten hessischen Provinzkaff ...« Burgach mochte das »hinterletzte Provinzkaff« sein, ein schwarzes Loch war es bei

Gott nicht; eher hatte es etwas von einem schützenden Nest.

»Und passen Sie bloß auf!« rief die Kassiererin Christa nach. »Da draußen herrscht ein ganz gemeiner Nebel.«

Die Welt war verschwunden, versunken in wässrigem Grau. Alle Geräusche klangen wie durch Watte gedämpft, die Scheinwerfer der Autos, die Straßenbeleuchtung, die Lampen hinter den Fenstern – nicht mehr waren sie als von wässrigen Filtern geschwächte Lichtpunkte.

Christa hielt den Lenker ihres Fahrrads fest. Sie stieß die Luft aus den Lungen. Gerade war es ihr noch zu umständlich erschienen, für die paar hundert Meter zum Supermarkt den Wagen aus der Garage zu holen – und jetzt? Wie war dieser Nebel nur möglich? So unvermittelt? So schnell …

Haus und Praxis befanden sich am Ende der Heinrich-Heine-Straße, oben am Hang. Als Christa vor einer halben Stunde losgefahren war, hatte sie noch den Abendhimmel bewundert, dann aber … dann hatte irgendein Verrückter anscheinend auf einen Knopf gedrückt und alles verwandelt.

Hinter Christa knirschten Reifen. Aus dem Dunst tauchte ein schwerer schwarzer Kombi auf. Das Fenster auf der Fahrerseite surrte herab. »An deiner Stelle würde ich mir das noch mal überlegen«, rief jemand.

Christa drehte den Kopf. Das breite, von den Armaturenreflexen grünlich angestrahlte Gesicht mit dem prächtig getrimmten Schnauzbart gehörte Walter Kunze. Walter war Produktionschef der Burgacher Kartonagenfabrik und obendrein mit Christas Freundin Hella verheiratet.

»Mein Gott, Christa, wie kann man bei solchem Nebel

mit dem Fahrrad herumgurken? Kannst du mir das mal erklären?«

»Brauch ich nicht. Als ich losfuhr, gab's den Nebel nicht.«

Er war bereits ausgestiegen und kam auf sie zu. Typisch Walter. Walter, der Fürsorgliche, dessen gönnerhafte Hilfsbereitschaft nicht nur seiner Frau, sondern auch Christa auf die Nerven ging, weil sie keine Grenzen kannte. Jetzt allerdings war sie froh darum.

»Na, gib schon her!« sagte er gutmütig.

»Nun mach's doch nicht so kompliziert«, wehrte Christa sich schwach.

»Kompliziert? Auch noch kompliziert ... Als Medizinerin müßtest du etwas von Vorsorge verstehen.« Er riß die Tür seines Wagens auf. »Los, rein. Das Rad geht durch die Heckklappe. Und deinen Riseneinkauf kannst du ja auf den Schoß nehmen.«

Es gab keinen Widerstand. Christa stieg in den Kombi und hörte, wie Walter hinten das Fahrrad einlud. Dann ließ er sich in den Sitz plumpsen, schlug die Tür zu, kontrollierte, ob Christa sich angeschnallt hatte, und löste die Handbremse. Lichter krochen ihnen entgegen. Die dazugehörenden Fahrzeuge waren nicht einmal zu erkennen. Sie fuhren Schrittempo. Irgendwo weiter vorn schimmerte es rot. Sie hatten die Kreuzung der Umgehungsstraße erreicht. Walter stoppte. »Die sind doch alle bescheuert. Die geben Wetterumschwung und Sonnenschein durch, und beinahe hätte ich Hella noch zu 'nem Eis beim Italiener eingeladen. Und jetzt das. Was macht Stefan denn bei diesem Nebel?«

»Er ist nicht hier.«

»Schaut er jemandem tief in die Augen? Macht er Hypnose?«

Mit überflüssigen Bemerkungen so genau daneben-zutreffen, daß einem übel werden konnte – auch das gehörte zu Walter Kunze.

»Er ›macht‹ keine Hypnose, Walter. Und wenn er eine Sitzung hat, schaut er auch nicht tief in irgendwelche Augen. Ich sagte doch, er ist nicht hier. Er hat seine Tante in Oberhausen beerdigt und ist auf der Heimfahrt.«

»Beerdigt?«

»Ja.« Christa wollte das Rosi-Thema nicht anschnei-den. Nicht bei Walter. »Es handelt sich um eine ganz be-sondere Tante. Aber lassen wir das.«

»Ich wollte doch nur ...«

»Du solltest besser aufpassen. Die Ampel ist grün.«

Er fuhr den Wagen über die Kreuzung, bog in die Hein-rich-Heine-Straße ein und steuerte ihn vorsichtig den Berg hinauf. Dann sagte er: »Tut mir leid, Christa.«

»Wieso? Was?«

»Das mit der Beerdigung. – Und falls du was in den fal-schen Hals bekommen hast ... Vielleicht hab ich mich nicht richtig ausgedrückt ... Ich meine, wenn es jeman-den gibt, der Stefan für all das, was er auf diesem Ge-biet leistet, dankbar sein kann, bin schließlich ich das. Wer kann sich schon vorstellen, wie das war, als ich in Marthas Haus kam, und die Martha lag auf dem Boden, die Schere in der Hand, an der rechten Wange einen Schnitt und der ganze Boden voller Blut ... Also ich kann dir sagen ...«

Er brauchte es nicht zu sagen. Hella hatte Christa den Schock anschaulich genug geschildert, der sie und ihren Mann getroffen hatte, als sie ihre Schwägerin Mar-tha in einer Blutlache auffanden. Martha hatte jahre-lang an einer linksseitigen Trigeminus-Neuralgie gelit-ten, schleppte sich mit rasenden Schmerzen von Arzt zu

Arzt, von Klinik zu Klinik, unterzog sich einer Kieferoperation und drei weiteren Operationen, bis man dann in einer Schmerzklinik auf die Idee kam, den Gesichtsnerv zu verschmoren.

Von da an lief Martha mit einem erstarrten Marionettengesicht herum, hatte Angst vor den Menschen und verlor sich tiefer und tiefer in einem Höllenabgrund von Depressionen und Schmerzen, bis zu jenem Tag, als die Grenzen alles Erträglichen überschritten waren und sie zur Schere griff und auf ihr Gesicht einstach.

Dann hatte Stefan sich ihrer angenommen, um nach einer langen Reihe von Sitzungen tatsächlich eines seiner »Wunder« zu vollbringen. Martha war schmerzfrei. Die Spuren ihres Alptraums allerdings waren nicht mehr zu löschen.

»Ich möchte doch um Himmels willen nicht, Christa, daß hier ein falscher Eindruck ...«

Sie legte Walter die Hand auf den Arm: »Ist ja gut. Nun hör auf davon.«

Sie hatten die Mitte der Heinrich-Heine-Straße erreicht. Der Nebel wurde nun dünner. Man konnte Bäume erkennen, Hausfirste und Licht, das aus den Fenstern fiel.

Walter stoppte und lud das Fahrrad aus, hielt Christa mit beiden Händen fest, wie er das immer tat, dann folgte der unvermeidliche Kuß auf die Wangen. »Sag ihm meine Grüße.«

»Aber klar, Walter, falls er zurück ist. Und danke.«

Sie schob das Fahrrad zur Garage und ging den Plattenweg hinauf.

Vom Praxisanbau fiel schräges, durch den Nebel diffuses Licht auf die Rosenbüsche. Christa schloß die Haustür auf, legte ihre Einkäufe auf die kleine Kommode in der Eingangshalle, knipste das Licht an und blickte, ohne zu wissen, warum, in den Spiegel. Dann griff sie mit beiden Händen zum Kopf. Ihr dunkles Haar war feucht – und das Gesicht? Bei Gott, ziemlich mitgenommen siehst du aus.

Und Stefan?

In der Praxis brannte Licht. Christa hatte Stefans Wagen nicht gesehen, doch was bedeutete das schon? Sicher hatte er ihn in die Garage gestellt.

Sie nahm ihre Einkäufe und trug sie in die Küche. Sie sah auf die Uhr. Es war genau neunzehn Uhr fünfundfünfzig, als draußen in der Diele das Telefon läutete. Christa rannte zurück und nahm den Hörer ab. »Praxis Dr. Bergmann.«

Sie hörte einen keuchenden Atem, dann eine Männerstimme: »Frau Doktor, sind Sie das?«

»Ja.«

»Hier spricht Konietzka. Erich Konietzka … Sie kennen mich doch, nicht wahr? Ich bin von der Gemeinde. Wir gehören zum Forstamt … Ich hatte doch diesen Meniskus im letzten Jahr …«

»Aber sicher kenne ich Sie, Herr Konietzka. Was ist denn?«

»Schlimm, Frau Doktor … ganz schlimm.«

»Was ist schlimm?«

»Da ist ein Unfall passiert. Oben an der Aussichtsplattform, gleich neben dem Rotkranz. Sie kennen doch die Gegend, es ist ja nicht weit von Ihnen. Dort, wo am Feuerwehrfest immer das Radrennen startet.«

»Aber ja, Herr Konietzka.«

»Und dann kommt doch diese Kurve am Hang. Da ist einer durch die Leitplanke geschossen, Frau Doktor. 'ne ganz schwere Kiste, ein Jaguar oder so. Der Fahrer ist tot, aber der andere lebt, der noch da drin saß. Er ist bewußtlos. Ich sitze jetzt neben ihm und telefoniere.«

»Haben Sie irgend etwas festgestellt, Herr Konietzka, Blutungen oder so?«

»Ne, aber es ist doch schon ziemlich dunkel in dem Mistnebel. Ich hab dem Mann das Hemd aufgemacht und ihn abgeleuchtet. Konnte nichts sehen, gar nichts. Und seine Pumpe klopft auch. Wir haben seinen Oberkörper ein bißchen hochgerichtet und den Gürtel locker gemacht, wie man uns das im Kurs beigebracht hat.«

»Wir?« fragte Christa.

»Mein Kollege und ich.«

»Das haben Sie prima gemacht, Herr Konietzka. Und die Polizei? Weiß die schon Bescheid?«

»Na klar, Frau Doktor, das war doch das erste. Aber die haben überall Unfälle bei diesem elenden Nebel. 'ne Massenkarambolage auf der Autobahn und alles mögliche. Mit Tempo kommen die sowieso nicht her. Die sagten, sobald sie könnten, wären sie da. Aber das dauert. Das kennt man ja.«

»Ich schicke meinen Mann«, sagte Christa. »Er fährt gleich los. Den Unfalldienst benachrichtige ich auch. Und noch etwas, Herr Konietzka: Wenn sich bei dem Überlebenden etwas verschlimmern sollte, rufen Sie die Nummer an, die ich Ihnen durchgebe. Haben Sie etwas zum Schreiben?«

»Ja.«

Sie gab ihm Stefans Handy-Nummer durch und ging durch den kleinen Korridor, der das Wohnhaus mit der Praxis verband und in dem die Aquarelle hingen, die Stefan bei ihrer letzten Griechenlandfahrt gemalt hatte.

Die Tür war angelehnt.

»Stefan!«

»Ja?«

Die Antwort kam aus seinem Arbeitszimmer, und dort

stand er am Schreibtisch, leicht nach vorn geneigt, beide Hände auf der Tischplatte. Er drehte langsam den Kopf, sah seine Frau an, und sie wußte nicht so recht, ob das, was da um seine Mundwinkel spielte, ein Lächeln werden sollte. Stefan war blaß, die Augenlider waren geschwollen und gerötet. Das Gesicht wirkte noch schmaler als sonst, und die Schlagschatten, die die Schreibtischlampe unter seine Wangenknochen warf, ließen es alt erscheinen.

Christa hielt den Atem an ... Wie soll ein Mann schon aussehen, der gerade die Frau begraben hat, die in seinen Augen seine Mutter war!

Sie nahm ihn in die Arme.

»Stefan«, flüsterte sie. »O Stefan.« Und dann: »Mein Armer.«

Über seine Schultern hinweg sah sie, daß er Rosis Bild in einen Rahmen getan und es neben dem ihren auf dem Schreibtisch aufgestellt hatte. Sie kannte das Foto. Es war an allen Kanten abgenutzt. Jahrelang hatte Stefan es in seiner Brieftasche getragen. Über dem schmalen Holzrahmen hing ein Amulett an einer Kette.

Stefan ließ seine Frau los und sah sie an. Er wirkte so müde. Und er mußte wohl ziemlich getrunken haben. Sie roch Schnaps und dachte an den Anruf.

»Hast du keinen Hunger? Ich habe Kohlrouladen gemacht.«

Er schüttelte den Kopf.

»Stefan, es tut mir so leid. Aber da kam gerade ein Anruf.«

»Die sollen mich gern haben ...«

»Ja, aber trotzdem. Es gab einen Toten und einen Schwerverletzten. Konietzka vom Forstamt war am Apparat. Er hat schon versucht, den Notdienst zu erreichen. Aber da ist dieser verdammte Nebel. Es kann dauern, bis der Rettungswagen durchkommt. Der Unfall war oben an der Aussichtsplattform.«

»So«, sagte er und schien sich ein wenig zu straffen. »Und? Was meinst du, was ich tun soll?«

»Was schon, Stefan.«

»Na gut – Hunger hab ich sowieso keinen.«

Christas Verstand schlug Alarm. War Stefan überhaupt in der Lage, zu fahren und den Verletzten zu versorgen? Ihr Herz schwankte zwischen Mitleid mit ihm und Vorwürfen gegen sich selbst: Wieso hast du dich nie in Notfallchirurgie vernünftig ausbilden lassen? Wieso bist du in allen schwereren Fällen der Unfallhilfe die Flasche geblieben, die du von Anfang an warst? Zu zart besaitet? Das kannst du dir hier draußen nicht leisten.

»Ich komme mit, Stefan.«

Er schüttelte stur den Kopf. »Das schaffe ich schon alleine. Und ich habe ja noch Konietzka.«

»Da ist noch ein zweiter Kollege dabei.«

»Na also, um so besser. Bleib du mal hier.«

Er lächelte schwach und berührte ihre Nasenspitze mit der Spitze seines Zeigefingers. »Kümmere du dich um die Kohlroulade – und hol mir den Notfallkoffer.«

Stefan Bergmann parkte seinen Wagen an der Straßenausbuchtung etwas unterhalb der Kurve und stieg aus. Der Nebel hatte sich auch hier verflüchtigt. Das schwindende Tageslicht sog alle Farben in sich auf. Doch die Straße, der Hang, die Bäume waren noch immer klar zu erkennen. Nur das Tal füllte sich mit Dunkel.

Konietzka, hatte Christa gesagt, der Waldarbeiter mit dem Meniskusriß vom letzten Jahr, sei an der Unfallstelle.

Stefan griff wieder ins Handschuhfach, holte die Kornflasche heraus und nahm einen kräftigen Schluck. Schlagartig fühlte er sich besser. Er hob den Koffer heraus und war noch keine zehn Meter gegangen, als er die Stelle entdeckte, an der es passiert sein mußte. Dort ... In einer grotesken Verkrümmung ragte das Stahlblech einer Leitplanke in den grauen Himmel. Daneben standen zwei Leute. Stefan ging schneller.

»Herr Konietzka?« rief er.

Einer der beiden setzte sich in Bewegung, begann dann zu rennen, kam zu ihm. Konietzka trug eine gelbe weite Windjacke, hatte einen breiten Schädel und struppiges Haar.

»Endlich, Doktor! Menschenskind, so eine Warterei kann einem auf den Geist gehen. Kommen Sie, dort drüben können wir die Böschung runter. Haben Sie 'ne Taschenlampe?«

»Ja.«

»Ich auch. Also los!«

Sie kletterten den Hang hinab, Konietzka voraus. Stefan Bergmann versuchte Einzelheiten auszumachen, sah dunkles Gestrüpp, zwischen dem sich noch immer einzelne graue Nebelnester hielten, sah die dunklen Formen der Bäume – und sonst nichts.

Ein Jaguar, hatte Christa gesagt?

»Hören Sie, Herr Konietzka ... Die Polizei – hat die Ihnen gesagt, daß ein Notarzt kommt?«

»Sei alles auf dem Marsch, behaupten die. Das behaupten die immer ... Ihre Frau wollte sich auch noch mal darum kümmern.«

Irgendwo in der dämmrigen Tiefe war ein mattes Blinken zu sehen. Ein Chromteil vielleicht, auf das der Strahl von Konietzkas Stablampe gefallen war.

Stefan rutschte, wäre beinahe gefallen, fing sich wieder, erkannte einen abgerissenen Kotflügel und weiter rechts eine Radkappe.

Und dann sah er den Wagen.

Ineinander verkeiltes Blech, eine dunkle, massige Form.

Der Verletzte lag zwischen zwei dünnen Fichtenstämmen, etwa vierzig Meter von der Böschung unterhalb der Kurve und fünfzehn Meter von dem verbeulten und zerschrammten Blechchaos entfernt, das einmal ein Luxuswagen gewesen war.

Die beiden Waldarbeiter hatten den Mann korrekt in die stabile Seitenlage gebracht, der Bund der Hose war geöffnet, sie war an den Knien zerrissen, Schmutz und Blätter klebten an dem dunkelblauen Stoff. Der rechte Fuß steckte in einem eleganten leichten Slipper, den linken Schuh hatte er verloren. Konietzkas starker Handscheinwerfer holte das Gesicht aus der Dunkelheit: Die Haut war kalkweiß und unter den geschlossenen Augen leicht bläulich verfärbt.

Bergmann kniete sich auf den Waldboden nieder und tastete nach der Carotis, der Halsschlagader des Bewußtlosen. Hier ... Er fühlte das Herz schlagen, nicht allzu kräftig, aber deutlich. Auch der Brustkorb hob und senkte sich. Es gab keine Anzeichen von Schnappatmung oder Atemstillstand. Nun die Pupillen. Sie zogen sich unter dem dünnen Strahl der Bleistiftlampe nur wenig zusammen. Die Lider aber begannen zu zittern, das Gehirn schien noch mit Sauerstoff versorgt zu sein.

Stefan schüttelte den Mann vorsichtig an der Schulter: »Hören Sie mich?«

Es kam keine Reaktion.

»Können Sie mich hören?« Stefans Stimme wurde lauter. Nichts.

»Und jetzt?« fragte Konietzka neben ihm.

Ja, was jetzt? Die Atemwege schienen frei – doch eine Reanimation in diesem Zustand versuchen? Der Mann konnte innere Verletzungen erlitten haben. Bergmann tastete zunächst den Schädel ab. Da waren Schwellungen an der rechten Seite, aber die Schädeldecke schien in Ordnung. Weder an den Ohren noch an der Nase gab es irgendwelche Blutspuren ...

Weiter. Das Brustbein – okay. Die Rippen gleichfalls. Dies war vermutlich ein Unfallschock, aber um genau festzustellen, ob eine Rückenverletzung vorlag, mußte der Rettungswagen kommen. Immerhin, wenn die Wirbelsäule nichts abgekriegt hatte, schien die Sache nicht so schlimm ...

Und der andere?

Tot, hatte Konietzka gesagt.

Stefan Bergmann warf einen kurzen Blick zu den Wagentrümmern hinüber. Dann begannen seine Hände wieder den Körper des Bewußtlosen abzutasten. Sicherheitsgurte konnten üble Quetschungen oder Knochenverletzungen hervorrufen. Bei dem Mann schien alles in Ordnung. Stefan öffnete die Hose noch weiter und fühlte den Bauch ab. Eine Blaufärbung über dem rechten Beckenrand, das war alles. Der Bauch selbst war nachgiebig und ohne innere Spannungen.

Bergmann nahm das Spritzenbesteck aus dem Koffer und zog ein kreislaufförderndes Mittel auf, das einem weiteren Druckabfall vorbeugen sollte. Er hatte einige Mühe, eine brauchbare Vene zu finden, doch dann klappte auch das. Viel mehr war bis zum Eintreffen des Rettungswagens nicht zu tun.

Konietzka kauerte sich neben ihn. »Und?«

»Na ja, nichts Dramatisches ... Zumindest scheint es

so. Natürlich nur, wenn er sich nicht einen Wirbel ange-
knackst hat. Aber so, wie's aussieht, scheint es eher eine
Gehirnerschütterung und ein Kreislaufzusammenbruch
zu sein.«

»Trotzdem, Doktor, eine schlimme Sache.«

Bergmann hörte kaum hin.

»Ich meine den anderen. Den da drüben im Wagen.
Wenn ich nur wüßte, was das bedeutet? Ich meine das
Loch ...«

»Was für ein Loch?«

»Das Loch im Gesicht. Der hat 'nen Schuß abgekriegt –
ins Auge. So sieht's zumindest aus.«

»Unsinn, Herr Konietzka. Das ist irgendeine Trümmer-
verletzung.«

Der andere Waldarbeiter war herangetreten. Noch einmal richtete Stefan Bergmann den Lichtkegel seiner
Lampe auf das Gesicht des Bewußtlosen, nahm es erst
jetzt richtig wahr. Das dichte rotblonde, schweißver-
klebte Haar, das ihm in die Stirn hing, der Schmutzstreifen, der sich von der linken Schläfenseite bis zum rechten
Wangenknochen zog, der leicht geöffnete Mund ... Trotz
allem, weder der Schreck noch die Schmerzen und die
Wirkung des Kreislaufzusammenbruchs vermochten es
zu ändern. Es blieb das beachtenswert gut geschnittene
Gesicht eines etwa vierzigjährigen Mannes.

»Bleiben Sie mal hier«, sagte Bergmann zu Konietzkas
Kollegen. »Setzen Sie sich neben ihn auf den Waldboden,
und kontrollieren Sie den Atem. Am besten legen Sie
dazu die Hand leicht auf seinen Brustkorb, dann spüren
Sie, wie er atmet. Falls irgend etwas ist, rufen Sie mich sofort, ja?«

Ein schwacher stechender Benzingeruch hing über dem verbeulten schwarzgrünen Blech, über Glassplittern, verbogenen Zierleisten und zerfetztem Gummi.

»Die hatten vielleicht Glück, daß die Karre nicht gleich explodiert ist. Aber die Tür ist nicht aufzukriegen, Doktor.«

Konietzka zerrte vergeblich an der Fahrertür.

Von der Windschutzscheibe existierten nur noch milchweiße, tausendfach von Sprüngen geäderte Raster. Das Licht der Lampe leuchtete den Innenraum aus. Das erste, was Stefan Bergmann auffiel, war Papier, viel Papier, mit Schreibmaschinenschrift bedeckte DIN-A4-Seiten, die auf der Rückbank verstreut waren. Dort gab es auch einen Aktenkoffer mit aufgesprungenem Deckel. Der Oberkörper des Fahrers lag schräg über dem Beifahrersitz, das rechte Bein hatte sich im Schalthebel verfangen.

So weit es ihm möglich war, schob Bergmann sich durch die Fensteröffnung. Konietzka schien recht zu haben: Der Mann war offensichtlich tot. Stefan streckte die Hände aus und versuchte, den Kopf zu drehen.

»Die Lampe, Konietzka!«

Konietzkas Lichtstrahl fiel auf ein blutverschmiertes Gesicht. »Mensch, Doktor«, hörte Bergmann ihn sagen. »Ins Auge! Ich sag's doch, mitten ins Auge ...«

In jenen fernen, fast vergessenen Tagen, als Stefan Bergmann noch mit dem Notarztwagen des Malteser Hilfsdienstes durch Hamburg fuhr, um sein kümmerliches Assistenten-Gehalt im Hafenkrankenhaus aufzubessern, war er an einem Morgen in die Amundsen-Straße in Altona gerufen worden. Dort, ganz oben unter dem Dach, in seiner schäbigen Wohnküche, hatte ein Rentner mit einer Neun-Millimeter-Mauser-Pistole aus dem Zweiten Weltkrieg Selbstmord begangen. Als sie in die Küche traten, hing er mit ausgebreiteten Armen über dem Tisch,

Blut und Hirnmasse tropften von den Fotos seiner Enkelin, die er vor sich auf der Wachstuchdecke ausgebreitet hatte.

»Tödliche Schädel-Schußverletzung«, schreibt man in solchen Fällen auf den Totenschein ... Und dies hier war der Fall Nummer zwei.

Aber das war kein Rentner. Stefan Bergmann sah in das vom Tod grausam verzerrte Gesicht eines jungen kräftigen Mannes. Der Unterkiefer war nach unten geklappt. Das linke Auge starrte ihn an. Das rechte hatte sich in einen dunklen Krater verwandelt.

Wieder blickte Stefan sich um. Keine abgebrochene Stahlleiste, kein keilförmiger Glassplitter, nichts, das eine solche Wunde verursacht haben könnte. Er zog die Hand zurück, und der Kopf des Toten kippte nach vorn auf die Brust. Das dunkelbraune Haar war kurz geschoren, und im Schein von Konietzkas Lampe war nun auch deutlich die Austrittsöffnung des Geschosses zu erkennen. Sie saß unter dem Hinterhaupt, klein, vielleicht so groß wie ein Markstück, und wie gestanzt.

Keine Pistole, dachte Bergmann, das war ein Gewehr. Und ein Geschoß mit großer Durchschlagskraft ...

Der Mann trug eine karamelfarbene, sehr elegante Popelinejacke. Stefan schob sie zur Seite und öffnete das Hemd. Er konnte weder Blut noch weitere Einschüsse oder sonstige Verletzungen erkennen.

Bergmann unterdrückte seinen Widerwillen, das blutbesudelte, kalte Gesicht erneut zu berühren, und schob die Hand wieder unter das Kinn, um den Kopf hochzuheben. Doch er ließ die Hand wieder fallen.

»Mensch, Doktor!« hörte er draußen rufen.

»Was ist?«

»Sehen Sie nur«, antwortete Konietzka unterdrückt. »Da kommt er.«

Bergmann schob sich aus dem Wagen und drehte sich um.

Richtig, da kam er. Kam zwischen diesen dunklen, unheimlichen Säulen hervor, in die die letzten Reste des Abendlichts die Baumstämme verwandelt hatten, kam schwankend, mit weichen Knien, die Arme wie ein um sein Gleichgewicht kämpfender Betrunkener vom Körper weggestreckt, den Kopf vorgeschoben. Er ging vorsichtig Schritt um Schritt, dann schneller ... Und das Erstaunliche daran war, der Scheinwerferstrahl der Lampe schien ihm nichts auszumachen. Er hatte die Augen weit aufgerissen, das Gesicht zu einer Art flehenden Grimasse verzerrt.

»Sehen Sie sich das an, Doktor ...«, stammelte Konietzka.

»Na, los! Helfen Sie ihm doch.«

Konietzka rannte, war gleich danach bei diesem Gespenst in seinen zerfetzten Kleidern, doch das Gespenst schüttelte ganz entschieden den Kopf, wollte sich offensichtlich nicht helfen lassen. Auch Bergmann lief zu ihm, und als er vor dem Verletzten stand, sah er, wie dessen Gesichtszüge unkontrolliert zuckten und wie sie dann – und das war das Unglaubliche – etwas wie ein um Entschuldigung bittendes, ja, fast charmantes Lächeln zustande brachten.

»Hören Sie ...« Die Stimme klang klar und deutlich. »Ich mach Ihnen ganz schön Schwierigkeiten, was?«

Bergmann griff zu und stützte ihn. »Jetzt kommen Sie schon. Was soll das? Setzen Sie sich hin.«

»Ich ... ich muß doch wissen, was mit Rudi ...«

»Der Chauffeur?«

»Ja, mein Fahrer ...«

»Der ist tot.«

Konietzka sagte es, und Bergmann warf ihm einen zornigen Blick zu. Es war zu spät. Er fühlte, wie der Körper unter seinen Händen schwer wurde, und ließ ihn ganz sanft zu Boden gleiten. Und dann kniete er wieder neben ihm, hielt ihn im Arm, während Konietzkas Lampe das von Blut und Schmutz verschmierte Gesicht beleuchtete und Stefan die Augen des anderen nun ganz nahe vor sich hatte, graugrüne Augen mit unnatürlich weit geöffneten Pupillen, Augen, deren Lider zitterten.

»Tot?« Aber noch immer schien er sich um so etwas wie ein Lächeln zu bemühen.

Dann: »Mir ging's auch schon mal besser ...«

Bergmann wollte den Verletzten auf den Boden drükken, doch dessen Körper verspannte sich. Das Adrenalin in dem Kreislaufmittel oder der eigene Wille des Mannes – irgend etwas begann zu wirken, denn der keuchende Atem wurde heftiger, der Blick klar, und die Pupillen zogen sich zusammen.

»Wer sind ...«

»Ich bin Arzt. Hören Sie, der Rettungswagen muß gleich da sein. Das einzige, was Sie jetzt zu tun haben, ist, ruhig zu bleiben, bis er kommt.«

»Ruhig? Na schön, ruhig ... Bloß wie? Ich ... ich hab da ein Problem ...«

»Das einzige Problem, das Sie haben, ist, von hier weg und in ein Krankenhaus zu kommen.«

Der Mann atmete heftiger, doch die Augen schlossen sich. Sein Körper schien sich zu entspannen. Er begann wieder zu sprechen, aber die Worte waren so leise, daß Bergmann sein Ohr näher an das Gesicht bringen mußte.

»Es ist wichtig ... wichtig ... Verstehen Sie?«

»Nein.«

»Mein Aktenkoffer«, vernahm Stefan. »Da sind Papiere drin, sehr wichtige Papiere. Im Wagen.«

»Die habe ich gesehen. Die Papiere sind rausgeflogen.«

»Auch das noch ...«

»Hören Sie, das Unfallkommando wird das alles für Sie erledigen.«

»Nein!« Diesmal kam es ganz scharf und mit einer geradezu unglaublichen Kraft.

»Bleiben Sie bloß ruhig«, sagte Bergmann. »Regen Sie sich nicht auf.« Er sagte es mit aller Energie, die er noch aufbringen konnte. Er fühlte Übelkeit in sich aufsteigen und Schwäche.

»Tun Sie das. Bitte ...«

Er konnte die Worte kaum verstehen.

»Bitte!«

»Schön«, sagte Bergmann ergeben, »ich werde es versuchen ...«

Aus der Ferne, aus der Tiefe des Tals erklang das Heulen eines Martinshorns.

»Bitte«, flüsterte der Verletzte wieder. »Bitte ... Sie tun es, nicht wahr? Sie ... Sie sehen aus wie ein Mensch.«

Dann kippte sein Kopf zur Seite ...

Er war fertig.

Er blieb stehen und hielt sich am Geländer fest. Es war wie das Gefühl in der Achterbahn, wenn am höchsten Punkt der Wagen kippt und es nach unten geht und der Magen hochkommt und dir die Luft abdrückt.

Er hatte kalten Schweiß auf der Stirn, aber den Koffer hielt er noch immer in der Hand, diesen bescheuerten Koffer, der so wichtig war, daß seinen Besitzer nicht einmal die Chauffeursleiche am Steuer seines zertrümmerten Jaguars interessierte.

Stefan hielt sich fest, legte den Kopf in den Nacken und starrte nach oben, dorthin, wo wieder die Sterne zu sehen waren, und spürte das Zittern in den Knien. Ja, er war fertig, fix und fertig ...

Die letzten Stufen zur Haustür noch ... Nach dem Schlüssel brauchte er nicht zu suchen, die Außenbeleuchtung flammte auf, die Tür öffnete sich, und da stand sie.

»O Gott, Stefan! Mein Armer! ...«

Es war das zweite Mal an diesem Abend, daß Christa das sagte, und im allgemeinen war sie nicht so schnell voller Mitleid.

Ihr Gesicht konnte Stefan nicht sehen. Sie stand im Gegenlicht, eine Silhouette, hart abgegrenzt, wie aus schwarzem Papier geschnitten.

Sie nahm ihm den Koffer ab und hob ihn hoch.

»Was ist denn das?«

»Erklär ich dir später ...«

»Sieht ziemlich kaputt aus. Und das Laub daran ... Wo hast du deinen Arztkoffer?«

»Im Auto.«

»Warum denn das?«

Er holte Luft, doch Christa winkte ab.

»Erzähl mir alles nachher. Die Roulade steht schon auf dem Tisch. Und wenn sie halb vertrocknet ist, kann ich nichts dafür. Wirklich nicht. Komm ...«

Er ließ sich den Mantel abnehmen, erlebte eine Christa, die ihm die Tür öffnete, ihn zum Eßtisch führte und sogar noch auf den Stuhl niederdrückte, als müßte sie sich um einen Pflegefall kümmern. Und das war er wohl auch.

Sie häufte Kartoffelbrei auf Stefans Teller, beträufelte ihn sorgsam mit Soße, legte die Kohlroulade dazu und schaffte dies alles, ohne den Blick von ihrem Mann zu wenden.

Dann kam das erste Bier, und es wurde ihm etwas besser. Er trank noch ein Glas, leerte es in einem Zug und aß.

Er brauchte diese Entspannung. Schließlich hatte er erlebt, wie die tote Rosi zu ihm gesprochen hatte, einen zweiten Toten in einem Schrotthaufen von Jaguar untersucht, war einem Verrückten begegnet, der sich wie Lazarus aus einem halben Koma erhoben hatte – und dazu, als Dessert gewissermaßen, einen Polizeibeamten, der Bergmann anschließend eine geschlagene Dreiviertelstunde mit seinen Fragen belästigte.

Er war ein geduldiger, einfühlsamer Polizeibeamter, dieser Kommissar Schmidts – »mit ›dt‹ bitte« – so geduldig und einfühlsam wie ein Gesangslehrer, der einen total untalentierten Schüler zum Singen bringen will. Er hatte nicht viel Freude an Stefan gehabt. Was sollte er dem Kommissar schließlich erzählen? Immerhin erfuhr Bergmann etwas: Der Mann aus dem Jaguar stammte aus Frankfurt und war Bankier.

Na gut. Stefan schob das leere Bierglas zur Seite. Er hatte genug. Es ging ihm besser. Er wischte sich mit der Serviette den Mund ab, als sein Blick auf den Gegenstand dort an der Tür fiel.

Im Licht der Eßzimmerlampe schien sich der Koffer merkwürdig verändert zu haben. Trotz Dreck und Schrammen wirkte er phantastisch luxuriös. Rotbraunes Leder schimmerte, und das Gold der Verschlüsse spiegelte sich im Licht.

Christa, die seinem Blick gefolgt war, sah Stefan an – so, wie nur sie blicken konnte.

»So«, sagte sie, »und nun erzähl mir. Wenn's geht, der Reihe nach ...«

Seine Gabel zog Furchen durch den Kartoffelbrei. Stefan tat seiner Frau den Gefallen und berichtete der Reihe nach, wie sie es wünschte. Er faßte sich ziemlich knapp. Als er fertig war, fragte sie:

»Und wo haben sie den Mann hingebracht?«

»Keine Ahnung. In irgendeine Unfallklinik, nehme ich an. Transportfähig war er auf jeden Fall.«

»Was hatte er denn?«

«Wie soll ich das genau wissen? Eine leichte Gehirnerschütterung, irgendwelche Quetschungen, sicher auch an den Rippen, vielleicht etwas im Bauchraum …«

»Und der Koffer? Was ist mit dem?«

Bei Gott, es war doch eine einfache, ganz normale Frage! Und das dämliche Ding stand dazu noch immer genau in seinem Blickfeld. Sie sahen es jetzt beide an. Stefan spürte die Müdigkeit wieder in sich aufsteigen, rascher als zuvor. »Der Koffer … Ja, das ist auch so eine Sache … Hast du einen Schnaps?«

Sie widmete ihm einen dieser Christa-Blicke, bei denen man nie unterscheiden konnte, ob sie jemanden wirklich ansah oder über dem Mikroskop irgendwelche Streptokokken zählte. Stefans Erschöpfung wuchs. Aber dann kam der Schnaps und gab ihm so etwas wie Klarheit zurück.

»Ich hab ’ne ganze Menge hinter mir, Christa. Und ich bin verdammt müde.«

»Ich weiß, Stefan. – Aber was ist mit dem Koffer?«

Er trank den Rest des Klaren, holte tief Luft und brachte es fertig, auch zum Thema Koffer eine Kurzfassung zu liefern. Dabei beobachtete er, wie sich Christas Hände rechts und links neben dem Teller so heftig auf die Tischplatte preßten, daß die Sehnen hervortraten.

»Ja, spinnst du denn? Sag mal, du hast sie ja wohl nicht mehr alle …«

»Was soll das heißen?«

»Was das heißen soll? Das fragst du noch? Du erzählst, daß sich in diesem kaputten Auto nicht nur ein toter

Chauffeur befand, sondern daß da auch eine ganze Menge Dokumente herumlagen und daß der Besitzer des Wagens trotz seines Zustands nichts anderes im Kopf hatte, als daß du diese Dokumente aufsammelst und beiseite schaffst!«

»Was heißt beiseite schaffen? Daß ich die Papiere an mich nehme ...«

»Und wo ist da der Unterschied? Das kommt ja wohl auf das gleiche raus. Geht dir das denn nicht auf? Kapierst du nicht, daß die ganze Sache zum Himmel stinkt und du dich damit für irgendeine Schweinerei zum Helfer gemacht hast?«

»Schweinerei? Helfer?«

Er versuchte aufzustehen, doch er kam nicht zurecht damit, irgend etwas mußte seine Beine mit flüssigem Kautschuk gefüllt haben. Also blieb er sitzen und versuchte, den Sinn von Christas Worten zu erfassen. Es gelang ihm nur unvollkommen.

»Stell dir doch mal die Situation vor ...« Seine Stimme klang sehr schwach. »Ich hab's dir doch erklärt. Ich hab ... ich hab nicht viel nachgedacht. Wie auch? Ich hatte anderes zu tun. Und angeschlagen war ich auch.«

»Das sieht man«, sagte sie und warf wieder einen Blick auf den Koffer.

Es irritierte ihn nicht. »Ich wollte dem Mann einfach einen Gefallen tun.«

»Gefallen?« wiederholte sie. »Na schön. Und die Polizei? Hast du der was von dem Koffer erzählt?«

»Wieso? Wieso sollte ich das?«

»Das fragst du im Ernst?«

»Ja. – Was hat denn das alles mit der Polizei zu tun?«

Seine Beine funktionierten wieder. Stefan nutzte die Gelegenheit und stand auf. Er mußte sich am Tisch festhalten. Auch Christa erhob sich und streckte den Arm aus, um nach seiner Hand zu greifen. Ihr Gesicht wurde wieder sanft und weich.

Im Zeitlupentempo ging er zur Tür. Er war schon halb aus dem Raum, als ihm noch etwas einfiel. Er bückte sich, nahm den Koffer auf und drehte sich noch einmal zu Christa um, die wieder am Kopfende des Tisches stand, die Teller mit den halb gegessenen Kohlrouladen vor sich, und ihn anstarrte.

»Ich muß sofort ins Bett«, hörte Stefan sich sagen. »Irgendwo und irgendwann hat jeder seine Grenzen. Ich geh ins Kabuff. Ich glaub, das ist besser so. Da kann ich ruhig schlafen …«

Das »Kabuff« war sein Arbeitsraum, in dem für derartige Fälle auch eine Schlafcouch stand …

Stefan schlief bis spät in den nächsten Morgen hinein in dem schmetterlingsleichten Gefühl, daß Rosi ihm zusah und seinen Schlaf beschützte.

An diesem Mittwochvormittag kamen nur wenige Patienten, so daß in der Praxis Ruhe herrschte und Stefan kurz nach elf nach Burgach hinunterfuhr, um die Laborsendungen aus dem Schließfach abzuholen und sich Zeitungen zu kaufen. Nun war er doch neugierig … Was da in der Nacht passiert war, mußte auch die Presse interessieren. Schließlich war das nicht irgendein Unfall, sondern ein Mordanschlag – ein richtiggehendes Attentat!

Im Kiosk am Marktplatz blätterte Stefan die Zeitungen durch. Er fand nichts. Die FAZ hatte er bereits zu Hause aus dem Briefkasten gezogen. Auch sie brachte keine Zeile. Wahrscheinlich war die Nachricht erst nach Redaktionsschluß eingegangen.

Als um dreizehn Uhr die ARD die Tagesschau brachte,

war es das gleiche. Kein Wort über die Ereignisse der Nacht.

Dann, am Nachmittag, als der Praxisbetrieb anzulaufen begann, streckte Marga, die Sprechstundenhilfe, ihre feuerrote Mähne durch die Tür.

»Herr Doktor! Da läuft was im Fernsehen!«

Es war die Hessen-Rundschau, und Stefan kam gerade noch rechtzeitig, um die Sprecherin sagen zu hören: »… der mysteriöse Vorfall beschäftigt die Polizei. Auch das Bundeskriminalamt hat sich eingeschaltet. Wie wir erfahren konnten, hat Thomas Lindner, Arbeitgeber des toten Chauffeurs und Eigentümer des Jaguars, in Frankfurter Börsenkreisen den Ruf eines geschickten Investment-Bankers mit internationalen Beziehungen. Lindner, der in Südfrankreich lebt und arbeitet, verfügt über eine Niederlassung in der Frankfurter City. Die einzige Information, die wir vor Redaktionsschluß erhalten konnten, war, daß der bekannte Banker sich in einer Frankfurter Privatklinik befindet, um sich von seinen Verletzungen und dem Unfallschock zu erholen.«

Stefan versuchte, sich an das blutige, mit Schmutz und Erde beschmierte Gesicht im Wald zu erinnern. Es gelang ihm nur unvollkommen. Außerdem: Er wurde beim Röntgen gebraucht …

Also, was sollte das alles?

Er verließ den Laborraum, in dem das TV-Gerät stand, ging den Korridor entlang, nickte zwei Patientinnen zu, die ehrfürchtig bei seinem Anblick ihr aufgeregtes Tratschen abstellten, und betrat das Kabuff.

Der Koffer stand dort, wo Stefan ihn am Abend hingestellt hatte, direkt am Fußende seines Notbettes. Er hob ihn auf den wackligen Schreibtisch, an dem er bisweilen seine Abende verbrachte, schaltete die Lampe ein und sah den Koffer an.

»Dafür kriegst du einen Kleinwagen. Mindestens ein Reitpferd«, hatte Christa gestern abend noch verkündet. »Die Beschläge – reines Gold. Ich weiß, was so was kostet.«

Gut, er wußte es nicht. Auch nicht, was ein Reitpferd wert war. In solchen Dingen war Christa ihm immer voraus gewesen. Dabei wirkte auf den ersten Blick der Koffer nicht besonders beeindruckend. An der rechten Seite war er verschrammt, als wäre mindestens ein Pflug darübergefahren, vorn das gleiche Bild: schräge, tiefe Rillen, das Material hatte standgehalten. Und an den Stellen, an denen er nicht mit Schmutz in Berührung gekommen war, zeigte er noch immer den vornehmen bordeauxfarbenen Glanz. Die Sensation aber bildeten tatsächlich die Beschläge und Schlösser. Es handelte sich um sehr massive Zahlenschlösser. Sie hatten nicht einen einzigen Kratzer abbekommen. Genauso verhielt es sich mit der Metallplatte, die den Tragbügel hielt. Sie war gut zwölf Zentimeter lang, etwa vier Zentimeter breit und schien aus purem Gold. Jedenfalls strahlte die Platte, als stünde sie in einer Juwelierauslage. Und sie strahlte noch etwas aus: die Mitteilung: »Du kannst dir so was ja nie leisten!«

»Wer läuft schon mit so einem Ding in der Hand durch die Gegend?« hatte Christa kopfschüttelnd gefragt. »Doch nur ein Parvenü.«

Oder ein Banker. Nicht um Angabe, sondern um Image handelte es sich hier wohl.

Stefan betrachtete die Schlösser.

Elektronische Verriegelungen waren der letzte Schrei. Zumindest hatte er solche schon bei den Aktenköfferchen bestaunt, mit denen die Kollegen auf den Kongressen auftauchten. Dieser Koffer hier leistete es sich, konservativ zu bleiben. Außerdem hatte er nicht fünf, nein, gleich sieben Zahlenräder am Schloß. Der Eigentümer mußte ein gutes Gedächtnis haben oder sich die Nummer notieren.

»Die Sache stinkt doch zum Himmel!« hatte Christa gestern nacht gesagt. »Die Papiere lagen überall in diesem Auto herum? Aber auch wenn es dunkel war, du hattest deine Lampe, du mußt doch etwas gelesen, etwas gesehen haben? Irgendeinen Schimmer, um was es sich bei den Papieren handelt, mußt du doch mitgekriegt haben?«

Mußte er das? Er hatte anderes zu tun gehabt, als irgendwelche Papierchen zu lesen. Außerdem war alles in einer fremden Sprache abgefaßt. Sollte er auch noch übersetzen, mit einer Taschenlampe in der Hand, während draußen die Polizei anrückte?

Welche Fremdsprache war das überhaupt? Die Goldschlösser rückten ihr Geheimnis nicht heraus. Und Stefan selbst hatte sie verschlossen. Oben am Hang hatte er die Unterlagen brav eingesammelt, als stünde er unter Hypnose. Genau besehen hatte er nicht gewußt, was er tat. Nur dieser Lindner, den sie zum Krankenwagen brachten, hatte ihn irgendwie angerührt. »Helfen Sie!« Ja, das war es. Dieses »Helfen Sie! Sie sehen aus wie ein Mensch!«

Wenn es nun mal zum Menschsein gehört, sammelte Stefan Bergmann jeden Kram ein. Mit Vergnügen.

Doch um welche Sprache handelte es sich? Sie war Stefan so fremd wie Chinesisch. Er sprach Englisch, noch besser kannte er sich in Französisch aus, seinem alten Hobby, das er in den letzten zwanzig Jahren bis zum Argot zu beherrschen gelernt hatte. Englisch, Italienisch, Spanisch, Französisch – irgendeine europäische Sprache hätte er sofort erkannt.

Slawisch, dachte Stefan. Klar, Russisch vielleicht oder Tschechisch, Bulgarisch, Polnisch. Und auf diesem Gebiet mußt du passen.

Er nahm den Koffer hoch und wog ihn in der Hand.

Erst jetzt entdeckte er die beiden Initialen auf der Vorderseite. Eine Lehmschicht hatte sie verborgen. Stefan rieb sie ab.

T und L, kunstvoll verschnörkelt.

T und L?

Thomas Lindner ...

Stefan schob den Luxuskoffer des Bankers in den bescheidenen Schrank, in dem er seine Unterlagen und Akten aufbewahrte, schob die Tür zu und schloß ab. Den Schlüssel steckte er in die Tasche.

Dann kehrte er in die Praxis zurück. Ein Mann, der sich Schlösser aus massivem Gold leistet, ist sowieso nicht dein Fall. Da hat Christa schon recht. Und du hast zu tun. Sieh ins Wartezimmer. Jeder weitere Gedanke an Herrn T. L. ist pure Verschwendung!

Und so ging es auch in den folgenden Tagen.

Marga und Elke, die Laborantinnen, bewegten sich wieder einmal im Laufschritt. Auch Christa und Stefan hatten alle Mühe, über die Runden zu kommen. Irgendwann legte sie ihm wortlos einen Zeitungsausschnitt auf den Tisch und verschwand wieder.

Vor ihm saß ein Patient auf dem Stuhl.

»Entschuldigen Sie einen Augenblick«, bat Stefan.

Der Patient nickte.

»*Noch keine Klärung im Fall Lindner*« lautete die Überschrift. Dann der Text: »*Bei der Aufhellung der Hintergründe des tödlichen Anschlags auf den Fahrer des in Frankfurter Bankkreisen bekannten Anlagebankers Thomas Lindner sind die damit befaßten Polizeistellen nicht weitergekommen. Es war von Anfang an die Vermutung der Polizei, daß das Attentat dem Banker selbst gegolten hat und der Täter sich* wegen der durch Nebel behinderten Sichtverhältnisse im Ziel irrte.

Wie wir erfahren konnten, ist Lindner vor allem durch seine internationalen Bankgeschäfte bekannt. Seine Aktivitäten waren bisher in erster Linie auf den Osten ausgerichtet. Seit 1996 jedoch finanziert er umfangreiche Bauprojekte in Südfrankreich.

Ob das Attentat mit diesem geschäftlichen Hintergrund in Verbindung zu bringen ist, bleibt unklar.

Das Sekretariat des Bankers hüllt sich in Schweigen. Auch in der Klinik, in der seine Unfallverletzungen behandelt werden, ist er streng abgeschirmt.«

Etwas wie Panik schoß in Stefan hoch. Streng abgeschirmt? Wie gut für Lindner ... Doch wo lagerten seine Geschäftsgeheimnisse? Dort drüben im Kabuff?

Na großartig!

»Herr Doktor, was mach ich, wenn's mit der Verdauung wieder nicht stimmt?«

Bergmann schrak hoch. Tatsächlich, er hatte über diesem Krimi seinen Patienten vergessen.

»Dann wechseln wir einfach das Medikament, Herr Meyerfeld. Dann haut es wieder hin. Das ist alles halb so schlimm.«

Es war genau das, was Stefan für sich selbst hoffte.

Es war derselbe Mittwoch, kurz nach acht Uhr abends, als der Anruf kam. Bergmann saß am Schreibtisch in der Praxis und war dabei, die Stichworte für einen Beitrag zu ordnen, den er dem WDR zur Hypnose-Therapie versprochen hatte, als das Telefon anschlug.

»Herr Doktor Bergmann?« fragte eine Frauenstimme.

»Ja«, knurrte er. »Wenn's sein muß?«

»Wie bitte?«

»Nichts.«

Ein kurzes Räuspern, dann: »Einen Augenblick, Herr Doktor Bergmann.« Es knackte in der Leitung, dann vernahm Stefan eine zweite Frauenstimme. Und die ließ sich nicht so leicht verunsichern wie die erste. Kühl klang sie, ziemlich tief und voll der routinierten Liebenswürdigkeit aller Vorzimmerdamen dieser Welt. »Herr Doktor Bergmann, ich darf mich entschuldigen, wenn ich Sie um diese Zeit noch anrufe. Und ich kann nur hoffen, daß ich Sie nicht störe?«

»Ja nun ...«, sagte er vorsichtig.

»Herr Dr. Bergmann, ich arbeite für Herrn Thomas Lindner.« Sie erklärte es in einem Ton, in dem man bekannt gibt, man arbeite für den Präsidenten der Vereinigten Staaten.

»Ja«, sagte Stefan. »Wie geht es ihm?«

»Ganz gut. – Den Umständen entsprechend natürlich.«

»Natürlich.« Bergmann betrachtete die Spitze seines Kugelschreibers.

»Und damit, Herr Doktor, hätten wir bereits den Grund, weshalb ich mir erlaube, Sie noch zu dieser Stunde anzurufen.«

»Ach ja?«

Jetzt war er wirklich gespannt.

»Seine Verfassung. Herr Lindner stand einige Zeit unter starken Medikamenten, die es ihm nicht erlaubten, Ihnen seinen Dank abzustatten. Darüber ist er – nun, sagen wir – etwas bedrückt.«

»So? Und Dank wofür?«

»Für die Hilfe natürlich, die Sie ihm in dieser schrecklichen Nacht geleistet haben.«

Auch Stefan hatte ein zweites »Natürlich« auf der Zunge, aber er schluckte es hinunter. Der Koffer! Um ihn ging es. Und bedrückt? Angst hatte Lindner um den Koffer. Daher die Phrasendrescherei.

Unwillkürlich blinzelte Stefan zu seiner Schrankwand hinüber, als ob das Mistding mit seinen Goldschlössern dort zwischen den Instrumenten stehe. Dabei war es noch immer im Kabuff.

»Es geht um die Unterlagen, nicht wahr?« fragte Stefan.

»Entschuldigen Sie, Herr Doktor, ich verstehe nicht ...«

»Nein? Dann sagen Sie Herrn Lindner doch bitte, daß ich ihm das, wofür er seinen Dank abstatten will, gerne wieder aushändige.«

»Selbstverständlich, Herr Doktor. Nun ja, mein Auftrag lautet, Sie zu fragen, ob es Ihre Dispositionen zulassen, daß Herr Lindner Ihnen an diesem Samstag einen Besuch abstattet?«

Bergmann war verblüfft. »Hier?« sagte er.

»Richtig. In Burgach, wenn ich mich nicht irre. Herr Lindner läßt anfragen, ob Sie so gegen siebzehn Uhr eine Stunde Zeit für ihn hätten.«

»Natürlich«, sagte er.

Es war das dritte »Natürlich« in drei Minuten.

»Dann darf ich diesen Zeitpunkt als bestätigt betrachten. Ich werde es Herrn Lindner durchgeben. Ich bin mir sicher, er wird sich sehr freuen. Guten Abend, Herr Dr. Bergmann.«

Stefan antwortete nicht. Er hörte das Knacken in der Leitung und starrte noch immer den Hörer an.

Freitag, acht Uhr morgens.

In weniger als einer Stunde würde die Arbeit in der Praxis beginnen.

Bergmann saß an seinem Schreibtisch und schrieb. Er schrieb mit der feinsten Kugelschreiberspitze, denn er hatte die Erfahrung gemacht, daß er um so schneller vorankam, je winziger er die Schrift hielt, und er mußte schnell schreiben. Rudi Becker, Wissenschaftsredakteur des WDR und ein alter Freund aus Mühlbachviertel-Tagen, wartete noch immer auf Stefans Beitrag zum Thema »Grenzbereiche der Medizin«.

»Das menschliche Gehirn«, schrieb Stefan Bergmann, »ist eine Denkmaschine von unvorstellbarer Potenz. Sie besteht aus Milliarden von Neuronen, leistungsfähigen Nervenzellen also, die, auf vielfältigste Weise miteinander vernetzt, jeder ›denkbaren Situation‹ gerecht werden. Kein noch so raffinierter, mit Chips der letzten Generation ausgestatteter Riesencomputer vermag an diese Konstruktion der Natur heranzureichen. Und ob das menschliche Gehirn je erforscht werden kann, bleibt mehr als zweifelhaft.«

Stefan rieb sich die Nase, starrte die Zeilen an und begann aufs neue:

»Wie jeder Computer arbeitet das Gehirn auf der Grundlage eines Programms. Dieses Programm beruht auf den entwicklungsgeschichtlichen, aber auch biographischen Erfahrungen, die ein Mensch im Laufe seines Lebens gemacht hat. Das einzige Instrument, das in der Lage ist, in dieses Programm relativ schnell und direkt einzugreifen, ist die Hypnose. Hier haben wir es mit einer Technik zu tun, die der Medizin unseres Kulturkreises seit zwei Jahrtausenden bekannt ist, in den östlichen Zivilisationen und bei den Naturvölkern jedoch zum Alltag ...«

Stefan sah irritiert hoch. Er legte den Kugelschreiber weg. An der Tür hatte es geklopft, und da öffnete sie sich auch schon, und Marga steckte den Kopf herein.

»Herr Doktor, ein Herr Warnke. Ich habe versucht ...«

»Hat sie ...«, sagte eine tiefe Männerstimme. »Kann ich bezeugen. Aber so richtig kam sie nicht damit durch ...«

Marga verschwand, und an ihrer Stelle erschien ein Mann. Er war an die sechzig, ein Neunzig-Kilo-Typ mit eisgrauen kurzen Haaren und blinzelnden, eisblauen, etwas geröteten Augen.

Nun stand Bergmann doch auf.

»Sie, Herr Warnke?«

»Ja, und am frühen Morgen«, sagte Warnke und trat ein. Er war nicht nur dick, er war auch groß. Seine beige Sporthose war an den Knien ausgebeult, die kräftigen braunen Treter hatten Vollprofilsohlen. Um den Bauch spannten sich ein verknitterter Golfsakko und ein blaues, am Kragen offenes Hemd. Warnke war Kommissar. Er leitete die Polizeistelle Burgach und sah aus, als sei er einer dieser Fernsehserien entsprungen, in denen die Kommissare wie müde pensionsreife Bäckermeister wirken. Pensionsreif war Warnke auch.

»Hören Sie ...« Bergmann mußte sich sehr um ein Lächeln bemühen. »Es ist ja nett, daß Sie hier sind. Aber wenn es nichts Dringendes ist – wäre Ihnen die Mittagspause recht?«

»Nichts dagegen, im Prinzip jedenfalls«, grinste Warnke. »Nur ... heute bin ich nicht freiwillig hier, Herr Doktor. Druck kriegen wir ja alle. Bei mir kommt er aus Frankfurt. Dort tackern die andauernd was durch. Die machen mich ganz verrückt.«

Bergmann verstand zwar nichts, aber er nickte.

»Die Geschichte an der Kurve?« fragte er vorsichtig.

»Was sonst!«

»Na und? Die Polizisten haben mich doch gleich anschließend oben vernommen. Eine Stunde lang. Was ich sagen konnte, habe ich gesagt. Was ist mit Herrn Lindner?«

»Lindner? Sie kennen also den Namen?«

»Ja, wieso denn nicht? Der steht doch überall in den Zeitungen, verdammt noch mal.«

Warnke zog einen Stuhl heran, schüttelte dann den Kopf, marschierte zum Fenster, sah eine Weile hinaus und drehte sich um. »Der Punkt ist, Doktor, daß Sie im Protokoll berichtet haben, der Mann sei bewußtlos gewesen. Und an einer anderen Stelle sagen Sie plötzlich, Sie hätten ein paar Worte mit ihm gewechselt. So was reimt sich leider nicht zusammen.«

»Wieso nicht? Der Unfallschock hatte Lindner in eine Art Dämmerzustand versetzt. Er bekam eine Spritze, kam ein wenig zu Kräften, so weit sogar, daß er auf uns zugehen und ein bißchen reden konnte. Dann war es damit wieder vorbei. – Was ist daran seltsam?«

Warnke ließ die Frage unbeantwortet. »Und was war sonst noch?«

»Wie?« fragte Stefan.

»Nun, irgendeine Bemerkung. Irgend etwas, das uns einen Hinweis geben könnte.«

»Auf was denn?«

Warnke nahm nun doch den Stuhl und setzte sich. Er seufzte. »Sehen Sie, der Mann ist eine ziemlich große Nummer. Er ist Anlagebankier, verstehen Sie? Einer, der das Geld der anderen herumschiebt, je schwärzer das Geld, um so besser! So sieht es wenigstens aus. Die Kapitalgeber, und das macht die Sache ein bißchen kompliziert, sind vor allem Russen.«

»So? Ich verstehe davon überhaupt nichts.«

»Ich auch nicht, Doktor. Oder nicht viel ...«

Bergmann deutete auf die Bücher und Notizen auf seinem Schreibtisch. »Ist das alles? Ich muß nämlich noch arbeiten, bevor bei mir die Tretmühle anfängt.«

Warnkes Lächeln machte müder Verdrossenheit Platz. Er blieb stur sitzen.

»Anlagebankier«, hörte Bergmann sich sagen. »Russisches Kapital? Wenn ich mich so in Ihre Welt hineindenke, Herr Warnke, dann heißt das ja wohl, daß dieser Lindner was ausgefressen hat und dafür umgelegt werden sollte. Ist es das? Na gut. Aber wieso mußte dann der Fahrer dran glauben?«

»Das ist die Preisfrage.« Mit den Fingerknöcheln massierte Warnke die Stoppeln an seinem Kinn. »Aber es gibt ja jede Menge Klugscheißer, Doktor. Und die Klugscheißer haben immer Theorien. Die eine lautet: Die Attentäter haben den Mann verwechselt. War ja Nebel und so ... Also hielten sie den Mann am Steuer für Lindner.«

»Und die andere?«

»Die andere? – Ja nun, bei Attentaten gibt's Varianten. Eine besteht darin, daß man jemanden nicht umbringt, sondern ihm einen Denkzettel verpaßt, indem man ihm einen richtigen Schrecken einjagt.«

»Und seinen Chauffeur erschießt?«

»Zum Beispiel.« Der Kommissar erhob sich. »Kann sein, daß ich Sie nochmals brauche, Doktor. Nächstes Mal komme ich nach Anmeldung. Versprochen.«

»Das brauchen Sie nicht. Ich muß sowieso öfter nach Burgach runter. Ich kann ja in Ihrem Büro vorbeikommen. Das wär' mir lieber.«

»Ganz wie Sie meinen.«

Bergmann brachte den Kommissar zur Tür und sah ihm nach. Ein großer Mann, müde schon am Morgen.

Wohl war Stefan Bergmann nicht. Nein, überhaupt nicht.

Die Wunde war etwa zwölf Zentimeter lang und ziemlich häßlich. Das Licht in der Küche war zu schwach und der Tisch dort zu klein. Also hatten sie den Jungen im Freien auf eine ausgehängte Tür gelegt, die von zwei Holzböcken getragen wurde. Nicht gerade ideal – aber es ging. Bergmann hatte die Blutung zum Stillstand gebracht, ein Mittel für Lokalanästhesie injiziert, die Wunde zunächst unter ziemlichem Druck mit der Rekordspritze gesäubert, die Wundränder einigermaßen glatt geschnitten, während einer der reichlich verwegen aussehenden Angehörigen des Verletzten die Fliegen wegscheuchte.

Um die unteren Schichten der Verletzung brauchte Bergmann sich nicht zu kümmern. Die Egge hatte den Oberschenkel des Jungen nur bis in etwa drei Zentimeter Tiefe aufgeschlitzt. Stefan setzte eine Hautnaht und klebte ein Pflaster darauf.

Und die ganze Zeit lag der Sechzehnjährige da und blickte zu den Schwalben am blauen Himmel hinauf, als gäbe es nichts Wichtigeres auf der Welt.

»Sehr tapfer«, sagte Stefan anerkennend und packte seinen Arztkoffer zusammen.

»Wir kommen aus Zagreb«, erklärte sein Vater.

Schön, die kamen aus Zagreb. Sollten sie ... Er, Stefan, mußte schleunigst weg. Wohlwollend betrachtete er die versammelte Familie: sechs Personen. Zwei Frauen, ein Mädchen, drei Männer. Und dazu gehörte wohl auch noch der Rister-Bauer, denn ohne seine Kroaten hätte der seinen Hof auf der Höhe über Burgach wohl längst aufgegeben.

Irgendeine Hand streckte Stefan irgendeine Flasche entgegen. Der Inhalt war so klar wie Wasser.

»Sliwowitz, Doktor.«

»Danke. Das nächste Mal nehm ich ihn mit. Und dann trinken wir vorher noch einen.«

Er hielt den Leuten seine Rezepte hin, gab noch ein paar Anweisungen und stieg dann in den Wagen.

Na großartig! Dies ist also dein freier Samstagnachmittag? Und dazu hast du noch eine höchst interessante Begegnung auf dem Programm ...

Stefan ließ den Motor an und warf einen Blick auf die Borduhr: sechzehn Uhr dreißig. Das reichte gerade noch. Um siebzehn Uhr, hatte er gesagt. Einer wie Lindner machte es wirklich spannend bis zur letzten Sekunde. Diesmal war ein Mann am Apparat gewesen. »Herr Lindner wird so um siebzehn Uhr bei Ihnen in Burgach sein. Er hofft, Sie zu Hause anzutreffen ...«

Nun, um ein Haar hätte er umsonst gehofft ...

Diesmal nahm Bergmann nicht die Serpentinen durch den Wald, sondern lenkte den Wagen vom Rister-Hof aus zur Bundesstraße. Die Strecke durch den Wald war zwar kürzer, aber voller Schlaglöcher. Über die Bundesstraße konnte er es schneller schaffen.

Er fuhr durch Buchland, einen kleinen Weiler, der bereits zu Burgach gehörte, umrundete die Bergkuppe und sah die Kurve vor sich. Der Himmel war strahlend blau, die weißen Wolken wirkten wie von einem Maler ins Blau gepinselt, drüben im Westen zeigte sich bereits ein rosaroter Streifen Abendlicht. Es war ein ganz anderes Bild als damals in der Nacht – und es gab keinen Nebel.

Immer wenn er hier vorbeigekommen war, und das war in der vergangenen Woche zwei- oder dreimal gewesen, hatte Stefan den Fuß vom Gas genommen, den Wagen langsam weiterrollen lassen und den Hang hinabgeblickt. Die Schleifspur, die herausgerissenen Büsche mit ihren braunen Wurzeln, die abgeknickten Fichten, das alles gab es noch, und dazwischen lagen Glassplitter und Blechteile. Der Rest war verschwunden. Selbst die Leitplanke hatten sie erneuert. Der Zement zeigte ein frisches helles Grau ...

Diesmal aber war es trotzdem nicht das Bild, das Stefan erwartete. Zumindest nicht ganz ...

Er trat auf die Bremse. Dort, genau an der Leitplanke, genau an der Stelle, wo der Jaguar verunglückt war, dort – der Mann ...

Ein hochgewachsener Mann in einem weiten schwarzen Mantel.

Es war zunächst nicht die einsame Gestalt gewesen, die Stefans Aufmerksamkeit erregte, es war der rötlich leuchtende Glanz, der vom Kopf des Mannes ausging. War das nicht Lindner? Er könnte es sein ... Damals in der Nacht hatte Bergmann kaum wahrgenommen, daß Lindner so rötlichblondes Haar hatte. Wie auch? Vielleicht reichte das Licht der Taschenlampe nicht aus. Oder er hatte überhaupt nicht darauf geachtet.

Aber jetzt?

Der Mann stand da, ganz ruhig. Der schwarze Mantel fiel bis zu den Knöcheln, eine Art Cape war es, wie der Mantel eines Kutschers. Die Größe des Mannes – er mußte fast einen Meter neunzig sein – diese stille, stumme Versunkenheit vor dem blauen, in Rosa verschwimmenden Abendhimmel ... ziemlich beeindruckend, das war nicht abzustreiten, falls es wirklich Lindner war?

Dann sah Stefan den Wagen. Und wunderte sich zum zweiten Mal. Er wunderte sich, daß ihm bei dieser Luxuslimousine zuerst der Mann aufgefallen war. Diesmal fuhr Lindner also keinen Jaguar, diesmal war der Wagen auch nicht schwarzgrün, sondern hatte eine burgunderfarbene Metallic-Lackierung. Lindner mußte eine Vorliebe für diese Rottöne haben. Und wahrscheinlich, dachte Stefan, hat Lindner die Karre vorsichtshalber mit irgendwelchen Leibwächtern vollgepackt, und die Scheiben sind so dick gepanzert, daß nicht einmal eine Panzerabwehrrakete sie durchschlagen kann.

Bergmann ließ seinen Wagen wieder anrollen, fuhr ihn die Böschung hoch und parkte ihn ziemlich genau gegenüber dem burgunderroten Wagen.

Es gab keine Leibwächter.

Ein einziger Mensch saß da drüben hinter dem Steuer. Eine Frau.

Sie hatte die Scheibe an der Fahrerseite herabgelassen, das Licht zeichnete zärtlich ihr Gesicht nach. Ihr Hinterkopf lag auf dem Polster, die Augen waren geschlossen, es schien, als schliefe oder träume sie. Das Unglaubliche an ihr war der zurückgebogene Hals, eine einzige weiß schimmernde Linie. Es bedurfte nur eines Blickes, dann war klar: Dies war nicht irgendeine – es war eine besondere, sehr besondere Frau.

So etwas registriert der Dr. Stefan Bergmann im Bruchteil einer Sekunde. Dr. Stefan Bergmann kombiniert auch, daß es sich vielleicht um die Freundin oder die Frau des Mannes dort im schwarzen Mantel handeln könnte. Doch was macht dieser Dr. Bergmann? Er geht einfach vorbei, nennt sich drei Meter weiter einen Idioten, der weder ein Lächeln, eine Handbewegung noch sonst etwas zustande bringt, das man als Höflichkeitsgeste verstehen könnte. Die Mühlbachviertel-Komplexe sitzen ihm wieder im Nacken.

Aber der Mann war Lindner! Tatsächlich.

Er hatte sich in diesem Augenblick umgedreht und sah Bergmann entgegen. Sie waren vielleicht acht Meter voneinander entfernt. Lindners Gesicht wurde aufmerksam, die Augen wurden größer, graugrüne Augen, wie Bergmann sich erinnerte, graugrüne Augen mit unnatürlich geweiteten Pupillen, damals im Licht einer Stablampe.

Jetzt lächelten diese Augen. Auch der Mund lächelte, die Arme hoben sich, Lindner breitete sie aus, dann setzte er sich in Bewegung.

»Doktor! Dr. Bergmann, nicht wahr?«

Die Aussichtsplattform, die Kurve, dann der Hang und schließlich die schwarzgekleidete Gestalt vor einem ungemein prächtigen Abendhimmel! Bergmann würde dieses Bild nicht vergessen, und schon in dieser ersten Sekunde war ihm, als habe er es nicht nur mit einem, nein, als habe er es mit zwei Thomas Lindners zu tun.

Da war zunächst ein präziser, unwahrscheinlich schneller, hart abschätzender Blick gewesen … Und dann gab es den anderen Lindner, dessen Gesicht förmlich aufblühte, der ihm entgegenhumpelte, die Arme ausstreckte, Stefans Hand nahm und, da das ja noch nicht reichte, die andere Hand darüberlegte, eine Hand, an der nur die Finger zu sehen waren, weil Handteller, Gelenk und Unterarm in einer weißen Bandage steckten.

»Mensch, Doktor …« Es war nichts als ein heiseres Flüstern, das aus Lindners Mund kam.

Bergmann lächelte etwas beklommen.

»Mensch, Doktor, Sie?« Lindner schüttelte den Kopf. »Das gibt es doch nicht. Das kann doch nicht sein …«

»Wie bitte?«

»Gerade in dieser Sekunde habe ich an Sie gedacht«, sagte Lindner. »Und was geschieht? Da hält ein Wagen, und Sie stehen vor mir …«

»Ich war in der Nähe bei einem Patienten und kam hier

rein zufällig vorbei.« Es klang, als müsse Stefan sich dafür entschuldigen.

Lindner hörte gar nicht richtig zu. Noch immer hielt er mit beiden Händen Bergmanns Hand fest, noch immer war sein Blick so eindringlich, ja verklärt, als sei er einem Heilsbringer begegnet. Lindner trug ein Pflaster an der linken Seite seines Gesichts. Bergmann sah, daß die Nase angeschwollen war. Dazu hatten sie ihm drei oder vier Klammern am rechten Unterkiefer gesetzt. Hier war die Wunde bereits so weit abgeheilt, daß ein leichtes Verbandpflaster ausreichte. Und alles in allem war es wie in der Unfallnacht: Weder Verletzungen noch der Schmutz und die Blätter, die an seiner Haut geklebt hatten, konnten etwas daran ändern, daß es sich um ein verdammt gutaussehendes Männergesicht handelte.

Und sein Lächeln! Halb bewußtlos und blutverschmiert, hatte Thomas Lindner es in jener Nacht von irgendwo herbeigezaubert. Nun war es wieder da. »Ist es nicht unglaublich, ist es nicht geradezu phantastisch, Dr. Bergmann?«

»Ja nun ...«

»Ja nun? Lachen Sie nicht, Doktor! Sehen Sie, ich habe mir gesagt, ehe du den Dr. Bergmann besuchst, fährst du noch einmal zu dieser verdammten Kurve. Du kannst sie ja sowieso nicht vergessen. Also zeig sie Maria ... Maria, das ist meine Frau.«

Bergmann nickte und blickte unwillkürlich zu dem Luxusschlitten hinüber. Die Frau im Fahrersitz erwiderte seinen Blick. Sie saß ganz ruhig da. Sie hatte die Hände auf dem Steuer, sah zu ihm hin und lächelte. Vielleicht wollte sie Lindner in dieser Situation allein lassen, vielleicht wollte sie selbst allein gelassen werden – es war nicht auszumachen.

Endlich ließ Lindner Dr. Bergmanns Hand los. Er drehte sich um und ging zu dem neu eingesetzten Teil der Leitplanke hinüber. Mit der gesunden Hand strich er über das Metall und sah den Hang hinunter.

Bergmann stellte sich neben ihn.

»Da wären wir also wieder zusammen«, hörte er Lindner sagen. »Halten Sie das für so selbstverständlich?«

Bergmann fand keine Antwort, und Lindner sah ihn an. »Nichts ist selbstverständlich, Herr Bergmann. Schon gar nicht, was in dieser Freitagnacht passierte. Das ... das war schon ... das war schon etwas sehr Besonderes für mich.«

»Kann ich mir denken.«

»Können Sie nicht, Doktor. So was versteht nur der, der es selbst mitgemacht hat ... Diese unglaubliche Situation, wenn Ihr Fahrer plötzlich umkippt und der Wagen verrückt spielt, ausbricht, die Leitplanke hier wegreißt und dann einfach fliegt und fliegt ... So was dauert endlos, ewig dauert das ... Na ja, und dann der Sturz, der Krach. Und dann ...« Er wiegte langsam den Kopf hin und her und starrte zu den abgebrochenen Bäumen hinunter.

»Und dann«, fuhr Lindner fort, »diese schreckliche Stille, der Benzingestank, das Warten ...«

Bergmann räusperte sich.

»Dann kamen Sie.« Lindner sprach die drei Worte ganz langsam aus und betonte dabei jede einzelne Silbe mit weihevollem Ernst. »Denn das Warten ist das schlimmste ... Das ist hundsgemein, dieses Warten ...«

»Kann ich mir vorstellen, Herr Lindner.«

Stefan sprach sanft und verständnisvoll, wie man zu einem verwirrten Patienten sprach. Das alles war ihm nicht geheuer, Lindners Art zu reden, sein Pathos, sein Blick. Und dazu diese geradezu überwältigende Herzlichkeit. Bergmann schaltete auf Distanz. Was war mit dem

Mann los? Hatte er nicht nur Schrammen und Prellungen, hatte er irgendein psychisches Trauma erlitten?

Ganz langsam drehte Lindner sich ihm zu. Und wieder suchte sein Blick Bergmanns Augen. »Und dann«, flüsterte er, »dann kam diese Lampe im Nebel. Ich sah Ihr Gesicht und wußte: Du bist gerettet ...«

»Maibowle? Wieso denn Maibowle? Jetzt, wo es bald Juli wird? Und dann auch noch zu Hammelkoteletts? Ja, hast du sie noch alle, Walter?«

Es roch nach Rosmarin und verbranntem Fleisch. Von der breiten Terrasse der Kunze-Villa aus mit ihren Korbstühlen und Schaukeln ließen sich ein geradezu dramatischer Abendhimmel und die weichen geschwungenen Linien der Hügel oben an der Aussichtsplattform bewundern.

Mit einer langen Gabel stocherte Walter Kunze in der Grillglut herum.

»Stefan hätte die Bowle gemocht«, verteidigte er sich. »Der steht auf so was.« Christa Bergmann lehnte sich etwas nach vorn und pflückte mit spitzen Fingern eine neue Olive aus der kleinen grünen Schüssel in der Mitte des Tisches. Sie schob sie in den Mund, trank etwas Martini nach und schüttelte den Kopf. Dabei sah sie zu dem schwitzenden Walter Kunze hinüber. »So? Und woher weißt du das?«

»Woher? Weil ich Stefan für den gleichen Romantiker halte, wie ich einer bin.«

»Aha.«

»Es ist dieses dämliche Betriebsfest.« Hella Kunze streckte den Zeigefinger gegen ihren Mann aus. »Das muß man sich mal vorstellen: Ein Betriebsfest vor zehn Jahren hat ihn zum Bowle-Fan gemacht.«

»Wieso?« fragte Christa.

»Wieso? Er wollte mich damit abfüllen. In Kübeln stand dieses grauenhafte Zeug herum. Er hatte es auch schon beinahe geschafft – aber dann war's vorbei. Dann hat er mich nämlich gebissen.«

»Gebissen?«

»Ja, gebissen! Hab ich dir das nie erzählt? In die Schulter.«

»So ganz leicht, ganz zart. Ein Liebesbiß!« rief Walter Kunze. »Aber Hella wollte nichts mehr von mir wissen. Ein Mann, der beißt! Übrigens: Ich hab viel zuviel von diesen blöden Koteletts eingekauft. Jetzt fällt auch noch Stefan aus ... Wieso eigentlich?«

Stefan sei nicht nur zu einem Unfall gerufen worden, erklärte Christa, als ob das nicht für einen freien Samstagnachmittag reichte, habe er sich auch noch ein Unfallopfer auf den Hals geladen: »Diesen Menschen vom letzten Freitag. Der Mann im Jaguar, dessen Chauffeur sie erschossen haben. Und ich bin euch schon sehr dankbar, daß ihr mir den Besuch durch eure Hammelkoteletts erspart. Wirklich!«

»Lindner?« Walter hatte die Grillgabel hochgerissen und starrte Christa durch den Rauch hindurch an.

»Richtig, Lindner.« Sie beschloß, die Geschichte mit dem Koffer zu unterschlagen.

»Da habe ich doch gerade einen Bericht gelesen. Hat denn Stefan überhaupt 'ne Ahnung, mit wem er es da zu tun hat? Moment mal ...«

Walter Kunze legte die Grillgabel weg, rannte durch die geöffnete Terrassentür in sein Arbeitszimmer, kam sofort zurück und schüttelte den Kopf. »Nee, tut mir leid, der Artikel liegt bei mir im Büro ... Jedenfalls stand er im *Euro heute*. Das ist so ein Börsendienst, den mir Schürmann immer zuschiebt ... Du weißt doch, Hella, der aus dem Marketing, unser Aktienakrobat.«

Hella nickte.

»Schon die Überschrift: ›Der Regenbogen-Mann‹. Ziemlich blödsinniger Titel. Gemeint ist, daß Lindners Geschäfte über die ganze Farbpalette gehen: von schwarz bis rosa und dunkelrot ... Die haben ihn in diesem Bericht ganz schön in die Mangel genommen: Spekulant, Spezialist für illegalen Kapitalexport aus dem Osten. Überhaupt scheinen die Russen die großen Kumpels zu sein, von Holzlieferungen über Erdgas bis zu Waffen. Und dann Lindners Immobilien-Deals. Die laufen vor allem in Frankreich ... Aber immer steckt russisches Kapital dahinter. Der Bursche hat die besten Beziehungen nach Moskau. Behaupten die Presseleute wenigstens.«

»Hör auf«, sagte Hella. »Herrgott, riechst du's denn nicht: Deine Koteletts verbrennen!«

Walter rannte los. Eine Flamme schoß aus dem Rauch, Wasser zischte, doch er ließ sich dadurch nicht abhalten, weiter zu berichten: »Die absolute Mehrzweck-Kanone, dieser Lindner. Nichts, das der nicht anfaßt. Vor zehn Jahren hätten sie ihn beinahe gehabt, schreibt ›Euro heute‹. Er bekam ein Verfahren an den Hals. Aber auch da hat er sich irgendwie wieder rausgewurstelt.«

»Ich habe Hunger, Walter«, sagte Hella.

»Damals ging's um Zentrifugen. Eine ganze Fuhre sollte nach Teheran.«

»Zentrifugen – mein Gott ...«

»Spezialzentrifugen, Hella! Um Uran anzureichern und es für Waffen verwendbar zu machen. Atomwaffen, verstehst du?«

Christa sah zu, wie Walter schwärzliche Koteletts auf einen Teller häufte. Sie versuchte, sich einen Reim auf seine Erzählung zu machen, doch sie fühlte nichts als eine Art dumpfer Schwäche.

»Na gut, wenn ich nach Hause komme, wird er wohl weg sein.«

»Ich kann dir ja mein Mückenspray mitgeben, Christinchen«, sagte Hella. »Ich hab mir gerade eine neue Magnumdose gekauft ...«

Stefan Bergmanns Wagen rollte den Hang hinab.

Die Schatten waren länger geworden, der Himmel war dunkler, und neben ihm saß Lindner. In großzügigen Serpentinen führte die Bundesstraße ins Tal hinunter, vorbei an den ersten Wiesen, die den Wald ablösten, den Schrebergärten, vorbei auch an der Burgach-Klause, dem Lokal des Schützenvereins. Schon waren die dunklen Dächer des Altenheims zu sehen – und endlich Burgach, dort im Tal ...

»Schöne Gegend, wirklich, ein hübscher Ort«, sagte Lindner.

»Na ja.«

»Doch. Wirklich wunderschön. Deutschland ist überhaupt ein schönes Land. Es hat nur einen Riesennachteil: das Klima.«

Bergmann schaltete die Scheinwerfer ein und schaltete sie wieder ab. Es war noch zu früh.

»Bei diesem ewigen Regen, Doktor, kann es doch niemanden wundern, daß die Leute geradezu verrückt sind, in die Sonne zu kommen. Italien, Mallorca – Mallorca vor allem ... Dann Südfrankreich. Na, Südfrankreich ist bei uns in letzter Zeit aus der Mode gekommen. Ich versuche gerade, dies ein wenig zu korrigieren.«

Südfrankreich? Auch Kommissar Warnke hatte von Lindners Engagement dort geredet.

»Und wo?« fragte Stefan.

»Saint-Michel. In der Nähe von Cavalaire-sur-Mer. Die Iles d'Hyères, davon haben Sie doch sicher schon gehört?« Lindner drehte den Kopf. »Doktor, dort müssen Sie mich unbedingt besuchen.«

Sie hatten den Ort erreicht.

Ein ganz normales Gespräch, dachte Bergmann, ein Gespräch zwischen zwei Bekannten, falls man den Begriff »normal« überhaupt verwenden konnte. Daß Lindner zum Beispiel dort oben an der Kurve, statt zu seiner Frau in den pompösen Superschlitten zu steigen, in Stefans altem Mittelklassewagen Platz genommen hatte ... »Wir können uns bei Ihnen doch noch ein wenig unterhalten, nicht wahr? Meine Frau hat eine dringende Besorgung. Sie kommt dann zurück und holt mich ab. Ihre Adresse hat sie ja ...«

Wieso sollte sie nicht? Daran war nichts Außergewöhnliches. Etwas anders schon verhielt es sich mit dem Blick, den Maria Lindner Stefan zum Abschied gewidmet hatte: ein Blick unter hochgezogenen, dichten, dunklen Brauen, den er nicht zu ergründen vermochte, der ihm aber dennoch durch alle Glieder gefahren war. Auch diesmal war die Frau nicht ausgestiegen, hatte nur kurz gewinkt und Bergmann angelächelt: »*J'espère de vous revoir* ...«

Oh! dachte er. In Südfrankreich vielleicht?

Und dann gab's noch den Koffer!

Oder genauer: Es gab noch die Frage, wieso, zum Teufel, Lindner nicht ein einziges Mal nach seinen Dokumenten gefragt hatte? Warum noch nicht einmal das Wort »Papiere« gefallen war? Leicht aberwitzig war das doch!

Dennoch, Bergmann hatte beschlossen, nicht als erster davon anzufangen. Was nur steckte hinter alledem? Er war zwar neugierig, richtiggehend gespannt war er, wie es weitergehen würde – und schwieg.

»Soll ich Ihnen mal was sagen, Doktor ...«

Sie fuhren auf eine Ampel zu. Sie stand auf Rot. Bergmann ließ den Motor ein wenig schnurren, damit er ihm nicht ausging. Was würde noch alles kommen?

Dabei wußte Stefan bereits eine Menge aus Lindners Erzählungen. Er wußte zum Beispiel, daß Lindners Frau malte und als Malerin »die Weite« liebte. Daß Maria Städte nicht ertrug und daß auf ihrer Liste all dieser hassenswerten Städte Frankfurt ganz oben stand, so daß Lindner sich veranlaßt gesehen hatte, in der Nähe von Schotten ein altes Jagdhaus zu kaufen. »Wirklich sehr schön. Ein einzigartiger Blick. Und direkt am Fluß. Auch das Grundstück ist klasse ...« Und daß Lindner ausgerechnet auf der Rückfahrt von diesem Jagdhaus das Attentat erleben mußte ... »Bitte, reden wir nicht mehr davon ...«

»Hat denn die Polizei ...«, setzte Stefan an.

»Ach, die Polizei.« Lindner wedelte angewidert mit der Hand, als verscheuche er eine Fliege.

Die Ampel wechselte von Rot auf Grün. Bergmann legte den Gang ein, fuhr zunächst über die Kreuzung, bog dann, vierhundert Meter weiter oben, in die Heinrich-Heine-Straße ein. Auf dieser kurzen Strecke erfuhr er, daß der ganze Jagdhaus-Kauf ein Reinfall gewesen war. »Rein persönlich natürlich. Geschäftlich, o nein, das Ding werde ich mit Handkuß wieder los. Aber Maria hat nun einmal etwas gegen den verdammten Regen hier. Sie ist das Mittelmeer gewöhnt. Sie ist, nun, sagen wir, eine sehr besondere Frau.«

Gut, sie liebt die Weite und mag weder Städte noch Nässe ... Sehr originell ... Stefan Bergmann fuhr die Straße entlang. Er hatte langsam genug.

»Sie machen auch Hypnose-Therapie, nicht wahr, Doktor?« fragte Lindner plötzlich.

»Woher wissen Sie das?«

»Nun, ich gehöre zu den Leuten, die sich informieren.«
Lindner drehte sich zu Bergmann um und beugte sich zu
ihm. »Was ist das eigentlich, Hypnose?«

»Hypnose? – Man schaut jemandem tief in die Augen,
legt ihn über zwei Stuhllehnen und setzt sich drauf.«
Bergmann kam in Fahrt. »Und anschließend bietet man
ihm ein Glas Wasser an, guckt wieder in seine Augen, sagt
›Prost‹ und behauptet, das sei kein Wasser, sondern ein
ausgezeichneter Burgunder.«

»Und er glaubt es?«

»Natürlich. Er trinkt dann Burgunder ...«

»Meine Fragen scheinen Sie zu ärgern?«

An der Kreuzung hatte Stefan die Scheinwerfer endgültig eingeschaltet. Das Licht der Armaturen ließ Lindners
Gesicht merkwürdig ernst, beinahe kindlich erscheinen.

»Und was ist ein Bankier?«

»Oh, da gibt's die verschiedensten Kategorien.«

»Glaub ich gerne. Dann nehmen wir einen Banker,
dem man den Fahrer vom Sitz schießt und der dann,
noch immer halb bewußtlos vom Unfallschock, keine
andere Sorge hat, als den Arzt, der ihm helfen will, anzu-
flehen, er möge doch die Papiere, die im Wagen herum-
liegen, aufsammeln und in Sicherheit bringen.«

Lindner lehnte den Kopf gegen die Nackenstütze.

»Ich wollte Sie und Ihre Gattin zum Essen einladen,
Herr Bergmann. Ich kenne da ein hübsches Restaurant,
in dem man wunderbar essen und sich dabei wunderschön unterhalten kann. Dazu völlig ungestört.«

»Meine Frau ist bei Freunden, und ich habe noch eine
Arbeit zu schreiben.«

»Aha!«

»Ja, aha. – Ich warte noch immer auf eine Antwort.«

»Sie haben den Koffer?«

»Natürlich habe ich ihn. Sie holen ihn ja gerade ab, oder nicht?«

»Vielleicht laden Sie mich zu einem Glas ein. Aber um das gleich vorauszuschicken, die Antwort, die Sie erwarten, ist etwas kompliziert.«

»Ich habe noch ein paar Flaschen Bier im Kühlschrank«, sagte Bergmann. »Wenn es schon so kompliziert ist ...«

Lindner stand am Fenster, das Bierglas in der Hand, stand genau an der Stelle, an der vor zwei Tagen Kommissar Warnke Dr. Bergmann gedrängt hatte, sich doch an die Unglücksnacht zu erinnern, an irgendwelche aufschlußreichen Aussagen von Lindner. Von einem Dokumentenkoffer war nicht die Rede gewesen. Wie auch? Davon hatte Warnke nicht die geringste Ahnung.

Lindner runzelte die hohe Stirn mit den ungemein edel geschwungenen Brauen über den rauchgrünen Augen. Er starrte Bergmann an.

»Haben Sie eigentlich je darüber nachgedacht, Herr Bergmann, was Sie so antreibt.«

»Antreibt?«

»Ja. Motiviert?«

»Zu was?«

»Nun, zu Ihrer Arbeit. Was Sie zum Beispiel dazu bringt, so sonderbare Heilmethoden auszuwählen wie Hypnose?«

Bergmann war zunächst einmal verblüfft, dann suchte er nach einer Antwort, doch Lindner gab ihm keine Chance. »Wissen Sie, als ich jetzt in diesem Klinikbett lag, hatte ich sehr viel Zeit, über solche Dinge nachzudenken. Ich fand auch eine Antwort: Es ist der Spaß am Leben, sagte ich mir. Es macht einfach unheimlich Freude, Dinge nicht nur zu bewegen, sondern sie auch zu gestalten. Natürlich kommt das eigene Ego noch dazu ins Spiel. Erfolg – das bedeutet in dieser Gesellschaft so etwas wie Identität und Bestätigung.«

»So?«

Bergmann betrachtete seine Fingernägel. Da wären wir also wieder bei seinem Lieblingsthema, dachte er, dem einzigartigen und unverwechselbaren Thomas Lindner.

»Was mich antreibt, Doktor, wirkt manchmal wie eine Art Fieber. Dann nehme ich meine Umgebung kaum mehr wahr, dann gibt es nichts anderes, das mich beschäftigt oder beeindruckt, dann kenne ich nur das eine, das Ziel.«

»Ein richtiger Banker!«

Über derartige Ironie ging Lindner hinweg.

»In der Klinik jedoch wurde mir klar: Du hast dich getäuscht. Es ist etwas anderes, im Grunde ist es genau das Entgegengesetzte.«

»Und was?«

»Der Tod, Doktor.«

Lindner hatte die Stimme wieder zu einem dramatischen Flüstern gesenkt. »Ja, der Tod. Das Wissen, es existiert für dich nur ein winziges Jetzt, und die Zeitspanne, die man uns gibt, diese paar lächerlichen Jahre sind nichts als ein einziger großer Betrug. Es ist der Betrug, den das Leben an uns verübt, Herr Bergmann, und er besteht darin, daß in einer lächerlichen Handvoll Zeit die einzige Chance liegen soll, die uns gegeben ist. Das ist es! Das sitzt uns allen im Nacken. Und das treibt uns auch über alle Hürden. Ich brauch doch nur an diesen armen Rudi zu denken.«

»Rudi?«

»Rudi Steinmann, mein Fahrer. Netter Kerl. Kam von der Bundeswehr, wollte studieren – und dann ...«

Bergmann hob die Flasche, und Lindner kam an den Tisch, ließ sich das Glas nachfüllen. Auch Bergmann trank einen Schluck. Er wischte sich über den Mund und sah Lindner an.

»Es ist das erste Mal, daß wir über ihn sprechen. Ist Ihnen das eigentlich klar?«

»Wirklich?« Lindner zuckte lahm mit den Schultern: »Rudi Steinmann ...«, sagte er. »Na ja ...«

Na ja, dachte Bergmann. Und: Mehr ist wohl für Rudi nicht drin.

Er stand auf, verließ den Raum, ging in die Praxis hinüber und ins Kabuff, schloß den Schrank auf und holte den Koffer heraus.

Die Tür des Wohnzimmers stand noch immer offen. Stefan trug den Koffer in den Raum. Lindner sah ihm entgegen. Eine seiner Brauen bewegte sich – nur wenig, beinahe unmerklich.

Als Stefan den Koffer auf den Tisch stellte, klopfte Lindner leicht mit den Knöcheln der rechten Hand gegen das Leder und warf einen Blick auf die arretierten goldenen Schlösser.

Dann sah er Bergmann wieder an. »Wollen Sie wissen, was da drin ist? Und ob ich mir um den Inhalt Sorgen gemacht habe? Ist es das?«

»Und haben Sie sich Sorgen gemacht?«

Lindner schüttelte den Kopf: »Sorgen, wieso? Daß ich mir die bei Ihnen nicht zu machen brauchte, das wußte ich sofort. Ich kenne die Menschen.«

»Sie kennen die Menschen? Sie waren halb bewußtlos.«

»Halb, Doktor. Ich hatte keine Gehirnerschütterung.

Das haben sie in der Klinik festgestellt. In den klaren Momenten, die ich hatte, bekam ich jedenfalls alles mit.« Lindner drehte das Bierglas zwischen Daumen und Zeigefinger und sah Bergmann an.

»Sie haben mir geholfen, Doktor Bergmann. Sehr geholfen sogar. Und ich danke Ihnen dafür.« Er klang nun so routiniert, glatt und sachlich, als säße er hinter seinem Schreibtisch und lege Prozentsätze fest.

»Es wäre mir sehr hilfreich, wenn Sie mir mitteilen könnten, wie ich Sie für Ihre Mühe entschädigen kann.«

»Hören Sie auf …« Stefan war wütend.

In Lindners Augen war das Strahlen von zuvor. »Das ist genau die Antwort, die ich von Ihnen erwartet habe, Doktor Bergmann. Sie machen mich glücklich. Ich sehe, ich habe mich in Ihnen nicht getäuscht.« Er deutete auf den Koffer. »Was das hier betrifft, es sind nichts als Verträge darin. Papier …«

»Das Übliche?« Bergmann grinste.

»Vielleicht nicht ganz. Aber soll ich Ihnen jetzt einen Vortrag über meine Geschäfte halten? Es würde Sie nur langweilen. Mir kommt es nur auf eines an: Ich möchte gerne, daß Sie die Dankbarkeit und die Sympathie, die ich Ihnen gegenüber empfinde, richtig bewerten.«

Auch darauf wußte Stefan keine Antwort.

Er brauchte sie auch nicht zu geben. Draußen im Vorraum schlug die Türklingel an.

»Meine Frau«, sagte Lindner.

Stefan ging und nahm den Hörer der Sprechanlage ab. »*Monsieur?*« fragte Maria Lindner.

»Wir kommen sofort«, erwiderte er.

Zusammen mit Lindner ging er durch den dunklen Garten zur Straße. Diesmal war Maria Lindner ausgestiegen. Sie stand am Wagen. Kein Mantel, kein Schmuck,

nur enge schwarze Hosen und ein schwarzer Pullover.
Ihre hochhackigen Schuhe glänzten im Licht der Lampe.

Stefan erinnerte sich daran, daß Lindner gesagt hatte,
sie sei die Tochter eines Diplomaten. Genauso waren ihr
Lächeln und die Art, wie sie Bergmann die Hand gab –
perfekt und liebenswürdig, anmutig auch, aber nichts-
sagend wie ein ganzer Diplomatenempfang. Schön war
sie ja mit dem straff zurückgebundenen Haar, den hohen
Wangenknochen und diesen Augen. Verdammt schön.

Und dann stand Stefan Bergmann am Bordstein und
hob die Hand, während der große Wagen die Straße hin-
unterrollte.

Als Stefan in das Wohnzimmer zurückkam, hatte sich etwas verändert. Er wußte nicht so recht, was es war, ahnte
es mehr. Die beiden Gläser standen noch dort, wo sie sie
gelassen hatten, aber dann entdeckte er etwas Neues:
ein kleines schwarzes Viereck mitten auf dem Tisch. Ein
Päckchen.

Stefan ging näher und nahm es auf.

Es war in schwarzes satiniertes Papier eingewickelt.
Und es war ziemlich schwer …

Er riß das Papier auf.

Was er danach in der Hand hielt, war ein flaches Kästchen. Nach dem Gewicht und seinem Aussehen bestand
es aus schwerem Sterlingsilber. Nicht nur der Deckel,
auch die Seitenteile und die Rückseite waren mit reichen
Ornamenten verziert. Der sie einst vor langer Zeit angebracht hatte, mußte ein großer Künstler gewesen sein.
Bergmann konnte winzige Ranken erkennen, Blätter, Blu-
mengirlanden. An allen vier Ecken gab es kleine Rehe,
und ein Medaillon wurde von einem Lorbeerkranz einge-
faßt.

In seiner Mitte waren zwei Initialen eingeschnitten.

Stefan hielt das Kästchen in der Hand und spürte etwas wie Wärme in sich aufsteigen: Lindner. Er mußte das Ding in einem unbeobachteten Augenblick und geschickt wie ein Taschenspieler auf den Tisch gelegt haben, ehe sie zur Tür gingen.

Er öffnete den Deckel. Ein schmales rechteckiges Stück weißer Karton lag darin. Eine Visitenkarte.

Er nahm sie heraus. *Thomas C. Lindner.* Darunter war eine Telefonnummer gedruckt. Sie bestand aus vielen Zahlen, eine Handy-Nummer also.

Stefan drehte die Karte um.

Die Schrift war klein, sehr deutlich und wirkte schon auf den ersten Blick äußerst diszipliniert. Es war die Schrift eines Buchhalters.

Cher ami,

diese Nummer besitzen nur neun Menschen. Sie sind jetzt der zehnte. Falls Sie jemals einen Wunsch oder ein Problem haben – wählen Sie diese Nummer. Ich bitte Sie darum.

T. L.

Darunter: *Wir werden uns wiedersehen.*

Bergmann legte die Karte zurück und betrachtete noch einmal das Oval auf der Vorderseite.

Er hatte gedacht, die Initialen des Dokumentenkoffers zu finden, und sich getäuscht: Nicht T und L – nein, einem schwungvollen S folgte ein gleichfalls elegantes B.

Stefan Bergmann.

Er sog die Luft ein. Der Teufel mochte wissen, wo das Kratzen in seiner Kehle herkam. Was für ein verrückter Kerl, dieser Thomas Lindner!

KAPITEL 3

Für Pascal Lombard war es in den letzten Wochen zur Gewohnheit geworden: Wenn er mit seiner alten Mobilette durch den Wald zum Col Les Gaches hinauffuhr, stoppte er vor der letzten Kurve und lehnte die Mobilette gegen den großen braunen Felsbrocken, der dort stand. Die Bäume hier waren Eichen. Es waren vierzehn, und Pascal hatte sie alle gezählt. Früher war es ihm wie ein Wunder erschienen, daß hier oben zwischen all den Pinien, dem Ginster und den Mimosen Eichen wuchsen.

Nun waren die Eichen allein.

Mit den Pinien am Hang hatte der Deutsche aufgeräumt. Da gab es nur noch Stümpfe, Stümpfe bis hinab an die Küste. Stümpfe und rötlichbraune ausgetrocknete Erde. Und Schotterberge, wo man hinsah.

Pascal Lombard holte den halb gerauchten kalten Zigarillo aus der Tasche und schob ihn zwischen die Zähne. Der Tabak war höllisch bitter, aber noch bitterer waren seine Gedanken.

Das Fluchen hatte er längst aufgegeben. Statt dessen verteilte er jetzt mit seinem alten Kumpel Paul Giscard Flugblätter. *Kämpft um Eure Heimat!* stand darauf. *Stoppt den zweiten Einmarsch der Deutschen!* Das klang ziemlich nach Krieg – und Krieg, das war's ja wohl auch.

Pascal und Paul hatten die Flugblätter in jeder Kneipe, in jedem Geschäft von Saint-Michel verteilt, selbst in den drei Hotels und den paar Pensionen. Am Anfang hatten die Leute noch Verständnis gezeigt und verschwörerisch genickt. Dann aber, Pascal wußte es genau, flogen die Flugblätter meist in den Papierkorb. Gegen das verdammte Geld des Deutschen war kein Kraut gewachsen.

Pascal lehnte sich mit dem Rücken gegen den warmen Stein und sah den geschändeten Berg hinunter zur Küste. Vor der Plage du Brouis erhob sich ein ganzes Zementwerk. Die Felsen, gegen die einst die Brandung geschäumt war, hatte man gesprengt. Und aus der alten kleinen schönen Serpentinenstraße zum Cap war eine Art Rollbahn geworden, die Böschungen hochzementiert, breit genug für all die Schaufelbagger, LKWs und Straßenwalzen, die jetzt im Schatten der Hangseite auf den nächsten Tag warteten. Und manchmal reichte ihnen der Tag nicht einmal, dann brauchten sie auch die Nacht, dann war der Hang von Scheinwerfern erleuchtet, und der Höllenlärm drang in Pascals Haus hoch oben auf dem Col und raubte ihm den Schlaf.

Pascal war jetzt zweiundsechzig. Nach dem Tod seiner Frau war er hier heraufgezogen, um den alten Schafstall, den sein Vater hinterlassen hatte, zu einem Haus umzubauen. Das hatte er geschafft. Ein schönes Haus war es geworden, mit Kamin, Brunnen, einem Anbau für die Tiere, die beiden Ziegen, die Hühner und den Kater, mit herrlichem Blick. Im Süden konnte Pascal auf die Weinberge sehen, ließ er den Blick weiterwandern, öffnete sich die Küste bis nach Cavalaire-sur-Mer.

Pascal hatte Fabienne jahrelang gepflegt, bis der Tod sie endlich von der Multiplen Sklerose erlöste. Fabien, sein Sohn, studierte in Narbonne. Pascal aber hatte darauf gehofft, hier oben noch einmal glücklich werden zu können – mit den Bäumen auf dem Land, das er seit seiner Kindheit kannte und das schon seinem Großvater gehört hatte.

Dann war der Deutsche über ihn gekommen.

Der Deutsche mit seinem Projekt und seinem Geld.

Und in Saint-Michel rissen sie sich die Beine aus, um nur schnell Land zu verkaufen. Auch zu Pascal waren die Strohmänner des Deutschen gekommen und hatten ihm mit den Scheckbüchern vor der Nase herumgewedelt.

Er hatte sie hinausgeworfen und die anderen aufgefordert, das gleiche zu tun. Er hatte Versammlungen abgehalten. Viele waren gekommen, denn in Saint-Michel kannte man ihn. Zehn Jahre lang war er Vorsitzender der Kooperative gewesen. »Der zieht euch doch nur über den Tisch. Der knöpft euch das Land ab und macht selbst das große Geschäft.« Und sie hatten genickt.

Doch das hatte sich geändert. Gut, die Hälfte der Weinbauern war noch immer auf Pascals und Pauls Seite, aber die Fischer, auch die, die auf den großen Kästen in Toulon anheuerten und zur See fuhren, alle, die etwas mit dem Meer zu tun hatten, schüttelten die Köpfe. Den meisten ging es dreckig. Aber diese Typen hätten sowieso ihre eigene Tochter oder Großmutter verkauft.

Paul spuckte ihnen vor die Füße, doch zu Pascal sagte er: »Gut, vielleicht haben sie keinen Charakter. Aber wer hat den heute noch? Gegen das Kapital bist du machtlos.«

Und genau diesen Satz wollte Pascal nicht akzeptieren. Darum beschloß er weiterzukämpfen. Für das Land, für den Col, für Fabien, seinen Jungen.

Er spuckte den Zigarillo aus und ging über den Weg zurück zur Mobilette. Den linken Fuß zog er nach. Heute schmerzte ihn seine Hüfte besonders. Er würde sie operieren lassen müssen.

Die Schatten waren tiefer geworden. So still war es,

daß man das Rauschen der Brandung hörte, die gegen die Felsen des Point du Brouis schlug.

Pascal hatte den Lenker der Mobilette bereits in der Hand, als er sich nochmals umdrehte.

Was war denn dort mit dem Stein? Herrgott, was war denn das?

Er ging näher und sah: Ein karminroter Kreis war auf den Felsen gemalt. Rechts und links von dem Kreis gingen zwei Linien ab. »24« stand auf der linken, »38« auf der rechten Seite.

Pascal hatte keine Ahnung, was die Zahlen bedeuteten.

Aber das Zeichen kannte er.

Es war eine Katastermarkierung.

Und das konnte nur bedeuten, daß das Land bis hier oben, bis fünfzig Meter vor seinem Haus, nun dem Deutschen gehörte.

Pascal Lombard stand auf dem Kiesplatz vor der alten Volksschule und hatte den Kopf in den Nacken gelegt. Die Fenster im ersten Stock standen offen und waren erleuchtet. Die Dämmerung hatte eingesetzt. Pascal hörte viele Leute durcheinanderreden. Der Kirchenchor hatte eine Probe angesetzt.

Sein Magen zog sich zusammen. Wie er den Bau haßte!

Vor drei Wochen noch, am 26. Juni, hatte er selbst dort oben im Saal gestanden, vor sich das halbe Dorf. Pascal wetterte gegen den Deutschen und sein Teufelsprojekt, und sie pfiffen ihn aus. Dann kam Foulier, der Bürgermeister, sprach von Fortschritt, den auch einige Unbelehrbare nicht aufhalten könnten, verwies auf den Reichtum von Saint-Tropez, und als ob das nicht reichte, stand am Schluß sogar noch dieser Gangster von Immobilienhai aus Cavalaire am Pult und redete von den Hunderten von

Arbeitsplätzen, die das Projekt garantiere. Wie dieser Jean Amoros, so stand auch der Bürgermeister auf der Gehaltsliste des Deutschen, das verstand sich von selbst.

Pascal spuckte in den Kies. Jetzt begann auch noch seine Hüfte zu schmerzen. Dazu wurde es immer später, aber er mußte noch zu Picot, und Picots Laden befand sich direkt gegenüber der Volksschule. Was Pascal brauchte, war Draht, um das Loch in seinem Gartenzaun zu flicken. Er hatte nicht darauf geachtet, und so waren die verdammten Wildkaninchen in den Garten gekommen und hatten ihm das ganze Grünzeug abgefressen: Salat, Selleriestauden, die jungen Tomatenpflänzchen, selbst die Petersilie.

Er stieß die Ladentür auf. Tabakqualm schlug ihm entgegen. Auf der rechten Seite des großen Raumes hatte Picot seine Eisenwaren, links war der Weinausschank. An dem Stehtisch lümmelten sich fünf Gestalten. Picot schenkte vom Faß aus; der Wein stammte von der Genossenschaft und war wirklich nicht übel.

Das Gespräch verstummte schlagartig. Sie hielten die Gläser fest und starrten. Pascal ging an ihnen vorbei und sah sie noch nicht einmal.

»Ja ja, die Kaninchen«, sagte Picot. »Kenn ich. Aber das muß ja nicht sein, oder? Was du brauchst, Pascal, das ist plastifizierter Draht, nicht das verzinkte Zeug. Das rostet bei der feuchten Salzluft vom Meer. Und Rost heißt Löcher.«

Pascal nickte. Er war müde. »Eine Rolle«, sagte er, »nicht mehr, Picot. Eine Rolle von dem plastifizierten Zeug. Einen halben Meter hoch.«

»Hast du die Mobilette da?«

»Ja. Die Rolle krieg ich schon drauf.«

Picot schaltete das Licht ein. Draußen begann es dunkel zu werden.

»Trinkst du keinen Rouge, Lombard?«

Pascal warf einen Blick zu dem Tisch dort drüben.

Es waren drei Fischer und zwei Gemeindearbeiter. Der, der ihn zuvor gegrüßt hatte, gehörte ebenfalls zur Gemeinde. Sie flüsterten, manchmal warfen sie einen Blick zu ihm hinüber. Der Fischer neben dem Waldarbeiter grinste. Er hieß Landet, ein Doppelzentner Fleisch in einem zerlöcherten Pulli. Er hob sein Glas.

»Glotz nur, Lombard! Ich weiß doch, was mit dir los ist. Willst du deine Hütte auf dem Col auch verkaufen? Oder hat dir der Deutsche schon die Millionen in die Matratze gesteckt?«

Pascal holte Luft. Seine Schultern hoben sich. Viele Dinge dachte er in dieser Sekunde, und er dachte sie alle auf einmal. Wenn ich nur dreißig Jahre jünger wäre, dachte er. Und dann dachte er daran, wie es sein würde, wenn er den ganzen Laden auffliegen ließ. Das Material, das er in der Hand hatte, reichte dazu. Danach dachte er gar nichts mehr, sondern schrie:

»Du, Landet, du hast ja deinen miesen Kahn längst verscherbelt. Aber macht ja nichts. Kannst ja den Kellner spielen oder deine Frau als Nutte losschicken.«

Landets Glas zerknallte am Boden. Die anderen versuchten, ihn festzuhalten, doch wie? Und da kam er schon, die Hände ausgestreckt, die Augen schmal, ein Grinsen im unrasierten Gesicht.

Pascal sah die dicken Venen auf Landets Pranken. Angst spürte er nicht, eher Ärger, Ärger über sich selbst. Ein genialer Einfall, dir diesen Schlägertypen auf den Hals zu holen. Wirklich genial! Landets Augen glitzerten. Der Weingeruch aus seinem Mund und der Fischgestank, den sein Pullover verbreitete, stiegen Pascal in die Nase.

»Wie war das gerade, Alter?«

Pascal schwieg, aber er wich dem Blick nicht aus. Er sah Landet immer weiter in die Augen.

»Ein alter Mann, der es nicht lassen kann. Ein alter Mann, der immer die Klappe aufreißen muß, weil er sich ja so furchtbar intelligent vorkommt.«

»Du bist das leider nicht, Landet.«

»Wie willst du's haben, Lombard? Auf einmal – oder stückweise? Womit soll ich anfangen? Mit deiner dämlichen Birne, deinem Maul ... Such's dir aus.«

Es war totenstill.

Landet schüttelte den Kopf. Doch dann ließ er die Arme sinken.

»Wenn du nicht so ein armes altes Schwein von Krüppel wärst, Lombard«, sagte er und drehte sich ab.

Picot beugte den Oberkörper über die Theke. »Zahl später, Pascal«, flüsterte er. »Muß ja nicht sein.« Er reichte ihm die Drahtrolle. Pascal nickte und hinkte zum Ausgang. Draußen war es nun ganz dunkel geworden. In der Volksschule sangen sie Choräle.

Pascal verstaute die Rolle auf dem Gepäckträger, setzte sich in den Sattel und warf noch einen Blick zurück zu Picots Laden.

Du hast den Fehler gemacht. Du hast dich aufgeführt wie ein Besoffener, es war deine Schuld. Doch was heißt hier noch Schuld? dachte er. Sie waren alle verrückt geworden, und es half nur noch eines: die Bombe hochgehen zu lassen. Du hast es in der Hand – alles. Jetzt kannst du nicht mehr länger warten.

Pascal Lombard brauchte fünfunddreißig Minuten zum Col. Meist schaffte er die Strecke in fünfundzwanzig Minuten, aber die Mobilette war jetzt achtzehn Jahre alt, und mit dem asthmatischen Motor brachte der Dynamo auf dem langen Weg durch den Wald nichts zustande als einen trüben tanzenden Lichtfleck.

Am Fels, der Biegung vor der letzten Kurve, nahm Pascal das Gas weg. Das Stück Weg, das von der schmalen Straße zum Haus führte, hatte er vor zwei Jahren zusammen mit seinem Sohn Fabien selbst asphaltiert, und so konnte er die Mobilette im Leerlauf rollen lassen. Er kam an der Höhle vorbei, in der er den Krempel aufbewahrte, den er nicht brauchte, aus dem sich aber vielleicht noch irgend etwas Verwertbares machen ließ.

Hier schon merkte Pascal, daß etwas nicht stimmte.

Er trat auf die Bremse.

Alles schien wie immer. Der alte gasbetriebene Eisschrank, den er bereits vor zwei Jahren ausrangiert hatte, leuchtete hell im Licht des Mondes. Fabiens 2CV rostete mit platten Reifen vor sich hin. Aber der Kater fehlte.

»Néro«, rief Pascal leise.

Nichts. Nur das Rauschen des Windes in den Pinien war zu hören.

»Néro, komm …«

Néro war acht Jahre alt und mit Pascal damals aus dem Haus in Saint-Michel auf den Col gezogen. Kam Pascal zurück, wartete der Kater hier in der Höhle auf ihn. Sein Lieblingsplatz war der Eisschrank.

Nichts.

Pascal hatte die Mobilette ein paar Schritte geschoben. Der Garten und die Waldlichtung lagen vor ihm. Mit dem schwarzen Schatten des Daches erschien das Haus mächtig und groß wie eine Festung.

Pascal wollte sich wieder in den Sattel setzen, ließ es jedoch bleiben.

Da drüben – gleich neben dem Eingang. Ein Licht blitzte auf.

Dann war es wieder dunkel.

Einbrecher, dachte Pascal, elendes Gesindel, Drogen-pack, ein paar von den Typen, die von den Campingplät-zen heraufkamen und die Gegend unsicher machten, um sich ein paar schnelle Francs für den nächsten Schuß zu besorgen.

Er saß wieder auf, fuhr die letzte Strecke und stieg ab. Noch spürte er keine Angst, nie hatte er sie hier oben ge-habt, aber auf eine merkwürdige Weise kam er sich plötz-lich nackt und ungeschützt vor.

Er lehnte die Mobilette gegen die Zementpfeiler des Eingangs und öffnete langsam die Gartenpforte.

Im Lauchbeet steckte sein Spaten. Der Stiel warf einen schrägen langen Schatten.

Pascal ging die fünf, sechs Schritte über die weiche Erde auf ihn zu, bückte sich, um ihn aus dem Boden zu ziehen, hatte ihn bereits in beiden Händen, als ein Schlag seinen Hinterkopf traf. Pascal Lombard ging in die Knie und rollte dann zur Seite. Ein scharfer hoher Laut drang aus seinem Mund. Kein Schmerzensschrei, sondern der Atmungsreflex, der sich durch die Stimmbänder preßte. Er war bereits bewußtlos.

Zwei Männer beugten sich über ihn.

Der größere, der sich aus dem Schatten des Zement-pfeilers am Eingang gelöst hatte, trug schwarze Jeans und eine schwarze Lederjacke. Der kleinere hatte einen schwarzen Jogginganzug an, selbst die Turnschuhe waren schwarz. Zu ihren Füßen lag Pascal.

Der Kleine hielt dem Mann in der Lederjacke die Pistole hin, mit der er Pascal niedergeschlagen hatte, bückte sich und drückte die Fingerspitzen gegen die Halsschlag-ader.

»Und?«

»Lebt.«

»Gut gemacht, Rossi. Hol den Wagen ...«

Der andere verschwand. Der Renault Express war hinter dem Haus geparkt, so daß er von der Zufahrt auf Lombards Grundstück nicht gesehen werden konnte. Nun kam er im Rückwärtsgang herangerollt. Die Reifen knirschten, das Licht erlosch. Der Kleine schleppte keuchend eine orangefarben lackierte Flasche Butangas in den Garten.

»Mensch, Sergio, hilf doch!«

»Mach das mal allein.« Der in der Lederjacke gab Pascal einen Tritt gegen die Schulter. »Ich nehm den.«

Der Kleine hievte die Flasche wieder hoch und trug sie zum Haus, schob die Tür auf und ließ sie offen.

Der Mann in der Lederjacke packte Pascals Beine an den Gelenken und schleppte ihn wie einen Sack Kartoffeln oder einen Toten über die beiden Treppenstufen in das große Wohnzimmer mit dem gemauerten Kamin.

Rossi sah nachdenklich auf ihn hinab. Wieder setzte er, diesmal sehr vorsichtig, den Fuß gegen Pascals Schulter. Er schob den Oberkörper etwa zehn Zentimeter nach links. Pascals Mund stand offen. Es war jetzt so still, daß das leise schnarrende Geräusch, das aus seiner Kehle drang, lauter erschien wie der Wind dort draußen.

»Sieht aus wie besoffen.«

»Na und?«

»Alt und besoffen.«

»Alt? Was heißt hier alt? Stehst du auf alte Männer?«

»Nur weil er mich an irgend jemand erinnert«, sagte Rossi. »Ich hab mir vorhin schon überlegt, an wen?«

»Quatsch keinen Blödsinn. Komm.«

Rossi ging in die Küche. Er kam zurück. »Da ist ’ne Gasflasche.«

Er deutete auf die Butangasflasche, die noch immer neben dem Bewußtlosen stand. Im trüben Licht der Korblampe an der Decke wirkte ihre orange Farbe absurd lebendig. »Die hätte er gar nicht gebraucht.«

»Nein?« sagte der mit der Lederjacke. »Weißt du, ob die in der Küche noch genügend Druck hat? Vielleicht ist das Ding schon fast leer. Hol den Kanister aus dem Wagen.«

Er hob die schwere Flasche selbst hoch und trug sie in die Küche. Dann holte er einen der Klappverschlüsse aus seiner Jacke, die das Gas sicherten, und setzte ihn auf die Flasche. Es gab ein leises metallisches Klicken. Draußen hörte er Schritte. Und dann sah er Rossi mit dem Benzinbehälter hereinkommen.

»Gib her. Und dann hau ab, fahr den Wagen hoch zur Straße.«

»Und den Rest erledigst du wieder allein, was?«

»Kannst ja zurückkommen.« Der, den Rossi Sergio nannte, zog die Oberlippe über die Zähne. Es wurde auch ein Grinsen – das Grinsen eines Eisklotzes.

Der Kleine warf einen letzten Blick auf den Bewußtlosen, schüttelte den Kopf und ging.

Alles, was Sergio nun tat, unternahm er mit leichten, fließenden, fast tänzerischen Bewegungen. Er zog Pascal etwa drei Meter durch den Raum zum Eßtisch hinüber, kippte versehentlich einen Stuhl um und stellte ihn wieder auf, obwohl das doch ziemlich sinnlos war, denn der Stuhl würde sowieso verbrennen. Danach lief er in die Küche, öffnete den Verschluß der Flasche, dann die Gashähne, öffnete auch den Sicherheitsverschluß der zweiten Flasche, die sie mitgebracht hatten. Schließlich konnte man auch an einem verschmorten Schalter erkennen, ob er auf »Ein« oder »Aus« gestanden hatte.

Jetzt das Benzin.

Sergio schraubte die Kappe ab. Die durchsichtig gelbliche Flüssigkeit schoß heraus, platschte auf den Boden … zuviel! Er hob den Kanister etwas an, verringerte den Benzinfluß und zog dann sorgsam und mit der Konzentration eines Künstlers, der seine Arbeit liebt, zwei Kreise Benzin um den am Boden Liegenden. Einen Schwall bekam auch das Sofa, dann die Ecke beim Fernseher, eine Lache noch an den Eingang und den Rest in die Küche …

Er war fertig.

Er atmete kurz und flach. Die Gas- und Benzindunst-Mischung stank derart, daß er husten mußte. Sie fuhr in die Lunge, in den Magen, schlecht konnte einem werden!

Sergio hielt sich die Nase zu und rannte ins Freie, den Weg entlang zu den Betonpfeilern. Dort blieb er stehen und drehte sich um.

Er war jetzt etwa zehn Meter von der weit geöffneten Eingangstür entfernt.

Er griff wieder in die Tasche und holte die kleine Bierflasche heraus, die er zu einem Molotowcocktail umgebaut hatte.

Sergio zündete den Docht an, schleuderte ihn in einem geschickten flachen Bogen durch die Tür und warf sich hinter einem der Pfeiler zu Boden, rollte sofort zur Seite und lag nun mit dem Rücken zum Haus.

Die Druckwelle der Benzin-Gas-Explosion schlug wie eine heiße Pranke gegen Nacken und Rücken. Sergios Nacken schmerzte, und er hielt instinktiv beide Hände über den Hinterkopf, um die Haare zu schützen.

Der Garten, die Lichtung, der Zaun, alles war taghell, wie von Scheinwerfern ausgeleuchtet!

Vorsichtig schob Sergio sich hoch, hielt die linke Hand vor das Gesicht. Und da kam der Schlag, gleich darauf ein zweiter. Die Flaschen detonierten …

Es war, als würde der Himmel zu einem gewaltigen Feuerrad aus Flammen, brennenden Holzteilen, gelbem Rauch.

Sergio schloß die Augen.

Das war kein Feuerwerk, das war echt. Und das verdammte Zeug, das die Gasflaschen-Explosion hervorgerufen hatte, das ganze verdammte Haus kam jetzt runter ...

Trümmerteile knallten in den Garten, schossen durch die Zweige des Waldes, ein Hagel aus brennendem, zerrissenem Plunder. Na und? Der Auftrag war abgehakt, Pascal Lombard gab's nicht mehr.

Sergio stand auf. Aus dem lohenden schwarzen Skelett, das einmal ein Haus gewesen war, drangen heulende, prasselnde Geräusche.

Sergio lief zur Straße, riß die Tür des Express auf und warf sich in den Sitz. »Na los, du Blödmann!«

Rossi blieb ganz ruhig sitzen und blickte auf das Feuer. Dann drehte er den Kopf.

»Jetzt weiß ich, an wen der mich erinnert hat. An den Bruder meiner Mutter, Onkel Albert. Das war mein Lieblingsonkel.«

»Spätes Barock«, sagte Christa. »Barock oder frühes Rokoko.«

Sie hielt eine Leselupe in der Hand und studierte die Ornamente auf Lindners Kästchen. »Eine wundervolle Arbeit, wahrscheinlich von einem französischen Meister. Das Kästchen könnte von irgendeinem deutschen Fürstenhof stammen. Die Hugenotten-Vertreibung brachte ja eine Menge Goldschmiede ins Land.« Das Meisterzeichen des Goldschmieds habe sie jedenfalls nirgends entdecken können.

Der Frühstückstisch stand auf der Terrasse, strahlend war der Himmel, in Rot, Rosa, Schwarzrot und Gelb standen Christas Tulpen im Garten, in den Zweigen lärmten Spatzen – und das silberne Ding dort funkelte Stefan an.

Christa hob den Kopf. Die Lupe hielt sie noch immer am rechten Auge, und hinter dem Glas wirkte ihre Pupille groß und schwarz wie eine Gewehrmündung.

»Wie kommt er dazu, dir so etwas zu schenken? Was ist hier eigentlich los? Seid ihr ein Liebespaar? Daß Lindner schwul ist, könnte ich mir vielleicht denken – aber du?«

Stefan hatte sich gerade ein großes Stück Brötchen in den Mund geschoben, mit einer Scheibe Käse dazu. In seinem Hals begann es zu würgen. Er konnte das verdammte Brötchen nicht ausspucken, also trank er hastig Kaffee, und Christa lachte, wie nur sie lachen konnte, laut und kehlig wie ein Mann.

»Wie kommst du denn darauf?« brachte Stefan endlich hervor.

»Wie? Eine halbe Stunde lang habe ich mir anhören müssen, daß du aus diesem Lindner zwar nicht schlau wirst, aber wie sehr er dich doch beeindruckt. Und dann seine Visitenkarte!« Sie spitzte den Mund. »Wenn Sie jemals ein Problem oder einen Wunsch haben ... Dazu die einzigartige Handy-Nummer, die nur neun Menschen auf der Welt kennen. Und Dr. Stefan Bergmann ist jetzt der zehnte? Umwerfend, oder?«

»Richtig. Bloß kein falscher Neid ...«

»Und merkwürdig kommt dir das nicht vor?« Sie schüttelte den Kopf, zog das Frühstücksei heran, köpfte es rasch und präzise wie ein Chirurg mit einem Messerhieb.

Stefan gab seiner Frau recht.

Es war schon merkwürdig. Plötzlich sollte er sich von einem schwerreichen Banker alles mögliche wünschen können? Vielleicht brauchte Lindner einen Therapeuten? Das schien gar nicht so unwahrscheinlich.

Im Augenblick jedoch hatte Stefan andere Sorgen.

»Christa! Morgen ist Donnerstag. Und es scheint wenig los zu sein in der Praxis. Ich habe da aber einen sehr dringenden Fall. Die Patientin hat abends keine Zeit, sie muß zu ihrer kranken Mutter. Da dachte ich, ich verleg die Sitzung mit ihr auf den Vormittag. Abends bin ich schon besetzt.«

Sie löffelte ihr Ei und ließ sich Zeit. Ihr linker Zeigefinger strich über den Rand der Untertasse.

»Stefan, es ist ein Prinzip, und du weißt das.«

»Daß ich mit der Hypnose-Therapie erst nach Praxisende anfange?«

»Ja.«

»Ich hab mich auch bisher daran gehalten, und was heißt schon Prinzip? Was fängst du mit Prinzipien an, wenn jemand Hilfe braucht? Hör mal, in unserem Job geht das nicht.«

»Es ist die einzige Chance, mit diesem Laden über die Runden zu kommen.«

»Ist es nicht«, widersprach er. »Die Frau braucht mich dringend. Sie ist sonst der Begegnung mit ihrer Mutter gar nicht gewachsen, denn die liegt im Sterben. Krebs.«

»Und wer ist sie?«

»Du kennst sie. Sie arbeitet in der Dresdner Bankfiliale. Früher war sie mal am Schalter, aber das kann sie jetzt nicht mehr. Ein bißchen pummelig ist sie, erinnerst du dich? Hochintelligent und sehr sensibel. Mit ihrem IQ war sie im Begriff, Karriere zu machen ...«

»Die Markwart?«

»Ja, Annemie Markwart.«

»Und was ist mit ihr?«

Nun schob er den Teller zurück. »Was schon? Das Übliche. Angst, Angst, Angst ... Mit etwas anderem habe ich es in der letzten Zeit überhaupt nicht zu tun. Angst ohne Ende.«

»Womit wir wieder einmal auf dem psychosomatischen Dampfer angekommen sind.« Christa schüttelte den Kopf.

Er kippte den Stuhl zurück. »Weißt du, wenn ich so etwas von dir höre, Christa, muß ich immer an Matthias Slozek denken. Erinnerst du dich noch, der lange Matte aus Barmbeck? Der war so richtig rundum glücklich, als er seinen Facharzt für Orthopädie geschafft hatte – und heute? Heute sagt er mir – was heißt, sagt – weint er: ›Jetzt hab ich diese verdammte Knochenklempnerei doch nur deshalb angefangen, weil ich überzeugt war, daß mir bei Knochen, Gelenken und Muskeln nichts Psychosomatisches in die Quere kommt. Und was passiert? Ich merke, daß siebzig Prozent meiner Fälle einen psychischen Ursprung haben.‹«

»Na gut. Und was heißt bei der Markwart ›Angst, Angst, Angst‹? Die hat uns eine Menge geholfen. Was ist mit ihr?«

»Sie ist zu siebzig Prozent arbeitsunfähig und wird ihre Stelle verlieren.«

»Wieso?«

»Sobald sie einen Kunden sieht, geht's los. Sie bekommt Schweißausbrüche, motorische Störungen, kann ihre Hände nicht mehr beherrschen, fängt am ganzen Körper zu zittern an. Bei einem Kunden, wohlgemerkt. Bei Frauen passiert das nicht. Eine richtiggehende Phobie gegen Männer.«

Christa verzog den Mund. »Es laufen ja auch genug herum, bei denen man die kriegen kann. Und wie willst du die Sache angehen?«

»Ihre Reaktion muß einen Grund haben, Christa. Die Störung liegt irgendwo in ihrer Jugend.«

»Und im Gegensatz zum Psychiater, der jahrelang herumanalysiert, schafft der Hypnose-Praktiker so etwas in ein paar Sitzungen.«

»Sehr witzig!«

»Das habe ich aus deinem letzten Artikel. Aber noch mal: wie gehst du vor?«

»Eine Regression einleiten. Da bleibt nicht viel anderes, als sie in ihre Jugend zurückzuführen.«

»Und irgendwas findet man dort immer.«

»Ja. Und bei jedem, auch bei dir. Den Schulmediziner-Komplex der Familie Rüttgers, zum Beispiel.«

Sie nickte grinsend. »Na, dann wünsch ich dir viel Glück.«

Annemie Markwart saß im verdunkelten Zimmer. Es war acht Uhr vierzig.

Bergmann hatte die Jalousien herabgelassen.

Sie saß in seinem weichen, schwarzen Sessel, die Arme auf der Lehne. So wie das letzte Mal trug sie auch an diesem Tag ein dunkelblaues hochgeschlossenes Kleid mit einem mit roten Punkten besticktem Kragen. Sie war eine runde, sehr weiblich-füllige Frau von dreiunddreißig Jahren, doch jetzt, mit diesem erwartungsvollen Gesichtsausdruck und den weit geöffneten Augen, wirkte sie wie ein verschüchtertes Kind.

Die Tatsache, wie einfach es war, sie in hypnotische Trance zu versetzen, ihre Suggestibilität, hatte Bergmann nicht überrascht, denn im Gegensatz zu den allgemeinen

Vorstellungen waren gerade Leute mit Intelligenz und Phantasie leichter zu hypnotisieren als weniger intelligente Menschen. Doch manchmal kamen erst in der Trance Widerstände.

Stefan beschloß, eine verdeckte Induktion anzuwenden, die gar nicht wahrgenommen wurde, eine Tranceeinleitung nach der Methode Erikson. Sie führte die Menschen fast unmerklich in eine andere Welt, wurde als tiefer und lebenswirklicher empfunden und hielt auch länger an.

Stefan lächelte Annemie Markwart an, dann schob er den Notizblock leicht hin und her, um zu sehen, ob sie seine Bewegungen verfolgte. Sie bewegte die Augen nicht.

Er nickte ihr zu. Vermutlich erwartete sie die ersten Suggestionen wie beim letzten Mal, als er sie, rückwärts zählend, in Trance versetzt hatte, doch Bergmann ließ leicht seinen Sessel kreisen und deutete zur Wand. »Haben Sie sich schon einmal das Bild hinter mir angeschaut, Frau Markwart? Diese Brücke mit der Blumenwiese?«

»Das Bild? Ja, das ist sehr schön.«

»Nicht wahr? So geht es eigentlich jedem Betrachter. Er findet es schön. Und warum? Ich glaube, es ist die Brücke. Brücken verbinden, meinen Sie nicht? Sehen Sie das auch so?«

Sie nickte. »Ja, ich kenne eine Brücke, die ich sehr mag.«

»Und wo?«

»In meiner Heimat. Im Remstal. Ich ... ich hab sie sehr geliebt.«

Er nickte ihr zu. »Annemie, wo haben Sie denn heute Ihre Brille?«

»Meine Brille?« Sie schien verwirrt. »Die brauch ich eigentlich nur zum Lesen. Das letzte Mal haben Sie mir doch diesen Artikel gegeben.«

Ihre Aufmerksamkeit durch schnelle Themenwechsel zu verwirren, war ein erster Strategiezug. Bergmann fuhr mit dieser Taktik fort.

»Früher, als Sie klein waren, wie war das denn? Ich meine, haben Sie schon früh eine Brille gebraucht? Nehmen wir mal den Kindergarten. Konnten Sie da alle Buchstaben gut unterscheiden?«

Dies war eine bewußte Ablenkung, und damit konnte Stefan ihre Fixierung auf ihn ermüden. Und das wollte er. Unvermittelt begann er, über die Zusammenhänge zwischen Bewußtem und Unbewußtem zu sprechen, über die er auch bei ihrer letzten Sitzung geredet hatte.

»So verhält sich das bei uns allen«, schloß er. »Ohne daß wir uns dessen gewärtig sind. Zwischen unseren Gefühlen, zwischen dieser ganzen Welt, die in uns lebt und die vor allem aus früheren Erfahrungen stammt, und zwischen dem, was wir im Heute, in der Wirklichkeit wahrnehmen, besteht ein immerwährender Dialog, eine unauflösbare Bindung. Haben Sie das verstanden? Oder sind Sie müde? Ich sehe, wie jetzt Ihre Lider ein wenig zittern?«

Seine Stimme war noch weicher, noch leiser, tiefer und freundlicher als zuvor geworden und sehr eindringlich. »Nehmen wir den Kindergarten. Sie sind wieder dort, erinnern Sie sich? Man zeigt Ihnen diese Tafeln. War es denn für Sie schwierig, damals das A und das B auseinanderzuhalten. Die Lehrerin sagt: ›Du, Annemie, schau mal genau hin. Was ist das für ein Buchstabe?‹«

Er hatte seinen Sprachrhythmus weiter verlangsamt und sah sie unverwandt an.

»Was da geschrieben steht, können Kinder nur sehr schwer lesen, auch du, Annemie. Es geht ganz schwer. Aber du machst dir ja von den Buchstaben ein eigenes

Bild. Das ist ein geistiges Bild. Und die geistigen Bilder, die sind wichtig. Wir tragen sie mit uns. Annemie, wir werden sie beleben. Was ist denn mit deinen Lidern, Annemie? Sind sie schwer?«

Ihr Atem ging langsamer. Auch das Gesicht war entspannt, es kam keine Reaktion auf seine Frage.

»Sind sie wirklich so schwer?« wiederholte Stefan.

Sie blieb stumm.

»Und dann, Annemie? Wie war es dann? Du bist jetzt auf der Volksschule, erinnere dich doch! O ja, du kannst dich erinnern. Alles, was du damals gesehen und erlebt hast, das ist in dir. Du hast es nicht vergessen, Annemie. Im Grunde kann man gar nichts vergessen – alles Erleben bleibt in uns, und das, was wir so Vergessen nennen, das ist nichts anderes als Ablenkung, verstehst du? Verstehst du, Annemie?«

Diesmal kam ein Nicken. Es war sehr schwach.

Bergmann sprach weiter, stetig, leise, doch für Annemie Markwart füllte seine Stimme nicht nur den Raum, sie füllte ihr Inneres aus. Sie war soweit, er wußte es. Er brauchte sie nicht einmal zu beobachten, er fühlte es.

»Was wir erlebt haben, Annemie, alles ist ein Teil von uns geworden. Nehmen wir deine Brücke, die Brücke aus deiner Jugend, die du so geliebt hast.«

Ein Lächeln lag jetzt auf ihrem Gesicht.

»Im Sommer ließ es sich doch so herrlich im Flüßchen schwimmen. Annemie, es ist Sommer. Jetzt ... spürst du es? Du schwimmst im Wasser. Es umspült dich ... So leicht, alles ist so leicht. Du brauchst dich nicht anzustrengen, du brauchst kaum zu atmen, liegst im Wasser, das dich trägt. Ganz leise schlägt dein Herz, ganz ruhig geht die Atmung, fließt wie das Wasser, leise und ruhig. Hörst du meine Stimme? Ja? Jetzt gehst du aus dem Wasser ...

Das Wasser trägt dich nicht mehr, du trägst dich selbst, dein Körper wird schwerer. Du mußt jetzt Schritt vor Schritt setzen. Du gehst nach Hause, Annemie. Du bist sieben Jahre alt, und du gehst nach Hause. Da ist die Tür ...«

Sie ging.

Sie ging mit kleinen kurzen Schritten, ging diesen endlosen Schattenkorridor entlang, an dessen Wänden sich Nischen öffneten, Schattennischen. Es war, wie man im Traum so geht, aber dann tauchte ein wenig Licht um sie auf, und sie konnte Einzelheiten erkennen.

Das war die Tapete, die vom Gang in Mamas Zimmer führte. Sie hatte ein blaugrünes Schmuckband, war ziemlich alt, das schon, aber man konnte die Rosenbänder darauf sehen, blaugrüne Rosen.

Und dort die Tür – ein rautenförmiger Fleck, Licht lag darauf, bläulich, mondblau. Annemie sah den abgesprungenen Lack an der Ecke, die drei hellen Striemen in mattstaubigem Braun, die das Holz freilegten, so daß es aussah, als sei die dreikrallige Pranke eines bösartigen Tieres darüber gestrichen. Und dann die alte abgenutzte Klinke.

Dahinter aber waren Licht und Musik.

Die Musik war leise. Doch plötzlich war da ein Geräusch, das sie zusammenfahren ließ, hoch und grell wie der Schrei des Kaninchens, dem ihr Vater damals nach ihrem Geburtstag im Hof mit dem Beil den Kopf abgeschlagen hatte – und dann ein Stöhnen ...

Sie war stehengeblieben, sie schluckte, sie hatte Angst.

Geh, Annemie ... geh, geh. Du bist jetzt sieben. Du mußt gehen.

Unter der Türleiste quoll das Licht hervor. Annemie hatte die linke Hand auf der Klinke, ihre Hand war ganz feucht. Sie zitterte. Und drückte die Klinke trotzdem hinunter, öffnete die Tür einen Spalt – und sah ...

Das Licht kam von den beiden Kerzen auf dem Boden neben dem Bett. Die Kerzen steckten in Bierflaschen.

Annemie wollte die Tür wieder schließen, um wegzulaufen. Aber sie konnte nicht, sie stand wie gelähmt. Dieses Gesicht, ein Frauengesicht mit weit aufgerissenen Augen. Die Haare waren dunkel und naß von Schweiß, sie klebten am Hals, der sich zurückbog. Und der Mund war wie ein glänzendes, dunkles rundes Loch, aus dem jetzt ein neuer Schrei drang.

Annemie sah es, o ja, sie sah das ganze entsetzliche Bild in dem schmalen Streifen zwischen Türkante und Rahmen.

Ihr Herz raste.

Vor diesem Kopf war eine Schulter zu sehen.

Die Muskeln daran waren verkrampft, dicke schwere Männermuskeln. Der Haarkranz um den Kopf war kurz geschoren. Darüber befand sich eine Glatze. Und die Ohren waren so rund und rot wie die Henkel von Annemies Kindertasse.

Neben dem niedrigen Bett lag eine dicke Hornbrille mit schwarzem Rand auf dem Boden. Und als Annemie die Ohren, die Glatze und die Brille sah, erfaßte sie die Situation, zögernd zunächst, dann aber grell und gewaltsam wie eine Leuchtschrift:

Oskar!

Das ist Oskar.

Und weil er die Brille nicht aufhat, sehen Oskars Augen so schrecklich aus, grau glänzend wie bei einem Irren. Auch die Haut glänzt und die dicke fette Unterlippe.

Und dieses Flimmern in den Augen! Voller Haß, Augen, wie sie Mörder haben.

»Raus«, brüllte Oskars Stimme.

Annemie holte Atem, brauchte Luft. Sie wollte ja raus.

O ja, fort wollte sie, aber sie konnte es nicht. Ihre Schuhe waren wie festgeklebt auf dem Boden, und ihre Knie zitterten.

»Raus, du Saugöre! Tür zu!«

Annemie rührte sich nicht.

»Raus, oder ich bring dich um!«

Den Kopf hielt Oskar jetzt hoch erhoben; er hielt sich mit beiden Armen abgestützt, kauerte dort über der Frau, hatte nichts am Leib, gar nichts, hatte nur Muskeln und schwarze Haare und diesen dicken Bauch. Und noch etwas hatte er, das sah Annemie, als er aufstand. Er hatte dieses schreckliche Ding dort unten zwischen den Beinen, dieses Ding, das wippte wie ein dickes, glänzend rotes Stück Schlauch.

Und die Frau, die Frau auf der Matratze, die Frau, die er gerade umbringen wollte, die Frau, die sich zur Seite dreht, Annemie das Gesicht zeigt, die Frau, die geschrien hat ...

Die Frau ist *Mami*!

Oskar hat die Hände nach Annemie ausgestreckt. Nun steht er, zeigt die Fäuste, und das Kind kann sich wieder bewegen. Wie mit einem heißen Strahl sind Leben und Kraft in sie zurückgekehrt.

»Nein!« schluchzte sie. »Nein, nein.«

»Geh schon, nun geh doch, Herrgott«, sagte Mami.

Annemie rennt.

Direkt neben dem Eßtisch stand eine kleine und überaus prächtige Glasvitrine mit kokett geschwungenen Chippendale-Beinen.

»Das Tiffany«, hatte Stefan sie genannt. Christas Mutter Inge hatte es ihnen zur Hochzeit nach Burgach geschickt, und es kam nicht leer an. Die Basisausstattung wurde gleich mitgeliefert, denn diese »Burgach-Geschichte«, wie Mutter Inge sagte, mußte schließlich ein »bißchen Niveau« bekommen, und so legten sie dort in Hannover im Medizinerklan der Rüttgers zusammen: Der Herr Professor rückte Kristallflakons und Likörgläser aus böhmischem Rubinglas heraus; ein ganzes Set von silbernen Kuchengabeln und Schaufeln; die vergoldeten Mokkatäßchen und Zierteller stammten von seinen Dr.-med.-Söhnen Jochen und Jürgen. Zwischen all der Pracht lag ein einzelnes schwarzes Eisernes Kreuz aus dem Ersten Weltkrieg. Stefans Großvater hatte es einst bekommen, und Stefan bekam jedesmal einen leichten Anflug von schlechtem Gewissen, wenn sein Blick darauf fiel. Doch so lächerlich das auch sein mochte und sosehr er sich manchmal dafür verfluchte – irgendwie wollte auch er im »Tiffany« vertreten sein.

Nun hätte er beinahe eine zweite Chance bekommen: Lindners Geschenk, das Barockjuwel von Silberkästchen.

Doch Christa sperrte sich. »Wieso eigentlich?« fragte Stefan verblüfft.

»Weil ich das verdammte Ding da nicht drinhaben will.«

»Du hast doch selbst gesagt, daß es mehr wert sei als der ganze andere Krempel zusammen.«

»Das steht nicht zur Debatte.«

»Was dann?«

»Es paßt nicht dazu. Ich will keinen Lindner hier vertreten sehen. Bitte frag mich nicht, wieso. Ich kann den Kerl einfach nicht leiden, das weißt du doch. Wenn ich an ihn denke, kriege ich ein Kribbeln im Magen. Also lassen wir's – bitte, Stefan.«

Sie hatte eine Art und Weise, dieses »Bitte« vorzubringen, gegen die es keinen Widerstand gab.

Und so stand das Kästchen nun auf Stefans Schreibtisch. Wenigstens bot es einen standesgemäßen Platz für seinen Drehbleistift, gleichfalls aus Silber, und Christas Weihnachtsgeschenk.

Er öffnete den Deckel und nahm den Stift heraus.

Die Visitenkarte darin lag unter einer Schicht von Tablettenfolien und Heftklammern.

Stefan warf einen Blick auf seine Schreibtischuhr: kurz vor acht. Mit dem verdammten Manuskript für den WDR war er auch nicht weitergekommen, und für acht Uhr hatte er Annemie Markwart bestellt.

Stefan zog den Recorder heran, legte die Kassette ein, die die letzte entscheidende Sitzung mit Annemie aufgezeichnet hatte, und drückte auf die Play-Taste.

Zuerst kam ein würgendes ersticktes Schluchzen, dann: »Mama, Mama!« Und nochmals ganz leise: »Mama, was hat er dir getan? Ich ... Mama, ich hab Angst ...«

Annemie Markwarts Stimme, doch man konnte sie kaum erkennen. Sie klang verändert, hoch, kindlich und verzerrt von unsäglicher Furcht.

Auf dem Tonband war nun nur ein Rauschen zu hören, dann ein hechelndes Atmen.

Und wieder Annemies Stimme: »Tu mir nichts! Nein, tu mir nichts ... bitte.«

Stefan ließ die Kassette weiterlaufen und rief sich die Situation wieder ins Gedächtnis: Annemie Markwarts Gesicht bläulich verfärbt, dann die Probleme mit der Luft, eine Art Schnappatmung. Sie war in der Hölle. Bergmann konnte sie nicht erreichen, und es war sein eigener verdammter Fehler gewesen, den Rapport zu ihr nicht tiefer auszubauen. Er hätte sich früher einschalten müssen. Als er es nun versuchte, reagierte Annemie kaum noch, und es hatte ihn große Mühe gekostet, sie in die Wirklichkeit zurückzubringen.

Und trotzdem, dachte er. Wir hatten beide unwahrscheinliches Glück. Zeitrückführungen, die Regressionen in die Kindheit, sind meist qualvoll, und oft braucht man ein halbes Dutzend Sitzungen, bis man am Punkt ist.

Annemie Markwart hatte ihn auf Anhieb erreicht.

Oskar. Der nackte Oskar. Und dazu noch diese Mutter, um die das Kind gezittert hatte, weil es dachte, Oskar bringe sie um.

Stefan sah auf die Uhr. In diesem Augenblick öffnete sich die Tür.

Es war genau acht.

Sie war sehr blaß dieses Mal. Und sie wirkte müde mit den geschwollenen Lidern und den Ringen unter den Augen, die sie tapfer mit Puder zugedeckt hatte. Aber sie schien ruhig, ja. Annemie Markwart brachte sogar ein leichtes Lächeln zustande, als Stefan sie nach der Begrüßung fragte, wie denn der Besuch bei ihrer Mutter verlaufen sei.

»Wie schon?«

Er führte sie zum Sessel.

Sie setzte sich und wiederholte: »Wie schon, Herr Doktor? Sie war ja gar nicht mehr bei Bewußtsein. Und sie sah schrecklich aus! Ich konnte sie kaum erkennen. Durch ihren Darmkrebs hatte sie derartige Schmerzen, hat mir die Schwester erzählt, daß sie ihr fortwährend Morphium geben mußten.«

Stefan nickte. Er sah wieder Rosis Gesicht vor sich, dort im Wohnzimmer in der Mühlbachstraße.

»Ich kenne das. Glauben Sie mir, ich weiß, wie so was ist.«

»Nun hat er es auch bei ihr geschafft«, hörte er Annemie sagen.

»Wie bitte?«

»Zuerst ich – jetzt sie.«

»Oskar?«

»Dieser Mann. Für mich hat er keinen Namen. Für mich ist er das Schwein. Aber Schweine wie ihn gibt's wohl überall. Die laufen zu Tausenden herum, finden Sie nicht?«

Er legte seine Hand auf ihre Schulter. »Annemie, regen Sie sich nicht auf. Was Sie jetzt brauchen, ist ein bißchen Ruhe.«

»Und wo soll ich die hernehmen?«

Er zog seinen Stuhl heran und nahm vor ihr Platz. »Das werden wir sehen.«

»Er hat nicht nur meine Mutter umgebracht, das wurde mir gestern im Krankenhaus klar. So richtig habe ich Ihnen ja noch gar nicht erzählt, was sie alles mitgemacht hat, nachdem mein Vater tot war und Oskar kam.«

»Das brauchen Sie auch nicht. Viel wichtiger für uns ist, daß Sie sich entspannen, daß Sie ganz ruhig sind.«

»Zuerst ich«, wiederholte sie. »Sie haben es doch selbst gesehen. Ich lauf nur noch herum, aber innerlich bin ich tot, schon lange.«

Ihr Körper lag schlaff in dem schwarzen Ledersessel. Die Augenlider waren angeschwollen und zitterten leicht. Sie war noch keinen Meter von Stefan entfernt. Sie blickte zu dem Bild mit der Brücke hoch, aber er wußte, sie tat es, um seinen Augen auszuweichen.

»Annemie«, sagte er weich, »Sie sind ganz schön lebendig.«

Sie schüttelte den Kopf. »Das sieht nur so aus, Herr Doktor. Ich bin tot. Sie wissen das so gut wie ich ... Sie wissen, was aus mir geworden ist ...«

Die Situation war nicht unkritisch. Annemie war im

Begriff, in einen neuen zerstörerischen Gefühlsschub hineinzugeraten. Der Besuch bei ihrer Mutter hatte die Depressionen noch verstärkt, dazu kam die Identitätskrise, in der sie sich zweifellos befand. Ihre Orientierung, ihr ganzes Selbstwertgefühl waren mit ihrem beruflichen Erfolg verbunden. Den hatte man ihr genommen.

»Hören Sie zu, Annemie, bitte. Ich sehe etwas ganz anderes. Soll ich Ihnen sagen, was ich sehe? Eine junge tüchtige Frau, die nicht nur uns, sondern auch vielen anderen geholfen hat. Jetzt hat sie ein paar seelische Schwierigkeiten. Na und?«

»Schwierigkeiten? Ich bin arbeitsunfähig. Ich schlottere und schwitze wie eine Alkoholikerin; ich habe Alpträume, Depressionen.«

»Sie haben Depressionen, ja. Die haben andere auch, und sie gehen vorbei. Sie haben keine endogene Depression, nichts, das ihr Körper ausgelöst hat, Annemie. Darauf kommt es an. Deshalb werden wir damit fertig werden. Sie werden sehen.«

Das Gesicht vor ihm blieb leblos, schlaff, so unbewegt wie zuvor. Was Stefan sagte, waren die in solchen Situationen notwendigen Worte. Sie kamen ihm inhaltslos vor, und während er sich sprechen hörte, sortierte sein Gehirn Alternativen in der Therapie. Vorsichtig vorgehen? Er konnte in der Hypnose behutsam, Schritt für Schritt, die traumatischen Erfahrungen auflösen und statt dessen neue, positive Erfahrungen setzen, doch ob das anhalten würde? Nun, die Behandlung würde sich ohnehin über einen längeren Zeitraum erstrecken. Es kam lediglich darauf an, immer wieder die neuen positiven Stimulationen zu verstärken – aber in Annemie Markwarts Fall?

Sie stand vor dem Ausbruch einer Krise, dessen war

Stefan sicher. Er konnte dem zuvorkommen. Er konnte eine Art Crash-Programm wagen. Konnte? Er mußte es!

»Ich bin am Ende, Herr Doktor. Wirklich, ich bin am Ende. Glauben Sie mir ...«

Was du mußt, entschied Bergmann, ist, ihr die Angst nehmen – und das gründlich.

»Ich kann so nicht weiterleben. Ich will es auch nicht.«

Es klang nicht weinerlich, sondern klar und bestimmt, als würde Annemie ein Bilanzergebnis bekanntgeben.

»O doch, Sie können. Und Sie können es heute noch. Wir werden das schaffen.«

Sie sah ihn ungläubig an. »Mit der Hypnose?«

Stefan Bergmann nickte.

Im Grunde blieb es immer dasselbe: Er hatte ein Theater aufzubauen. Die Stücke, die in diesem Theater gespielt wurden, waren oft nicht nur ungeheuerlich, sondern auch absurd und unwirklich, und seine Aufgabe in diesem Theater war nicht nur die des Intendanten. Er hatte auch den Part des Stückeschreibers, des Dramaturgen, sogar des Bühnenbildners, der die Umgebung und Atmosphäre herbeizaubern mußte, die für den Erfolg so ausschlaggebend war.

Annemie Markwart befand sich in tiefer Trance.

Stefan aber baute Kulissen. Ein prächtiger Zirkus sollte entstehen, zumindest ein Zirkus, in dem sich die unglaublichsten Dinge bestaunen ließen, in dem man sich aber auch wohl fühlen würde.

»All diese Lichter und Scheinwerfer, Annemie! Die roten Polster, sind sie nicht wunderschön? Und es sitzt sich so gut darauf. Du kannst die Beine ausstrecken ... Du bist mit einer Freundin gekommen? Wie heißt sie noch?«

»Liesel.«

Ihre Stimme war klar und deutlich, die Hände blieben ruhig.

»Ja, richtig, Liesel! Das hab ich tatsächlich vergessen.«

Sie schüttelte empört den Kopf.

Sehr gut, dachte er und fuhr fort: »Die Sessel mit den roten Polstern haben nur Leute mit Ehrenkarten ... Die sitzen nämlich ganz vorn an der Manege. Da fühlt man sich richtig wohl, nicht? Und genießt ... Vor allem, daß man alles so genau aus der Nähe sehen kann. Die Arbeiter in ihren schönen Uniformen, die Tiere, die Artisten – einfach alles ...«

Sie nickte und lächelte selig.

»Und die Clowns sind auch noch da.«

»Die waren komisch«, lächelte sie. »Die Clowns.«

»Das sind sie noch immer. Da lacht man sich kaputt, nicht? Wie bei dem Kleinen hinten die Hose platzte und plötzlich Rauch und Feuer rauskamen ...«

Sie kicherte. »Es war kein Feuer, nur Rauch.«

Ihre Stimme war die eines Kindes. Sie war jetzt neun Jahre alt.

»Und all die Leute, Annemie. Lauter Kinder. Wo du hinsiehst, Kinder. Hinter dir, rechts, links und vor dir, bis ganz nach oben. Ja, und dann die Masten. Wie hoch die sind! Die Masten, die das Zelt tragen, welche Farbe haben sie eigentlich? Ich kann's nicht sehen.«

»Blau ...«

Stefan lehnte sich etwas zurück. Es klappte.

Er war sich nicht so sicher gewesen, als er mit der Einleitung begonnen hatte. Welchen Zirkus sollte er wählen? Er hatte sich langsam vorgetastet. Ja, sie kannte einen Zirkus, doch ob es nun eine winzige Wanderklitsche war oder ein großes Unternehmen, war nicht von ihr zu erfahren gewesen. Bergmann hatte auf den großen Zirkus

gesetzt – wieso auch nicht? Er konnte das Zelt in Annemies Phantasie riesengroß entwickeln, es würde prächtig, aufregend und fabelhaft gebaut sein.

»Du, Annemie, da bringen sie lauter Eisenteile herein.
Wie die klappern.«

Sie klatschte in die Hände.

»Die sind für die Käfige, weißt du? Und jetzt ziehen sie
die Gitter hoch. Das wird ein runder Käfig um die ganze
Manege herum. Und, Annemie, der Geruch! Riechst du
ihn? Von den Löwen kommt der. Da, durch den Tunnel
kommen sie schon herein. Was für Kerle! Riesig sind die!«

Sie hielt die Augen geschlossen, unter der Haut der
Lider bewegten sich die Augäpfel. Sie atmete schneller.
Sie sah die Löwen ...

Stefan senkte die Stimme, legte alle Eindringlichkeit
hinein, zu der er fähig war, und zeichnete weiter an seinem Bild. Er wußte, es würde ihr nicht gefallen.

Doch auf das Finale kam es an. Ja, das Finale mußte sie
lieben.

»Die Löwen sind erregt, Annemie. Sie sitzen nicht auf
den Podesten, sie laufen herum, fletschen die Zähne, sie
knurren, sie halten die Nase hoch, sie schnuppern. Und
Löwen können viel besser riechen als wir. Weißt du, was
sie riechen? Soll ich es dir sagen? Den Feind riechen sie.«

Ihre Schultern verspannten sich. Das Gesicht verriet
nichts als ängstliche Erwartung.

»Der Feind, der sie immer gequält hat, dieser schreckliche Mann mit dem dicken Bauch, dieser nackte Mann
mit dem dicken Bauch, der nackte Mann, der deiner Mutter so weh getan hat. Annemie, hörst du mich? Riechst du
die Löwen? Ja ... siehst du sie?«

»Die Löwen ... die Löwen ...« Es war nur ein Stammeln.
Annemies Lider zuckten noch heftiger als zuvor.

»Oskar«, sagte sie plötzlich.

Sie sprach den Namen laut und klar: Oskar.

»Da hast du ihn. Durch denselben Tunnel, durch den die Löwen hereinkamen, kommt auch er. Er kann nicht gehen, sieh doch, er muß kriechen. Und er hat keine Brille auf, die hat er weggelegt so wie damals, die braucht er nicht. Er fühlt sich ja so stark, Annemie. Er ist so böse. Sieh mal seine Zähne, sieh mal das Gesicht. Er will an die Löwin ran, Annemie. Aber die ist ebenfalls böse. Und wie! Sieh doch: Sie ziehen den Schieber hoch, und Oskar glaubt, er sei ein Löwe, und stemmt sich hoch und brüllt. Die Löwin aber ...«

»Nein«, flüsterte sie. Sie begann zu zittern. Im Licht der Lampe glänzte Schweiß auf ihrer Stirn.

Angst, dachte Bergmann. Hoffentlich klappt sie dir nicht zusammen. Sie muß es hinter sich bringen, sie muß da durch. Also mach weiter.

»Der fühlt sich so groß, der Oskar«, sagte er.

»Das Schwein«, flüsterte Annemie Markwart. »Das Schwein.«

»Ja. Aber nicht mehr lange, Annemie. Hörst du das Geräusch? Dieses schreckliche, schlimme Geräusch, das den ganzen Zirkus ausfüllt? Das Knurren und Brüllen der Löwen ist es. Sieh dir die Leute an. Wie die alle starren. Jetzt springen sie auf. Sie schreien ... Die haben auch Angst, Annemie, aber du brauchst keine zu haben. Du hast ja die Löwen. Der erste, der ganz große, schüttelt schon seinen Kopf, sieh, wie die Mähne fliegt. Und jetzt, Annemie, sieh doch, er duckt sich – und nun der Sprung! Ja, er springt Oskar an, wirft sich über ihn. Der Löwe ist so groß, so riesengroß, daß du den Oskar gar nicht mehr sehen kannst. Nichts siehst du, nur Blut, Annemie. Du siehst Blut.«

»Ja.« Sie schrie es. »So viel Blut ...«

»Der Löwe, Annemie, der Löwe hat dem Oskar den Kopf abgebissen! Und die anderen Löwen sind jetzt alle über ihm. Alle reißen sie ein Stück Fleisch aus ihm, zerreißen und fressen, alle fressen ihn auf. Der Oskar ist weg, Annemie! – Sie haben ihn aufgefressen, da ist nichts mehr da, gar nichts mehr. Es gibt ihn nicht mehr, Annemie, er ist weg, verschwunden – fort für alle Zeiten ...«

Ein schwarz gepunkteter roter, gemütlicher Marienkäfer kroch über Lindners Silberkästchen. Stefan Bergmann fing ihn ein, trug ihn in der hohlen Hand zum geöffneten Fenster und setzte ihn ins Freie. Über das letzte Stück der Heinrich-Heine-Straße rollte langsam ein grauer Wagen heran. Auf dem Dach trug er ein Blaulicht.

Okay, da waren sie also. Und Kommissar Warnke hatte sich sogar angemeldet.

»Ich bring Ihnen heute 'nen Kollegen mit, Doktor. Kommt vom BKA. Er heißt Oster und ist Kriminalrat.«

Stefan schloß das Fenster. Immerhin eine Premiere. Wann kommt schon ein ausgewachsener Kriminalrat vom Bundeskriminalamt in deine Praxis?

Draußen klingelte es bereits, und Stefan fühlte sich reichlich erschöpft, obwohl am Vormittag kaum etwas losgewesen war in der Praxis. Das Mittagessen hatte er im Stehen am Kühlschrank verschlungen, und nun gab's ein Verhör zum Dessert ... Und das sollte einer gut finden?

Im Korridor ertönten Schritte. Bergmann ging zur Tür und öffnete sie. Warnke schaukelte herein, mit einem Grinsen, das wenig fröhlich war.

»Haben Sie diesmal 'n bißchen Zeit?«

»Aber ja«, nickte Stefan. »Es gibt so Tage, Herr Warnke, da scheinen sich alle Patienten zu verstecken.«

Der andere Besucher war einen halben Kopf kleiner

als Warnke, aber er schien durchtrainiert und drahtig. Er hatte hellblaue Augen, und die langen, dunklen Wimpern gaben ihm etwas Jungenhaftes. Dazu kam das schwarze Wuschelhaar. Der Typ sieht aus wie eine Mischung aus Sportlehrer und Discjockey, dachte Bergmann, trotz seiner fabelhaften ockerfarbenen Jacke und der eleganten gelben Lederweste. Immerhin, er trug Jeans, und auf die Krawatte hatte er auch verzichtet.

»Dies ist Kriminalrat Oster«, stellte Warnke vor, und Stefan sagte, daß dies das erste Mal sei, daß er einem Kriminalrat begegne.

Dann saßen sie friedlich auf ihren Stühlen vor seinem Schreibtisch, Warnke leicht nach vorn gebeugt, die Hände auf den Knien, einen vagen Ausdruck von Verdrossenheit im Gesicht. Der andere, dieser Kriminalrat, hatte lässig die Beine übereinandergeschlagen. Das blanke Leder seiner Schuhe glänzte.

»Also, Herr Doktor«, begann Warnke, »der Herr Oster hier hätte noch ein paar zusätzliche Fragen.«

»Zu was?«

»Zu was? Uns geht's immer um dasselbe – um die Unglücksnacht an der Aussichtsplattform.«

Stefan spürte ein Prickeln im Nacken. »Das hab ich doch haarklein erzählt. Zweimal sogar. Das steht doch alles in Ihren Unterlagen.«

Oster zog den Jeansstoff über seinen Knien glatt und schenkte ihm einen langen blauen, direkten Blick unter seinen halb gesenkten dichten Wimpern. »So ist es. Aber ich wäre nicht hier, Herr Doktor, wenn es nicht auch die Aussage eines Rote-Kreuz-Fahrers gäbe, also eines der Leute, die Lindner in den Rettungswagen gebracht haben.«

Nun war es kein Kribbeln mehr im Nacken, nun war es

der Griff einer Zange. Stefan schaltete auf Gelassenheit. Er brachte das seinen Patienten bei, er hatte es zuvor selbst gelernt. Ihm fiel ein, was sein Großvater in solchen Situationen gesagt hatte: »Ein einziger falscher Schritt, Junge, und die ganze Richtung stimmt nicht mehr.«

»Und?« fragte Stefan.

»Herr Doktor, dieser Mann sagte aus, daß er, ehe er mit dem Verletzten an Bord losfuhr, nochmals an die Böschung gegangen sei, um seine Taschenlampe zu suchen. Die hatte er anscheinend verloren. Dabei sah er, wie Sie den Hang heraufkamen. Sie trugen einen Koffer, das stimmt – nur, sagte der Mann, sei das kein Arztkoffer gewesen. Er wisse das genau. Mit Arztkoffern kenne er sich nämlich aus.«

»Was sonst?«

»Genau – was sonst? Das wollten wir eigentlich Sie fragen«, sagte Warnke.

Stefan lächelte. Er lächelte ganz ruhig. Und auch sein Herz blieb es. Aber ganz plötzlich standen die Bilder wieder vor ihm: die Nebelreste, die Nässe, das Blitzen des Blaulichts, die Stimmen oben auf der Straße – und er, der noch einmal zum Autowrack zurückging, diese verdammten Papiere einsammelte und dann wieder, Lindners Koffer in der Hand, den Hang hinaufkeuchte …

»So? Dieser Fahrer weiß das also ganz genau? Und was meinte er damit?«

»Er meinte gar nichts«, lächelte Oster. »Nur ich – ich weiß nicht so recht, was ich meinen soll.«

»Herr Oster, in dieser Nacht herrschte Nebel. Das steht in Ihrem Protokoll. Und es gab Stellen, da sah man kaum die Hand vor Augen. Dieser Mann hatte seine Taschenlampe verloren, Sie haben es ja gerade selbst gesagt … Gut, es ist dunkel, er hat kein Licht – aber er kann ganz genau unterscheiden, was für eine Sorte Koffer ich in der Hand habe? Was soll das eigentlich?«

»Was das soll? Es ist unsere Pflicht, jeder Spur nachzugehen und jede Möglichkeit in Betracht zu ziehen. Diesen Spruch kennen Sie doch.«

Stefan spürte, wie seine selbstverordnete Ruhe zu bröckeln begann. Er schüttelte wild den Kopf. »Nein, den kenne ich nicht. Mit der Polizei habe ich noch nie etwas zu tun gehabt.«

Hast du auch nicht. Wirst du aber vielleicht ... Vielleicht marschierst du bereits einen Kilometer in der falschen Richtung.

Bergmann lehnte sich zurück und verschränkte die Arme. »Wie lautet denn nun Ihre Frage, Herr Kriminalrat? Denn eine Frage haben Sie ja.«

»Ganz einfach: Was hielten Sie in der Hand in dieser Nacht? Ihren Arztkoffer?«

»Was denn sonst? Wollen Sie ihn sehen? Soll ich ihn holen? Ich habe sogar drei von den Dingern.« Stefans Stimme wurde lauter. »Wollen Sie etwa sagen, daß Sie nur wegen dieser Geschichte, dieses Mumpitzes hierhergefahren sind? Das kostet doch 'ne Menge Zeit?«

»Oh ...« Oster lächelte, »die muß man sich manchmal nehmen.«

Und meine Zeit? Stefan sagte es nicht, er betrachtete Lindners Silberkästchen, und ein kühler Hauch strich über seine Stirn. Ihm war klar: Dies ist Angst. Und warum auch nicht? Es war ja nicht allein der verdammte Koffer ...

Vielleicht stand dein Nachbar wieder mal hinter der Gardine und hat beobachtet, wie Lindner dich besuchte? Oder irgendein anderer? So ein Superschlitten fällt schließlich auf. Also rück damit raus, sofort.

»Mit irgendeinem anderen Koffer kann ich Ihnen nicht dienen ...«

»Wirklich nicht?«

Verdammt noch mal, du lügst sie ja an! Stefan dachte es im selben Augenblick, als er antwortete: »Nein.«

Themawechsel, dachte er dann, lenk sie ab. »Aber das wollte ich noch sagen, Herr Warnke: Herr Lindner kam zu mir. Er hat mich hier besucht.«

Warnkes Haltung veränderte sich schlagartig. »Wieso haben Sie mir das nicht gesagt, Doktor? Wieso haben Sie nicht angerufen?«

»Wieso? Weil es nichts anzurufen gab. Was hätte ich Ihnen denn erzählen können?« Wieder blickte Stefan auf das Kästchen. »Der Mann kam hierher, um sich zu bedanken. Seine Frau stieg noch nicht einmal aus dem Wagen, und er selbst blieb nicht länger als fünf Minuten. Eine reine Höflichkeitsgeste. Und eigentlich doch völlig normal.«

Sie schwiegen beide. Dann sagte Stefan:

»Jetzt kann ich wohl auch noch eine Frage stellen.«

»Bitte, Herr Bergmann.« Es verging eine ziemlich lange Pause, ehe Oster ihn dazu aufforderte.

»Was macht denn einen Herrn Lindner so interessant, daß sich ein leibhaftiger BKA-Kriminalrat bis zu mir bemüht?«

»Nun, Berufskiller werden halt nicht so häufig tätig.«

»Das hat mir Herr Warnke schon gesagt. Attentate sind interessanter als Morde. – Aber was ist mit Herrn Lindner?«

»Das wüßten wir genauso gerne.«

»Meine Frau erzählte mir etwas von einem Artikel, der in irgendeinem Wirtschaftsblättchen erschienen ist. ›Der Regenbogenmann‹ hieß der Titel. Und darin war die Rede, daß Lindner seit langem mit ziemlich dubiosen Geschäften jongliere. Selbst irgendwelche Turbinen zur Uran-Anreicherung soll er ...«

»Das ist Schnee von gestern, Herr Doktor.«

»Und wie sieht der von heute aus?«

»Schwer zu sagen. Geld. Viel Geld ...«

»Aus Rußland?«

Oster nickte. »Aus ganz trüben Quellen.«

»Und was ist mit diesen Immobilien in Südfrankreich?«

»Das ist es ja ... Lindner hat da in der Nähe von Toulon ein ganz gewaltiges Projekt angeleiert. Und wie es scheint, sind seine Partner nicht die saubersten. Zumindest waschen dort noch viele ihre Wäsche ...«

Das war es dann. Die Beamten verabschiedeten sich und gingen.

Es war eine Dermatitis, und zwar eine ziemlich üble, wie Christa Bergmann feststellte. Die Entzündungsstellen zogen sich von der Leistengegend bis zum rechten Hüftknochen, die Haut war übersät von winzigen roten Kratern, Pusteln, Schorf und eingetrockneter Lymphflüssigkeit. Hier wüteten ganze Bakterienstämme, und Eddy Hufnagel hatte sich nicht nur alle Mühe gegeben, sie einzufangen, er sorgte auch dafür, daß es ihnen gutging.

»Halt mal den Wasserstoff bereit, Marga, den brauchen wir gleich auch. Ja, und 'ne Pinzette, bitte ...«

Christa warf Eddy einen vorwurfsvollen Blick zu. Da lag er nun auf dem Behandlungstisch, dürr und klapprig, seine Nase bog sich wie eine Sichel über dem schütteren, gelblichweißen Bart, und selbst auf der Glatze, die ein gleichfalls gelblichweißer Haarkranz umrahmte, konnte man Pusteln entdecken.

Dazu noch der Geruch ...

»Eddy, du stinkst. Ich weiß überhaupt nicht, wieso ich dich in diesem Zustand behandle. Ich hätte dich vorher unter die Dusche stellen müssen.«

»Find ich ja auch, Frau Doktor.«

»Was?«

»Darauf habe ich ja gewartet. Das haben Sie doch das letzte Mal auch gemacht.«

Das letzte Mal? Christa stöhnte.

Eddy war ein regelmäßiger Kunde in der Praxis, und wenn er kam, gab's zu tun: Eine Gastritis mußte behandelt, ein Lungenspitzeninfekt auskuriert werden, oder die Zirrhose hatte weitere Fortschritte gemacht ... Christa tat ihre Pflicht. Die tat sie in Gedanken an Elsbeth, Eddys Frau, die beste Putzfrau, die sie je gehabt hatte. Eine wahre Perle war »Elsi« gewesen. Nach ihrem Tod ging's mit Eddy prompt bergab. Steil. Sehr steil ...

Christa nahm die Pinzette, löste Schorf ab, verteilte Wasserstoff und stellte sich taub gegen das schreckliche Stöhnen.

»Daran bist du schon selber schuld, Eddy.«

»Weiß ich doch, Frau Doktor.«

Sie tupfte stumm und tapfer weiter. Eine ganze Schüssel voll benutzter Spatel und Watte stand neben ihr. Eddys Kleider steckten in einem blauen Plastiksack und würden von der Reinigung abgeholt werden. Schnellservice. In der Zwischenzeit bekam er Patientenbekleidung und eine Suppe.

Noch was? Nein, mehr kannst du da nicht tun. Eddy lebte in einer selbstgebastelten Blechhütte am Rand eines Schrottplatzes in der Nähe von Fulda, nannte sich »Nachtwächter«, weil ihm der Schrottplatzbesitzer zugestanden hatte, er könne bleiben, wenn er ein bißchen aufpasse. Aber er war nun mal ein »Berber«, ein Landstreicher geworden, doch das Wort kannten sie in Burgach nicht. Hier nannten sie ihn »Penner-Eddy« und wichen ihm vorsichtig aus.

»Nimmst du wenigstens deine Vitamine, Eddy? Hast du noch welche in der Packung, die ich dir das letzte Mal mitgegeben habe?«

»Nee. Hab ich alle gegessen«, versicherte Eddy. In Wirklichkeit hatte er sie gegen eine Flasche Korn getauscht.

»Dann kriegst du wieder neue.«

»Frau Doktor, wirklich ... Eine Heilige sind Sie! Das hab ich alles gar nicht verdient.«

Wieder schüttelte Christa den Kopf. Und wieder löste sie eine Kruste ab. Wirklich übel. Es war wohl besser, Jürgen, das Bruderherz anzurufen. In seiner feinen Dermatologie-Praxis in Hannover würde er solche Fälle zwar nie zu Gesicht bekommen, aber vielleicht war ein neues polyvalentes Antibiotikum auf den Markt gekommen, das man in diesem Fall anwenden konnte.

Christa war aufgestanden, um zum Telefon zu gehen, als Stefan hereinkam.

»O Eddy! Wie geht's?«

»Sehen Sie doch, Herr Doktor.« Dort, wo man unter dem gelblichen Gestrüpp den Mund vermuten konnte, entstand Bewegung. »Ich ... ich mach alles verkehrt.«

Stefan ging an den Behandlungstisch, legte Eddy die Hand auf die Stirn, warf einen Blick auf das Wundfeld und wollte sich umdrehen. Christa hielt ihn auf.

»Moment mal, Stefan! Das vorhin, war das wirklich ein Kriminalrat? Marga hat mir das gesagt.«

»Das war wirklich ein Kriminalrat.«

»Wegen Lindner?«

Er nickte und begegnete ihrem Blick. Sie sah ihn mit

einem halb mißtrauischen, halb leidenden Gesichtsausdruck an.

»Du machst ja richtig Karriere bei der Polizei ... Zuerst
ein Kriminalkommissar, jetzt schon ein Rat!«

Er zog sanft die Tür hinter sich zu. Christa war also
beleidigt. Na und? Wenn sie schon den Namen Lindner
hörte ...

»Ist so ein lieber Mensch, der Herr Doktor«, sagte Eddy
zu ihr.

»Richtig, Eddy.«

Vor einem Jahr hatte sie auch Stefan in die Schlacht
geschickt, um Eddy durch Hypnose von seinem verdammten Alkoholismus zu befreien. Es gab drei Sitzungen, aber
Eddy erwies sich als zu harter Brocken.

»Er will einfach nicht«, hatte Stefan gesagt. »Er hat zu
wenig Phantasie.«

Nun, was Lindner anging, wollte Christa nicht einlen-
ken. Aber vielleicht lag der Grund darin, daß sie nicht zu
wenig, sondern zu viel Phantasie besaß ...

Christa betrat das hübsche ockergelbe Biedermeier-Ge-
bäude mit den weißen Fensterrahmen am Heumarkt.

Die Schalterhalle der Dresdner Bank war fast leer.
Pohlmann, der Filialleiter, grüßte Christa aus seiner Ecke,
die Frau am Schalter war mit irgendwelchen Papieren beschäftigt. Nun sah sie auf und grüßte gleichfalls, nein, sie
strahlte förmlich.

Christas Schritt stockte.

Die Frau in dem hellgrünen Kleid, die sie da anlachte,
das war doch ... Sie ging rasch näher.

»Guten Morgen, Frau Doktor!«

»Frau Markwart? Sie sind das?«

Annemie konnte Christa nicht die Hand geben; unter

dieser verdammten Scheibe ließen sich höchstens ein Blatt Papier oder ein Kamm durchschieben, aber sie anlachen, das konnte sie. »Mein Gott«, sagte Christa, »wie ich mich freue!«

»Und ich erst.«

»Aber daß das so schnell ging?«

»Ihr Mann meinte, es wäre besser, einfach wieder hier anzufangen. Ins Wasser zu springen. Das hab ich auch gemacht, Frau Doktor.«

»Ja, toll.«

»Ihr Mann ist toll, Frau Doktor. Ihr Mann, was der schafft, das ist einfach unbeschreiblich.«

»Nun ja«, sagte Christa leise. Und dann: »Ich weiß.« Später saß sie draußen beim »Italiener« am Markt, löffelte ihr Eis und schaute über die Stände, über all die Schirme, die Marktfrauen, die Bauern, die Käufer hinweg.

Und sah das alles nicht.

»Ich weiß«, hatte Christa vorhin gesagt, dort in der Schalterhalle, zu einer von Dankbarkeit überwältigten Annemie Markwart.

Du weißt, daß du ein Genie von Hypnose-Heiler im Haus hast, hieß das doch? Was sonst? Und das ist er auch. Stefan ist ein Genie. Die Frau war bereits Invalide und nun, nach einer Kurzbehandlung, steht sie dort und bedient die Kunden. Also laß jede Ironie, sie ist nicht angebracht ... Gut, bei einem wie Eddy konnte Stefan nichts gegen den Suff ausrichten, aber zum Beispiel gegen diese schreckliche Dermatitis – vielleicht hätte er da helfen können? Hypnose besiegt auch Bakterien. Das hatte Christa doch bei der alten Frau Wellersloh erlebt, die Stefan in drei Wochen von ihrem chronischen Ekzem befreite. »Immunstimulation« nennt er das ... Also wenn ich das meinem Vater erzähle, kriegt der einen hysterischen Anfall. Immunstimulation durch Hypnose! Aber die Frau ist beschwerdefrei, ihre Haut wieder intakt, und das allein zählt.

Christa sah zum Himmel hinauf und versuchte, ein Gefühl niederzukämpfen, das ihr so vertraut war wie ein alter Bekannter: diese Mischung aus zweifelnder, verblüffter Ehrfurcht vor Stefans Leistungen – und zorniger Auflehnung.

»Wir alle tragen ein ganzes Bühnenensemble von Akteuren in uns.« Dies war einer von Stefans Lieblingssätzen, wenn ihn eine seiner psychologisch-philosophischen Anwandlungen überkam. »Manchmal steht der eine Akteur an der Rampe, dann wieder der andere ...«

Und da war etwas dran. Eine Art kindlicher Respekt hatte längst die Zweifel der strikt rational geschulten, naturwissenschaftlich orientierten Christa überrannt. Nur – es zuzugeben, so weit war sie noch nicht.

Sie winkte der Kellnerin.

»Hat's denn nicht geschmeckt?« Die Kellnerin deutete auf den fast unberührten Becher.

»O doch«, sagte Christa, »nur mein Magen ist heute nicht so fröhlich.«

Das war er auch nicht. Schuster bleib bei deinem Leisten, dachte sie plötzlich. Auch so eine Männerweisheit und Jochens häufiger Kommentar. Ihr zweiter Bruder Jochen war Röntgenarzt und deshalb überzeugt, den Dingen auf den Grund sehen zu müssen. Also mach den Job, wie du ihn gelernt hast! Dennoch ...

Dennoch fühlte Christa eine heimliche Sehnsucht nach der Welt, in der Stefan sich bewegte. Ich mag ihn, nein, ich liebe diesen Kerl ... Und vielleicht, dachte sie, ist es wie so oft auf dieser Welt: Mit uns klappt's deshalb, weil wir so verschieden sind ...

Ja, dachte sie, er ist schon ein toller Arzt, dieser Stefan Bergmann!

Die Polizeistreife und die Ortsfeuerwehr waren bereits in der Brandnacht auf dem Col eingetroffen. Doch für derartige Fälle war nicht die Behörde von Cavalaire-sur-Mer zuständig, sondern das Kommissariat in Le Lavandou. *Inspecteur* Benoît aus Cavalaire führte den Kommissar aus Lavandou über die weißgraue Brandfläche mit den Ruinen, die einmal Pascal Lombards Haus gewesen waren, und die Beamten der beiden Streifenwagen hatten Mühe, all die Leute zurückzudrängen, die heraufgekommen waren, um den Unglücksort zu sehen. Rot-weiße Plastikbänder sperrten das ganze Gelände ab. Der Sarg war schon in der Nacht abtransportiert worden.

»*Tod durch Unachtsamkeit*«, lautete der Bescheid, den Kommissar Malbert am Tag nach der Brandkatastrophe am Col an die Präfektur in Toulon abschickte. Das Untersuchungsergebnis war eindeutig. Wie auch nicht? Man hatte die Reste der explodierten Flaschen gefunden. Diese verdammten Butangasflaschen wurden ja zu allem möglichen, zum Kochen oder Heizen, ja, selbst zum Antrieb von Kühlschränken benutzt. Die Anschlüsse und Schläuche aber waren oft genug defekt, und so gab es ständig derartige Explosionen, und dabei starb meist nicht nur ein einzelner alter Mann. Restaurants gerieten in Brand, Häuserblocks brachen zusammen und begruben ihre Bewohner unter sich.

Die verkohlten Reste der Leiche wurden zur Beerdigung freigegeben.

Pascal Lombard wurde an der Seite seiner Frau auf dem kleinen Friedhof von Saint-Michel begraben. Es war ein Familiengrab, und Pascal hatte es bereits vor dreißig

Jahren, kurz nach dem Tod seiner Eltern, gekauft. Über die Kreuze hinweg konnte man über das Meer bis hinüber zu den Inseln sehen. Doch was nützte das Pascal noch?

Für den jungen Mann, der ganz vorn am Grab stand, schienen nur das Meer und die Iles d'Hyères zu existieren. Sein mageres Gesicht war grau und unrasiert, das lange Haar verklebt. Fabien Lombard, Pascals Sohn, hatte die ganzen Tage oben im Wald neben der geschwärzten Ruine geschlafen. Seine Kleider verströmten noch immer den dumpfen Geruch von Holzkohle und Asche.

Links neben Fabien stand seine Freundin Régine, rechts hatte sich ein großer dicker Mann im schwarzen Anzug, mit schwarzer Krawatte und schwarzer Baskenmütze aufgebaut: Paul Giscard, Weinbauer aus Gigalo, Pascal Lombards Freund und Mitstreiter im Kampf gegen *Le projet*, das »Projekt«.

Giscard war besorgt – und nicht nur das. In Paul Giscard kochten eine dumpfe, unsägliche Wut und ein ungeheuerlicher Verdacht. Der arme Pascal war schließlich nicht der erste Tote. Zwei andere, die dem »Projekt« im Wege gestanden hatten, hatten bereits daran glauben müssen. Und jedesmal war es das gleiche gewesen: ein Unfall ...

Doch darüber hatte Paul mit Fabien nicht gesprochen. Er wollte es nicht, es war zu früh.

»Sieh sie dir an ...«

Giscard sagte es mehr zu sich selbst. Die Totengräber waren dabei, das Grab zuzuschaufeln, der Pfarrer begann mit seinem Segen. »Ja, sieh sie dir an, diese Typen!«

In der Brandnacht war jeder Idiot, der noch laufen konnte, oben am Col gewesen, jetzt aber?

Zu einem Begräbnis kam normalerweise das ganze Dorf. Heute aber standen auf dem Friedhof nicht mehr als drei Dutzend Leute herum. Und selbst unter ihnen war noch ein Drittel Heuchler. Zu sehr war Pascal Lombard ihnen mit seinen Flugblättern und Brandreden auf die Nerven gegangen. Was mußte er sich auch in die Angelegenheiten anderer Leute einmischen?

Régine hatte ihr Taschentuch vor die Augen gepreßt, darunter flossen die Tränen. Sie hielt Fabiens Hand umklammert.

Und der sagte noch immer nichts.

Nicht mehr als zwanzig Sätze hatte sie von ihm gehört, seit es geschehen war. Und selbst die waren oft kaum verständlich und von krampfhaften Gesichtszuckungen begleitet gewesen. Nur mit Mühe konnte Régine verstehen, was er sagte.

Armer Fabien ...

Sie legte den Kopf an seine Schulter. »Fabien? Fabien, was ist mit dir?« schluchzte sie. »Fabien, ach, du lieber Gott!«

Christa stand am Empfang, einige Laborrechnungen in der Hand, die sie in den Computer tippen wollte, als der Postbote hereinkam.

»Herr Weiniger!« sagte sie freundlich.

»Ein Telegramm, Frau Doktor.«

»Ein Telegramm?«

Das Wort hatte etwas alarmierend Dramatisches – wann bekam man schon Telegramme? Allerdings war es gar nicht so lange her, seit Dagmar ein Telegramm über Rosis Tod geschickt hatte. Sonst aber gelangten alle dringenden Angelegenheiten, dazu ein Haufen unnötiger Kram, per Fax in die Praxis.

»Vielen Dank, Herr Weiniger.«

Christa öffnete das Kuvert. Es kam aus Frankreich. Aus

einem Ort, der Saint Michel hieß. Daneben standen drei Buchstaben: *Var. – Var?* Das klang Christa bekannt, das war doch die Côte d'Azur oder die Provence ... oder beides zusammen?

»Lieber Herr Dr. Bergmann«, las sie, »auch für Sie wird es wohl irgend etwas wie Ferien geben. Wie auch immer, die Zeit der vacances ist gekommen, die Sonne strahlt, das Meer leuchtet, und unser Haus wartet auf Sie. Meine Frau und ich würden uns unendlich freuen, Sie beide bei uns begrüßen zu dürfen. Bitte geben Sie doch umgehend Bescheid, welchen Zeitraum Sie dafür in Erwägung ziehen könnten.«

Die Sonne strahlt, das Meer leuchtet ...

Unser Haus wartet?

Was denn noch! Und ausgerechnet Lindner! Christa zerknüllte das Telegramm, warf es in den Papierkorb, trank ihren Kaffee aus und knöpfte sich wieder die Laborrechnungen vor. Noch so eine Bande von Betrügern ...

Als Christa eine halbe Stunde später Stefan beim Essen gegenübersaß, erwähnte sie das Telegramm mit keinem Wort. Nicht aus Absicht, sie hatte es buchstäblich vergessen.

Dafür redete sie über die Laborrechnungen, und sie legte sich mächtig ins Zeug. Halsabschneider waren das doch!

Am kommenden Tag, kurz nach vier Uhr, summte das Telefon auf Stefans Schreibtisch. Er nahm ab.

»Ich hoffe, nicht zu stören, Herr Doktor.«

Eine Frauenstimme – und eine, die er sofort wiedererkannte. Wie sollte man auch soviel nasale, gestelzte Höflichkeit vergessen?

»Hier spricht Laura Faber, Herr Doktor, Laura Faber vom hiesigen Sekretariat Lindner.«

»Das höre ich.«

»Sie haben gewiß Herrn Lindners Telegramm erhalten? Es wäre nun sehr angenehm zu wissen, welche Disposition Sie treffen könnten und für welchen Zeitraum.«

»Zeitraum? Telegramm?«

»Wie bitte?«

»Ich habe kein Telegramm bekommen. Meinen Sie ein Telegramm von Herrn Lindner?«

»Selbstredend, Herr Doktor. – Sie haben kein Telegramm bekommen? Nun, das ist sehr merkwürdig. Ich werde die Sache sofort überprüfen lassen. Im allgemeinen ist doch die Post recht zuverlässig ... Nun, wie auch immer, falls das Telegramm inzwischen noch eintreffen sollte, darf ich Sie bitten, mich anzurufen. Würden Sie freundlicherweise gleich die Nummer notieren.«

Er schrieb sich die Nummer auf, die sie durchgab, und legte auf.

Merkwürdig? Damit hatte die Dame verdammt recht ...

Er verließ sein Zimmer und betrat den nächsten Raum. Christa war dabei, einem jungen Mann das Handgelenk zu schienen.

»Hör mal, was ist denn mit Marga los? Werden hier schon Telegramme verschlampt?«

Sie drehte den Kopf und widmete ihm einen halb schuldbewußten, halb wütenden Blick. »Das war nicht Marga. Das war ich ... Ich hab dieses Lindner-Telegramm in den Papierkorb geschmissen und dann total vergessen.«

»Du hast was?«

»Hast du doch gehört. Ich hab's weggeworfen. Das Meer leuchtet – und lauter so ein Krampf! Und dann kam dieses Chaos mit den Laborrechnungen ... Was ist? Du wirst doch nicht im Ernst dort hinfahren?«

Der Junge auf seinem Stuhl sah sie an, seine Augäpfel

bewegten sich so rasch, als verfolgten sie einen Ping-pong-Ball.

»Also wenn du mich fragst, Christa, ich finde es un-möglich, daß du Telegramme wegwirfst. Schließlich ...«

»Schließlich handelt es sich um Lindner, nicht wahr? Um deinen Lindner! Laß mich bitte mit ihm in Frieden. Ich muß arbeiten.«

Stefan drehte sich zornig um und ging.

Sie stritten sich den ganzen Abend. Und wie so oft war es unmöglich, Christa von ihrer Position abzubringen, un-möglich schon deshalb, weil sie Stefan gar nicht zuhörte, obwohl er doch davon überzeugt war, die besseren Argu-mente zu besitzen.

Stets wurde die Praxis in der ersten Julihälfte für zwei Wochen geschlossen. Sie selbst hatten schließlich ein sehr schwieriges Frühjahr hinter sich, überbordend von Arbeit, also was war gegen eine Einladung in eine Millio-närsvilla an der Côte d'Azur einzuwenden? Außerdem: was hatte er, Stefan, mit den Geschäften des Herrn Lind-ner zu tun?

Aber das wollte Christa nicht hören.

Was sie wollte, war stets das gleiche: Den Sommer ver-brachte man in der Großfamilie Rüttger, einen Sommer in der alten Wassermühle in Niedersachsen – und natür-lich stellte Papi die sogar kostenlos zur Verfügung. Und außerdem, Doris, ihre Schwägerin, hatte gerade das dritte Kind bekommen und hatte so herzlich gebeten, sie doch zu besuchen.

Der Rüttger-Klan!

Sie wechselten kein weiteres Wort über das Thema Ferien, bis es unaufschiebbar wurde.

Drei Tage vor dem Großreinemachen, das jeder Praxis-schließung vorausging, und eine halbe Stunde nach einer neuen heftigen Auseinandersetzung mit Christa, faßte Stefan Bergmann seinen Entschluß.

Saint-Michel. Die Côte d'Azur ...

Ich fliege.

Für eine Woche wenigstens. Anschließend dann die Mühle, wenn's schon nicht anders geht ...

Auf der Karte hatte er sich alles betrachtet. Die Stadt Toulon, die Iles d'Hyères, dann der große Strand, der wie ein Bogen von Le Lavandou zu einer weiteren Halbinsel verlief ... Kleinere Orte gab es dort, die Küste war weniger besiedelt als die von Saint-Tropez oder Sainte-Maxime im Osten, wo sich die Urbanisierung weit ins Land hineingefressen hatte.

Berge gab es auch. Stefan las die Höhenmarkierungen: zweihundertfünfzig, dreihundert Meter ... Nein, es waren eher Hügel, sie schienen bewaldet, und vor der weiten Bucht lag das Mittelmeer!

Mein Gott, wieso war Christa nur so stur?

Dann dachte Stefan: Irgendwann muß das durchgekämpft werden. Irgendwann muß sie begreifen, daß es kein Vergnügen ist, sich dem ewig abschätzenden Blick ihres Papis und dem dämlich-herablassenden Grinsen ihrer Brüder zu stellen.

Und schon gar nicht in den Ferien!

Stefan nahm den Hörer und tippte die Nummer von Lindners Büro in den Apparat. Er gab seinen Ankunftstermin durch und sagte zum Schluß: »Wahrscheinlich komme ich ohne meine Frau ...«

»Wie bedauerlich!« hörte er Laura Faber näseln. »Nun, in jedem Fall wird Herr Lindner sich sehr über Ihr Kommen freuen. Ich kann Ihnen das versichern. Er hat mir für den Fall Ihrer Zusage aufgetragen, Sie herzlichst zu grüßen ...«

»Wissen Sie, wie man am besten da runter kommt?«

»Das ist kein Problem. Nicht für Sie, Herr Doktor. Falls Sie Toulon direkt anfliegen, was ja näher liegt, müßten Sie leider in Paris umsteigen. Das bedeutet zwei Stunden Wartezeit. Ich habe das alles bereits nachgecheckt. Deshalb schlage ich vor, Sie nehmen den Direktflug Frankfurt–Marseille.«

»Und wie komme ich von Marseille ...«

»Oh, ich sagte ja, kein Problem. In Marseille erwartet Sie Herrn Lindners Hubschrauber. Der Pilot heißt Paco Ferret. Aber ich werde Ihnen den Namen, das Ticket und alle Einzelheiten noch zukommen lassen. Nochmals vielen herzlichen Dank, Herr Doktor.«

Er selbst kam noch nicht einmal dazu, ein »Danke« zu sagen.

Er war viel zu verwirrt ...

KAPITEL 4

Der Airbus senkte die linke Flügelspitze. Dort unten, vor dem lichten Blau des Meeres, erschien wieder die weiße Stadt. Sie war erheblich näher gekommen. Aus Spinnenlinien waren Straßen geworden, aus hellen Punkten Schiffe.

Stefan landete doch in Toulon.

»Hören Sie«, hatte er zu Laura Faber gesagt, »was sind schon zwei Stunden Warterei in Paris? Überlegen Sie doch, wegen zwei läppischer Stunden einen Hubschrauber nach Marseille zu schicken – nein, da fliege ich über Paris ...«

»Wie Sie wünschen, Herr Doktor.«

Auf diese Formel schien alles hinauszulaufen.

Die beiden netten älteren Leute neben Stefan, ein dikker, glatzköpfiger Franzose in einem geradezu abenteuerlichen Freizeithemd und seine Frau, wurden richtig aufgeregt. »Und dort drüben auf der anderen Seite liegt Saint-Tropez. Erinnerst du dich? Weißt du noch, *chérie*, Saint-Trop?«

»O là-là!« erwiderte *chérie* und strahlte.

Stefan hatte den Fensterplatz. Er drückte die Nase gegen die Plastikscheibe, sah noch mehr Schiffe, ganze Schwärme von Booten, und erinnerte sich an das, was er in einem seiner Reiseführer gelesen hatte, daß nämlich der internationale Flughafen von Toulon in Hyères lag.

Zum ersten Mal verspürte er etwas wie Ferienstimmung.

»Man wird Sie am Flughafen erwarten, Herr Doktor ...« Auch das hatte die Faber in ihrem unverwechselbaren Hausdamenton erklärt.

Na gut, am Flughafen. Bloß wo?

Die Maschine setzte auf, rollte zu ihrer Landeposition und kam endgültig zum Stehen. Die Gurte klickten, die Menschen standen auf und öffneten die Klappen der Bordgepäck-Behälter.

Stefan blieb sitzen.

Vorn wurde die Luke geöffnet. Er erhob sich als letzter und reihte sich in die Schlange ein. Dann kam, was er erwartet hatte.

Ein strahlender, hoher blauer Himmel und Mittelmeerluft. Zumindest glaubte Stefan sie durch den Kerosingestank zu riechen, den Geruch nach Meer und Tang. Und Wärme, soviel Wärme ...

Er trabte hinter den anderen Passagieren über die heißen Zementplatten. Wie sollte es nun weitergehen? Paco? dachte er. Wo steckte dieser Paco Ferret? Und wieso, Herrgott noch mal, hatte die Faber ihm keine Beschreibung des Mannes geliefert?

Stefan schob den Gepäckkarren dem Ausgang entgegen, tat genau vier Schritte, als sich eine Hand auf seine rechte Schulter legte.

Er drehte sich langsam um und hatte einige Mühe, den Mund wieder zu schließen.

»Sie!«

»Wer denn sonst?«

»Man hat mir doch ... Ich meine, man hat mir gesagt, ich würde von einem Piloten abgeholt.«

Stefan kam sich reichlich idiotisch vor, als er so nach

Worten suchte, aber es war Lindner! Lindner höchstpersönlich. Und was für ein Lindner! Ein braungebrannter langer Kerl, der ihn an sich zog und anlachte.

»Ich hätte Sie fast nicht wiedererkannt ...«, stotterte Stefan.

»Wegen des bißchen Farbe im Gesicht?«

Es war nicht allein das Gesicht. Die Sonne schien Lindners Haare zu einer Art Graublond aufgehellt zu haben, und es waren reichlich ungeschnittene Haare, darunter das dunkle Gesicht, die hellen Brauen. Statt eines eleganten Anzugs trug er ein reichlich schmuddeliges, an der linken Schulter aufgerissenes T-Shirt, dazu kamen ebenfalls von der Sonne gebleichte Shorts an den langen braunen Beinen und an den Füßen ein Paar billige japanische Gummisandalen.

»Na, Stefan, da sind wir also wieder! Zumindest haben Sie's geschafft. Das Feiern verschieben wir auf später. – Kommen Sie.«

Lindner steuerte eine der Türen an. »Hier, bitte.«

Die Tür führte zum Abflugbereich und war verschlossen. Einer der beiden Beamten, die an den Gepäckbändern Dienst taten, kam heran, hob die Hand an den Mützenschild, nickte Stefan lächelnd zu und schloß auf.

»Klappt ja wunderbar.« Bergmann war beeindruckt.

»Nicht wahr?«

Ein dreirädriger motorisierter Gepäcktransporter wartete. Lindner hob den Koffer auf die Pritsche, machte mit dem Finger eine Bewegung, die wohl bedeuten sollte, Stefan solle sich neben den Koffer setzen, und kletterte auf den einzigen Sitz hinter dem Steuer.

Auf dem ersten Feld des großen abgegrenzten Bereichs, der für Privatflugzeuge reserviert war, konnte Stefan schon von fern den Helikopter erkennen. Die schlanke

Libellenform hatte ein tiefes dunkles Grün. Stefan dachte an den zerstörten Jaguar im Wald. Es war die gleiche Farbe.

Lindner stoppte, sprang vom Sitz und griff nach Bergmanns Koffer.

»Das ist zuviel Service, Herr Lindner«, wehrte Stefan ab.

»Hier heiße ich für Sie Thomas, okay?«

»Okay. Aber das schaffe ich allein. Mein Gott ...« Stefan bestaunte den Hubschrauber. »Das ist vielleicht ein Spielzeug!«

»Das ist ein Arbeitsgerät, Verehrter. Und ein äußerst nützliches dazu. Vor allem im Sommer. Von Hyères bis Sainte-Maxime sind alle Straßen verstopft mit Touristen. Sie werden schon sehen ... Nach Saint-Michel, wo ich wohne, sind es fünfzig Kilometer. Mit dem Wagen könnte es passieren, daß wir zwei Stunden brauchen – so aber ist es nur ein Hüpfer.«

»Phantastisch.«

Lindner zuckte mit den Schultern. Das Gefühl, etwas ganz und gar Unwirkliches zu erleben, überschwemmte Stefan, vor allem, als er neben Lindner im Hubschrauber saß, der irgendwelche Knöpfe drückte, kleine Hebel umlegte. Dann begann der Helicopter zu zittern und zu heulen, um sie von der Erde, vom Flugplatz hoch in den Himmel zu tragen.

Sie flogen über das Meer, bisweilen so niedrig, daß das regelmäßige Muster der Wellen von den Abwinden des Hubschrauberrotors zu einem Kreis geformt wurde.

Thomas Lindner bewegte ununterbrochen den linken Arm, deutete hierhin und dorthin, doch Bergmann verstand das wenigste, was Lindner sagte. Das pfeifende Singen der Turbine riß dessen Worte mit sich.

»Cavalaire-sur-Mer!«

Auch diesen Ort kannte Stefan von der Karte. Er sah einen riesigen Strand, sah Hotels und das bunte Gesprenkel unzähliger Menschen im Sand, sah Autoschlangen, die sich mühsam an der Küste entlangkämpften, Segelboote, Motorboote, die Wasserskiläufer hinter sich herzogen und weiße Schaumkurven in das Blau des Meeres schnitten.

Links zog sich im Dunst eine graue Bergkette entlang.

»Le Massif des Maures!« Lindner brüllte jetzt regelrecht. »Und dort vorn, die Landzunge, das wird *Port Les Fleurs*.«

»Was?«

»*Port Les Fleurs!* Mein Hafen! An den Hang dort kommt eine ganze Stadt. Diese Halbinsel gehört mir. Die hab ich gekauft!«

Lindner drehte Bergmann das Gesicht zu. Seine weißen Zähne blitzten.

Der Hubschrauber legte sich in eine Kurve.

Die Landzunge wurde zu einem dunkelgrauen Schatten. Vor ihnen tauchten Häuser auf, dann zwei Hügel. Villen standen darauf. Die Pools leuchteten in hellem Blau.

»Sehen Sie, das Haus direkt unter uns, Stefan, das ist jetzt Ihr Heim – die Villa Wilkinson.«

Bäume tauchten auf, Dächer, ein Pool, dann ein zweiter, ein dritter. Das Anwesen auf der Kuppe des Hügels schien riesig.

Sie landeten.

Stefan Bergmann schien es, als habe er eines jener in Hochglanz gedruckten eleganten Magazine aufgeschlagen, die in irgendwelchen Hotels oder Wartezimmern zu finden sind und in denen die Reichen dieser Welt ihre Residenzen präsentieren: Luxus im Großformat …

Eine Zypressenallee, weiße Götterstatuen, noch imposanter die griechischen Säulen, die die Terrasse des Haupthauses trugen. Und Blüten, wohin man blickte: Hibiskus, Oleander, Bougainvillea, Rosenbeete und vorschriftsmäßig kurzgeschnittener Rasen. Bergmann sah Springbrunnen, Nebengebäude, die hinter Spalieren versteckt waren, und natürlich das Mosaik der Schwimmbecken, ganz so, als ob das gewaltige, schimmernde Rund des Meeres nicht ausreiche.

Sein Magen drückte ein wenig von dem jähen Sturzflug, mit dem Lindner die Maschine auf den Landeplatz neben dem Haus gesetzt hatte.

Vor ihm stand ein drahtiger, schmaler, sehr braungebrannter Mann in Khakihosen und Khakihemd, daneben ein zweiter, der einen weißen Mechanikeroverall anhatte. Es war jedoch Lindner selbst, der Stefans Koffer auslud.

»Das hier ist Fernand, er ist für meine Heuschrecke verantwortlich«, stellte er den Mechaniker vor. »Und hier haben wir Paco, Paco Ferret. Im allgemeinen fliegt er die Kiste. Sehen Sie sich sein Gesicht an, Stefan. Jedesmal, wenn ich den Vogel steuere, grinst er so. Dabei fliege ich viel besser als er.«

Der Mann kniff das rechte Auge zu.

»Leider spricht er kein Deutsch. Englisch, Spanisch und Französisch, ja.«

»*Bonjour.*« Bergmann gab Paco die Hand und setzte noch einen drauf: »*Buenas tardes.* – Nur mit meinem Englisch, da klappt's nicht so richtig ...«

Das mache doch nichts, sagte Paco, und er wünsche dem *Monsieur le Docteur* einen schönen Aufenthalt. Herr Lindner habe bereits den ganzen Tag von diesem Augenblick gesprochen.

Stefan brachte keinen Ton heraus. Er fühlte sich überwältigt.

»Halt die Klappe, Paco«, sagte Lindner lachend.

Der Monteur nahm seinen Koffer und gab ihn dem nächsten Bediensteten, der zu seinen schwarzen Hosen eine gestreifte Weste trug. Weiter vorn standen Mädchen mit weißen Schürzen. Personal in Serie, dachte Bergmann.

Seine Befangenheit wuchs.

Er warf einen Blick auf das große Haus, und als habe Lindner seine Gedanken erraten, sagte er sofort: »Falls Sie Maria beim Empfangskomitee erwartet haben, Stefan, muß ich Sie leider enttäuschen. Meine Frau ist nicht im Haus. Wir treffen sie später.«

Was gab's da schon zu sagen? Bergmann nickte.

Lindner nahm ihn am Arm und führte ihn zu der Balustrade, von der aus man den Hang hinab bis zum Meer sehen konnte. Der Diener mit der gestreiften Weste brachte ein Tablett. Zwei Gläser und eine Champagnerflasche standen darauf. Er öffnete die Flasche und goß ein.

Lindner sah Bergmann an. »Schön, daß Sie da sind.«

Er hob das Glas.

Stefan hatte plötzlich das Gefühl, sich in einem Film zu befinden. Dieses Lächeln, so warmherzig, der Klang ihrer Gläser – und das alles vor einer unglaublichen Kulisse. Vielleicht kein besonders guter Film, dachte Bergmann. Irgendwie zu kitschig, aber überwältigend.

»Ich will nicht wiederholen, was ich Ihnen schon in Burgach gesagt habe. Ich will nur sagen, ich bin wirklich froh, daß Sie gekommen sind, Stefan.«

Bergmann nickte.

Wenn das gespielt ist, dachte er, spielt Lindner wirklich gut. Und daß du von dieser ganzen Schau benommen bist – kein Wunder! Um Lindners Blick auszuweichen, drehte er sich um und sah wieder zu der Landzunge hinüber. Vom Meer bis zur Höhe zog sich eine ungeheure Rodung. Am oberen Rand entdeckte Stefan einen großen dunklen Fleck.

»Hat es dort gebrannt?« Er sagte es eigentlich nur, um überhaupt etwas zu sagen.

Lindner nickte. Sein Lächeln war weg. »Vor acht Tagen. Ein Haus stand dort. Der arme Teufel, dem es gehörte, hat mit Butangasflaschen herumgespielt. Oder er hat sie nicht richtig gewartet. Jedenfalls, die Flaschen gingen in die Luft und er gleich mit.«

Er hob das Glas und trank den Rest des Champagners.

Stefan hatte den Hörer des drahtlosen Telefons auf die Terrasse mitgenommen. Der Himmel war von einem geradezu triumphierenden Blau und die Landschaft so unwirklich schön wie zuvor. All diese provenzalischen Dächer, die braunen Steinmauern, die die Gärten umschlossen, die Pools, die Blumen ...

Die Armbanduhr hatte Stefan im Bad liegenlassen. Er überlegte, wie spät es sein könnte. Um vierzehn Uhr die Landung in Toulon, um vierzehn Uhr zwanzig die zweite auf dem Rasen hinter der Villa Wilkinson ... Wie ein Bundesminister, dachte er. Wer nimmt mir das ab?

Anschließend hatte Lindners Butler oder Diener, ein junger Franzose, den Lindner »Ronny« nannte, das Essen auf der Terrasse serviert. Lindner hatte die eine Hälfte seines Fischs hinuntergeschlungen, die andere liegen lassen und sich erhoben.

»Hier sind Sie jetzt zu Hause, Stefan. Leider ist das nun mal ein ziemlich bescheuerter Haushalt. Ich muß schon wieder weg. Ronny wird Ihnen alles zeigen ...«

Und dann war er abgebraust, diesmal nicht im Hubschrauber, der stand noch immer friedlich auf dem Rasen, sondern in einem dunkelgrünen Landrover – hinüber zur Baustelle von *Port Les Fleurs*.

Die Villa Wilkinson verfügte über drei Gästehäuser. Sie waren zwischen Oleander, Hibiskus, Lavendel, Rosmarinbüschen und Terrassen auf drei Geländestufen verteilt. Ronny ging voran, Stefans Koffer in der Hand, schob eine Terrassentür auf und deutete nach draußen.

»Das ist Ihr privater Pool, *Monsieur*. Ein wenig kleiner als der am Haupthaus, aber er hat eine Gegenstromanlage, so daß Sie darin richtig schwimmen können!«

»Wie schön ...«

»Und hier die Hausbar ist gefüllt. Der Eisschrank in der Küche nicht, aber Sie werden ja mit *Monsieur* speisen.«

Wenn ich das Christa erzähle! dachte Stefan.

Er hielt Ronny einen Zweihundert-Franc-Schein hin. Der lächelte weiter, aber die rechte Braue hob sich.

»Nicht doch, *Monsieur*. Auf keinen Fall. Sie sind unser Gast ...«

Peinlich ... Lindner schien seine Leute erstklassig zu bezahlen.

Stefan kontrollierte den Sonnenstand und rechnete nochmals die Zeit seit seiner Ankunft nach. Es war etwa halb vier, schätzte er.

Er wählte die Vorwahl für Deutschland, die er auf dem kleinen Plastikkärtchen neben dem Telefon gefunden hatte, und dann tippte er die Burgacher Nummer ein.

Das Freizeichen ertönte. Dann ein Knacken. Jemand hatte abgehoben.

»Christa?« rief Stefan.

»Herr Doktor?« Es war Marga. »Sind Sie denn gut angekommen? Hat's geschüttelt im Flugzeug? Wie ist denn das Wetter?«

»Viel Sonne. Könnten Sie meine Frau ...«

»Mensch, Sonne! Und hier schüttet's aus Kübeln. Ich wär längst weg, aber ich trau mich da einfach nicht raus. Sonst hätte ich schon alles abgeschlossen. Das Wohnhaus ist ja bereits verschlossen.«

»Das Wohnhaus? Und meine Frau?«

»Sie ist weggefahren, vor zwei Stunden. Herr Kunze hat sie nach Fulda zum Zug nach Hannover gebracht. Sie hat gesagt, sie wird dort gleich abgeholt und zur Mühle gebracht.«

»Zur Mühle? Sie ist also weg?«

Stefan setzte sich auf die Steinmauer und sah zum Strand hinüber. Zwei Motorboote zogen wilde Bögen im Wasser. Okay, gut. Das war genau die Reaktion, die er von Christa erwarten konnte. Aber wieso hatte sie nicht den Wagen genommen? Weil der in der Frankfurter Flughafengarage parkt, du Vollidiot. Diese Tatsache hatte Christa natürlich noch mehr auf die Palme gebracht. Also den Koffer gepackt und weg – zwei Tage früher, als sie geplant hatte.

»Herr Doktor?« hörte er.

»Ja, Marga, ist gut. Schließen Sie nur alles ab, und schauen Sie bitte manchmal nach den Rosen.«

»Nach den Rosen? Die brauchen doch nicht gegossen zu werden. Bei dem Regen! Schönen Urlaub, Herr Doktor. Erholen Sie sich gut ...«

Wieder sah er zu der langen Strandkurve hinüber. Die farbigen Punkte waren Sonnenschirme, die dunklen Menschen. Badegäste, Touristen, die ihre Ferien genossen.

Erholen Sie sich gut, Herr Doktor ...

Christa hatte erwartet, daß er anrief, das wußte Stefan. Mit ihrem plötzlichen Verschwinden ließ sie ein

Signal übermitteln: Dich brauch ich nicht, mein Lieber, hieß das Signal. Fahr du ruhig an die Côte zu deinem Lindner, ich werd mich auch ohne dich amüsieren.

Er lächelte. Stur wie eh und je, das Mädchen! Und du selbst auch. Nun ja, in der Mühle wird sie mich verfluchen – und im Familienkreis ist so was besonders schön.

Er erhob sich, ging ins Haus, durchquerte den Salon, seinen Salon! »Sie sind hier zu Hause, Stefan ...« Auch das gehörte wohl zu Lindners Stil, so wie sein herzliches Dauerstrahlen. Okay, Thomas, sagte Stefan sich. Ich bin angekommen ...

Er zog seine Badehose an, warf den leichten Hausmantel über. Die Initialen darauf lauteten SB, also extra für ihn angefertigt. Das war nun wohl ein wenig übertrieben. Aber wieso auch nicht?

Bergmann ging zur Hausbar, holte sich eine Flasche Baccardi heraus, nahm ein Glas und füllte es halb mit Eis, goß den Rum hinein. Dann stand er auf der Terrasse und hob das Glas gegen den blauen Himmel. *Santé ... Salud ...*

Und das war dann schon ein Gefühl!

Das Untergeschoß der Villa Wilkinson lag im angenehmen Halbschatten. Vor der Sonne wurde es durch die von vielen Säulen getragene, weit ausladende Terrasse geschützt. Auch dieses Geschoß hatte beinahe die Größe eines Fußballplatzes, obwohl wegen der Hanglage die Hälfte aus gewachsenem Fels bestand. Es war bereits von Louis Wilkinson, dem vorherigen Besitzer, einem Enkel des britischen Stahlmagnaten, zu geschäftlichen Zwecken benutzt worden. Wilkinson hatte einen Fernschreiber installiert. Ein Großteil der Akten, seinen umfangreichen Besitz in England, Kanada und Frankreich betreffend, waren hier gelagert worden und wurden von einer Sekretärin verwaltet. Eines Tages aber hatte Wilkinson, leidenschaftlich in französische Weine verliebt, den Keller in ein Depot der teuersten Lagen Frankreichs umwandeln lassen, und die Sekretärin und die Aktien waren verschwunden.

Drei Jahre darauf starb Wilkinson an den Folgen seiner Zirrhose. Die schattigen Räume wurden erneut umgestaltet, Handwerker und Elektronikspezialisten kamen auf den Hügel La Croix, zogen endlos Kabel, arbeiteten monatelang. Computer und Kurzwellensender wurden installiert, dazu weiter oben am Hang die riesige Satellitenschüssel, die die Villa Wilkinson mit dem Rest der Welt verband.

In einem kleinen Raum im Untergeschoß saß ein schmaler dunkelhäutiger Mann. Er trug ein weißes T-Shirt und eine weite weiße, am Knöchel geschlossene Hose aus dünnem Baumwollstoff. Die Haut des Mannes war von mattem sanftem Braun, die dunklen, mit Gel zurückgekämmten Haare waren im Nacken zu einem Knoten zusammengebunden. Er sah aus wie ein Künstler, ein Musiker vielleicht – doch Jamini Sher war in Kalkutta geboren, hatte aber in Aachen Elektronik studiert, seinen Ingenieur gemacht und galt als Genie auf seinem Gebiet, was er wohl auch war.

Zur Zeit beschäftigte er sich mit einer ziemlich stupiden Aufgabe.

Eines der automatischen Aufnahmegeräte, die mit allen Anschlüssen und Mikrofonen der Villa verbunden waren, begann zu arbeiten. Das rote Licht glühte auf. Jamini wartete, bis es wieder erlosch, drückte die Rücklauftaste und dann, um die Qualität der Aufnahme zu prüfen, auf Wiedergabe.

Was aus dem Lautsprecher kam, war ein höchst belangloses Gespräch. Der neue Gast im Gästehaus Nummer eins sprach mit irgendeiner Angestellten. Sie verkündete, das Wetter in Deutschland sei schlecht und seine Frau sei abgereist.

Jamini schaltete wieder die Automatik ein. An sich sollte man den banalen Quatsch löschen, aber er kannte den Boß. Bei sich nannte Jamini den Boß Schiwa – in der hinduistischen Mythologie der Schöpfergott, der alles zerstört, um es wieder zum Leben zu erwecken. Sosehr man Schiwa lieben konnte, so furchtbar war er, genau wie Lindner, in seinem Zorn. Und so war dem Boß zuzutrauen, daß er getippte Aufzeichnungen über jedes Wort forderte, das ein Gast mit der Außenwelt wechselte. Ja, Schiwa war furchtbar, wenn er in Rage kam. Jamini dachte es voller Bewunderung.

Er verließ das Zimmer, durchquerte den Raum mit den langen Reihen von Monitoren der Überwachungsanlage. Die Schirme waren schwarzgrau und tot. Seit diesem Affentheater im Frühjahr, als Demonstranten aufgetaucht waren, oben am Berg sogar Autoreifen abgefackelt worden und schwarze Wolken über die Villa gestrichen waren, wurden sie nicht mehr gebraucht. Es war Ruhe eingetreten ...

Er würde noch einmal in die Angestelltenkantine hinaufgehen und etwas essen, beschloß Jamini. Am Nachmittag begann sein Dienst auf der Yacht.

Charlie thronte ganz oben auf der Leiter. Auf seinem runden kurzgeschorenen Schädel trug er ein Schiffchen aus gefaltetem Zeitungspapier. Das Schiffchen, Charlies Hände, das zerrissene Hemd und die alten Uniformhosen waren mit weißen Kalkspritzern bedeckt.

Es war unerträglich drückend in dem kleinen Raum.

Alles roch nach Kalk. Von seiner Leiter aus konnte Charlie durch das Fenster den Haufen Gerümpel sehen, den sie den ganzen Vormittag in den von Brennesseln überwucherten Garten des alten Hauses geschleppt hatten: Kommoden ohne Beine, zerschlagene Wasserkannen, zerbrochene Stühle, ein Sofa, aus dem Roßhaar hervorquoll, alte Koffer ...

Am besten wäre es, das ganze Gelumpe im Garten zu verbrennen, aber mit Fabien ging das nicht. Ausgeschlossen! Bei der kleinsten Streichholzflamme rannte der doch davon.

Charlie Benoît kletterte die Leiter hinunter und sah sich um. Das Zimmer war leer. Die Farbkübel waren es auch.

»Fabien!«

Er erhielt keine Antwort.

Er versuchte es nochmals, und dieses Mal wurde er laut.

Auch das nutzte nichts.

Schließlich streckte Fabiens Freundin Régine den Kopf durch die Tür.

»Was schreist du hier herum. Ich bin doch draußen im Garten.«

»Wo du bist, ist mir egal.«

»So?« Sie stützte die Hände in die Taille.

»Ich brauch ein bißchen Farbe.« Er gab dem Kübel einen Tritt. »Und selbst das ist Fabien zuviel. Er löst sich einfach in Luft auf.«

»Komm doch, Charlie ...« Wenn Régine ihn so ansah, wurde er weich. Jeder wäre es geworden bei den wilden kastanienfarbenen Locken, den Augen – bei ihrer Figur sowieso.

Er holte sich eine Gauloise vom Fensterbrett. Régine

gab ihm Feuer und hatte noch immer diesen bittenden Ausdruck im Gesicht.

Er sog den Rauch ein. »Régine, so hat das alles keinen Zweck. Wir müssen was tun, wir müssen Fabien rausholen aus dem Loch, in dem er steckt.«

»Und wie?«

»Frag mich was Einfacheres! Ich weiß nur eines, Régine, daß wir es nicht schaffen, wenn wir ihn bloß schonen, wenn wir immer bloß sagen: Der arme Fabien!« Charlie gab dem Kübel einen neuen Tritt ... »Der arme, arme Fabien ... Na und? Sein Vater ist nun mal tot, und keiner kann's ändern.«

»Aber er kann nicht einmal darüber sprechen.«

»Trauma nennt sich so was. Ein psychischer Schock und so weiter, und so weiter ... Aber jetzt haben wir den achtzehnten Juli, und in sechs Wochen beginnt das nächste Semester. Fabien kann seit dem Tod seines Vaters nicht sprechen, er stottert – gut. Aber hören und lesen kann er.«

Er legte ihr die Hand auf die Schulter, er konnte einfach nicht sehen, wie ihre Augen feucht wurden.

»Mensch, Régine, er soll aktiv werden. Das ist doch das einzige, was hilft. Und was macht er? Hängt rum, während ich mir den Arsch aufreiße. Das hier wird doch sein Haus! Mit einer neuen Umgebung, einer neuen Aktivität fängt doch alles an. Und was heißt sprachgestört? Er kann doch die Farbe anrühren, wenn ich mir hier oben auf der Leiter einen abbreche ...«

Régine machte eine heftige Bewegung.

Charlie sah zur Tür. Da stand Fabien, stand mit hängenden Armen und weit aufgerissenen Augen.

»Ich ... ich ... äh ...«

Charlie ertrug seinen Anblick nicht. Er ging zu dem

alten verrosteten Waschbecken in der Ecke, drehte den Hahn auf, rieb sich den Kalk von den Händen, schüttete sich Wasser ins Gesicht.

Als er sich wieder umdrehte und die nassen Hände an einem Lappen trocknete, hielt Régine Fabiens Schultern umschlungen und sprach leise auf ihn ein.

Fabien nickte. Sein Gesicht war wieder ruhig. Sie bringt es, dachte Charlie. Sieh dir das an, und jetzt spricht er sogar.

»Ich kann nicht hierbleiben«, sagte Fabien. Er sagte es ruhig, ohne ein einziges Mal zu stottern. »Ich kann und ich werde es nicht. Tut mir leid, aber das ... das mußt du doch verstehen, Charlie. Die Leute hier, dieses Dreckspack, kann ich nicht mehr sehen.«

»Wo willst du hin? Weg?«

Fabien schüttelte heftig den Kopf.

»Wohin dann?«

»Auf den Col«, sagte Régine und drückte ihn an sich.

»In den Wald?«

»Ja, in den Wald.«

Charlie betrachtete seine Zigarette. Sie hatten sich am Col vor zwei Jahren eine Hütte gebaut, Fabien und sein Vater. Pascal war ganz wild darauf gewesen, all das Vogelzeug zu fotografieren, das da herumflog. Dafür hatte er sich noch eine teure Kamera gekauft, sogar mit einem Teleobjektiv. Es hatte ein Vermögen gekostet, das Ding, zweimal mehr als eine neue Mobilette.

»Und?« fragte Charlie.

»Nichts und.« Fabien sagte es überraschend klar.

»Doch. Narbonne ... die Uni?«

»Ich ... ich ...« Wieder begann sein Gesicht zu zucken. Charlie ging auf ihn zu und hielt ihm seine Zigarette hin.

Fabien nahm einen tiefen Zug. Seine Hände zitterten,

aber sein Gesicht wurde ruhiger. Und jetzt lächelte er sogar – ein schwebendes, fremdes Lächeln, das Charlie noch nie an ihm gesehen hatte. »Ortiz«, sagte Fabien plötzlich.

Charlie starrte ihn an. – Max Ortiz war Lehrer in der Schule von Saint-Michel gewesen, Lehrer für Sport und Biologie, und sie beide, Fabien und Charlie, hatten ihn gemocht, obwohl Ortiz im Dorf, ja, in der ganzen Gegend als ein eigenbrödlerischer Sonderling gegolten hatte. Ortiz war es auch gewesen, der als erster gegen das »Projekt« Sturm lief, nicht nur, weil er zu den wenigen Naturschützern im Bezirk Cavalaire gehörte, sondern weil seine eigenen Interessen auf dem Spiel standen. Das Haus am unteren Teil des Col, ein hübsches, kleines altes Haus mit einem wunderschönen Blick über den Strand und auf die Inseln, war eines der ersten Objekte, die an den Deutschen verkauft worden waren. Ortiz aber hatte sich geweigert, auszuziehen. Als die Polizei schließlich mit dem Gerichtsvollzieher anrückte, waren alle Türen verbarrikadiert gewesen. An einem Fenster im oberen Stock aber hatte Ortiz mit seiner Flinte gestanden ...

Im Protokoll hieß es später, Ortiz habe zuerst auf den Gerichtsvollzieher und dann auf einen der Beamten geschossen, die den Gerichtsvollzieher schützen wollten. Und *Inspecteur* Donnet, der zurückschoß und Max Ortiz mit einem Kopfschuß tötete, habe lediglich in Notwehr gehandelt.

»Eine verdammte Lüge!« Pascal Lombard hatte es sogar in seinen Versammlungen den Leuten ins Gesicht geschleudert. »Eine verdammte, hundsgemeine Lüge ...«

Er war nie dafür belangt worden.

Wieso sich Fabiens Vater mit dieser Beschuldigung so sicher war, hatte er verschwiegen: Es waren die Fotos, die er aus einem Versteck heraus geschossen hatte, Fotos, auf denen zu sehen war, wie Max Ortiz sich ergab, dann aber versuchte, sich aus dem Polizeigriff zu befreien, und wie der *Inspecteur* plötzlich die Pistole zog und den tödlichen Schuß abgab. Die Fotos waren mitsamt Pascals Kamera und dem Teleobjektiv im Feuer am Col verbrannt.

Und wieder sprach Fabien.

Wieder kamen die Worte klar, flüssig und ohne jedes Stottern. Es war der alte Fabien, der da sprach, langsam, bedächtig und dabei seinen Freund keine Sekunde aus den Augen lassend. »Was ist, Charlie? Du weißt das doch. Alles weißt du. Und dein Alter weiß es auch. Du hast mir das gesagt, Charlie. Zumindest hat dein Alter eine entsprechende Bemerkung fallenlassen.«

Charlie holte Luft ... »Eine verdammt unklare Bemerkung war das!«

»Trotzdem, Charlie, es war so! Max Ortiz wurde von den Kollegen deines Vaters umgebracht.«

Fabien ging in die kleine Eingangshalle, wo sein Rucksack stand. Régine und Charlie starrten ihm schweigend nach. Er bückte sich und warf sich den Rucksackriemen über die linke Schulter.

»Ich geh ...«

»Auf den Col?«

Fabien warf Charlie einen kurzen Blick zu, drehte sich um und verließ das Haus.

Stefan spürte das leise Vibrieren der schweren Dieselmotoren im Rücken. Da lag er nun auf dem Sonnendeck, die Beine gespreizt, die Haut warm von der Sonne, nichts am Leib als seine Badehose, und versuchte sich zu sagen, daß das alles nicht nur wunderbar, sondern eigentlich auch ganz normal sei. Wie er ließen sich schließlich an diesem Nachmittag Zehntausende von Menschen über das Mittelmeer schippern.

Dort drüben die Häuser unterhalb des kleinen Hügels und all die Spielzeugschiffe im Hafen – das mußte Saint-Tropez sein. Und weiter östlich? Sicher Sainte-Maxime ...

Ein Schatten verdunkelte die Sonne.

Stefan schlug die Augen auf: Lindner. Hatte er nicht vorhin gesagt, sie würden in Saint-Tropez seine Frau Maria und ein paar Geschäftsfreunde an Bord holen? Auf große Formalitäten schien Lindner dabei keinen Wert zu legen. Das T-Shirt war zerrissen wie zuvor, dazu trug er dieselben über den Knien abgeschnittenen Jeans. Nur die Sandalen fehlten. Jetzt war er barfuß – barfuß und guter Laune.

Er kauerte sich neben Stefan und grinste ihn an. »Wie geht's so, Partner?«

»Prima. Ich versuche mir dauernd einzureden, das alles sei kein Film. Nur, ich schaff das nicht so recht ...«

»Streng dich nicht an, Stefan.« Lindner legte ihm die Hand auf die Schulter. »Und bleiben wir gleich beim Du. Das ewige Siezen ist mir mit Leuten, die ich mag, zuwider, und irgendwie sind wir von derselben Sorte. Hast du was zu trinken?«

Stefan blickte zu dem Gin-Tonic-Glas hinüber, das ihm der Junge, den hier alle »Mozo« nannten, gebracht hatte.

Lindner hielt ein Glas in der Hand. Er hob es: »Zum Wohl, Stefan!«

Der lächelte. »Limonade? Wegen der Geschäfts-freunde?«

»Noch so ein Programmpunkt. Zwei Russen. Maria, die Arme, mußte ihnen Saint-Tropez zeigen. Sie wird mich verfluchen und sie anstrahlen. In der Wirtschaft, Stefan, ist es wie in der Politik: Entscheidend ist die Schauspielkunst. Nein!« Er lachte leise. »Entscheidend ist, wer mit seiner Schauspielkunst das Stück durchzieht.«

Stefan schwieg. Was gab es auch dazu zu sagen? Sein neuer Freund Thomas lieferte selbst die Kommentare zu seinen Überlegungen. Nun hatte er das Handy genommen und sprach ein paar Worte hinein. Dabei blickte er zum Kommandostand der Yacht hinauf. Anscheinend hatte er mit dem Kapitän gesprochen, denn das leise Dröhnen der Motoren schwoll an, die *Maria II* machte förmlich einen Sprung nach vorne.

Stefan Bergmann versuchte aufzustehen, das Sonnendeck jedoch hatte sich in eine schräge, gefährliche Bahn verwandelt, und er wäre hingefallen, wenn Lindner nicht zugegriffen hätte.

Stefan hielt sich am Beiboot-Davit fest.

»Wir sind um sechzehn Uhr im Hafen verabredet, Stefan.« Lindner schob das Schweißband tiefer, damit seine Haare nicht so wild flatterten. »Und ich will diesen Russen mal zeigen, was deutsche Pünktlichkeit heißt.«

Stefan dachte an Kommissar Warnke, an dessen zweiten Besuch in Begleitung des Kriminalrats: »Viel Geld aus ganz trüben Quellen.« Er mußte darüber reden. Jetzt! Bisher gab es ja keine Gelegenheit …

»Thomas, gibt's auf diesem wildgewordenen Dampfer nicht 'ne ruhigere Ecke? Ich würde Ihnen gerne …«

»›Dir‹ heißt das, mein Lieber.«

»Schön, dann muß ich etwas mit dir bereden.«

»Wichtig?«

»Das ist es ja: Wenn ich das wüßte … Ich hab schon das Gefühl, daß es wichtig ist.«

Sie betraten den Salon der Yacht. Was Stefan sofort auffiel, war das große indirekt beleuchtete Bild an der Frontwand. Es zeigte einen weiblichen Halbakt, nicht nur spontan und frech, sondern auch beeindruckend gut gemalt. Was noch interessanter war: Die Frau dort mit den nackten Brüsten war Maria, Lindners Frau. Der ganze noble Rest der Einrichtung aus Edelhölzern, Messing und Leder schien lediglich den Rahmen für dieses Bild darzustellen.

Lindner zog die Schiebetür zu und ging zur Bar.

»Und?«

»Ich hatte Besuch«, erwiderte Bergmann. »In Burgach. Und besonders angenehm war dieser Besuch nicht gerade.«

Lindner sah ihn an, während Stefan berichtete. Seine Augen lächelten, und genau das war es, was Bergmann auf die Nerven zu gehen begann: diese ewige heitere Gelassenheit.

»Das hast du sehr gut gemanagt, Stefan.«

»Was heißt gemanagt? Was soll das? Die Wahrheit ist doch, ich habe die Polizei angelogen.«

»Und das macht dir Sorgen?«

»Du stellst vielleicht Fragen!«

Lindner nahm eines der Gläser vom Bord, ließ den Stiel kreisen und betrachtete versonnen das Licht, das sich im Kelch brach.

»Über diesen Zustand bin ich längst hinaus.«

»Ja? Dann gib mir mal einen Schluck Gin, und erklär mir, was das heißen soll.«

Lindner ließ aus dem Automaten Eiswürfel ins Glas fallen und brachte die Eiswürfel zum Kreisen. »Ich will es dir erklären. Ich habe mich nun mal daran gewöhnt, Dinge zu analysieren. Nehmen wir die Polizei. Was ist sie? Eine Gesellschaft, die sich nicht gegenseitig die Köpfe einschlagen will, braucht gewisse Spielregeln, eine Verfassung, Gesetze – und dazu natürlich Leute, die das alles umsetzen und die Umsetzung kontrollieren. Das ist das eine …«

Stefans Stirn war heiß. Er trank zuviel an diesem Nachmittag. »Und das andere?«

»Eine Gesellschaft besteht aber aus Individuen, Stefan. Und die sind nun mal nicht alle so gleich wie die Würfel aus diesem Automaten zum Beispiel. Man könnte so eine Art Formel aufstellen: Je ungleicher, um so begabter. Mehr Ungleichheit wiederum heißt im Fall eines Individuums: ein größeres Maß an Freiheit einzufordern. Man könnte also auch sagen, daß dahinter eine Persönlichkeitsfrage steckt.«

»Aha«, sagte Bergmann. »Auch ein Krimineller kann also …«

»Das ist zu einfach betrachtet, Stefan.« Lindner machte eine bedauernde Geste. »Verzichten wir einmal darauf, in solchen Kategorien zu denken. Sehen wir die Gesamtsituation: Die Wirtschaft hat die Politik abgelöst. Wir aus der Wirtschaft sind diejenigen, die eine neue Welt gestalten. Die Wirtschaft an sich hat jedoch etwas Anarchisches. Geld läßt sich schwer zähmen, es sucht sich immer seine Wege; es kann sogar aus dem Dschungel kommen – bisweilen. Aber es bleibt doch die Kraft, die gestaltet und Werte und Arbeit schafft …«

Stefan kippte den Gin hinunter. Die Wärme stieg von seinem Magen aus bis in die Stirn.

»Vielleicht ist das so etwas wie eine neue Philosophie, Thomas. Aber in diesem Zusammenhang interessiert sie mich nicht. Ich sehe es einfacher. Ich sitze hier auf deiner Yacht, bin gerade angekommen, bin dein Gast, ich finde es einzigartig, einfach herrlich hier und wäre gern geblieben. Ich bin mir auch bewußt, daß dieses Thema nicht gerade das Thema des Tages ist, aber trotzdem …«

»Trotzdem was? Red schon! Mit mir kannst du über alles reden. Und je offener, desto besser. Das ist ja auch dein Stil.«

»Gesunder Menschenverstand ist das, Thomas. Und der sagt mir, daß ich die Polizei womöglich angelogen habe, um irgendeine Geschichte zu decken, die nach deiner Eiswürfel-Theorie durchaus in Ordnung ist, die aber die Gerichte interessieren kann. Und was heißt das? Es heißt: Stefan Bergmann sitzt auch mit drin.«

»Hast du deiner Frau erzählt, was die Polizisten alles dahergeredet haben?«

»Nein. Natürlich nicht.«

»Natürlich ist das gar nicht.« Lindner lächelte. »Ich spreche alles mit Maria durch … Aber gut, zu deiner Frage: Ich habe dir schon damals in Burgach gesagt, es sei kompliziert, das alles zu erklären, und das war keine Ausrede. Das ist die pure Wahrheit.«

Er warf einen Blick durch eines der Salonfenster. Die Küste war bereits ziemlich nahe gerückt.

»Es ist so, und das kannst du dir auch als Arzt vorstellen, daß Projekte wie *Port Les Fleurs* umfangreiche, verwickelte und langwierige Finanzierungsmethoden voraussetzen. Der Finanzbedarf ist einfach ungeheuer. Auch der Anlegerfonds, den ich aufgelegt habe, reicht da nicht aus. Außerdem, die Planung ändert sich ständig. Die meisten Voranschläge, die du kriegst, kannst du gleich in den Ofen stecken, sie stimmen nie. Ständig stehst du vor nicht voraussehbaren Situationen. Nun, das ist so ziemlich bei jedem größeren Bauvorhaben das gleiche. Kein Mensch kann solch eine Sache aus Eigenmitteln finanzieren. Und die Banken sind das, was sie schon immer waren: Halsabschneider. Ich kenne das am besten, ich bin schließlich selbst Banker. Also, was tust du? Du suchst dir

Partner. Und jetzt sind wir auf dem Punkt: In diesem Koffer war nichts anderes als die Protokolle dieser Partnerschaftsverhältnisse.«

»Russische Partner?«

Lindner lachte. »Zum Teil schon. Und gleich wirst du den Wichtigsten kennenlernen. Er heißt Borodin und ist ein gewaltiger Trinker. Deshalb sei vorsichtig mit dem Gin ...«

Er kam hinter der Bar hervor und legte seinen rechten Arm um Stefans Schulter. »Glaub mir, Stefan, es war keine Sprüchedrescherei: Ich mag dich. Und ich bin dir dankbar. Aber gut, lassen wir das ... Jedenfalls verspreche ich dir: Es gibt keine unanständigen Geheimnisse. Ich zeig dir alles, was dich interessiert, die Baustelle, die Pläne, du wirst mit meinen Kompagnons reden. Oder soll ich dir jetzt einen Vortrag halten? Du bist viel zu intelligent, um dich dabei nicht zu langweilen. Mach dir selbst ein Bild, ja?«

»In Ordnung.«

»Wie lange bleibst du hier?

»Eine Woche, dachte ich.«

»Nur? Ich wollte dir nämlich noch einen Vorschlag machen. Verschieben wir das.«

Der Bug der Yacht näherte sich dem Ufer. Eine graubraune Mole ragte ins Wasser, weiter links lag der Yachthafen. Schiff an Schiff mußte dort liegen, denn ein Wald von Masten erhob sich über die hohe Mauer, die den Hafen vor dem Meer schützte. Die Hafenstraße wurde von alten Häusern gesäumt, die Markisen davor bildeten bunte Farbflecken, und überall wimmelte es von Menschen.

Saint-Tropez. Lindner gab Stefan einen Stoß. »Du bleibst länger hier, das schwör ich dir. Was willst du in Burgach? Sieh dir das an, Stefan!«

Und sogar der andere Stefan in Bergmann, der rationale, psychologisch geschulte Beobachter, lächelte zurück. Hat dein neuer Freund Thomas dir nicht gerade noch erklärt, die Schauspielkunst sei das Entscheidende? Was hast du gegen einen begnadeten Schauspieler wie ihn? Falls er überhaupt einer ist ... Zumindest die Gefühle dir gegenüber scheinen in Ordnung zu sein. Nein, mehr als das, sie sind echt, und – ja, gib es zu – sie sind irgendwie überwältigend.

Noch etwas fiel Stefan ein. »Sag mal, machst du dir eigentlich gar keine Gedanken mehr über das, was damals passiert ist?«

»Meinen Unfall in eurem Wald?«

»Deinen Fahrer.«

Lindner verlor sein Lächeln. »Das Leben ist gefährlich, und das von dem Augenblick an, in dem du geboren wirst. Für jeden von uns, Stefan, für jeden ...«

Im alten R4 ihres Onkels hatte Régine auf den Col gekarrt, was Fabien zum Leben so brauchte: Plastikflaschen mit Wasser, Wein, Brot, Käse, Tomaten und Pasta, dazu eine Staude Bananen und ein paar Tafeln Schokolade. Das war Dienstag mittag gewesen.

Régine hatte am Waldweg alles ausgeladen und den Proviant durch wilde Brombeerbüsche und Lavendel zur Hütte hinuntergetragen. Das Wort Hütte war eine Übertreibung, denn im Grunde handelte es sich um eine tiefe Sandsteinhöhle. Fabiens Vater Pascal hatte sie vor Jahren entdeckt und als Ort für seine Tierbeobachtungen ausgewählt. Vor zwei Jahren hatte er dann zusammen mit seinem Sohn einen Vorbau aus Zementblöcken angefügt, hoch genug, daß man ein Kamerastativ aufstellen und im Stehen fotografieren konnte. Dieser Vorbau wurde mit einem Wellblechdach gedeckt, ein Fenster und eine Tür kamen hinzu, die Einrichtung bildeten zwei wacklige Stühle, ein Arbeitstisch und eine Petroleumlampe. Das Bett, eine Matratze mit eisernem Untergestell, stand in der Höhle.

Dienstag nacht schlief Fabien zum ersten Mal in der Höhle. Régine wollte tapfer bei ihm durchhalten, doch Fabien hatte sie nach Hause geschickt. In der Höhle war es einfach zu eng.

Am nächsten Morgen begann er mit der Arbeit. Mit dem Beil zerkleinerte er Äste zu fünfzig Zentimeter hohen Stäben und teilte damit das Brandfeld mit der Ruine und den letzten Mauer- und Möbelresten und den verkohlten Balken in eine Art geometrisches Schachbrettmuster auf. Jedes Feld betrug fünf mal fünf Meter.

Fabiens Arbeitszeug waren ein Rechen und eine Schaufel. Er würde methodisch vorgehen, würde jedes einzelne Feld untersuchen, die Asche umwenden, jeden Stein und jedes verbrannte Stück Holz in die Hand nehmen.

Fabiens Ziel war eine Blechschachtel.

Die Schachtel stammte aus England und war das Geschenk einer Cousine seiner Mutter. Ihre Prägung zeigte ein Ritterturnier, und sie war, als sie vor vielen Jahren in Saint-Michel eintraf, mit Ceylon-Tee vollgepackt gewesen.

Fabien schätzte, daß er vier oder fünf Tage, vielleicht auch eine Woche brauchen würde. Auch wenn er die Chance, daß der Inhalt der Schachtel das Höllenfeuer überstanden haben könnte, für gering einschätzte, er mußte es versuchen.

Der Wind, der noch am Dienstag herrschte, war eingeschlafen. Als Fabien mit seiner Arbeit begann, war er erleichtert darüber. Er arbeitete fast nackt, mit nichts als einer vor Ruß starrenden Badehose bekleidet. Es gab kaum Wasser auf dem Col. Die kleine Quelle, die im Sommer und im Frühjahr zuvor das Haus versorgt hatte, war von Trümmern bedeckt und von der Hitze ausgetrocknet, ihr Kupferrohr bis zur Unkenntlichkeit zerschmolzen, und wenn Fabien abends in die Hütte zurückkehrte, verströmte seine Haut den bitteren, beißenden Geruch des Brandes.

Freitag früh ertrug er es nicht länger. Die Arbeiter am Hang, all diese Betonierer, Maurer, Ausschachtungsspezialisten und LKW-Fahrer von *Port Les Fleurs* rissen die Augen auf, ließen die Werkzeuge sinken, als ein nackter junger Mann aus den Büschen hervorbrach, das Gesicht, der ganze Körper schwarz verklebt, ein rotes Tuch um den Kopf, und mit wilden Augen an ihnen vorüberstürmte, den Hang hinab zur Küste, um sich dort ins Meer zu werfen.

Am Abend des dritten Tages hatte Fabien fünfzehn der Quadrate geschafft.

Am nächsten Tag beruhigte sich der Wind vollends, aber es kam die Sonne. Und mit ihr die Hitze. Sie trieb Fabien den Schweiß aus den verkleisterten Poren und zog tiefe helle Streifen durch die Ruß- und Aschekruste auf seiner Haut.

Bereits am frühen Nachmittag schmerzten seine Knochen und Muskeln, war sein Mund so trocken, daß er aufgeben wollte – doch dann machte er an der Nordwestecke einen Fund. Fabien warf sofort den Rechen weg, kniete sich nieder, seine Hände gruben sich durch die grauschwarze, weiß gefleckte bröselige Schicht.

Hier? Ja!

Seine Fingerkuppen ertasteten Metall.

Eine rechteckige Form.

Ganz deutlich spürte er die Kanten: Es mußte der Deckel einer Metallschachtel sein.

Mit dem Handrücken wischte Fabien sich den Schweiß aus den brennenden Augen.

Er grub tiefer, hob an – und hielt eine brandgeschwärzte rechteckige Dose von etwa dreißig Zentimeter Seitenlänge in der Hand. Fabien sah sich um. Er befand sich in der Hausecke, in der einst Pascals Bücherregal gestanden hatte.

Vorsichtig, ganz vorsichtig entfernte Fabien die dicke krustige Schicht. Das Metall fühlte sich merkwürdig glatt an, aber vielleicht hatte das Feuer die Prägung vernichtet.

Und da sah er Farbreste. Sie waren dunkelgrün. Die Schachtel, die er suchte, war goldbraun gewesen.

Fabien öffnete sie nicht. Er wußte schon jetzt, was sein Vater darin aufbewahrt hatte: das Nähzeug und all die Wollknäuel, mit denen er an den langen Winterabenden seine Pullover geflickt hatte.

Fabien ließ die Schachtel fallen.

Seine Schultern krümmten sich, ein Zittern befiel den ganzen Körper; er saß nur da, die Knie angezogen, inmitten des Aschegeruchs, eingeriegelt in seine Einsamkeit, die Augen geschlossen, Augen, unter deren Lidern sich langsam Tränen hindurchquälten und helle Bahnen über das schmutzige Gesicht zogen.

Und vom Hang kam das Dröhnen der Maschinen …

Die rechte Hand lag auf der warmen Asche, sank tiefer in die Mulde, seine Finger schlossen sich um eine harte ovale Form. Fabien hob sie hoch. Ein weißer kleiner Knochenschädel kam zum Vorschein. Die Öffnungen, die einmal Augen gewesen waren, blickten ihn an.

Der Schädel einer Katze.

»Néro«, flüsterte Fabien: »O Gott! Nein.«

Und der Krach dort unten schwoll an ...

Sie schafften es nicht bis halb fünf, und im Hafen von Saint-Tropez gab es keine Liegeplätze, also mußte das Beiboot zu Wasser gelassen werden.

Stefan beobachtete, wie das blaue Motorboot auf die kleine Gruppe von Menschen zuraste, die sich dort an der Mole versammelt hatte: eine Frau und vier Männer. Die Frau war Maria Lindner. Sie trug eine dunkelblaue Hose und ein weißes Hemd. Die Gesichter waren auf die Entfernung nicht zu erkennen, Bergmann sah nur, daß Maria Lindner mit der Linken einen großen Strohhut hielt und daß sich unter den Männern einer befand, der alle anderen weit überragte. Nun kletterte die Gruppe in das Boot.

Stefan ging zu Lindner, der gerade die kleine Aluminiumleiter herabließ, über die die Ankömmlinge an Bord kommen würden.

Das Boot kam heran, beschrieb eine Kurve, Wasser spritzte auf und glitzerte, eine Leine klatschte an Deck, der Motor blubberte noch einmal leise und erstarb.

Stefan beugte sich vor und streckte den Arm aus. Maria Lindner ergriff seine Hand, unter dem Rand des Hutes traf ihn ihr Blick.

»Da sind Sie ja, Doktor!«

»Ja, da bin ich.«

Ein leichtes, nichtssagendes Lächeln, wäre nicht ihr Blick gewesen ... Stefan zog sie an Bord.

Er war plötzlich froh wegen der anderen Gäste.

»Stefan!« stellte Lindner vor. »Das ist Jean Amoros.«

Der schmale zierliche Mann vor ihm trug einen makellos gebügelten Leinenanzug und hatte eine Brille mit schwarzgefaßten runden Gläsern auf der scharf gebogenen Nase, die seinen dunklen Augen etwas Eulenhaftes verlieh.

»Und hier haben wir meinen neuen Schiffsarzt, Dr. Stefan Bergmann, direkt aus Deutschland importiert. Paß bloß auf jedes Wort auf, Stefan, das du zu Jean sagst. Er dreht es dir sofort im Mund herum – und nicht nur das, du kriegst auch gleich eine Abschrift davon, und die ist garantiert von vorn bis hinten gefälscht. Jean ist der gefährlichste Paragraphen-Akrobat der ganzen Côte.«

Er sagte es auf französisch, und Amoros grinste breit. Es schien ihm zu gefallen.

»Und nun, Stefan, ein noch schwereres Kaliber – die Russen. Dies ist mein Freund Borodin, Boris Borodin! Und der andere, der aussieht wie ein Student, Oleg Iljinsky – sein Assistent. Noch ein Anwalt. Die könnten hier eine Liga gründen.«

Der semmelblonde blasse Russe, den er Oleg nannte, nickte. Er hatte eines dieser Gesichter, die man sofort vergißt. Aber Borodin ...

Schon die Umarmung der beiden Männer hatte etwas Exotisches: Borodin umfaßte mit muskulösen, behaarten Armen Lindners Hals, auf dem nackten Oberkörper trug er nichts als ein goldbesticktes Tatarenjäckchen. Die kurzen stämmigen Beine steckten in weiten knielangen Hosen. Einen Schuh, den linken, ein handgenähtes, sündhaft teures Stück aus Antilopenleder, verlor er bei seiner heftigen Umarmung. Lindner wiederum mußte sich weit aus der Hüfte nach vorn beugen, um die schmatzenden Küsse seines Geschäftspartners zu empfangen.

»Den für deine Frau!« brüllte Borodin. Bartgestrüpp umwucherte sein Kinn. »Maria ist etwas derartig Unglaubliches! Etwas wie sie hast du überhaupt nicht verdient. Wärest du nicht mein Freund, würde ich sie dir sofort ausspannen. Ja – und den für das Restaurant. Der Tip war goldrichtig. Ohne dich hätte ich mich in diesem gottverdammten Kaff verirrt.«

Dann stand Borodin wieder auf den Füßen, leckte sich die volle Unterlippe mit der Zunge, während der dritte Russe hinter ihm auftauchte wie eine mächtige graue Fassade, riesig, vollkommen kahl geschoren, stumm wie ein Fels. Seine weitgeschnittene Anzugjacke wölbte sich, und er ließ den Blick nicht von der Mole – ganz offensichtlich der Leibwächter.

»Der berühmte Doktor?« Borodin hatte den Blick der wieselschnellen Augen auf Stefan gerichtet, die Frage kam in fast akzentfreiem Deutsch. »Mein Cowboy-Freund hier ... Wissen Sie, wieso ich ihn Cowboy nenne? Weil er nur eines im Kopf hat: seine Geschäftspartner zu Tode zu reiten. Lindner jedenfalls hat soviel von Ihnen erzählt, daß ich schon fürchtete, er sei auf der anderen Seite gelandet!«

»Nun reicht's!« protestierte Lindner.

»Es reicht nie, Thomas. So was kannst du nicht verstehen. Russe müßtest du sein, was, Mischa?«

Der Riese mit dem steinernen Kinn verzog keine Miene. Borodin schüttelte Stefan die Hand.

»Sind schon die Freunde meiner Freunde meine Freunde, wie steht es dann erst mit den Lebensrettern?«

»Wieso Lebensretter, um Gottes willen?«

»Bescheiden ist er auch noch? Der erste bescheidene Mensch in Thomas Lindners Umgebung!«

Borodin hakte sich bei Stefan ein. »Kommen Sie, wir sind hier Gäste, wir müssen zusammenhalten. Auf diesem schäbigen Kahn muß es doch etwas zu trinken geben?«

Sie hatten die Plattform am Heck erreicht, ein reichlich benommener Stefan Bergmann und ein Boris Borodin, der ohne Punkt und Komma weiterschwadronierte, als habe er eine ganze Gesellschaft zu unterhalten.

Aus den Augenwinkeln beobachtete Stefan Maria Lindners ergebenes Gesicht.

»Maria! Guck nicht so! Dein Hafencafé, heilige Mutter Gottes, bin ich froh, daß ich da wieder raus bin. Und nur Mineralwasser! Stellen Sie sich vor, Doktor, Mineralwasser! Nach einem Essen!«

»Dabei hattest du ja schließlich genug getrunken.«

»Genug?« Borodin warf Maria einen schmachtenden Blick zu. »Sosehr ich zu deinen Füßen liege, sosehr ich dich anbete, dieses Wort kommt nicht in mein Wörterbuch. Kein Glas Champagner hat sie mir gegönnt, nicht ein einziges. Ich wollte dir ja was ganz anderes bieten, Thomas: mich. Aber in Begleitung von zwei hinreißenden Mädchen ...«

»Du reichst mir ...«

Das sähe er falsch, versicherte Boris Borodin, breitete die Arme aus und zeichnete mit seinen Händen Kurven in die Luft. »Traumfrauen ... Die eine schwarz mit Hüften und einer Taille ... Die andere rothaarig. Sie saßen am Nebentisch, warfen mir Blicke zu. Also schickte ich Mischa los. Aber als der aufsteht und zu ihnen geht, fangen sie an zu schreien: Ziehen Sie Ihren King Kong zurück! Und dann ...«

»Und dann«, beendete Maria Lindner, »beschloß ich, unseren Boris aus dem Verkehr zu ziehen. Die Sache wurde gefährlich.«

»Maria! Ich sage dir ...«

Borodin ruderte mit den Armen. Das tat er diesmal wohl zu heftig, denn die Yacht hatte sich gerade leicht zur

Seite gelegt, und der rechte Fuß, an dem er noch den Schuh trug, kam ins Rutschen. Boris Borodin knallte zu Boden.

Zuerst lag er ganz still. Dann kam ein Stöhnen aus seinem Mund. Er versuchte wieder auf die Knie zu kommen, hielt den Kopf schräg, einen nun knallroten Kopf mit schmerzverzerrtem Gesicht, dann krallte er die rechte Hand in den Rücken und stieß stöhnende russische Worte aus.

»Mensch, Boris, was ist denn los?« fragte Lindner erschrocken.

Doch das blieb unklar, denn Borodin brüllte zwar noch immer, aber er brüllte auf russisch. Stefan sah, daß Maria etwas zu ihrem Mann sagte, und der drehte sich jetzt ihm zu: »Maria meint, es sei sein Ischias.«

Stefan nickte; es war der Gedanke, den auch er gerade gehabt hatte. Mischa, der Leibwächter, kniete neben seinem Chef, doch Borodin stieß zornig seine Hand zurück.

Stefan schob den Mann zur Seite.

»Der verfluchte Ischias!« Das kam auf deutsch.

»Und? Ist Ihnen das schon mal passiert?«

Borodin nickte und biß sich dabei stöhnend auf die Lippen.

Bergmann sah den Leibwächter an. »Kommen Sie, wir müssen ihn in den Salon schaffen.« Er wußte nicht einmal, ob er verstanden wurde.

»Was dann?« fragte Lindner. »Hast du deine Spritzen mitgebracht? Oder hypnotisier ihm die Schmerzen doch einfach weg.«

Vielleicht sollte es ein Witz sein. Doch Bergmann sah ihn nur an. Und nickte.

»Du meinst, das geht?«

»Vielleicht ...«, antwortete Stefan.

Borodins Bandscheiben hatten mit der Attacke nichts zu tun, das hatte Stefan durch Abtasten herausgefunden. Eine Sehnen- oder Muskelzerrung also, und die drückte auf den Nerv. Und das wiederum bedeutete, daß es funktionieren konnte.

Nur die Situation! Kein Laut war zu hören. Alle hockten wie schattenhafte Figuren in den Sesseln des Salons. Und vor ihm lag Borodin, der ihn mit verzogenem Mund und weit aufgerissenen Augen anstarrte.

Wie auf der Bühne!

Fehlt nur noch der Smoking ... Bergmann dachte es mit einer Mischung aus Zorn und Belustigung. Hättest du wenigstens eine rote Nelke im Knopfloch stecken, dann Scheinwerfer an – und Tusch!

Aber der Mann vor ihm hatte echte Schmerzen ...

»Na?« Stefan lächelte. »Und jetzt? Wie geht's?«

»Beschissen.«

»Nicht mehr lange ...«

Jemand hatte Borodins verrücktes Tatarenjäckchen abgestreift. Es lag als goldenes Bündel am Boden. Das linke schmerzende Bein hatte er weit von sich gestreckt, und der rot verbrannte Bauch wölbte sich über den Bund der weißen Hose. Zurückgebogen hing Borodin im Sessel, aber sein Blick klammerte sich förmlich an Bergmanns Gesicht.

»Was wird das jetzt?« flüsterte er schwer atmend. »Rasputin konnte auch hypnotisieren – aber ich bin nicht die Zarin ...«

»Wir brauchen keinen Rasputin und keine Zarin.«

»Was dann?«

»Nichts, gar nichts ... Das heißt, ich brauche Ihre Augen ...«

»Meine Augen? Wieso? Du guckst mich doch die ganze Zeit so komisch an. Oh, oh, verdammt ...« Die deutschen

Verwünschungen verwandelten sich in russische, sie wurden leiser wie das Stöhnen, Borodins Stimme wirkte verschleiert.

»Schon besser, nicht? Es tut schon gar nicht mehr so weh ... Aber ich sagte doch: Ich brauche Ihre Augen, Boris ... Die müssen Sie schon ein bißchen anstrengen. Sehen Sie mal ...«

Bergmann stellte fest, daß es Boris Borodin bereits Mühe kostete, den Blick auf einen Punkt zu richten. Er nahm den rechten Daumen hoch.

»Sehen Sie meinen Daumen? Sehen Sie ihn an.«

»Warum?«

»Es ist doch ein schöner Daumen. Es ist ja nicht anstrengend, sehen Sie ihn nur an ...«

Borodin versuchte es.

»Und nun, Boris, die Lider sind ein wenig schwer, nicht?«

Borodin stöhnte leise.

»Wir sind gleich soweit ...«

Zweifellos, er begann in Trance abzugleiten. Das linke Lid war das erste, das zu flattern begann, nun zitterte das rechte.

»Der Daumen, Boris!«

Bergmanns Stimme hatte an Kraft zugelegt, auch die Tonlage hatte sich verändert, es war nichts Befehlendes darin, es war die Stimme eines Menschen, der ein Kind durch die Nacht führt.

»Es ist nicht schlimm mit deinen Schmerzen ... Wieso auch? Du bist gar nicht mehr hier, Boris, wo es so weh tat. Fort bist du, weit, weit weg ... Du liegst am Strand, es ist nicht der Strand von Saint-Tropez, es ist der Strand am Schwarzen Meer ... Da warst du doch schon?«

»Nei-ein.«

Bergmann ließ sich von der Ablehnung nicht beeindrucken; er hatte das erste Glied der Imaginationskette gelegt, und er würde sie gefahrlos weiterführen.

»Du kommst gerade aus dem Hotel«, suggerierte Stefan weiter. »Schön, daß es Morgen ist und das ganze Volk noch nicht die Handtücher ausbreitet und sich in den Liegestühlen herumfläzt. Niemand ist da, nur du. Ist das nicht schön, Boris? Ist das nicht wirklich schön? Jetzt wirst du gleich ins Wasser gehen ...«

Boris Borodin wirkte nun völlig entspannt – und nicht nur das. Ein Lächeln breitete sich aus, es begann zögernd in den Mundwinkeln, dann glättete es seine Stirn, entspannte die Muskeln, nahm von seinem ganzen Gesicht Besitz.

»Siehst du das Meer, Boris?«

Ein schwaches Nicken.

»Na also. Es geht dir so gut. Und nachher wirst du dich noch viel besser fühlen, später, wenn du schwimmst ... Aber jetzt setzen wir uns. Du sitzt jetzt, Boris, ja, streck dich aus im Sand.«

Und tatsächlich, Boris Borodin dehnte die Beine, lächelte, ließ lächelnd die Arme baumeln.

Stefan Bergmann griff nach seiner rechten Hand, zog sie hoch. »Boris, ich zähle jetzt. Hörst du mich? Ich zähle von fünf auf eins ... Und bei eins springst du auf, bei eins fühlst du dich wie ein junger Gott ... Fünf – vier – drei – zwei – eins!«

Borodin riß die Augen auf.

»Los! Aufstehen. Du kannst das! Komm, Boris, steh auf!«

Im Salon war ein leises Flüstern zu hören. Doch Borodin starrte Bergmann weiter an, als habe er es mit einem Heiligen, als habe er es mit Rasputin selbst zu tun, aber er blieb sitzen.

Bergmann war aufgestanden, er hatte beide Hände in die Hüften gestemmt, nun schrie er:

»Ich hab gesagt, du kannst das, und du kannst! Also tu es.«

Endlich, der Russe winkelte die Beine an und schob den Oberkörper nach vorn, streckte den rechten Arm aus, als erwarte er Hilfe, Bergmann schüttelte nur den Kopf. Und da stand Borodin auf – das Gesicht voller Staunen, die Augen groß und ungläubig. Er stand, machte einen Schritt, mit dem linken Fuß zuerst, dann den zweiten, schüttelte den Kopf, fing an zu lachen, hob die Arme hoch, vollführte eine Drehung, eine zweite, trommelte mit den nackten Fersen auf den Teppich, noch immer ungläubig, trommelte dann mit beiden Füßen und brüllte: »Es ist nicht wahr, es ist nicht wahr ...«

»Langsam, langsam, Boris«, versuchte Bergmann ihn zu bremsen.

»Was heißt hier langsam, Rasputin? Ich kann's doch. Ich kann's.«

Lindner kam heran, ein Champagnerglas in der linken Hand. Er lachte Borodin an.

»Du, er kann's ... Unglaublich, Stefan. Wirklich, ungeheuerlich.«

Er hielt Stefan das Glas hin, doch der schüttelte nur den Kopf.

»Na, dann gib her!« schrie Borodin. »Meine Birne funktioniert auch wieder. Und wenn ich denke, was jetzt auf mich zukommt, brauch ich sie.«

Er trank den Champagner in einem Zug.

Fehlte tatsächlich nur der Tusch ... Bergmann blickte in die Ecke, in der Maria Lindner saß. Sie sah ihn an. Wie gebannt.

Onkel Fernand war aufgestanden. Er war nicht sehr groß, und so sahen sie sich direkt in die Augen. »Mädchen, du weißt, ich habe ein Herz. Und du weißt auch, daß ich mit dem alten Pascal befreundet war, soweit man mit einem wie ihm überhaupt befreundet sein konnte. Ich habe auch nie etwas gesagt, als du mit dem Jungen anfingst. Aber das alles hat seine Grenzen. Der Junge ist durchgeknallt und ...«

»Er braucht 'ne Decke.«

»'ne Decke? Bei der Hitze?«

»Ich hab ihm auch eine Tüte mit Obst eingepackt und ein bißchen Schokolade, und außerdem ...«

Régine überlegte, ob sie den Schlüssel des R4 wieder an den Haken hängen sollte, von dem sie ihn gerade genommen hatte. An sich konnte sie sich nicht beklagen; den Wagen hatte Onkel Fernand ihr jedesmal zur Verfügung gestellt. Aber schließlich stand sie ja auch den ganzen Tag an seiner Supermarkt-Kasse, und so konnte sie erst in der Mittagszeit immer hoch zum Col fahren. Doch heute war es etwas anderes.

»... außerdem will ich ihm helfen.«

Régine hatte sich einfach umgedreht und war gegangen. Sie hatte sich in den Wagen gesetzt, war losgefahren und durchquerte die Flut von rotgoldenem Licht, in das die untergehende Sonne das Meer, die Küste und das Land tauchte. Im Wald aber hatte die Dämmerung alle Schatten aufgelöst, und es herrschte graues Zwielicht.

Régine stoppte den R4 am Weg, holte ihre Taschenlampe heraus und lief zwischen den Pinien zur Hütte hinunter.«

»Fabien!«

Sie bekam keine Antwort.

Die Tür war verschlossen.

»Fabien!«

Von der Baustelle kam das Gedröhne von Lastwagenmotoren, die sich entfernten. Régine dachte daran, zur Brandstelle hinunterzulaufen, aber es war doch ausgeschlossen, daß Fabien dort noch arbeitete.

Sie wollte sich gerade dem kleinen Fenster zuwenden, um nachzusehen, ob es sich öffnen ließ, als hinter ihr Zweige raschelten. Erschrocken drehte sie sich um und hielt die Hand vor den Mund.

»Fabien!«

Da stand eine Art schreckliches Gespenst, von einer dunklen Kruste Asche, Staub und Dreck überzogen. Nur die Augen, selbst jetzt bei diesem Licht, schienen zu leuchten. Die Augen waren die von Fabien.

»Fabien«, flüsterte Régine so weich, wie es ihr möglich war. Sie ging auf ihn zu.

»Fabien, um Gottes willen ...« Sie streichelte seine magere Schulter. »Fabien, was ist denn? Sag doch was.«

Seine Lippen bewegten sich, doch er blieb stumm.

Sie kletterte wieder hoch zum Wagen, zog den schweren Zehn-Liter-Plastikkanister mit Wasser heraus und schleppte ihn zur Hütte hinab. Fabien saß auf der kleinen Bank unter dem Fenster, die Arme zwischen den Knien, den Oberkörper vornüber gebeugt.

»Der Schlüssel? Unter dem Stein?« fragte Régine.

Er nickte nur.

Sie holte den Schlüssel, schloß die Hütte auf und nahm eines der Handtücher, die sie ihm gestern gebracht hatte.

»Fabien, jetzt wach doch mal auf. Ich seh ja ein, du bist völlig fertig ... Willst du was essen?«

Er schüttelte den Kopf.

»Ich habe Schokolade, Fabien. Ich hab auch Schinken. Und ein frisches Baguette.«

Nichts ...

»Na gut ...« Es kostete Régine all ihre Kraft, ihre Panik zu unterdrücken. »Fabien, falls dir das schon aufgefallen ist, ich bin zum ersten Mal abends raufgekommen. Und warum? Weil ich mit meinem Freund zusammen was essen und ihn ein bißchen auf andere Gedanken bringen wollte. Und was ist? Was seh ich, was hab ich? Eine Jammerfigur ... So geht's auch nicht. Also wenn du noch in der Lage bist, ein bißchen an etwas anderes zu denken – *mon Dieu* – dann sieh wenigstens ein: So empfängt man keine Gäste. Und schon gar nicht seine Frau.«

Er legte den Kopf schräg, sein Gesicht verzog sich, und soweit sie etwas unter dem ganzen Schmutz erkennen konnte, der es überzog, war es eine Art Lächeln.

»Na siehst du! Und warm genug ist es ja. Also los, jetzt fangen wir an.«

»Was?«

»Waschen«, sagte sie. »In jeder anständigen bürgerlichen Familie wird zunächst mal gebadet, oder?«

»Du bist verrückt.«

»Nein, du.«

Sie hatte den Verschluß des Plastikkanisters geöffnet, goß Fabien einen ersten zarten Strahl Wasser über die Schulter. Er fuhr zusammen, blieb aber sitzen. »Jetzt ein bißchen den Kopf, so ... Mein Gott, Fabien, du siehst aus, als hätten sie dich gerade aus dem Feuer gebuddelt.«

»Laß das!«

»Ja spinnst du? – Komm schon, ruhig, ganz ruhig, Mutti macht das, *bébé*.«

Sie strich ihm über die Haare, und er schüttelte wild

den Kopf. Was er sagte, konnte sie nicht verstehen, so sehr stotterte er wieder.

Sie zeigte ihm den Kanister. »Drei Liter sind schon raus. Ja, wenn du um dich schlägst, du Idiot ... Und zum Trinken und Kochen brauchen wir auch etwas ... Wie soll ich da über die Runden kommen?«

Sein Kopf wollte wieder nach vorn sinken, aber Régine ließ es nicht zu, sie hob sein Kinn mit dem Zeigefinger an und sah ihm in die Augen. »Fabien Lombard, sei vernünftig! Komm auf die Welt zurück. Du wirst schon finden, was du da suchst ... Du wirst es, ich weiß das. Hörst du?«

Er nickte. Die verzweifelte Resignation in seinem Gesicht griff ihr ans Herz.

»Komm, komm«, flüsterte sie. »Komm, jetzt bist du mein Baby. Und jetzt waschen wir erst mal den ganzen Schmutz da ab. Ist doch schrecklich ... Und dann trinken wir und essen wir ... Sei still! Jetzt hast du nichts zu sagen. Jetzt hol ich ein Handtuch, und du bleibst einfach sitzen. Versprochen?«

Er hielt die Augen halb geschlossen, aber er nickte, und dieses Nicken machte Régine glücklich.

Sie lief in die Hütte, nahm ein Handtuch aus dem Regal, kam zurück, redete dabei in einem fort weiter: »Viel Wasser gibt's nicht, Fabien. Aber genug Handtücher ... Paß auf, ganz ruhig. So ... brav ...«

Sie hatte auch eine Schüssel mitgebracht, tauchte das Handtuch ins Wasser und begann ihn abzuwaschen. »Nun die Schultern, die Brust. Nimm den Arm hoch ... Ja, mein Kleiner, sehr gut! Die Hose? Die muß weg. Mein Gott, deine Badehose kriegt kein Mensch mehr sauber. Ist ja auch egal ...«

Sie streifte ihm die Badehose von den Hüften, dann

von den Beinen und wusch und wusch den Körper, den sie kannte, der ihr so vertraut war. Es war Fabien, endlich er ...

Sie begrub ihren Kopf in seinem Schoß. Ihre Hände lagen auf den Hüftknochen. Ihr Mund suchte ...

Sie hörte seinen Atem. Er wurde schnell und erregt. Ihr Mund wollte loslassen, doch Fabien preßte ihren Kopf an sich.

»Später, Kleiner«, flüsterte sie erstickt. »Du mußt was essen. Bist doch halb tot ... Jetzt doch nicht ...«

Er war beileibe nicht halb tot. Seine Hände drückten ihren Kopf noch tiefer, sie spürte, wie seine Finger den Reißverschluß ihres Kleides öffneten. Sie wollte sprechen, doch wie? Es war schön, es war zu schön.

Plötzlich lag Régine in Fabiens Armen, spürte, wie sie hochgehoben und in die Hütte zum Bett getragen wurde – und dann gab es nur noch Glück ...

Ein leichter Wind war aufgekommen. Die *Maria II* zerrte an ihrer Ankerkette, am Ufer sah man erste Lichter aufflammen, doch durch den Spalt der leicht geöffneten Schiebetür drangen noch immer Stimmen; seit zwei Stunden das gleiche einförmige Gemurmel, manchmal unterbrochen durch Borodins Lachen. Ein freudiges Lachen war es nicht.

Bergmann sah auf seine Uhr: halb acht.

Ein einziges Mal hatte Stefan den Salon durchquert, um seine Jacke zu holen, die auf einer der Bänke lag. Sie saßen an dem großen Mahagonitisch in der Ecke, Maria an der Stirnseite, die beiden Anwälte in den Sesseln und Borodin und Lindner auf der Bank. Sie hatten ihr Gespräch nicht unterbrochen, als Bergmann den Salon betrat, sie hatten nicht einmal aufgeschaut. Die Klimaanlage hielt die Luft sauber, doch in dem Aschenbecher häuften sich die Kippen. Nur Borodin, dem es offensichtlich gutging, hatte Stefan noch zugewinkt. »Komm her, du Wundertäter! Sieh mal, wie mein Kopf wieder funktioniert.«

Stefan hatte sich ein Mineralwasser und ein Glas genommen und sich dabei gefragt, was Maria bei diesen hitzigen Geldgesprächen eigentlich für eine Rolle spielte. Einige Sätze waren bei ihm haften geblieben:

»Einundsechzig Millionen Dollar waren das, Boris! Die stammten alle aus unserem Investment-Fonds. Und du ziehst sie einfach ab?«

»Abziehen? Sei mit deinen Worten ein bißchen genauer ... Ich hab sie in dieser Thai-Geschichte angelegt. Mit Gewinn. Der fließt auch zurück.«

»Aber wir waren hier ohne Mittel und konnten es ausbaden.«

»Was denn? Du hast doch die Leute von Amoros für so was. Oder halten die dich knapp? Und außerdem, wenn ich dich erinnern darf: Die Haupteinlage des Fonds stammt sowieso ...«

Und außerdem, dachte Stefan Bergmann, was interessiert dich das alles?

Er suchte wieder seinen Liegestuhl an Deck auf. Der Wind kühlte den leichten Sonnenbrand auf seiner Haut. Er schloß die Augen. Was geht es dich an, wie sich russische Millionäre ihre Millionen beschaffen und warum sie zum Beispiel statt Hemd und Krawatte Tatarenjäckchen und nackte Haut tragen ...

Er drehte den Kopf und verfolgte den Kurs einer anderen Yacht.

In langen Reihen brannten dort die Laternen. Sie war riesengroß, und sie strebte ziemlich genau nach Süden, ein Monster von Yacht, selbst den Hubschrauberlandeplatz konnte Stefan am Heck ausmachen. Kein Mensch war zu sehen. Vielleicht hatten die dort drüben auch gerade eine Konferenz? Nach der Größe zu urteilen, mußte das Schiff einem Araber-Scheich gehören. Vielleicht wurde darauf gerade Saint-Tropez oder Cannes oder die ganze Côte verscherbelt?

Ich muß Christa anrufen! Stefan nahm innerlich Anlauf. Er wollte Worte, Sätze formulieren – und kapitulierte.

»Drei-zwei-eins«, hörte er eine Stimme, dann ein Fingerschnippen. »Und weg!«

Stefan schlug die Augen auf.

Maria Lindner! Sie stand vor ihm und lächelte auf ihn herab. Das weiße Männerhemd hing bis zur Mitte ihrer nackten Oberschenkel. Er sah ihr Gesicht, die Augen – und den Abendhimmel. Damit mußte er erst einmal fertig werden.

»Geht es da drinnen noch immer um Dollars?« fragte er schließlich.

»Für mich geht's nur um eines: Wie haben Sie das geschafft, die Sache mit Borodins Ischias? Das müssen Sie mir mal erklären, Stefan.«

Stefan? dachte er. Nicht mehr »Herr Doktor«, und bei Lindner sind wir bereits bei Thomas und du. Na schön, dies ist eine Yacht im Mittelmeer, und auf Mittelmeer-Yachten gibt man sich nun mal zwanglos …

»Bitte nicht«, wehrte er ab.

»Bitte doch. Es ist … ja, es ist irgendwie wichtig für mich.«

»Ja? – Wieso?«

»Das erklär ich Ihnen noch. Ganz abgesehen davon, sind solche Tricks, die nicht nur Menschen, sondern auch Krankheiten beeinflussen, nicht unglaublich interessant? Woher rührt eine – nun ja, eine derartige Macht?«

Nun richtete er sich doch auf. Mit dem Kinn deutete er zur Salontür. »Dort drüben, diese Gespräche; Sie saßen doch die ganze Zeit dabei. Da ging es um Macht, Macht über Geld. Und damit über Menschen.«

»Und bei der Hypnose?«

»Bei der Hypnose kommt es auf die Perspektive an. Macht? Was ist Macht? Maria, Sie sollten jemand anderen fragen. Ich bin Arzt. Macht interessiert mich nicht.«

»Gut, dann frage ich Sie als Arzt, Stefan. Die Geschichte läßt mir einfach keine Ruhe. Was hatte Boris? Hat er uns seine Schmerzen nur vorgespielt? Ähnlich sehen würde es ihm ...«

»Das war schon eine echte Ischias-Attacke.«

»Und Sie versetzen ihn in Trance, und der Schmerz ist weg. Tut mir leid, das läßt mir einfach keine Ruhe, das will ich wissen.«

»Da verlangen Sie ziemlich viel. Das alles ist schon uralt. Hypnose wird seit zweitausend Jahren praktiziert, die Naturvölker haben nie damit aufgehört. Wie sie nun genau funktioniert ...« Er zuckte mit den Schultern. »Es gibt nichts Komplizierteres als das menschliche Gehirn. Milliarden von Nervenzellen. Und jedes einzelne dieser Neurone ist bis zu zehntausendmal mit anderen vernetzt. Heute wird daran mit Computern geforscht, alles mögliche entdeckt und jedesmal als grandioser Fortschritt hinausgebrüllt, aber in Wahrheit steht man noch am Anfang. Gut, man hat Theorien. Die hat man immer ...«

»Und welche? Sie können das doch erklären?«

Sie hatte einen Stuhl herangezogen, und da saß sie nun in ihrem weißen Hemd, leicht nach vorn gebeugt. Eine ihrer Locken fiel ihr über die Stirn und das Gesicht, und der Wind spielte damit. Und dazu die Augen, diese fragenden Augen!

»Wollen Sie das wirklich hören?« fragte Bergmann.

»Wie wär's denn, Stefan, wenn Sie mich ein wenig ernst nähmen? Versuchen Sie das doch mal ...«

»Ich nehme jeden Menschen ernst – und Sie besonders.«

»Na also!«

Er nickte ihr zu. »Sie sind sehr schön in diesem Moment, Maria.«

»Sie wollten doch ...«

»Sie sind sehr schön«, beharrte er. »Ihre Silhouette vor einem abendlichen Hintergrund am Meer.«

»Das mag ja sein – für Sie, Stefan ...«

»Genau das ist es. Für mich, in dieser Sekunde. Und wo findet es statt? Der Zauber dieses Mittelmeerabends, den ich Ihnen gerade beschreibe, Sie selbst, die Bewegungen des Schiffes, die Linie der Küste, die Lampen, die sie dort gerade anzünden, der Geruch des Meeres, alles, was ich empfinde – wo findet es statt? Wo findet unser ganzes Leben statt? Auch unsere Ängste, unsere Schmerzen, unsere Freuden, Liebe, Trauer, Verzweiflung? Hier, nur hier.«

Er hatte den Finger erhoben, um ihn an den Kopf zu führen, doch es war wie ein Zwang: Der Finger wanderte zu Maria hinüber und strich über ihre Stirn. »Hier im Kopf, im Gehirn, im zentralen Nervensystem. Und das ist nun einmal leider so ungeheuer kompliziert, daß jeder ernstzunehmende Wissenschaftler noch immer sagen muß: Die Forschung steht am Anfang.«

Sie lächelte ihm zu. Sie war wirklich wunderschön.

»Man streitet sich noch darüber, wie viele Neuronen, wie viele Nervenzellen sich im Lauf der Jahrtausende hier oben angesammelt haben. Zwanzig Milliarden? Andere reden von fünfundzwanzig. Und alle sind sie zusammengeschaltet zu den Systemen, die uns das Sehen oder

Hören, Sprechen, Lesen, Verstehen, Denken überhaupt ermöglichen. Nur eines steht fest, und darüber kann man sich bei Gott einig sein: Wenn schon das Gehirn jedes Säugetiers ein Wunder ist, dann stellt das des Menschen den Gipfel der biologischen Entwicklungsgeschichte dar.«

Stefan nahm aus der Schale, die neben ihm stand, eine Olive, doch er steckte sie nicht in den Mund, er drehte sie zwischen Daumen und Zeigefinger vor seinen Augen. »So, das war die Abteilung ›große Worte‹. Aber Sie haben es gewollt.«

»Ja. Aber noch immer sind wir nicht bei Boris und seinem Ischias.«

»Umwege kann ich Ihnen nicht ersparen, Maria ... Es geht einfach darum, daß alles, was ich erfahre, zunächst von Sinnesreizen ausgelöst, aber erst im Gehirn zu einem Eindruck zusammengebaut werden kann. Was wir in Bruchteilen von Sekunden als Farbe oder Kontur wahrnehmen, jeder Schatten oder Helligkeitswert ist in Wirklichkeit das Resultat eines vielschichtigen, stufenweisen Arbeitsvorgangs.« Er hob den Zeigefinger. »Sie als Malerin müßte das doch eigentlich interessieren?«

»Tut es ja.«

»Eine Farbe, nur eine Hügellinie oder die Brandung, das sind physikalisch nichts als elektromagnetische Wellen. Die Wellen erreichen uns zunächst hier«, er berührte sein rechtes Auge, »über den Glaskörper, die Linse, wo das Licht gebündelt und dann auf bioelektrischem Weg in Stromstöße verwandelt wird. Die Innenwand des Augapfels ist mit lichtempfindlichen Nervenzellen ausgestattet, zäpfchenförmige Gebilde, von denen wiederum jedes einzelne mit ganzen Büscheln von Nervenleitungen mit dem Sehzentrum unseres Gehirns verbunden ist. Beim Transport werden die eintretenden elektrischen Impulse noch verstärkt und dann am Ziel von mindestens zwanzig verschiedenen Zelltypen analysiert, zu einem Bild zusammengesetzt, gespeichert oder an ein weiteres System weitergegeben – an das motorische System nämlich, das unsere Reaktionen auf den optischen Eindruck steuert und uns überhaupt erst ermöglicht, zu reagieren ... Das alles geschieht im Bruchteil einer Sekunde.«

»Wahnsinn ... Irgendwo habe ich noch die Stimme meiner Biologielehrerin im Ohr. Aber die war grauenhaft.«

»Schade.« Er lächelte.

»Aber Sie haben eine Kleinigkeit vergessen: die Hypnose.«

»Alles hängt nun einmal zusammen.« Er betrachtete wieder die Olive in seiner Hand. »Nehmen wir einmal an, das sei ein Gehirn. Alles, was an Reizen über die Nervenbahnen hereinkommt, wird ja nicht nur analysiert, geprüft und zu einem Sinnes- oder Gedankeneindruck umgebaut, es wird ein weiterer Filter vorgeschaltet: das Gedächtnis mit seinem ganzen riesigen Speicher von Erfahrungen und Erinnerungen an erlebte Situationen. Einen Apfel sehen Sie zwar, aber Sie können ihn nur aufgrund einer Lernerfahrung erkennen, die bis weit in Ihre Kindheit zurückreicht. Diese Lernerfahrung ist das Entscheidende, denn sie ist mit allem verbunden, was uns begegnet – im Guten oder Schlechten. Darauf beruht auch die ganze Psychologie ...«

»Und die Hypnose?«

»Auch. Unter anderem. Wir brüllen oder heulen vor Verzweiflung und Schmerz, wir lachen und sind selig aus Freude. Freude und Schmerz aber finden im Kopf statt, im zentralen Nervensystem. Es ist wie mit dem Bild von zuvor: Nicht die Reizleitungen sind es, die zum Beispiel

Schmerz empfinden, nicht der verbrannte Finger ist es, der Schmerz wird im Gehirn erzeugt. Nur dort. Und das Gehirn ist es auch, das über seine Anhangsdrüse weitere Systeme einschaltet, zum Beispiel das Hormonsystem, das Reaktionen über die Blutbahn steuert: Schmerz, schlimmer Schmerz, unerträglicher Schmerz, Ohnmacht ... Die Muskeln verkrampfen sich zunächst aus Abwehr, sie drücken auf den Nerv, die Situation steigert sich zur Attacke, zur Unerträglichkeit. Die Ohnmacht bringt Entspannung.«

Marias Mund hatte sich geöffnet, die Unterlippe war zwischen die weißen Zähne geklemmt, die Augen waren sehr schmal und überaus aufmerksam.

»Und Sie sagen: ›Drei, zwei, eins – voilà – weg damit.‹ Da braucht es keine Ohnmacht?«

Die Salontür hatte sich geöffnet. Lindner erschien.

»He, was ist, ihr zwei? Wir haben es hinter uns.«

»Gleich, Thomas. Stefan erzählt gerade ungeheuer interessante Geschichten.«

»Über was?«

»Über das, was in unseren Köpfen vorgeht.«

»Bloß nicht.« Lindner wandte sich an den Dunkelhaarigen und befahl ihm: »Kümmere dich um den Anker! Und sag Raoul, wir fahren zurück!«

Maria war auf dem Stuhl nach vorn gerutscht, saß auf der Kante, der Wind blies ihr die Haare aus dem Gesicht. »Voilà – und weg! Da waren wir doch stehengeblieben.«

»Das waren wir. Und daß so etwas gar nicht schwierig ist, beweist die Tatsache, daß es selbst im Fernsehen Hypnotiseure gibt, die auf diese Weise arbeiten. Wenn ich einem bedrängten Nerv Erleichterung verschaffe, brauche ich nur eines, und das so schnell und so gründlich wie irgendwie möglich: Entspannung. Entspannung aber ist

auch eine Grunderfahrung, ein existenzielles Grundge-
fühl: ein Säugling an der Mutterbrust, ein Kind, das lacht
und sich dehnt ...«

»Aber diese Entspannung läßt sich doch nicht herbei-
kommandieren?«

»In Hypnose schon. So wie fast alle Gefühle.«

»Und wie ...«

Er steckte die Olive endgültig in den Mund, stand auf,
ging zur Bordwand und spuckte den Kern ins Wasser.
Maria aber blieb noch immer auf ihrem Stuhl und sah
Bergmann erwartungsvoll an, als er sich umdrehte.

»Wie, Stefan?«

»Oh, das ist relativ einfach. Man muß nur ein bißchen
Übung haben. Indem Sie den anderen dazu bringen, daß
er das Jetzt, die Umgebung, die dazugehört, und damit die
eigenen Sinneseindrücke nicht mehr richtig wahrnimmt
und kontrolliert.«

»Und wie?«

»Ganz einfach. Sie müssen verstehen, ihn abzulenken,
so weit abzulenken, daß es zu einer Trennung kommt.«

»Zu welcher Trennung?«

»Zur Trennung von sich selbst. Ich meine jenes Selbst,
das in der aktuellen Situation verankert ist, in der der
Mensch sich befindet. Man spricht vom Bewußtsein, wenn
die Ereignisse, die wir aufnehmen, in Sprache und Er-
fahrungsinhalte umgesetzt werden. Wenn ich aber diese
Trennung bei einem Menschen erreiche, habe ich Zugang
zum entscheidenden Bereich seiner Psyche, dem Unterbewußtsein, und das ist so etwas wie die Festplatte im Computer. Alles, was je in seinem Leben geschah, alles, was
ihm widerfuhr, alle Erinnerungen, alle Programme, die ihn
steuern, alles Erlebte und Gelernte, aber auch die Gefühle,
die es begleiten, liegen hier gespeichert.«

»Und es liegt für Sie offen? Unglaublich! Und das heißt?«

»Das heißt, daß man hier eingreifen kann, löschen, umstrukturieren – auch befehlen.«

Sie sah ihn lange an und schwieg.

»Aber das ist doch ...«

»Das ist die Crux bei fast allen Möglichkeiten, die uns in die Hand gelegt werden. Man kann helfen – aber man kann auch Unfug, ja, Unheil anrichten.«

»Und das ist für Sie ganz einfach und natürlich?« Es lag keine Ironie in ihrer Stimme.

»Wenn Sie wollen – ja.«

»Einfach so?« Sie schüttelte ungläubig den Kopf. Das Schiff nahm Fahrt auf, die Motoren röhrten. Stefan konnte nicht hören, was Maria sagte, er las es von ihren Lippen. »Unglaublich!« Doch die nächsten Worte verstand er: »Trennung von sich selbst? Und Sie wollen behaupten, Sie hätten keine Macht über Menschen? Wissen Sie, was Sie sind, Stefan? Unheimlich, richtiggehend unheimlich ...«

Am Kai von Saint-Michel warteten drei Wagen: Lindners dunkelgrüner Landrover, ein Jaguar, gleichfalls in Lindners Lieblingsfarbe dunkelgrün, und dahinter ein schnittiges weißes Lancia-Cabrio.

Neben der geöffneten Landrover-Tür stand ein großer, breitschultriger Mann. Auch ihn kannte Stefan bereits. Sein Name war Karl Benthoff, Lindners neuer Chauffeur oder Leibwächter, vielleicht auch beides zusammen. Benthoff betrachtete mit verschränkten Armen die Abschiedsszene, die sich gerade abspielte. Stefan tat das gleiche, während Borodin gerade wieder die Hauptrolle übernahm.

»Was heißt das denn, Thomas, sie kommt nicht mit? Was will sie damit sagen?«

Gerade noch hatte er Maria Lindner einen schwungvollen Handkuß gegeben, nun streckte er anklagend einen Arm aus.

»Stell keine dummen Fragen. Paß lieber auf deinen Ischias auf, Boris.«

»Den hab ich schon vergessen. Dein Stefan hat ein Wunder an mir vollbracht. Wie schnell man sich doch an Wunder gewöhnt, was?«

Es kam auf deutsch. Borodin wechselte die Sprachen, als drücke er die Knöpfe eines Computers.

»Natürlich müßte ich ihm dankbar sein. Aber was bin ich schon für euch? Was bin ich hier überhaupt? Nichts als ein armer kleiner Russe, verloren in der Fremde. Mein Volk hungert und friert, und ich steh hier rum, und niemand berücksichtigt meine Wünsche. Und du, Maria, hältst immer zu diesem Kerl, zu diesem Cowboy, damit er mich wieder die ganze Nacht lang mit seinen Prozenten und Lügen über den Tisch ziehen kann.«

»Mir kommen die Tränen, Boris.« Maria tätschelte flüchtig seine Wange. »Außerdem, es macht dir doch Spaß.«

Sie ging an Boris, Lindner und ihrem Anhang vorbei zu Stefan. Ihr Gesicht lag im Licht der Lampen, und mit ihrem Haar spielte wieder der Wind.

»Vielen Dank für den Unterricht. – Sagen wir bis morgen? Was halten Sie davon, wenn Sie mich morgen besuchen, Stefan? Um vier? Würde das gehen?«

Er brachte keinen Ton hervor. Er war viel zu überrascht.

»Thomas wird Ihnen erklären, wie Sie zu mir finden. *Au revoir*, Stefan!«

Und dann stieg sie in den Lancia und fuhr ab ...

Über der Jägerheide kreisten an diesem Tag sogar die Segelflieger. Im Dorf hatten sie die Wäsche hinausgehängt, und im Garten der Mühle stand ein Zelt direkt unter den Obstbäumen. Man konnte ja nicht wissen, ob es nicht doch noch regnen würde. Aber es regnete tatsächlich nicht, der Himmel blieb den ganzen Tag über knallblau. »Ein richtiger Nivea-Himmel!« hatte Tina Rüttger voller Begeisterung geschrien. Doch das war noch zu Beginn des Festes gewesen. Da war Tina blendend drauf. Schließlich war sie das Geburtstagskind, und wie sie da herumstolzierte, die neue Baseball-Mütze schräg auf dem Kopf, in neuen Stretch-Jeans, neuem Sweatshirt, neuen Sandalen, die sogar halbhohe Absätze hatten, schien auch alles super.

»Und wo ist dein Vater?« Inge war es, die das fragte. Tinas Freundin Inge, die einzige Gleichaltrige unter den Geburtstagsgästen.

Tina zog ihre Schnute. »Na, wo schon? Wo er immer ist, der Idiot. Bei der Arbeit.«

Das fand Inge nun wieder ungerecht. Sie war vierzehn wie Tina und ein bißchen verknallt in diesen coolen Typen, der Tinas Papi war, der Dr. Jürgen Rüttger. Denn der sah nun wirklich ein bißchen aus wie Robert Redford, und schließlich war er es, der alles hier bezahlte: das Zelt, das Eis, die Kuchen, die kalten Platten.

Aber dann ging's auch schon los. Joan, das irische Aupair-Mädchen der Rüttgers, jagte Musik durch die Lautsprecher im Garten, daß es den Leuten draußen auf der Straße die Köpfe herumriß. Aber weder Techno noch Rock, nein, irgendwas Kindisches. Trotz des ganzen Berges an Päckchen und Geschenken war keiner der Freunde aus Tinas Clique gekommen. Entweder waren sie in den Ferien, oder der Weg von Hannover aufs Land war ihnen zu weit, und so hatte Frau Rüttger nur die Kleinen aus dem Dorf eingeladen. Steppkes zwischen sieben und zwölf Jahren hüpften herum, heulten, schrien, und die Allerkleinste, das Baby, Tinas neue Schwester, hielt Frau Rüttger drüben auf dem Stuhl im Arm. Tina aber zog ihre Schnute.

Christa Bergmann streichelte den Säugling auf dem Schoß ihrer Schwägerin und legte die Hand auf den warmen kleinen flaumigen Kopf.

»Was ist denn mit der Tina?«

»Na was schon?«

»Eifersucht auf das Baby?«

»Ach was!« Doris Rüttger zog die Brauen hoch. Groß, blond und blauäugig war sie, eine Bilderbuchmutter, die etwas ungemein Irdisches, ja, Ländliches ausstrahlte, und vom Lande kam Doris auch: von einem Zweihundert-Hektar-Gut nördlich von Celle. Dies war auch der Grund, warum sie mit den Kindern die Ferien in der Mühle verbrachte. Doris haßte Hannover und flüchtete aus der Stadt, wann immer sich ihr die Gelegenheit dazu bot.

»Quatsch«, fuhr Doris fort. »Die Tina ärgert sich über ihren Freund. Die zieht jetzt ihre typische Tina-Schau ab.«

»Und was ist mit dem Freund?«

»Na, was schon? Der Tommi ist einer der wenigen, die in den Ferien zu Hause geblieben sind. Aber was tut er? Macht an ihrem Geburtstag bei einem Radrennen mit. Du kennst doch die Männer, Christa … Und da wir schon davon reden: hat sich Stefan endlich gemeldet?«

Christa schüttelte den Kopf. »Ich hab mir das überlegt, das kann er gar nicht. Er kennt nämlich die Telefonnummer der Mühle nicht. Sicher hat er zu Hause in Burgach angerufen, aber dort ist ja auch niemand. Und du weißt doch, wie er zu den Rüttgers steht. Nach all dem Knatsch, der da passiert ist, kostet es ihn einfach zuviel Überwindung.«

»Vielleicht ...«

»Was vielleicht?«

»Vielleicht kann ich das sogar verstehen.« Doris sprach so leise, daß es kaum zu hören war. Das Baby hatte seinen Schnuller verloren und quengelte, dort drüben brüllten die Kinder und marschierten im Kreis, und die Musik spielte. Tina saß in der Hollywood-Schaukel. Doris holte den Schnuller aus dem Gras und steckte ihn ihrer neugeborenen Tochter entschlossen in den Mund.

»Ich versteh dich nicht, Doris.«

»Weißt du, Christa, manchmal komme ich mir in eurem Familienverband genauso fremd vor wie Stefan. Und manchmal wünsch ich mir, ich hätte überhaupt keine Kinder.«

»Nachdem du dich nach vierzehn Jahren dazu entschlossen hast, noch ein Baby zu bekommen?«

»Vielleicht gerade deshalb. Du kennst doch deinen Bruder.«

Christa schwieg. Ja, sie kannte Jürgen. Jürgen, der Hochbegabte, Jürgen, der Brillante, der Erfolgsmensch ... Dieser Egoist hatte also wieder mal eine Affäre angefangen ...

Vielleicht konnte er einfach keine Haut mehr sehen, vielleicht war es die Berufskrankheit eines Dermatologen. Wahrscheinlich aber sah er einfach nur zuviel Haut, zumindest zuviel von der einer Vierzigjährigen.

Am liebsten wäre Dr. Jürgen Rüttger von dem Bett geflüchtet. War das überhaupt ein Bett? Schon eher wohl ein blausamtenes Trampolin im Kingsize-Format, raffiniert beleuchtet von eingebauten Halogenstrahlern, die Jürgen ein überreiches Angebot präsentierten: einen weißen

Frauenkörper, die Schenkel geöffnet, mit schwellenden Linien und Kurven. Bei den Brüsten hatte wohl Silikon ein wenig nachgeholfen, das Resultat war dennoch phänomenal. Die Warzen benötigten keine Korrektur, erregt reckten sie sich Jürgen Rüttger entgegen, während bei ihm ...

»Was ist bloß los mit dir, Jürgen?«

Ja, was?

Jürgens Blicke klammerten sich noch immer an dem Ambiente fest, als käme von dort Hilfe: dunkelblau auch der Fußboden, ein Fußboden mit Schaumgummi-Unterlage versteht sich, so weich und tief, daß man das Gefühl hatte, bis zum Knöchel in Velour zu versinken – oder im Morast. Chromblitzende Designer-Möbel, Chromleisten auch um die an den strategisch entscheidenden Stellen angebrachten Spiegel. Selbst an der Decke über dem Bett gab's so ein Ding, dabei war Jürgen all das, was da beleuchtet und bespiegelt wurde, seit fünf Wochen bis zum Überdruß vertraut.

So richtig schlimm aber war's eigentlich erst seit der letzten Woche geworden, seit nämlich die Ferien begonnen hatten.

»Komm, Jürgen«, gurrte es vom Bett. »Nun komm doch schon ...«

Ganz unvermittelt war Dr. Jürgen Rüttger heilfroh um die Unterhose, die er noch trug, denn schließlich – all die blaue Plüschpracht samt Chrom, Halogenstrahlern, Spiegeln, Villa und Park – gehörte sie ihm? O nein ... Sie gehörte ihm genausowenig wie die weiße, immer noch fast vollkommene, wenn auch ziemlich üppige Pracht auf dem Bett. All dies war Eigentum eines Menschen, der Henry Salowitz hieß, sich »Konsul« nennen ließ, Vielfach-Millionär und Vielfach-Unternehmer war und Sprüche klopfte wie etwa: »In meinem Reich, lieber Jürgen, geht die Sonne niemals unter. Mir geht's wie Karl V., und damit es so bleibt, muß ich mich ziemlich kräftig bewegen. Was heißt bewegen! Im Grunde muß ich überall sein.«

Und das war er auch – überall. Nur nie zu Hause in Hannover. Das überließ er Evi, seiner Frau, und genau darin lag wohl die Wurzel allen Übels.

»Hör mal, was ist eigentlich in dich gefahren?« Evi Salowitz' Stimme war dunkler geworden und gleichzeitig auch ziemlich energisch. »Du stehst rum und glotzt bloß? Na, dann glotz doch ...«

Das Glitzern in ihren Augen verstärkte sich, und ihr Körper sprach seine eigene Sprache. Evi begann sich zu bewegen. Die Hände mit den golden lackierten Fingernägeln glitten unter Hüften und Gesäß. Sie zuckten auf und ab und ab und auf, und aus dem geöffneten kleinen Mund mit den kirschrot geschminkten Lippen schob sich eine flinke Zunge. Nur Fleisch und Haut war die Konsulin jetzt, zwischen den Beinen rasiert, und was sich dort hervorwölbte, schimmerte rosa und feucht.

»Los schon! Gib Gas. Komm doch, mein großer blonder Hengst ...«

Doch Jürgen Rüttger kam nicht. Und in den erregten Atem von Evi Salowitz drang ein anderes Geräusch: eine Art scharfes Summen. Es kam von dem Handy, und das wiederum steckte drüben im Bund der Hose, die Jürgen allzu schnell und allzu leichtfertig ausgezogen und auf den Sessel geworfen hatte.

»Du wirst doch nicht etwa ...«, kreischte Evi.

Und ob er würde! Selten war Dr. Jürgen Rüttger so froh um einen Anruf gewesen wie in dieser Sekunde. Er machte fünf Schritte, bückte sich und riß das Handy ans Ohr.

»Rüttger.«

»Jürgen? Jürgen, bist du das?«

Die Stimme klang schwach, fern und war dazu noch von einem leichten Knistern überdeckt.

»Ja.«

»Hier ist Stefan.«

»Das hab ich gemerkt«, sagte Jürgen Rüttger ungnädig. »Was gibt's denn? Und überhaupt: wo steckst du eigentlich?«

»Ziemlich weit weg. An der französischen Mittelmeerküste. In der Nähe von Saint-Tropez.«

»Oho!«

»Bin da eingeladen worden, nur für ein paar Tage. Die ganze Zeit versuche ich verzweifelt, Christa zu erreichen. Ich weiß ja, daß sie bei euch in der Mühle ist. Aber in dem Abreisetrubel hat sie vergessen, mir die dortige Telefonnummer zu geben. Sie erwartet sicher meinen Anruf.«

»So? Meinst du?«

»Also, ich hoffe es wenigstens«, kam es unsicher zurück.

»Die Christa ist heute auf einem Kindergeburtstag, Stefan. Mach dir also keine Gedanken. Die amüsiert sich. Und die Mühle ... Na, die Nummer hab ich doch im Kopf.«

Rüttger gab sie durch, hörte sich Stefans Dankesbeteuerungen an und dachte: Sieh mal an, Saint-Tropez! Ausgerechnet Stefan! Er wollte weiterreden, hatte zum ersten Mal richtig Lust auf ein Gespräch mit seinem Schwager, über Hypnose-Therapie zum Beispiel, über jeden anderen Unsinn auch, aber Stefan, der Idiot, hatte bereits aufgelegt, und Dr. Jürgen Rüttger kam sich ziemlich allein und schutzlos vor.

Er drehte sich um. Die Konsulin blieb bei ihren Spielchen. Nun waren auch die Finger daran beteiligt.

In Jürgen Rüttger war in dieser Sekunde nichts als ein

einziges Stöhnen. Doch was blieb ihm schon übrig? Was hatte Evi ihm schließlich in den letzten Wochen an Patienten zugetrieben, Dutzende, es nahm gar kein Ende ... Und das hier anscheinend auch nicht ...

Na gut, Jürgen schaltete sein Strahlelächeln ein, beugte sich über die Konsulin, streichelte eine Schulter, die erregten Spitzen der Brüste, ließ den Mund auf ein Stück duftende Haut sinken, grub dort sogar ein bißchen die Schneidezähne ein, so daß Evi endlich laut und brünstig aufstöhnen konnte – doch die verdammte Unterhose hatte er noch immer an. All seine Stoßgebete waren vergeblich: Es regte sich nichts dort unten ...

KAPITEL 5

Charlie hörte Hendrix im Walkman. Jimmys Gitarre, sein *Flying to the Moon* waren ohnehin das Größte, was konnte Charlie da der ohrenbetäubende Krach der Kieslaster anhaben?

Es war Dienstag, ungefähr halb elf Uhr, die Sonne schon ziemlich heiß, und Charlie Benoît bretterte über die Zufahrtsstraße der Baustelle von *Port Les Fleurs*: Ein Loch am andern, Staub sogar zwischen den Zähnen, dazu die Typen mit den Schutzhelmen auf dem Kopf, schwitzende braune Gestalten, Marokkaner, Algerier, Spanier, Franzosen. Meist waren die die Capos, aber das Meer gab's noch immer. Weiter westlich lag der schwarze Leichter vor Anker, von dem aus die Tauchercrews die Wasserbetonierungen vornahmen; die schweren Armiereisen ragten wie spitze Stacheln schon weit draußen aus der See, Zementsilos warfen ihre Schatten, jeder einzelne höher als der Kirchturm von Saint-Michel.

Irrsinn, der pure Wahnsinn das alles, jawohl! Und Charlie wußte eigentlich nicht so recht, wieso er sich das antat. Aber hinter dem ganzen Chaos von Staub und Krach, das ganz so, wie der arme alte Pascal immer gesagt hatte, nach Krieg und Okkupation roch, dort hinten gab's immer noch ein Stück Strand, das letzte Stück. Das wollte Charlie sehen, es war wie eine Art gottverfluchter Sucht, von der du nicht mehr loskommst, der Strand von Brouis, wo sie ihre ersten Fische harpunierten, die Surfbretter ins Wasser schoben, die Mädchen anmachten. Die Felsen, der Sand – sie waren ein Stück von dir, ein Stück von Gigalo und Saint-Michel, ein Stück deiner Jugend, verdammt noch mal ...

»He, paß auf!«

Wieder ein verdammter Zehntonner.

Der Fahrer fuchtelte wild mit den Händen.

»Idiot!« brüllte Charlie, schob den Walkman vom Kopf, zog die Kawasaki vorbei und bog nach links ab auf den großen Parkplatz vor den vier Baubaracken, um die LKW-Kolonne, die die Silos fütterten, erst mal vorbeizulassen.

Er stieg aus dem Sattel, ließ den Kippständer einrasten, bockte die Maschine auf und zündete sich eine Zigarette an. Das Staubtuch abzunehmen lohnte sich nicht.

Er sah zu den drei Gebäuden hinüber. Einstöckig waren sie, ziemlich massiv gebaut, als müßten sie jahrelang halten. Und jahrelang würde die Sauerei hier ja noch dauern. Über den breiten Metallfenstern befanden sich die Kästen der Klimaanlagen. Hinter den Scheiben konnte man die Leute an ihren Zeichentischen und Telefonen erkennen.

Links vor der ersten Baracke, die am nächsten zum Col stand, hatte sich eine ganze Gruppe von Arbeitern aufgebaut. Sie rührten sich nicht. Geduldig, fast einen Hitzschlag riskierend, warteten sie auf ihr Geld! In den anderen Baracken war man vornehmer. Da hatte man sogar Geranien auf den Fensterbrettern.

Und dann sah Charlie noch etwas.

Auf dem großen asphaltierten Parkplatz vor den drei Bürogebäuden standen etwa zwei Dutzend Autos. Sie standen in Dreierreihen. Kleine Peugeots, VWs, Renaults, – die Proletenkutschen, mit denen die Angestellten aus Cavalaire, Le Lavandou, Hyères, ja, selbst aus Toulon herangeschaukelt kamen.

Der grüne Landrover aber und gleich hinter ihm das schicke flache Sportcoupé?

Charlie warf die Gauloise weg und setzte sich in Bewegung. Beide Wagen kannte er. Der Landrover gehörte dem Deutschen: Lindner, Boß der Bosse, Zar der Zaren, die Pest von Saint-Michel, der Kerl, der das alles verschuldet hatte …

Der Sportwagen aber?

Charlie hatte die Hände in den Taschen und ging langsam darauf zu. Nein, die Nummer kannte er nicht. Coupés in dieser Preisklasse waren selten hier. Charlie kannte nur ein einziges.

Er stand jetzt auf der Fahrerseite, reckte den Kopf vor und blickte hinein.

Auf dem Beifahrersitz lag eine blaue Akte: *Polizeidepartment* VR, 26. *Arrondissement* … Das 26. Arrondissement aber war das von Cavalaire-sur-Mer. Der Leiter, *Inspecteur* Paul Donnet, sein Stellvertreter *Inspecteur* Benoît, Charlies Vater.

Charlies Blick fiel auf den Rücksitz. Ein blau-grün karierter Schal lag dort, eine Jagdweste mit unzähligen aufgesteppten Taschen, darunter, von Schal und Weste halb verborgen, ein Gewehr. Es war eine Jagdwaffe, ein Drilling – und zwar ein Drilling der sehr besonderen Art.

Charlie studierte die Gravur. Selbst der Umschaltschieber und die Schiebersicherung waren mit Ornamenten verziert, und als ob das nicht genügte, blinkten die kleinen Schrauben wie Gold. Charlie kannte die Waffe. Aber klar doch, sein Vater hatte sie ihm einmal im Schaufenster eines Waffenladens in Toulon gezeigt. Eine Dasson-Schneider, das Teuerste auf dem Markt. »So ein Ding, Charlie, das wäre mein Traum.«

Der Alte würde ihn nie verwirklichen.

Für so 'nen Drilling, dachte Charlie, kriegst du gleich zwei Kawasakis. Aber die Frage ist doch: Wie kommt eine Figur wie Donnet mit seinen paar Francs Gehalt, denn viel mehr als wir kriegt er auch nicht, zu einem Luxus-Coupé? Und außerdem, da das ja nicht reicht, auch noch zu einem Luxus-Drilling?

Hinter ihm waren Schritte zu hören.

Charlie drehte sich um.

Der braungebrannte fette Kerl, der da stand, trug Khakizeug und hatte eine Art Militärkoppel um. Darin steckte ein Handy. Auf dem Kopf trug er etwas, das wohl eine Dienstmütze sein sollte. Unter dem Schatten des schrägen Schirms blickten Charlie ein paar helle Augen an, das Weiße darin war von roten Äderchen gesprenkelt. Auf der roten dicken Nase schälte sich die Haut.

»Was hast du hier zu suchen?«

Charlie holte erst mal Luft. »Und du?«

»Ist das deine Maschine?« Der Fette drehte den schweren Kopf zur Kawasaki. Das reichte nicht, er spuckte auch noch eine Ladung in die Richtung.

»Das ist meine Maschine. Anspucken läuft nicht.«

»Schnauze! Ausweis.«

Charlie hatte ein feines Singen in den Ohren; es war nicht laut und doch stärker als der ganze Krach von der Baustelle. Vorsicht, sagte er sich noch, aber da knallte eine schwere Hand auf seine Schulter, und ein harter Daumen schob sich gegen seine linke Halsschlagader.

»Ein bißchen schwer von Begriff, was? Also kein Ausweis? Gut, dann gehen wir mal …«

Es war sein letztes Wort. Charlie hatte sich mit einer schnellen Linksdrehung von der Pranke befreit, trat aus Vorsicht gleich einen Schritt zurück, und da kam der erste Schwinger. Charlie duckte sich, die Faust sauste an seinem Kopf vorbei, er griff sich den Arm, der dazugehörte, riß das linke Knie hoch und stieß es dem fetten Kerl mit aller Kraft, zu der er fähig war, zwischen die Beine.

Der Mann brüllte nicht einmal. Er sackte einfach zusammen und lag nun, die Beine hochgezogen, auf dem ölverschmierten Beton. Seine lächerliche Mütze hatte er verloren. Das Gesicht war schneeweiß.

Ohnmächtig, dachte Charlie. Und dann: weg! Bloß weg!

Er schwang sich in den Sattel, ließ die Maschine an und gab Gas.

Für die Fahrt zum alten Hafen von Saint-Michel brauchte er keine zwölf Minuten. Das Motorrad stellte er in den Schatten der großen Mauer an der Nordseite. Dann sah er sich um. Auf dem grauen Zementstreifen am Hafenbecken dünsteten die Netze die letzte Feuchtigkeit vom Morgenfang aus. Niemand war zu sehen, nichts als die Katzen vom Dienst – oder doch? Ganz am Ende hockte der alte Gautier und flickte ein paar Maschen.

Charlie überlegte, ob ihm nicht drüben über der Straße im *Le Pêcheur* ein Bier guttäte? Hunger hatte er auch. Die Stühle vor dem *Le Pêcheur* waren leer, der ganze Laden war es wahrscheinlich, denn um diese Zeit hatten alle zu tun. Aber er mußte seinen Vater finden. Der fing erst um zwei Uhr wieder mit dem Dienst an.

Also marschierte Charlie los, immer sauber am Netz entlang. Der alte Gautier hob erst den Kopf, als er seinen Namen hörte.

»Hast du meinen Vater gesehen?«

Gautier zupfte an seinem Netz herum. Charlie wußte nicht einmal, ob er ihn überhaupt gehört hatte.

»Er hat heut' morgen frei. Er wollte zum Fischen.« Gautier nahm wieder die Nadel.

»Er war also nicht da?« Charlie kam sich blöd vor.

»Doch.«

»Und wann, Herrgott noch mal?«

»Vor zehn Minuten. Vielleicht auch 'ner halben Stunde.«

Charlie zog die Unterlippe zwischen die Zähne. Er versuchte sich zu beruhigen, indem er sich sagte: So ist es halt, so ist das, wenn du fünfzig Jahre lang auf diesem Mistkai sitzt und dir die Mistsonne auf die Rübe brennen läßt.

»Hast du gesehen, wohin er gegangen ist?«

»Zur alten Mole. Wohin denn sonst?«

Da hatte Gautier auch wieder recht. Die alte Mole war der Lieblingsplatz seines Vaters.

Charlie ließ den Alten sitzen, wo er saß, und lief los. Sein Tempo beruhigte sich rasch, der Schweiß brach ihm aus den Poren und lief ihm über den Rücken, doch dann kam der Wind, und es wurde besser. Ein Geschwader Möwen übte Tiefflug und strich dicht über seinen Kopf.

Die alte Mole war eigentlich gar keine richtige Mole, eher eine Art großer Wellenbrecher zum Schutz des Hafens. Sie war zu Beginn des Krieges von Pionieren gebaut worden, und die Stürme in der Bucht hatten ihr über die Jahre gewaltig zugesetzt. Das Schüttmaterial, riesige Steinbrocken, gab's zwar noch, aber den Zementpanzer hatte die Brandung zerschlagen.

Charlie sprang von Zementplatte zu Zementplatte, von Stein zu Stein.

Ganz am Ende erhob sich ein halbverrostetes Eisengestell, das die Markierungslampe trug. Seitlich davon stand eine Gestalt. Himmel und See waren vom selben hellen Grau, so daß selbst die Horizontlinie kaum auszumachen war. Der Mann dort, lang, dunkel und leicht nach vorn gekrümmt, wirkte wie ein gebogener Zeigefinger.

Es war sein Vater.

Als Charlie herankam, erkannte er, daß er die Angelrute in die Aluminiumhalterung gesteckt hatte, die er immer mit sich herumtrug. Wie ein Strich stand sie neben ihm. Die Angelschnur hing im Wasser; sie schien ihn nicht zu interessieren.

Er stand nur da und sah aufs Meer hinaus, ein Anblick, der einen krank machen konnte.

Charlie streckte die Hand aus und tippte vorsichtig auf die rechte Schulter. Maurice Benoît fuhr nicht zusammen, drehte auch nicht den Kopf, er murmelte nur etwas, das so klang wie ein »Du Charlie?«

»Ja, ich.«

Charlie ging um seinen Vater herum und pflanzte sich vor ihm auf.

Das magere Gesicht war dunkel, das Haar schwarzweiß gesprenkelt. Richtig weiß war die ungerauchte Gauloise, die in Benoîts rechtem Mundwinkel klebte.

»Ich muß dich sprechen.«

Maurice Benoît sah seinen Sohn an, als existiere er gar nicht, als sei er grau und durchsichtig wie das Meer. Charlie kannte den Blick. Er nahm ihn nicht übel. Er kam gut mit dem Alten aus, er liebte ihn – doch in letzter Zeit hatte der Vater immer wieder diesen Blick, und Charlie wußte genau, was er bedeutete und womit dieses ganze verdammte Elend zu tun hatte.

»Und was ist?« fragte Maurice.

»Vielleicht habe ich Mist gebaut.«

Der abwesende Ausdruck im Gesicht seines Vaters wich Interesse. »Wieder mal?«

»Wieder mal.«

»Und wo?«

»Auf der Baustelle, am Parkplatz vor den drei Barakken. Ich wollte zum Strand, aber bei dem Betrieb kommst du ja gar nicht durch, und so stellte ich meine Kawasaki auf den Parkplatz. Aber da kam so ein Gorilla, der sich für einen Wachmann hält, und wollte mch aufmischen.«

»Und?«

»Und? Ich hab's ihm gegeben. Ich sag das nur, falls 'ne Anzeige eingeht. Aber das ist nicht alles ...«

»Was noch?«

Die Möwen kamen zurück, drehten eine Kurve. Sie schrien jetzt so laut, daß Charlie nicht verstehen konnte, was Maurice Benoît sagte.

Charlie ging zu der Angel, nahm sie aus der Halterung, griff sich auch die und zog die Leine ein: »Ich brauch was zu essen. Komm, gehen wir ins *Le Pêcheur*. Ich lad dich zu 'ner Bohnensuppe ein.«

»Was war noch?«

»Komm schon ...«

Sein Vater setzte sich in Bewegung. Er ging langsam und achtete sorgsam darauf, wohin er die Füße setzte. Charlie beschloß, es sei besser, gleich damit anzufangen, niemand wußte schließlich, wer im *Le Pêcheur* mithören konnte.

»Auf dem Parkplatz dort stand der Landrover des Deutschen ... Na, das ist normal. Aber gleich dahinter konntest du einen Superschlitten bewundern. Und den kennst du.«

Sie waren wieder am Anfang der Mole, dort wo es die dicke Zementmauer gab, die zum ehemaligen Flak-Stand gehörte.

Charlie hielt an.

»Ein weißes Supercoupé. Das prächtigste weiße Super-coupé der Gegend. Und du bist einer der wenigen, der es kennt. Meist versteckt es nämlich dein Kumpel Donnet in der Scheune seines Schwiegervaters, nicht? Wenn er darin rumfährt, fährt er gerade mal in den Wald damit. Dabei ist es doch so schön. Gefällt dir doch auch, oder?«

Er bekam keine Antwort.

»Vielleicht kam Donnet gerade aus dem Wald«, sagte Charlie. »Und vielleicht mußte er dringend mit seinem Freund, dem Deutschen, reden. Vielleicht aber macht es ihm neuerdings überhaupt nichts mehr aus, neben dessen Luxusschlitten seinen Sportwagen zu stellen. Vielleicht hat er es gar nicht mehr nötig, aufzupassen. Vielleicht aber ist er auch einfach nur verrückt geworden.«

Sie standen im Schatten der Mauer und sahen sich an.

Und jetzt schien es mit Benoîts Fassung vorbei. Der Mund zuckte, er drückte seinen Sohn gegen den harten Zement und sah ihn an.

»Hör endlich auf damit. Wie oft muß ich dir das noch sagen?«

»Das werde ich nicht. Ich will wissen, was passiert ist. Und du weißt es.«

Benoîts Atem ging schwer und keuchend. »Das waren damals nichts als ein paar Worte – und dämliche dazu.«

»Das war die Wahrheit.«

»Hör zu, Charlie. Ich war Pascals Freund. Das stimmt. Aber genauso stimmt es auch, daß ich und du – ja, wir beide, Charlie –, daß wir einpacken können, wenn du weiterhin damit hausieren gehst.«

»Ortiz war mein Lehrer. Und er war auch mein Freund. Und Fabien ist es auch. Was soll ich denn deiner Meinung nach tun?«

»Charlie …« Maurice Benoît kniff die Augenlider so fest zu, daß in den Winkeln und auf der Stirn viele Falten entstanden. »Begreif doch!«

»Ich will dir noch was erzählen, Vater. Noch eine Geschichte vom Parkplatz. Ich hab mir das Coupé angeguckt. Und weißt du, was da auf dem Rücksitz lag? Ein brandneuer Drilling. Nicht irgendeiner, nein, genau das Ding, das du mir mal gezeigt hast – ein Jagdgewehr, eines, von dem du ein Leben lang geträumt hast und das du dir nie hast leisten können. Aber dein Kumpel Donnet, der liebe Paul, der verwirklicht seine Träume. Was heißt Träume? Der denkt sich gar nichts dabei, der geht einfach rein in den Laden und kauft sich die Spritze. Der hat ja die Kohle. Der Deutsche schiebt sie ihm vorn und hinten rein. Was sind für einen Paul Donnet schon so ein paar Kröten!«

Maurice Benoît stieß sich von der Mauer ab, ließ die Arme sinken, stand da mit hängenden Händen und gesenktem Kopf.

»Komm«, sagte sein Sohn. »Komm, gehen wir rüber ins *Le Pêcheur*. Gehen wir was essen.«

Sie saßen auf der Terrasse des *Le Pêcheur*. Sein Vater hatte die Augen geschlossen, Charlies Magen, nein, sein Herz tat weh.

Maurice Benoît trank schweigend den Pastis, sagte kein Wort bei der Suppe, ließ die Hälfte stehen und zündete sich eine Zigarette an. Dann nahm er wieder den Löffel, schaufelte den Rest Suppe in sich hinein, lehnte sich zurück und blickte in die Sonne.

Alle Tische neben ihnen waren leer. Es war zu heiß hier draußen. Und drinnen lümmelte sich nur Marcel, der Sohn des Wirts, hinter der Theke herum. Ein paar Touristenautos, die das Umleitungsschild wegen der Baustelle übersehen hatten, fuhren vorbei und kamen zurück.

Charlie sah seinen Vater an. Das Gesicht war gezeichnet von Einsamkeit.

»Wieso parkt Donnet den Wagen vor den Baubarakken? Wieso ist er so frech geworden, sich das zu trauen?«

Maurice Benoît nickte schwach. Man mußte schon genau hinsehen, um es überhaupt festzustellen.

»Könnte es sein, daß er dienstlich …«, setzte Charlie an.

Benoît schüttelte den Kopf. »*Port Les Fleurs* untersteht mir – dienstlich.«

»Na gut; er könnte irgendeine dringende Mitteilung …«

»Das geht alles über meinen Schreibtisch«, sagte sein Vater. »Auch wenn ich nicht im Büro bin, ich würde es wissen.«

»Das heißt, daß Donnet glaubt, sich alles leisten zu können?«

Charlie betrachtete die Hand seines Vaters. Er hatte sie auf die Serviette gelegt, die Finger zogen sich zusammen, zerknüllten das Papier mit solcher Kraft, daß die Adern wie Schnüre hervortraten.

»Ich knöpf ihn mir vor«, sagte er. »Das alles muß ein Ende haben. Ich mach ihn fertig, heute noch …«

Das Gespräch war kurz und wurde auf italienisch von einem abhörsicheren Handy geführt.

»Sergio, kennst du meine Stimme?«

»*Si, Signore.*«

»Sergio, ich habe wieder einen Auftrag für dich. Was das Finanzielle angeht, die Abwicklung läuft wie immer.«

»Es ist eine große Ehre für mich, *Signore.*«

»Hör zu, Sergio: Du kennst die beiden Chef-Poulets von Cavalaire?«

»Kennen? Ich weiß, wie sie heißen und wie sie aussehen, aber kennen? Das wäre zu kompliziert.«

»Gut. – Ich rede von dem älteren, dem Stellvertreter.«

»Benoît?«

»Richtig. Er dreht durch. Er hat seinem Kollegen, seinem

Vorgesetzten, eingeheizt. Er will ihn erpressen. Irgendwie muß er herausgefunden haben ...«

»Die Sache mit Ortiz? Ist es das?«

»Lassen wir Namen aus dem Spiel. Sergio, Benoît braucht den roten Strich.«

»Ein Chef-Poulet?«

»Das erhöht dein Honorar auf das Doppelte, Sergio.«

In der Leitung war Stille.

»Sergio? Hörst du mich noch?«

»Es ist gut. Es ist eine Ehre«, kam es schließlich. »Aber ...«

»Sergio, die Sache wird gedeckt. Keine Sorge. Es passiert nichts, gar nichts.«

»Und was soll ich tun?«

»Deine Sache. Aber da wäre so eine Idee: Benoît wird heute nachmittag so gegen siebzehn Uhr oben in La Vallée sein. Mit seinem Dienstfahrzeug. Es ist die Strecke, die er jeden Tag macht. Von dort fährt er seine Tour. Und dort gibt es ein kleines braunes Haus auf der rechten Seite, mit blauen Fensterläden. Benoît hat bei dem Besitzer zu tun. Anschließend fährt er die Serpentine hinunter, es ist die einzige einigermaßen vernünftige Stelle, die wir in der Gegend haben. Für seine Arbeit in La Vallée braucht er bestimmt eine Viertelstunde, genügend Zeit, um seinen Wagen so herzurichten, daß er die Kurven nicht schafft. Hast du kapiert.«

»Si, *Signore*.«

»Schau zu, ob du das erledigen kannst. Wenn nicht, müssen wir uns was anderes einfallen lassen.«

»Si, *Signore*.«

Die Leitung war wieder still ...

Er hatte dieses Gefühl schon erlebt, damals vor zwölf Jahren, als ihn mitten im Golf der Sturm überfiel, ihn immer

weiter hinaustrieb und ihm dann schließlich der Rost-
eimer von Kahn unter dem Hintern wegsackte und er
in letzter, in allerletzter Sekunde von einem spanischen
Schleppnetz-Trawler entdeckt und aus dem Wasser gezogen wurde.

Genauso war es für Maurice Benoît auch heute: Alle
Dinge um ihn waren verändert, sie waren weit wegge-
rückt, waren irgendwie unheimlich geworden, seit er Paul
Donnet gesagt hatte, was zu sagen war.

Er hatte es geschafft! Wieder einmal. Maurice dachte
es, als er den Wagen nach La Vallée steuerte: Geschafft!
Das Schweigen hätte dich umgebracht – aber jetzt? Donnet weiß Bescheid. Und Donnet weiß auch, daß du ihn
anzeigen und auf einer Untersuchung bestehen wirst,
wenn er dir dumm kommt. Was heißt hier schon Kumpel
seit der Zeit der Akademie? Pfeif doch drauf, dachte Maurice Benoît, nie bist du mehr betrogen worden als mit
dem Wort Kumpel!

Der Polizeiwagen hing hinter einem Traktor, der gemütlich in der Straßenmitte mit seiner Mistfuhre den
Hang hinaufzockelte. Benoît schaltete das Blaulicht ein,
ließ das Horn losbrüllen, und der Bauer zog erschrocken
den Traktor zur Seite.

Die ersten Kurven tauchten auf. Das Haus, zu dem er
mußte, kannte Benoît, den Besitzer nicht. Er hieß Lizarzu
oder so ähnlich, mußte also aus einer baskischen Familie
kommen wie Benoîts Großmutter, und der Anlaß, wes-
wegen er Anzeige erstattet hatte, war so schäbig wie
seine Hütte dort unterhalb der Straße: Drei Ziegen hatten
seinen Gartenzaun beschädigt und den Salat abgefressen. Und den Besitzer der Ziegen kannte der Mann. Also
wollte er eine Entschädigung.

Maurice Benoît fuhr an dem tiefer gelegenen Haus vorbei und stellte den Wagen in den Schatten eines Baumes. Er schnappte sich den Aktenhefter, marschierte los und nahm die kleine Treppe, die ins Haus hinunterführte ...

Drei Minuten später stoppte ein Motorrad vor dem Polizeiwagen. Der Fahrer trug einen blauen Monteuroverall und einen Schutzhelm. Er nahm den Schutzhelm ab, griff in die Satteltasche und zog einen Werkzeugkasten heraus. Er öffnete ihn und griff nach einem von einer Batterie betriebenen kleinen Bohrer, ging in die Knie und verschwand unter dem Polizeiauto.

Es dauerte nicht länger als drei Minuten, bis er wieder zum Vorschein kam, das Werkzeug verstaute, sich in den Sattel schwang und hangaufwärts fuhr.

Eine Viertelstunde später startete auch Maurice Benoît seinen Wagen und nahm dieselbe Richtung hangaufwärts. Er fühlte sich entspannt, fast heiter. Das ganze Baskengeschrei, das er sich gerade hatte anhören müssen, war wie eine Beruhigungspille gewesen. Nun würde er seine Runde fahren, um sechs Uhr war er zu Hause, und dort saß der Junge mit seinem vorwurfsvollen Blick, aber es würde das erste Mal sein, daß Maurice das nichts ausmachte – nein, nicht das geringste.

Die Rechnung stimmte.

Vor ihm tauchten jetzt die Mauerreste der alten Tonbrennerei auf. Sie waren mit Ginster überwachsen. Davor standen ein paar Pinien. Dann begann eine scharfe Rechtskurve, die erste, die hinter den Lauf eines kleinen Flusses führte. Er mündete am Ende einiger Windungen ins Meer.

Benoît ließ den Wagen abwärts rollen, sein Blick fiel links hinab zu den Felsbrocken, ins Tal, nicht mehr als zwei-, dreihundert Meter tiefer gelegen. Der Grund der Schlucht war mit braunem Geröll bedeckt, Wasser gab's nirgends zu sehen, im Sommer hatte die Sonne den Fluß ausgetrocknet.

Maurice sah das Warnschild und trat auf die Bremse, trat sie durch bis zum Anschlag. Es war, als würden seine Fußballen überhaupt keinen Widerstand finden.

Zunächst war in Maurice Benoît nichts als ein ungläubiges Staunen; es dauerte nicht länger als drei, vier heftige Herzschläge. Seine rechte Hand fuhr zur Handbremse, riß sie hoch – und wieder war es dasselbe: kein Widerstand. Die Bremse versagte.

Das gibt's nicht, war das erste, was Maurice dachte.

Und dann: Ich glaub es nicht, ich glaub's nicht ...

Donnet, das Dreckschwein, Donnet und all die anderen Dreckschweine, mit denen er unter einer Decke steckt ...

Maurice dachte es, während der Wagen mehr und mehr an Fahrt gewann und sein Gehirn nach Chancen, nach Möglichkeiten suchte: Die Felswand dort, halt dich rechts, schramm vorbei, dann wirst du langsamer. Nein, hat ja keinen Zweck, die hält dich nie auf. Du bist schon viel zu schnell, und gleich dort vorn nach der Kurve stürzt du runter. Gedanken, die wie Signale waren und doch nur ein Echo hatten: Donnet, du Schwein, Donnet, du Mörder, du und deine Mörderbande ...

Dann war auch das zu Ende.

Ein letztes gellendes, gequältes Quietschen ertönte: das Gummi der quergestellten Fronträder, die über die Asphaltdecke radierten. Der blaue Wagen mit der weißen Aufschrift Police flog ins Leere, krachte auf, überschlug sich, riß eine braune Staubwolke aus dem Berg, zerquetschte Krüppelholz, flog weiter und verschwand ...

Die dicke Frau in dem blauen Kleid, der weißen Schürze und dem Staubwedel war dabei, irgend etwas, das wohl niemand sah außer ihr, von dem gewaltigen Tisch in der Mitte des Raumes zu entfernen.

»Ist schon gut, Lucette.« Lindner legte ihr die Hand auf den Arm. »Lassen Sie uns ein bißchen allein.« Er sagte die Worte mit der leichten Freundlichkeit, mit der er alle seine Angestellten behandelte, und erntete prompt die strahlende Dankbarkeit, ohne die er wohl nicht auskam.

»Gewiß doch, *Monsieur* Lindner. Sofort, *Monsieur*.«

Die Frau verschwand und zog die Tür so leise hinter sich zu, daß nicht einmal der Hauch eines Geräusches zu vernehmen war.

Thomas Lindner drückte auf einen der Knöpfe der Fernbedienung in seiner Hand: Lautlos senkte sich die Jalousie und schirmte den Raum vom Tageslicht ab. Lindner drückte einen anderen Knopf: Eine Reihe von Halogenstrahlern flammte auf und beleuchtete das Modell auf dem Tisch. Die Strahlen taten es derart raffiniert, daß der Wirklichkeitseindruck überwältigend wurde: eine Landschaft mit Hügeln, Tälern, kleinen Dörfern, im Hintergrund auf eine Folie gemalt, das Massif des Maures, vorn die Küste, die Landzunge, das Cap, der Strand von Brouis, das Meer.

Auf der Landzunge schien eine frühe Morgensonne. Die Bäume und Pools der Gartenanlagen, die Terrassensiedlung, die unzähligen Pavillons zogen sich vom Meer bis zum Col. An der Küste gab es Hotelanlagen, Einkaufszeilen, Bars, Restaurants, Klubs. Davor schob sich eine Art Klein-Venedig von ineinanderverschachtelten Häusern in provenzalischem Stil und gewundenen Wasserstraßen, mit Terrassen, Balkons und kleinen Schiffen.

Hinter der Mauer, die das alles umschloß, aber lag

ein Hafen, und so wirkte diese Wassersiedlung wie eine alte Seeräuberfestung – gebadet in ein rosafarbenes Licht, das noch die letzte Treppe, das letzte Spielzeugschiff und das winzigste Modellauto mit zarten Schatten modellierte.

Lindner stand stumm. Seine Augen leuchteten. Oder vielleicht war auch dies nur der Halogenschein? Nein, sagte sich Stefan, bei ihm ist es schon echt. Was wäre ein Lindner ohne Begeisterung!

»Und?« fragte Thomas.

»Ich bin sprachlos.«

»Vielleicht kannst du dir jetzt vorstellen, was das für mich bedeutet.«

Lindners Blick glitt über die Hausdächer und Plastikbäumchen den Hang hinauf, wo sich noch ein Fries von Pinien entlangzog. Selbst den passenden Himmel gab es – ihn lieferte die beinahe unsichtbare Plastikfolie.

»Und das alles soll gebaut werden?«

Lindner drehte sich zu Bergmann. »Das werde ich bauen. Und frag mich nicht, was das heißt: Entstehungskosten der Phase eins allein vierundfünfzig Millionen Dollar. Investitionsvolumen fast siebenhundert Millionen, Kredite, Renditeerwartungen, dann die Zahl der Investoren. Und was das für Leute sind und aus welchen Interessen heraus sie handeln, welchen Druck sie auf dich ausüben! Dazu die ganzen Pannen bei der Bauausführung, der Betrug, der Ärger, die Sorgen ... Weißt du, daß sich hier am Westteil, wo die Stufensiedlung hinkommt, der ganze Sandstein als brüchig erwies, obwohl mir die Geologen versichert hatten, der Stein sei grundsolide? Kannst du dir denken, was das an Kosten bedeutet?« Sein Blick wurde hart. »Kannst du nicht! Kosten interessieren dich auch nicht. Dich interessiert die andere Seite dieses ›Warum machst du das?‹ Das Motiv eben. Das, was in unseren Köpfen vorgeht, wie Maria sagt …«

Er war in Fahrt. Du hast ihn getroffen, sagte sich Bergmann.

»Wäre das denn …«, setzte er an.

Lindner ließ ihn nicht ausreden.

»Du solltest nicht ›Arzt‹, sondern ›Psychologe‹ an deine Haustür schreiben. ›Spezialist für Hypnose. Alle Kassen.‹ Das ist dein Feld. Bei Boris gestern hast du's ja bewiesen … Was die Leute ticken läßt, das ist es doch, was dich interessiert.«

»Jeder hat seinen Beruf.«

»Bei mir brauchst du dich nicht anzustrengen. Das ist ganz einfach.« Lindner sprach die Sätze, wieder zu seinem Modell gewandt; sie kamen langsam und leise. »Ich war immer ein Träumer. Schon als Kind. Und diese Träume kreisten nur um eines: um Herausforderungen. Hatte ich eine entdeckt und sie gefiel mir, biß ich mich daran fest. Das hier war ein Stück Land, ein mieser Hügel mit einem Haufen Steine darauf und ein bißchen Krüppelholz. Da unten gab's einen kleinen Strand – und basta!«

Er stieß sich vom Tischrand ab und setzte sich auf einen kleinen Hocker. »Früher war ich manchmal in Saint-Tropez, ziemlich oft eigentlich. Vielleicht war es der Rummel, der mir gefiel, vielleicht war auch Maria schuld, die in ihrer Kindheit die Ferien hier verbrachte.« Er lachte. »Oder auch die Frauen – all die Mädchen vom *Club* 55 oder vom *Tahiti*. Traumfrauen, könnte man sagen, wäre nicht die Hälfte von ihnen Huren gewesen, die du für ein Abendessen oder einen kleinen Segeltörn ins Bett bekommen konntest. Ist ja auch nicht wichtig.«

Er deutete auf das Modell.

»Jedenfalls, wir kamen oft genug hier vorbei. Damals

hatte ich keine Motor-, sondern eine Segelyacht, die *Maria I*, ein herrliches Boot. Wir nahmen also Kurs auf Toulon, sahen von ferne diesen Hügel und die Nester dort, Gigalo, Saint-Michel, und dachten uns nichts. Der Wind war mies, wir mußten also dicht ans Ufer, und da stand ich dann. Ich war schon oft am Cap Lardier vorbeigekommen, aber jetzt sah ich das alles zum ersten Mal: den Col, den Strand, die Flußmündung, all die Felsen, vor allem den dort, der wie ein Frauengesicht aussieht.«

Wieder deutete er auf das Modell. »Ein Frauengesicht mit riesigen Augen, mit Augen, die hypnotisieren können.« Er lachte kurz auf. »Und das haben sie auch. Ich sah es plötzlich. Ich sah alles. Ich sah Häuser, ich sah den Hafen, ich sah eine neue Straße, ich sah den Hang, ich sah die ganze Stadt im Meer.«

Lindner sprach, nein, flüsterte zu sich selbst: »Das ist, wie wenn du in einem verdunkelten Raum sitzt und ein gewaltiges Dia an die Wand geworfen wird. Es war wie eine Eingebung, nein, wie ein Blitz. Du denkst an nichts, und auf einmal ist es da, einfach so – aus dem Nichts.«

Stefan schwieg. Lindner war in seiner Welt, in einer Welt, die für niemanden sonst zugänglich war, nur für ihn.

»Und weißt du, was ich gemacht habe? Ich war am Steuer, wir hatten einen Bootsmann, ein Junge aus Cavalaine, Marcel hieß er. Ich schrie: ›Marcel, wirf den Anker.‹ Das heißt, ich weiß nicht einmal, ob ich den Befehl gegeben habe, jedenfalls sprang ich ins Wasser, kraulte da rüber. Es war ja auch nicht weit, zweihundert Meter vielleicht. Ich kletterte an Land, sah dieses steinerne Frauengesicht dort oben, spuckte Wasser, holte Luft, denn die Brandung war ziemlich wüst, sie hat mich ganz schön herumgewirbelt, aber ich war da. Nicht an Land, nein, ich hielt mich an einem dieser Felsen fest, ich streichelte ihn, packte ihn, drückte mein Gesicht darauf und sagte: Du gehörst mir. Und du wirst Teil einer Stadt. Einer ganzen Stadt.«

Wieder summten die Jalousien. Lindner hatte den Knopf gedrückt. Seine Augen blinzelten unter dem Einfall des Lichts. Sein Gesicht wirkte leer.

»So ist das, Psychologe.«

»So kann es sein.«

Lindner schüttelte lächelnd den Kopf. »Deine Antwort zeigt mir, daß du mich nie verstehen wirst, Stefan. Aber nimm's nicht tragisch. Komm, laß uns was trinken. Nein, zuvor will ich dir noch was zeigen. Komm mal her.«

Zum zweiten Mal traten sie an den großen Tisch. Lindner nahm einen dünnen verchromten Stab aus einer Halterung und deutete zum Hang. »Siehst du den kleinen Fleck dort oben, fast unter dem Kamm, den leeren Platz? Das Grundstück hat fünftausend Quadratmeter. Es ist das einzige, das nicht bebaut ist. Weißt du, warum?«

»Nein.«

»Es ist für ein besonderes Vorhaben reserviert. Es ist das Grundstück mit dem schönsten Blick. Es ist … ist einfach überwältigend, dort oben zu stehen. Die Pläne sind fertig.«

»Was für Pläne?«

»Pläne für eine Klinik, mit Haupthaus und verschiedenen Nebengebäuden.«

»Klinik?«

»Richtig. Eine Klinik. Klingt das nicht gut für dich? Und wenn ich dir die Pläne zeige, das schwöre ich dir, flippst du aus.«

»Ach ja?«

»Bisher kam ich nur in einem Punkt nicht weiter: Mir war nicht klar, was für Patienten oder Gäste das sein sollten, die dort wohnen. Bei den Vorgesprächen mit meinen Partnern wurden alle möglichen Vorschläge gemacht. Reha-Klinik, Schönheitsfarm, Antistreß-Klinik, Diät-Sanatorium – weiß der Teufel was. Jetzt habe ich aber eine Idee. Die habe ich, seit ich dich kenne.«

»Und?«

Lindner griff nach Bergmanns Arm. »Eine Klinik für geistige und körperliche Fitneß, kombiniert mit Hypnose-Therapie für überforderte Manager und ähnliche Leute. Deine Klinik, Stefan!«

Deine Klinik? Es kam zu überraschend. Bisher hatte Bergmann einem Monolog zugehört, und er war geschickt genug aufgebaut, doch nun wurde die Antwort verlangt. Überforderte Manager und ähnliche Leute? Das war doch abwegig. Was sollte er, Stefan Bergmann, damit?

»Mensch, Stefan, willst du in Burgach versauern? Überleg dir doch, was das bedeutet.« Nun hatte er es wieder, das alte Thomas-Lindner-Funkeln: »Wie lautet der Satz? Ich biete dir alle Herrlichkeiten ...«

»Ja«, hörte Stefan Bergmann sich sagen. »Ich biete dir alle Herrlichkeiten der Welt, so ähnlich heißt es. Den nächsten Satz kenne ich genau. Er lautet: Weiche von mir, Satan.«

Es schien Lindner nicht zu berühren. »Nicht schlecht. War doch zumindest eine bedeutende Persönlichkeit, dieser Mann aus Nazareth.« Dann aber wurde er ernst. »Will das nicht jeder sein, Stefan, eine bedeutende Persönlichkeit? Will nicht jeder das gleiche – etwas Wichtiges schaffen, etwas hervorbringen, das noch keiner zuwege brachte, das besser ist als alles andere, etwas Einzigartiges.«

»Hymos«, sagte Stefan Bergmann.

»Wie bitte?«

»Das ist griechisch.«

»Auch das noch«, seufzte Lindner. »Gehen wir ein biß-chen an die Sonne?«

Er zog die Tür hinter sich zu. Sie gingen den Korridor entlang. In den vorderen Räumen standen Männer in weißen Kitteln. Sie arbeiteten an Zeichencomputern. Sie warfen ihnen noch nicht einmal einen Blick zu.

»Also schieß los: Hymos?«

»Das Wort hat schon Platon gebraucht. Es trifft nicht nur auf dich, es trifft sogar auf mich zu, obwohl ich für dich wirklich nicht der geeignete Mann bin.«

»Das sehen wir noch. Mach's nicht so spannend.«

»Hymos bezeichnet das Streben des einzelnen, sich vor den anderen, vor der Masse hervorzutun. Platon sieht darin eine Art Lebenstrieb.«

»Na also.«

»Nun, da gibt's noch einen kleinen Haken. Und den hat schon der alte Platon herausgefunden. Hymos, sagt er, ist die Kraft, die den Menschen zu Unglaublichem befähigt, zu Kunstwerken, Bauten, zum Erobern von Thronen, zur Bildung ganzer Staaten.«

»Na, siehst du!«

»Moment! Das ist die bunte Feder, die unbedingt an den Hut muß. Aber diese Kraft steht auch für Mord, Tot-schlag und Skrupellosigkeiten. Leider fallen diesem Trieb mehr Menschen zum Opfer als der Beulenpest.«

»Oh«, grinste Lindner. »Und das sagt Platon?«

»Ja«, nickte Stefan. »So ungefähr.«

Die Sonne blendete. Es war heiß.

Lindner sah auf seine Uhr. »Du wolltest noch nach *Le Castelet*?«

»Zumindest bin ich eingeladen. Um vier.«

»Dann fahr los. Sonst kommst du zu spät.«

Stefan zögerte. »Ich kenn den Weg nicht.«

»Benthoff soll dich hochfahren.«

»Ich fahre lieber allein, das heißt, falls du mir irgendeinen Wagen aus deinem Fuhrpark zur Verfügung stellst? Es soll ein ziemlicher Weg sein, habe ich gehört.«

Lindners Lächeln war nicht auszulöschen. Es gehörte zu seinem Gesicht wie die blonden Haare, die buschigen hellen Brauen, das Grübchen im Kinn. »Wenn du damit sagen willst: warum wohnt Maria nicht in der Villa, dann stell ihr doch die Frage selbst. Von den Leuten, die hier verkehren und die ich manchmal so meine Freunde nenne, hat es jedenfalls noch keiner geschafft, von Maria nach *Le Castelet* eingeladen zu werden. Borodin war richtiggehend beleidigt. Doch das darf man nicht ernst nehmen.«

»Und wo ist er?«

»Abgeflogen. Heute morgen. Nach Paris. Aber der steht uns bald wieder ins Haus.«

Stefan Bergmann saß in einem großen, fast leeren Raum. Die Decke trugen schwere dunkle, unbearbeitete Holzbalken, der Boden bestand aus rotbraunen, unregelmäßigen, handgefertigten Tonplatten, und die drei schmalen Türen, die zur Terrasse führten, waren geöffnet. Das Landschaftsbild, das sie freigaben, war eine Art Licht- und Schattenmalerei von melancholischer Anmut. Braune, mit dem Grün von Reben bedeckte Hügel, auf dem rechten ein wie eine Burg nach oben gestaffeltes Bauerndorf, dessen Häuserfarben sich kaum von der Erde unterschieden, einzelne Zypressen wie schwarze Finger, ein graublauer Himmel.

Der Raum war leer, wenn man von den beiden Korbsesseln und der mit breiten Kissen belegten Bank absah, und wirkte doch ungemein lebendig. Dafür sorgten die

Bilder an den geschlämmten Wänden. Blumenbilder, Provence-Landschaften, eine ganze Serie von Katzenskizzen und eine Art Katzenporträt, das Stefan von einer Staffelei anblickte.

Den Terrassentüren gegenüber gab es eine weitere Tür. Sie führte in die große bäuerliche Küche mit dem gemauerten Riesenkamin aus Natursteinquadern, in der Maria ihren Gast zuvor begrüßt hatte. Alles hier, der braune Stein, die braunen Kacheln, das Geschirr in der Küche, die Stille des großen Hauses am Hang, hatte ihm von Anfang an ein Gefühl von Wohlbehagen und Vertrauen eingeflößt: Mein Gott ... Er stand auf, um näher zur Terrasse zu gehen. Mein Gott, ist das schön hier!

Er hörte die Tür klappen und wandte sich um.

Maria kam herein, ein Tablett in den Händen, barfuß und in einem fast knöchellangen, kaftanähnlichen Gewand, dessen Falten jede ihrer Bewegungen begleiteten. Sie trug das Tablett zu dem kleinen runden Tisch aus Olivenholz neben den beiden Korbstühlen und sah Stefan an. »So, Ihr Glas. Ich habe gleich zwei mitgebracht und einen ganzen Krug voll Wasser. Und ein paar Mandeln ... Die stammen übrigens aus meinem Garten. Ich hab sie im letzten Jahr selbst geröstet.«

Er nickte. Die Bilder, die Frau, ihre Stimme, die Umgebung – was immer er sich unter *Le Castelet* vorgestellt hatte, es war etwas ganz anderes gewesen.

Sie deutete auf die Sessel. »Ich glaube, wir sollten hierbleiben. Auf der Terrasse ist es ziemlich heiß. Übrigens, es kann auch Wein oder Whisky sein.«

»In den letzten drei Tagen habe ich zuviel davon getrunken.«

»In der Villa passiert das leicht. *Spiritus loci* heißt das ... Der Vorbesitzer hat sich zu Tode getrunken.«

»Die Geschichte kenne ich.«

»Aber das Wasser schmeckt, nicht wahr? Das Grundstück hat eine eigene Quelle. Und für unser Gespräch brauche ich einen klaren Kopf.«

Da saß sie nun, und da war alles, was Stefan von der ersten Sekunde an so beeindruckt hatte: die Schatten unter den Wangenknochen, der unglaubliche Schwung der Brauen, der Ansatz des schwarzglänzenden, zu einem Zopf zurückgebundenen Haares, der breite, kräftige, vollkommen ruhige Mund und die Augen, tief in die Höhlen gebettet, klar und wachsam. Beobachteraugen, dachte er. Und wenn du genauer hinsiehst, gibt es in diesem Dunkel ein winziges Flimmern von goldenen Punkten. Augen, wie sie Maler haben mögen, aber auch Jäger – oder Ärzte. Ja, sie hatte einen klaren Kopf … Auch ohne ihre Quelle.

Stefan griff nach dem Glas.

Er hatte vierzig Minuten Fahrt hinter sich, in einem offenen Jeep über staubige Straßen, durch Krüppelholz und zwei verschlafene Dörfchen. Er hatte sich zweimal verfahren und dreimal fragen müssen, bis er *Le Castelet* gefunden hatte.

Es war ein großes Glas. Stefan trank es bis zur Hälfte aus.

»Hat er sich nicht gewundert?« hörte er Maria sagen.

»Thomas?«

»Natürlich Thomas. Hat er sich nicht gewundert, daß ich Sie hierher eingeladen habe?«

»Ich habe mich gewundert.«

»Ja?«

»Daß ich so weit fahren mußte.«

Sie betrachtete eines ihrer Bilder, als habe sie es nie gesehen, und sie sprach, ohne den Blick davon zu wenden: »Überrascht – oder befremdet?«

»Weder noch. Ich habe auch Thomas gefragt, wieso ich so weit fahren muß.«

»Und? Was sagte er?« Ihre Stimme klang amüsiert.

»Oh, daß ich die Frage besser an Ihre Adresse richte.«

»Und jetzt, Stefan?« Es war wirklich nicht einfach, ihrem Blick standzuhalten. »Was erwarten Sie? Erklärungen?«

»Ich habe keine Frage gestellt.«

»Nein.« Sie lächelte und schlug unter diesem blauen Hauch von Stoff die Beine übereinander. »Haben Sie nicht.« Sie lachte leise in sich hinein. »Typisch Thomas! Was für ein hübsches Spiel. – Soll ich mein Leben vor Ihnen ausbreiten? Interessiert es Sie? Wollen Sie wissen, warum ich hier wohne und er dort? Brauchen Sie meine Biographie?«

»Ich brauche gar nichts, Maria.« Er beugte sich vor. Lächeln und sein Gegenüber ansehen – das konnte er schließlich so gut wie sie.

»Stimmt. Bisher nicht …«

»Fragen stelle ich nur meinen Patienten. Und meist erzählen sie mir zuerst ihre Geschichte.«

»Dafür kann ich nichts.« Wieder lächelte sie. »Daß ich nicht Ihre Patientin bin, meine ich.«

Die Wärme an seinem Hals wurde intensiver als zuvor. »Nein, Gott sei Dank. Aber eines interessiert mich nun doch: Was ist das für ein Gespräch, zu dem wir klares Wasser und einen klaren Kopf brauchen?«

»Ich habe ein Problem«, sagte sie einfach. »Und vielleicht können Sie mir dabei helfen …«

Sie sprach in knappen, klaren Sätzen, mit einer völlig gelassenen, ganz normalen Stimme, und vielleicht war es ja auch ganz normal, was sie erzählte. Wie viele ähnliche

Berichte hatte Bergmann schon gehört, wie viele Ehege-schichten ähnelten im Grunde Krankheitsprotokollen. Wieso also kam er ins Schleudern und mußte sich zwin-gen, ruhig, ganz ruhig zu bleiben?

Das Haus, in dem sie saßen, diesen wunderschönen Bau, bewohnte sie nicht allein. Sie teilte es mit einer Freun-din, mehr noch, die Freundin war die Besitzerin. Sie hieß Bella, stammte aus Cannes, arbeitete für Film- und Fern-sehproduktionen als Kostümbildnerin. »... und sie hat mir, nicht nur, was die Malerei angeht, von Anfang an den rich-tigen Weg gezeigt. Außerdem, Stefan, um das gleich zu sagen: Wir sind nicht nur Freundinnen, wir sind ein Paar.«

Sie erhob sich und sah auf ihn hinab, das Gesicht völlig unbewegt, als habe sie die selbstverständlichste Eröff-nung der Welt gemacht. Sie ging zu der Staffelei mit dem Katzenbild und deutete auf eine Serie von Zeichnungen: »Sehen Sie diese Figurinen? Die sind von Bella. Hier, das Bild von mir, eine Art Porträt und zugleich ein Psycho-gramm – auch das stammt von ihr.«

Das Bild zeigte eine Frau vor dem Spiegel. Sie hatte den langen Nacken gebeugt, die Linke hielt das dunkle Haar, drei Finger bedeckten das rechte Auge. Der präzise, hart hingesetzte Strich, die Farben, der Blick ...

»Dann ist also das Bild im Salon der *Maria* auch von Ihrer Freundin?«

»Ja. Und Thomas wollte es unbedingt dort haben. Ich fand die Idee zwar nicht so überragend – aber gut, wenn er will, sagte ich mir, laß ihm seinen Spaß.«

Er konnte ihren Ton nicht deuten. Liebevolle Ironie – oder so etwas wie Widerwillen? Sie hielt den Kopf ge-senkt, so wie dort auf dem Bild. Bergmann betrachtete ihr Profil und versuchte, mit der Verwirrung, die in ihm herrschte, fertig zu werden: Mach dir keine Mühe. Wieso auch? Es gibt nichts Schwierigeres als Dreiecksbeziehungen. Und nichts Erfolgloseres dazu … Aber was will sie von dir, Herrgott noch mal? – Warte ab. Sie wird reden …

Und sie redete. »Bella ist eminent begabt. Auch als Malerin könnte sie Berühmtheit erlangen. Ich sage das nicht, weil sie meine Freundin ist, es ist wirklich so. Sie hat zwei Ausstellungen gemacht, eine davon in Paris, die andere in Cannes, seither laufen ihr die Galeristen die Türen ein. Und sie, sie lacht sie aus und wirft sie raus. Sie erträgt den Rummel nicht …«

»Aber hören Sie, TV-Produktionen und Arbeiten für Oper oder Theater, das ist doch …«

»Sicher, das ist auch Rummel. Und das ist es genau, was Bella haßt. Und so hat sie die Methode erfunden, wie es auch anders geht. Bella hat eine kleine Wohnung in Cannes, manchmal geht sie auch in irgendein Café, und dort bespricht sie dann mit den Leuten, auf die es ankommt, mit Regisseuren, Produktionsleitern, Bühnenbildnern, ihre Projekte. Die nehmen dann Bellas Zeichnungen und Vorschläge mit – und das war's. Bella will nur eines …«

»Und das ist?«

Sie sah ihn wieder an, sah ihm direkt und lange in die Augen. »Das, was wir alle wollen, Stefan: arbeiten – und dabei geliebt werden oder zumindest nicht einsam sein. Und Gesundheit.«

Die langen Hände, dieselben Hände, die ihre Freundin dort gemalt hatte, strichen über ihren Körper, zogen eine Falte über den Brüsten glatt, und Stefan konnte nicht anders, als die Bewegung zu verfolgen.

»Ich weiß nicht, ob ich Ihnen das alles erzählen soll – aber warum nicht? Vielleicht müssen Sie es sogar wissen, um besser zu verstehen. Als ich vor sieben Jahren heiratete, habe ich Bella sozusagen als Mitgift in die Ehe gebracht. Man könnte mich also bisexuell nennen, wenn dieses idiotische Wort eine solche Beziehung überhaupt beschreiben könnte.«

Er nickte schon wieder. Schließlich: alles war ja ganz normal, zumindest wenn man ihrer Stimme glaubte; genauso hätte Maria sagen können, der Rahmen um Bellas Porträt hätte etwas breiter ausfallen müssen.

Stefan Bergmann sah in sein Wasserglas.

»Wieso stellen Sie jetzt keine Frage?« hörte er Marias Stimme.

»Welche Frage?«

»Wieso fragen Sie nicht: Und Thomas? Was sagt der zu allem?«

»Wollen Sie das hören?«

»Oder Sie könnten auch fragen, wieso ich Ihnen das so ausführlich erzähle.«

»Das schon eher.«

»Der Grund ist sehr einfach: Bella ist krank. Sie ist Asthmatikerin ... Und die Anfälle sind schrecklich, so heftig, daß sie manchmal in Erstickungsgefahr gerät und glaubt, sterben zu müssen. Und ich sitze dann an ihrem Bett, halte ihre Hand und warte darauf, daß irgendeines dieser verdammten Mittel, die sie immer in ihrer Handtasche herumschleppt, endlich zu wirken beginnt. Das war auch der Grund, warum sie *Le Castelet* erworben hat. Sie hatte zwar schon früher ein Haus auf dem Land, aber es wurde ihr zu klein, vor allem, als dann einer ihrer Ärzte sagte, der Smog von Cannes sei es, der das alles auslöse. Aber das stimmt nicht. Manchmal hat sie die Anfälle auch hier.«

»Und die Allergietests wurden gemacht?«

»Ja. Was es an Chemikalien, Pollen oder sonst noch gibt, wurde schon ausgetestet. Resultat – negativ. Die haben wirklich alles versucht, die Ursache herauszufinden. Und jetzt haben sie nur noch ein einziges Wort dafür: psychosomatisch. Die Psyche, der Protest Ihrer Seele, Madame … und so weiter. Das alte Lied. Aber darin sind doch Sie Fachmann?«

»Ich weiß nicht. Fachmann? Wer kann sich je Fachmann nennen?«

»Um eines gleich zu sagen, Stefan …« Sie betrachtete ihre Fingernägel, sie sah ihn nicht an. »Das alles hat nichts mit mir zu tun. Sie hat schon Jahre, bevor wir uns trafen, darunter gelitten.«

Sie?

Eine Frau namens Bella …

Doch was zum Teufel ging es ihn an, wenn eine Frau die wichtigste Rolle in Marias Leben spielte? Alles hätte er erwartet, nur das nicht …

Bisexuell, mein Junge … Stefan empfand eine Art hilfloser Rebellion. Was für ein Jammer!

Der Zustand dauerte nicht lange. Schon meldete sich der andere Stefan, der vernunftgesteuerte Pragmatiker: Was geht das dich an? Und überhaupt, was soll das alles? Was sie will, ist doch nichts anderes als einen Rat …

»Und Sie sagen mir das …« Seine Worte kamen schwerfällig, die Stimme war leise. »Sie sagen es, weil Sie meinen, ich könnte Ihrer Freundin helfen?«

»Was sonst?« – Eine Pause. Dann: »Und können Sie?«

»Vielleicht. Bei Asthmatikern läßt sich mit Hypnose-Therapie einiges machen. Ich müßte sie nur einmal sehen. Wann kommt sie?«

»Das ist es ja gerade; sie mußte nach New York. Das heißt, daß sie erst Ende des Monats zurück ist …« Das Weidengeflecht des alten Sessels knackte, als Maria sich erhob. Ihre Füße berührten lautlos die schweren alten

Tonkacheln. Sie ging im Raum hin und her, griff sich von einem Bord ein Päckchen Zigaretten, blieb stehen, zündete eine Zigarette an und sog tief den Rauch ein. »Und jetzt werden Sie sagen, daß Sie dann längst weg sind …«

»Leider.«

»Bleiben Sie hier, Stefan.«

Wenn ich dich so ansehe, hätte ich verdammte Lust dazu … Der Gedanke schoß in ihm hoch und überlagerte alles andere. Und wenn du mich so ansiehst wie jetzt, durch den Rauchschleier deiner Zigarette …

»Es wäre so wichtig.«

»Für Ihre Freundin, vielleicht. Sicher, ich könnte ihr helfen, davon bin ich überzeugt. Aber es gibt so viele andere, die mich auch brauchen. Und sie warten …«

Er sagte es leise, sagte es mehr zu sich selbst und konnte nicht verhindern, daß sich aus den Worten ein Bild formte. In den Tagen, die er nun hier war, hatte er es verdrängt:

Die Gesichter in den Wartezimmern, die Stille, wenn er seine Sitzungen hielt und die ganze Welt ausgeschlossen wurde und es nichts gab als den Menschen im schwarzen Stuhl: eine Annemie Markwart zum Beispiel … Sie wird dich brauchen. Und bald! Der »Zirkus-Effekt« und all die Fortschritte, die daran gekoppelt waren, würden verblassen, wenn er die Suggestionen, die geholfen hatten, nicht vertiefte und dauerhaft werden ließ. Was war schon gewonnen? Eine erste Schlacht, nicht mehr. Nur der Lernprozeß, der sich darauf aufbaute, konnte sie stabilisieren.

Annemie? Und all die anderen? – Und Christa?

Merkwürdig: Im Augenblick war seine Frau nichts als ein Schatten … Du wirst sie anrufen, nahm Bergmann sich vor. Heute noch …

»Sie sind verheiratet, nicht wahr, Stefan?«

Es war, als könne Maria Gedanken lesen. Er nickte. Er war zu verblüfft.

»Könnten Sie sich nicht vorstellen, daß Ihre Frau hier leben würde?«

»Sicher. Ich könnte. – Aber dazu braucht es schon eine Menge Phantasie. Sie liebt ihr Zuhause. Und ist mit Leib und Seele Ärztin.«

Maria hatte ihre Zigarette im Aschenbecher ausgedrückt, und als er sie nun auf sich zukommen sah, wurde er sich zum ersten Mal der Kraft bewußt, die von ihr ausging.

Sie setzte sich nicht. Sie blieb vor ihm stehen und sah auf ihn hinab. »Hat Thomas mit Ihnen über die Klinik gesprochen?«

»Das hat er.«

»Und?«

»Ich habe doch gerade versucht zu erklären, warum …«

»Warum Sie ablehnen?«

»Ich habe es nicht getan … Thomas war einfach zu begeistert. Ich wollte ihn nicht verletzen, verstehen Sie?«

»Und ob ich verstehe …«

Sie ließ sein Gesicht nicht aus den Augen, und es strömte eine Intensität aus diesem Blick, wie er es selten bei einem Menschen erlebt hatte, Kraft – aber auch Enttäuschung.

»Sie sollten es auch nicht ablehnen, Stefan. Gut, ich dachte bisher ganz egoistisch, ich dachte einfach an Bella und die Hilfe, die Sie ihr geben könnten – aber jetzt denke ich an Sie. Thomas mag Sie, er mag Sie sogar sehr. Und er mag Sie auf eine Weise, deren Gründe mir bis jetzt noch nicht recht klar sind. Vielleicht hat es mit dieser Unfallnacht zu tun, vielleicht ist es etwas anderes – nennen wir es Anziehungskraft. Er hat wenige Freunde, vielleicht

sucht er nun Freundschaft bei Ihnen? Was auch immer –
er will Sie als Partner haben. Und das wiederum heißt,
daß er Sie in unser Leben einzubauen versucht.«

Stefan griff nach dem Glas, es war leer. Er hielt es in
der Hand. Wie sollte er jetzt reagieren, was sollte er darauf antworten?

Maria Lindner beugte sich zu ihm. »Eines steht fest:
was Thomas wollte, hat er noch immer erreicht. Vielleicht schafft er es auch bei Ihnen ...«

Sie war ihm nun so nahe, daß er den Duft ihres Haares
und ihr Parfüm riechen konnte. Ihre rechte Hand legte
sich auf seinen Handrücken. »Stefan, mich würde es auch
freuen. Sehr sogar, wirklich sehr. Bitte, denken Sie nochmals darüber nach.«

Denken, natürlich, nur wie? Er blickte auf diese Hand,
auf die schlanken Finger, die keinen einzigen Ring trugen,
auf lackierte Nägel und zwei oder drei blaue Farbreste, die
in den zarten, winzigen Falten nisteten, und spürte die
Wärme, die von ihr zu ihm floß, spürte sie so stark, als
habe sie nicht den geringsten Widerstand zu überwin-
den, als gäbe es keine Haut, keine Muskeln, als träfe Nerv
auf Nerv ...

»Versprochen?« fragte Maria.

Stefan nickte.

Das ist das letzte Mal! Fabien Lombard schwor es sich, als
er zusammen mit Régine an dem Rand der Brandstelle
entlanglief. Da lagen noch die beiden Wasserflaschen,
der Rechen und der kleine Dreizack, den er jeden ver-
fluchten Zentimeter durch diese verdammte Asche gezogen hatte.

Umsonst ...

Fabien warf alles in den Matchsack, den Régine ihm

hinhielt. Als er hier geschuftet und geheult hatte vor Verzweiflung, hatte er es kaum ertragen, wenn sie am Aschenfeld bei ihm auftauchte – jetzt war er froh um Régine … Doch die Schachtel mit den Fotos war nicht zu finden gewesen. Er mußte sich etwas anderes einfallen lassen. Er mußte mit Charlie reden.

»Was war da drin in dem Blechding, Fabien? Wieso sagst du mir's nicht endlich?«

Er sah Régine nur an. »Alles.«

»Was alles?«

»Das ka-kann ich dir nicht erklären und über-über-haupt …« Die Sätze brachen ab, er verstummte.

Die Schachtel hatte Fabien gesehen, als sein Vater sie eines Abends in seinen Kleiderschrank schob, um ihn dann wieder sorgfältig zu verschließen. Fabien hatte damals dieselbe Frage gestellt wie heute Régine.

»Fabien«, hatte sein Vater geantwortet, »da drin ist Munition, nein – Dynamit. So viel, mein Junge, daß ich das Ding nur zu zünden brauche, und alles fliegt hier in die Luft. Und den Knall, das kannst du mir glauben, den hörst du bis Paris.«

»Was fliegt in die Luft? Das deutsche Schwein?«

»Nicht nur Lindner. Er ist nicht der einzige Verbrecher. Wenn man sich's genau überlegt, sind die anderen noch schlimmer. Die schließen ja solchen Schweinen wie dem Deutschen erst die Tür auf.«

»Welche anderen?«

Sein Vater hatte ihn nur angesehen und den Kopf geschüttelt.

Dann, eines Abends, war es doch soweit gewesen.

Fabien war spät nach Hause gekommen, sein Vater hatte wie immer für ihn mit gekocht, Lammragout und Bohnen.

»Das Essen steht auf dem Ofen. Mach's dir warm, Fabien.«

Der Alte hatte eine Flasche Wein vor sich, Merlot-Spätlese, das war der beste Wein, den man in der Gegend bekommen konnte, aber als Exchef der Genossenschaft wurde Pascal immer wieder einmal eine solche Flasche von seinen alten Kumpels zugeschoben. Da saß er also, drehte das Glas, und Fabien erkannte: Die Hälfte der Flasche hatte der alte Mann schon geschafft. Vielleicht war das seine, Fabiens, Chance. Doch wann schon zeigte eine halbe Flasche Wein bei seinem Vater Wirkung?

Fabien packte es gemächlich an und redete über alles mögliche, ehe er beim Thema landete: »Was ist dort im Schrank?«

»Material.«

»Dynamit?« Fabien lächelte schmal.

»Nun laß deswegen deinen Kopf nicht immer heißlaufen, Junge.«

»Du bist gut! Du schlägst dich hier wegen *Port Les Fleurs* mit den Leuten herum, aber ich bin immer dabei, bezieh die Prügel dafür und komm mir vor wie der letzte Idiot. Und dann hast du noch nicht mal so ein bißchen Vertrauen?«

»Hier geht's nicht um Vertrauen, Fabien.«

»Um was dann?«

»Um was? Es ist einfach zu gefährlich. So einfach ist das.«

»Zu gefährlich für dich – oder für mich?«

Pascal lehnte sich zurück. Das tat er so entschieden, daß die Lehne des Stuhls laut knackte. Draußen um das Haus am Col strich der Wind. Der alte Mann betrachtete seinen Sohn mit müden, rotgeränderten Augen. »Für sie«, sagte er.

Er bewegte den Kopf hin und her, ganz langsam, als suche er nach einer Entscheidung: »Und damit auch für uns!«

Und dann, ganz plötzlich, richtete er sich auf. »Saugefährlich ... Aber man kann die ganze Geschichte natürlich auch aus einer anderen Perspektive sehen. Wenn ich daran denke, wenn ich mir das überlege ...« Seine Stimme war nicht mehr als ein Hauch, leiser als der Wind am Col.

»Nehmen wir an, sie erfahren von den Fotos. Obwohl das eigentlich kaum vorstellbar ist, ich hab sie nämlich selbst entwickelt. Im Grunde müßte ich sie aus dem Haus bringen, irgendwo im Wald verstecken. Jeden Tag nehm ich mir das vor – aber vielleicht verdirbt die Feuchtigkeit sie.«

»Es sind also Fotos in der Schachtel?«

»Ja. Es sind Fotos. Aber das sind keine gewöhnlichen Fotos – das sind Beweise.«

»Wofür?«

Sein Vater verfiel in Schweigen. Er hatte die Hände verschränkt, und Fabien beobachtete, wie sich die Fingerspitzen mit den dunklen Nagelrändern in die Handrücken bohrten.

»Wer ist da drauf – oder was?«

»Alle. Alle, die diese Schweinerei angezettelt haben.«

»Der Deutsche?«

»Natürlich. Aber wichtiger sind die anderen.«

Pascal schob sich ein wenig hoch und ließ sich wieder sinken, sah die Flasche an, griff nach ihr und ließ die Hand fallen. Schließlich stand er doch auf und ging im Zimmer auf und ab, so daß Fabien die Dielenbretter knacken hörte.

Am Kamin blieb Pascal stehen und drehte sich um. »Vielleicht ist es doch gut, daß du es weißt, Junge. Vielleicht ist es wichtig. Wahrscheinlich sogar ... Es wird dir einiges beibringen. Nicht nur, daß die Verbrecher ganz oben sitzen, das war schon immer so. Davon leben die Geschichtsbücher, das bringen sie dir auch auf deiner großartigen Universität bei. Du kannst noch etwas anderes lernen ...«

»Und?«

»Wie wichtig es ist, mein Junge, den Mund zu halten, bis der richtige Zeitpunkt gekommen ist. Und das wird nicht mehr lange dauern, das garantiere ich dir.«

Pascal Lombard kam an den Tisch zurück, zog sich den Stuhl heran, setzte sich und brachte sein Gesicht ganz dicht an das Gesicht seines Sohnes. Und dann begann er zu reden ...

Sein Vater sah Fabien die ganze Zeit an, während er sprach. Er sprach leise und unterdrückt, als könne dort draußen jemand mithören, aber da war nichts als der Wind, der erste Mistral, wie Fabien sich später erinnerte.

Fabien hörte zu und fühlte sich hilflos dabei. Es war einfach nicht zu glauben, schon gar nicht nachzuvollziehen. Wie der Alte mit dem kaputten Hüftgelenk das nur geschafft hatte? Das Teleobjektiv und die Nikon waren seine Waffen, sie genügten ihm. Da legt der alte Mann sich einfach hinter die Büsche, stundenlang, die Kamera im Anschlag, wartet, blickt durch den Sucher, wartet wieder, zieht das Bild mit dem Zoom heran, bis es Schärfe bekommt – und drückt ab.

Beim ersten Mal war's noch einfach. Die Bucht war Pascals Revier. Dort hatte er oft genug Seefalken fotografiert. Und unter ihm, noch keine dreißig Meter entfernt vom Ufer, lag die Yacht des Deutschen.

»Ich konnte ihn mir durch das Teleobjektiv angucken, Fabien. Ich brauchte gar kein Fernglas. Seine Frau war dabei ... ein tolles Weib. Aber es waren die anderen, die mich interessierten, die, die da herumhockten, im Wasser planschten und dann wieder ganz wichtig über ihre Geschäfte redeten.«

Die anderen?

Auch dabei mußte Fabien auf die Sprünge geholfen werden. Pascal Lombard hatte sich in den letzten Monaten zu einem wahren Fachmann für schmutzige Politik entwickelt. »Die anderen« waren drei: ein hohes Tier aus Toulon, ein gewisser George Pallardin, Ingenieur und im Kabinett des Präfekten für den General-Bebauungsplan des Departements Var zuständig. Der Mann mit den Stempeln also, für jeden Bauantrag wichtiger als der Präfekt selbst. Und wo saß er? Auf der *Maria II* und soff Champagner ...

Der nächste: *Maître* Amoros.

Gut, Amoros war Lindners Anwalt, das wußte auch Fabien – aber nicht nur. Das beileibe nicht. Der dicke Hund kam noch ...

»Amoros ist Lindners Anwalt, er ist der Aufsichtsratsvorsitzende der Anlegerfonds-Gesellschaft von *Port Les Fleurs*, stimmt, mein Junge. In Wirklichkeit aber, das habe ich an diesem sechsundzwanzigsten Oktober mitbekommen – und nicht nur mitbekommen, ich hab's auch auf dem Film ...«

Pascal Lombard hatte seine Stimme erhoben. »In Wirklichkeit ist er der Mittelsmann zu Dominique Benedetto, zu *Le Coq*, so nennen sie den nämlich.«

»Von wem?«

»*Le Coq* ist ein Korse. Was heißt Korse? Der Korse Nummer eins an der Côte. Bloß – mit Hühnermist gibt der sich nicht ab. Die Schweinerei muß schon in Hunderte von

Millionen gehen. Das war schon damals so, als Benedetto noch seine Bordelle in Marseille betrieb und den Drogenhandel neu organisierte. Aber jetzt hat er weiße Handschuhe an. Er ist fein geworden.«

Le Coq, der Korse, so erfuhr Fabien von seinem Vater, hatte sich in den letzten drei Jahren zu einem der größten Bauhaie Frankreichs herausgemausert. Ob es sich um Feriensiedlungen, Hotels, ob um Sporthäfen oder Golfplätze handelte – seine Baufirmen mischten überall mit. Und seine Schmiergelder sorgten dafür, daß die Konkurrenz bei den Aufträgen in die Röhre sah.

»*Le Coq*, das ist nämlich der wahre Partner von Lindner. *Le Coq* – und nicht Amoros. Der ist nichts als sein Angestellter. Und *Le Coq* hat die ganz großen Beziehungen. Nach Toulon, überallhin hat er sie.«

Fabien verbrannte sich die Finger an seiner Zigarette. Es war zu unglaublich. Es war der Hammer.

»Aber *Le Coq* ist nicht der einzige Partner«, hörte er seinen Vater sagen. »Dieser Lindner hat noch einen zweiten, einen Russen. Der sorgt für's Geld. Wie der heißt, weiß ich nicht. Aber daß er Russe ist, habe ich von Lucette erfahren. Lucette Demory, du kennst sie ja, Paulines Nichte. Sie arbeitet in der Villa Wilkinson.«

Fabien nickte.

»Na schön, ein Russe. Schwerreich. Schwarzgeld wahrscheinlich. Die ziehen ihren eigenen Leuten das letzte Hemd aus und verscherbeln es bei uns. Und ein Weiberjäger ohnegleichen. Auch davon gibt's Fotos ... Den Russen und drei von diesen jungen Huren aus Saint-Tropez habe ich auch auf dem Film. Alle nackt im Schwimmbad ...«

»In welchem?«

»Na, in welchem schon? Es ist der Pool der Villa Wilkinson.«

»Du machst doch Witze?«

»Bei dieser Sache sind die mir längst vergangen.«

Ungläubig versuchte Fabien sich vorzustellen, wie sein Vater die Telekamera auf das Gelände der Villa Wilkinson richtete. Von wo? Vom Hang aus, von ganz oben natürlich ... Er mußte dort eine Stelle gefunden haben, wo man die Terrasse der Lindnerschen Villa einsehen konnte. Sonst war das Gelände ja überall abgesperrt und von Fernsehkameras bewacht. Aber sein Vater – er hatte das geschafft!

Fabien schluckte. In ihm war nur noch ein Gefühl: Bewunderung.

»Auf den Fotos kannst du genau sehen, wie der Dicke an den Hintern und Busen der Frauenzimmer rumgrapscht. Aber das tut er nicht allein ...«

»Der Deutsche?«

»Nein, nein, nicht Lindner. Der macht so was nicht. Da gibt's noch einen anderen. Und der ist sich nicht zu fein ...«

»Und wer?«

Sein Vater hatte ihn nur angesehen. Der Wind draußen war noch stärker geworden. Er rüttelte an den Fensterläden. Sein Vater war aufgestanden, und einen Augenblick lang hatte Fabien geglaubt, er beabsichtige, die Läden zu kontrollieren. Doch Pascal blieb stehen, holte sich einen seiner Zigarillos vom Bord des Kamins und kam zurück.

»Hast du Feuer?«

Fabien zündete ihm den Zigarillo an und sah durch die Rauchwolken hindurch in die müden, sonderbar stumpfen Augen von Pascal Lombard.

»Donnet«, sagte er.

»Donnet? Doch nicht ...«

»Doch. Der *Inspecteur* von Cavalaire. Der Kollege von Maurice Benoît, dem Vater von Charlie.«

»Und Donnet treibt's in der Villa Wilkinson mit irgendwelchen Nutten?«

»Nicht nur das.«

»Ja, was denn noch?«

Fabien hatte keine Antwort erhalten. Sein Vater hatte sich umgedreht und zum Schrank geblickt, den er gerade verschlossen hatte.

»Etwas ... etwas, das du nicht glauben wirst. Aber ich habe die Fotos. Ich habe noch mehr Fotos. Da drin ...«

»Nun sag es mir doch! Zeig sie mir wenigstens.«

Aber sein Vater hatte den Kopf geschüttelt, stand da mit hängenden Armen, den Blick zum Schrank gerichtet.

Wie sollte Fabien dieses Bild je vergessen? ...

Fabien fröstelte. Er blickte Régine an und fragte sich, ob sie überhaupt begriff, was er ihr da in knappen Worten erklärt hatte.

»Und du meinst ...« Sie starrte ihn an. »Du meinst, das sind richtiggehende Beweise?«

»Komm schon, Régine ...«

Die Sonne war hinter dem Horizont verschwunden, das Rot der Felsen erlosch, die Bäume wirkten mit einem Mal dunkel und bedrohlich.

»Gib doch eine Antwort.«

»Wenn ich das wüßte!« Fabien preßte es heraus. »Wenn ich es, verdammt noch mal, nur wüßte! Aber was soll's? Jetzt ist es ja doch egal ...«

Sie nickte.

Sie gingen weiter. Sie gingen nicht lange; keine drei, vier Minuten waren verstrichen, seit Fabien den letzten Satz gesprochen hatte – und da geschah es: Der schmale

Jägerpfad, der durch den Wald zur Straße hochführte, machte einen scharfen Bogen, Régine rutschte, als sie sich dem Felsen näherte, auf einer Baumwurzel aus. Sie ruderte mit den Armen, um das Gleichgewicht zu halten, schlug hin. Sie wollte sich erheben, Fabien wollte ihr gerade helfen, doch Régine schüttelte nur den Kopf und begann zu kriechen.

»Hast du dir weh getan?«

Fabien erhielt keine Antwort.

Régine kroch weiter, auf einen Busch zu, streckte den rechten Arm aus, schob die Hand unter die Blätter, tastete und zog etwas hervor, das Fabien nicht erkennen konnte. Ihr Rücken verdeckte ihm die Sicht. Dann, ganz langsam, drehte sie sich um, noch immer auf dem Boden, beide Hände um etwas geklammert, das einen matten Glanz ausstrahlte.

»Was ist? Was ist denn?«

Sie sah ihn nur an. »Ich glaube«, flüsterte sie, »ich glaube, ich hab sie …«

»Was hast du?«

Sie blieb sitzen, sie hob ihren Fund Fabien entgegen, und da konnte er es sehen. Ganz langsam, vorsichtig, fast wie ein Blinder, ging er auf sie zu.

»Fabien, mein Gott, das ist sie, das ist sie doch?«

Es war die Schachtel. Und mit Ausnahme einer eingedrückten Ecke schien sie unversehrt. Eine starke Schnur hielt den Deckel. Sein Vater hatte sie noch geknüpft, und die Explosion mußte die Schachtel aus dem Haus bis hier oben hin zum Felsen geschleudert haben …

Die linke Seite eingedrückt, das Dach bis zum Steuerrad vom Aufprall niedergequetscht, lag der zertrümmerte Polizeiwagen in der Schlucht – ein Bild des Schreckens.

Nur daß es niemand sah, denn eine Felsnase versperrte die Sicht von der Straße aus. Unter dem blutbespritzten Glas der Borduhr war die Zeit der Katastrophe ablesbar: Sechzehn Uhr dreißig hatte der Zeiger noch registriert, dann war er stehengeblieben.

Ein verstümmelt und schwer verletzter Maurice Benoît lag zwischen den herausgebrochenen Sitzen, doch er lebte noch.

Zwei- oder dreimal war im Funkgerät ein leises Knakken zu hören gewesen, jedesmal, wenn man im Kommissariat von Cavalaire versuchte, mit dem Wagen Nummer 7 Verbindung aufzunehmen.

Aber auch das Gerät war zerstört.

Etwa einen Kilometer südöstlich von der Stelle, wo der zertrümmerte Wagen lag, öffnete sich das Tal zu einem Campingplatz. Dort machte sich kurz nach fünf ein junges Paar zu einem Spaziergang auf: François Duval und Louise Massot. Beide stammten aus Nîmes. Beide waren gerade siebzehn und verliebt.

»Ist doch noch so warm«, hatte Louise protestiert.

»Macht nichts. Im Tal gibt's Schatten, Lou. Und vielleicht auch Rosmarin.«

François hatte seiner Mutter versprochen, von der Reise ein paar Rosmarinpflanzen mitzubringen. Das sagte er wenigstens. In Wirklichkeit ging es ihm um etwas anderes, um das nämlich, um das es allen jungen Männern geht, die in Begleitung ihrer Freundin in den Urlaub fahren. Aber beim Camping lief ja nichts; auf dem Platz war's einfach peinlich, da hörte doch jeder mit. Ja, wenn sie einen Wohnwagen gehabt hätten … Aber nur das Zelt?

Dieses Mal bist du dran, nahm sich François vor, als er auf dem Marsch über das Geröll Louises wohlgerundeten Hintern bewunderte.

Er sollte sich täuschen.

Louise war stehengeblieben und drehte sich um. Auf ihren hübschen, nackten Beinen schimmerte Schweiß. Sie hob kurz die Nase.

»Riechst du nichts?«

»Was soll ich denn riechen?«

»Nicht Rosmarin – Gummi.«

François sprang von seinem Stein auf die kleine Felsplatte, auf der Louise stand, dann machte er noch drei weitere Sätze über mehrere Steine – und roch nicht nur, sondern sah …

Ein vom Sturz abgesprengtes Rad!

Dann dort in dem verdorrten Busch das Blinken einer Zierleiste. Und links, im Schatten des Felsens – mein Gott!

François begann zu rennen.

Er war in wenigen Minuten bei dem Trümmerhaufen, der einmal ein Streifenwagen gewesen war, entzifferte aus den verbogenen weißen Buchstaben das Wort POLICE, beugte sich zu den zersplitterten Fenstern. Mehr als einen einzigen Blick auf die blutbesudelte Gestalt brauchte er nicht, um zu erkennen: Hier kannst du nichts machen.

»Aber er lebt«, schluchzte Louise. »Hör doch …«

Ja, er lebte. Was man hörte, war ein halb ersticktes Röcheln, und was man sah, war Blut, so schrecklich viel Blut.

Louises Gesicht war weiß vor Entsetzen. Sie deutete mit der Hand nach oben, sie sprach keinen Ton, sie zitterte. Und auch François hob nun den Kopf. Ja, von dort oben war der Wagen abgestürzt. Und das waren gut hundertzwanzig Meter über den Hang, über den großen Felsen. Und dann … Er wagte es nicht auszudenken.

»Und jetzt?« flüsterte Louise. »Was machen wir?«

Genau das fragte François sich auch. Nur der Teufel

wußte, wie lange der Mann schon zwischen den kaputten Sitzen klemmte. Zum Campingplatz war's zu weit. Fünfzehn, vielleicht zwanzig Minuten hatten sie bis hierher gebraucht. Direkt über ihnen aber verlief die Straße. Gerade knatterte ein Motorrad vorüber. Sehen konnte man es nicht, nur hören, deshalb war der Streifenwagen auch unentdeckt geblieben.

»Komm! Klettern wir hoch.«

Es war nicht weit, und sie hatten Glück: Kaum hatte François Louise auf die Fahrbahn gezogen, kam auf der gegenüberliegenden Hangseite ein Lieferwagen. Er gehörte einem Bauern, der eine Ladung Stroh an eine Hühnerfarm in Cavalaire verkaufen wollte.

Er stoppte. Als François ihm erklärte, was geschehen war, kletterte er ein paar Meter den steilen Hang hinab, kam sofort zurück, warf sich hinter das Steuer und deutete ins Innere seiner Kabine. »Wollt ihr mit?«

François und Louise sahen sich an. Sie kamen nicht einmal zu einer Antwort, denn der Mann gab bereits Gas, und der Auspuff spuckte ihnen eine Ladung Dieselqualm in die Gesichter.

Es war jetzt siebzehn Uhr zweiundvierzig.

Noch immer lag Maurice Benoît in seinem Blut. Das Bewußtsein hatte er bereits bei dem Aufschlag verloren, aber der kräftige Körper kämpfte, die Lungen versuchten noch immer, durch die halb blockierten Atemwege Luft zu bekommen, um dem Herzen den notwendigen Sauerstoff zu beschaffen, das matt und matter schlug.

Zwanzig Minuten später traf der Rettungswagen an der Unglücksstelle ein, er wurde begleitet von zwei Streifenfahrzeugen des Kommissariats. Der Notarzt machte sich an die Arbeit. Er hatte dabei nicht nur seine eigenen Leute, sondern praktisch die ganze Schichtbesatzung aus

Cavalaire zur Unterstützung. Nur *Inspecteur* Donnet war nicht zu sehen. Er müsse zu einer wichtigen Konferenz, das hatte er wenigstens zu Dubois gesagt, der als einziger im Kommissariat die Stellung hielt. Eines allerdings tat Donnet noch: Er nahm den Hörer ab und rief in der Wohnung von Maurice Benoît an.

Charlie vernahm das Klingeln.

Er hockte an seinem kleinen Schreibtisch über dem Kapitel »Heterotrophe Lebewesen«. Charlie hatte sich das Buch *Neue Forschungen in der Biologie* gerade vorgenommen, um es anschließend seinem Freund Fabien zu bringen. Irgendwie mußte es schließlich zu schaffen sein, daß Fabien sich mit noch etwas anderem als mit verbrannter Asche beschäftigte. Und ausgerechnet jetzt ging das Telefon! Wieso hörte der blöde Apparat nicht endlich auf zu klingeln? Vielleicht war es der Alte?

Charlie sprang auf, warf den Stuhl um und rannte ins Wohnzimmer. Es war nicht sein Vater, es war dieser Hundesohn von Donnet höchstpersönlich. Und dazu war er noch ziemlich aufgeregt.

»Charlie, hier spricht Paul Donnet.«

»Ich merk's«, erwiderte Charlie mißgelaunt.

»Charlie, es ist etwas passiert. Mit deinem Vater. Er ist verunglückt. Mit dem Streifenwagen.«

»Er lebt?« Charlie brachte die Frage kaum heraus.

»Ja. Aber er ist schwer, sehr schwer verletzt. Er ist auch nicht bei Bewußtsein.«

»Und wo ist er jetzt?«

»Im Provinzkrankenhaus von Hyères.«

Nie in seinem Leben hatte Charlie Benoît die Strecke zwischen Cavalaire und Hyères in einer derartigen Rekordzeit geschafft wie an diesem Abend.

Als er ins Krankenhaus stürmte, hatte er ein halbes Dutzend roter Ampeln überfahren, war dreimal, als der Verkehr sein Weiterkommen blockierte, über Bürgersteige geprescht, so daß sich die Passanten nur mit großen Sprüngen zu retten vermochten, aber Gott sei Dank, schon der Mann im Pförtnerhaus wußte Bescheid. »Der Polizist aus Cavalaire? Und Sie sind der Sohn, *Monsieur?* – Tut mir leid, aber Ihr Vater wird noch operiert. Sieht ziemlich schlimm aus. In den OP können Sie ja nicht rein – aber Moment mal ... Ich werde versuchen, daß Sie mit Dr. Bourrier reden können. Das ist der Notarzt, der Ihren Vater gebracht hat. Soviel ich weiß, ist er noch im Haus.«

Dr. Bourrier war ein blasser, bebrillter junger Mann, der noch aussah wie ein Student.

»Ja nun ...« Der Arzt hob hilflos beide Hände. »Er lag verdammt lange dort unten eingeklemmt in seinem Auto. Und das sah vielleicht aus. Das müßten Sie sehen ...«

»Ich will nicht das Auto sehen, ich will wissen, was mit meinem Vater ist.«

»Ich verstehe Sie ja ... Setzen wir uns hierher.«

Sie setzten sich nebeneinander auf zwei Klappstühle an der Wand. Bourrier legte Charlie die Hand aufs Knie. »Was mit Ihrem Vater ist, werden wir erst wissen, wenn die Operation vorbei ist. Und im OP arbeitet das ganze Team. Was ich vorab feststellen konnte, kann ich Ihnen sagen: Schädelbruch, Bruch der Beckenschaufel, vier Rippen und das Sternbein gebrochen, und das bedeutet mit Sicherheit eine Lungenquetschung. Die Milz scheint in Ordnung, das habe ich noch erfahren. Was ich nicht weiß, was aber bei dieser Unfallart leider ziemlich wahrscheinlich ist – ob die Wirbelsäule auch etwas abbekommen hat.«

Er sah Charlie an. »Das alles klingt verdammt brutal, aber besser, Sie kennen die Wahrheit.«

Charlie nickte. »Danke. Und – kommt er durch?«

Darauf gab der Doktor keine Antwort, sondern wiegte nur den Kopf hin und her.

Die rechte Vorderradfelge des Jeeps riß einen Feldstein aus seinem Erdbett, schleuderte ihn hoch, ließ den Wagen tanzen, so sehr, daß Stefan Bergmann sich am Steuerrad festhalten mußte und alle Mühe hatte, den Jeep wieder in die Fahrtrichtung zu bringen. Was ist nur los mit dir? Herrgott, du jagst wie ein Irrer, hast keine Augen für den Weg – und warum? Doch nicht etwa, weil du einer Frau mit dunklen Haaren gegenübergesessen hast, weil dich ihre Geschichten aus dem Gleis geworfen haben ...

Bleiben Sie hier, Stefan ... War es das, diese beschwörende Bitte, all die Argumente, die nur darauf hinausliefen?

Er fuhr den Wagen an die Böschung, hielt an, lehnte sich zurück, starrte in den grau-diesigen Himmel und schloß die Augen. Seit wann läßt du dich derart aus dem Gleichgewicht bringen?

Noch einmal versuchte Stefan sich die anderthalb Stunden, die er in Maria Lindners Bauernhaus verbracht hatte, ins Gedächtnis zu rufen und zu einem vernünftigen Schluß zu kommen. Es gelang ihm nicht. Marias Bild überlagerte alles, und er hatte das Gefühl, sie sähe ihn noch immer an mit diesen Augen, die sich in ihn einbrannten. Dazu diese Stimme, die die überraschendsten Dinge so ruhig und gelassen aussprach, als handle es sich um nichts anderes als eine belanglose Konversation. Und noch seine eigene Verwirrung, seine Unfähigkeit, unter dem Eindruck, den Maria auf ihn machte, einen klaren

Gedanken zu fassen, ja, auch nur eine vernünftige Frage zu stellen, unter anderem die sehr naheliegende: Wie erträgt Ihr Mann das alles? Was sagt denn Thomas dazu, daß Sie eine Frau lieben und mit ihr zusammenwohnen?

Und du, fragte Stefan sich. Was sagst du dazu?

Und noch naheliegender: Was geht dich das alles überhaupt an? Wieso beschäftigt es dich derartig, ihr: *Bleiben Sie hier, Stefan. Überlegen Sie es sich. Auch Thomas will das. Überlegen Sie sich das nochmals mit der Klinik.*

Stefan brachte das nicht aus dem Kopf. Und wenn er ehrlich zu sich war, dann war es Maria, die ihm nicht aus dem Kopf ging ...

Und ausgerechnet in dieser Situation mußte ihm sein Schwager einfallen, Jürgen Rüttger, der erfolgreiche Dermatologe und Held in allen Betten. »Erotik, körperliche Anziehung, Liebe, was ist das anderes als der alte blöde Jux, den die Hormone mit dir spielen? Da fallen dir so ein paar Milligramm Testosteron ins Blut, und schon wächst dir der Trieb über den Kopf! So geht's doch jedem, nicht nur den Gefangenen im Knast, auch den Klosterbrüdern in der Zelle – mir, dir.«

Jürgen, der verhinderte Philosoph! Vielleicht würde er gerade in seiner Wassermühle Christa ähnliche Vorträge halten.

Erotik, körperliche Anziehungskraft? Hatte er, Stefan Bergmann, sich verknallt? Er wehrte sich gegen diesen Gedanken und erlag ihm trotzdem. Vielleicht war es auch etwas anderes? Vielleicht war es das Land, sein Abstand zu Burgach, der Flug hierher, der mehr und mehr wie eine Art Flucht erschien, eine Flucht in eine andere Welt, beinahe in ein Paradies, zumindest ein Paradies der Träume.

Erneut ließ Stefan Bergmann den Motor an, steuerte

den Wagen vorsichtig auf die Landstraße, die von Ramatuelle nach Saint-Michel führte, fuhr langsam, um die
Touristenautos vorbeipreschen zu lassen, die dem Meer
entgegenjagten.

Ein Dorf tauchte auf.

Auf der Hinfahrt hatte Stefan nicht auf den Ortsnamen
geachtet. Deshalb fuhr er nach Gefühl: Er bog von der
Hauptstraße ab und steuerte den Jeep zwischen engen
und kurvenreichen, winkligen Straßen dem Ortskern entgegen.

Die Räder hämmerten auf den Asphalt, und jeden der
Pflastersteine spürte er bis ins Kreuz, doch da öffnete sich
endlich der Marktplatz und wurde zu einer provenzalischen Bilderbuchansicht: drei Kneipen mit roten Markisen, eine Doppelreihe von Platanen, und darunter saßen
die Leute auf Metallgartenstühlen. Im Hintergrund aber
gab es eine Boule-Bahn, auf der Männer in weißen Hem-
den und mit schwarzen Baskenmützen ihre eiserne Kugel
schwangen. So mußte es hier immer ausgesehen haben.
Seit Hunderten von Jahren ...

Stefan fuhr den Jeep in den Schatten, stieg aus und
setzte sich auf einen der Caféhausstühle.

Bar Chez Marcel stand auf der braunen Sandsteinfas-
sade. Ein Mädchen mit Zöpfen kam heraus, nicht älter als
vierzehn. Es hielt beide Hände an die Wangen und hatte
Augen wie dunkle Kirschen. Stefan bestellte einen *Rouge*
und suchte in den Taschen seiner Jeans nach Zigaretten.
Er fand keine. Na und?

Die Sonne hatte den Himmel wieder freigebrannt und
stand tief über den buckligen Dächern. Sie schien auf den
Platz und streichelte Bergmanns Gesicht. Er nahm einen
Schluck Rotwein und spürte, wie alle Spannung und jede
Unruhe in ihm erloschen.

Bleiben Sie hier, Stefan, gehen Sie auf das Angebot von Thomas ein. Machen Sie mit ihm die Klinik ...

Weniger als zwanzig Minuten dauerte es, dann hatte Stefan Bergmann seinen Stuhl auf dem Marktplatz mit einem Felsen auf dem Col vertauscht.

Im Westen strebte die Sonne dem Horizont zu und erfüllte den Himmel über dem Meer mit goldglühendem Feuer. Cavalaire, die Bucht, selbst der endlose Strand, all die Häuser und Villen an den Hängen und vor allem *la mer*, die See, messingschimmernd in ihrer ganzen befreienden Weite ...

Wieder blickte Stefan den Hang hinunter zu den Felsen.

Da springt einer von seinem Boot ins Wasser, kämpft sich durch die Brandung, klammert sich an einem Felsen fest und sagt: Du wirst Teil einer Stadt – meiner Stadt!

Und du, dachte Bergmann, hast du je solche Träume geträumt?

Und: Was sind wir eigentlich ohne Visionen? Hast du schon einmal von einer Klinik geträumt, einem Ort, an dem du frei genug bist, all das umzusetzen, was du kannst, weißt, was dir vorschwebt?

Er sah zur Küste und versuchte sich vorzustellen, wie es wäre, wenn aus den Baumstümpfen Häuser, Straßen, Parkanlagen wuchsen, wenn dort unten eine ganze Stadt mit einem Hafen stand, wenn das Modell, das Thomas ihm gezeigt hatte, lebendige Wirklichkeit geworden war und hier, genau auf der Erde unterhalb seines Felsens bis hin zu der grauen Brandstelle dort drüben, die Klinik entstand ...

Deine Klinik, Stefan!

Eine Klinik mit dem schönsten Blick der Welt, weit weg von aller Hektik, eingebettet in Frieden ... Und was die Patienten anging – er würde Lindner schon die Idee von gestreßten Managern ausreden. Er würde sich die Patienten selbst suchen, Leute, die seine Hilfe wirklich brauchten.

Stefan Bergmann lächelte.

Als er sich erhob, um zum Wagen zu gehen, warf er noch einmal einen Blick über den Baugrund und sah es vor sich: das große weiße Haus, eingebettet in Parkanlagen, mit vielen dem Meer zugewandten Balkons ...

Er hob die Hand, und er winkte auch den beiden Menschen zu, die dort unten am Rand der grauen Brandfläche standen: Ein Pärchen war es, ein junger Mann und ein Mädchen.

Die Nacht war warm, der Mond warf Silberschnüre auf das Meer, die Sterne funkelten. Auf der Terrasse seines Gästehauses hörte Stefan Bergmann dem Singen der Zikaden zu und wußte nicht weiter. Seine Hochstimmung hatte sich gelegt, die Vernunft meldete sich zurück. Er hatte einen Traum geträumt, doch der Wirklichkeit würde er kaum standhalten.

Stefan hielt die Armbanduhr in den Helligkeitskreis des Windlichts: zehn Uhr dreißig. Dann tippte er die Nummer ein, die Jürgen ihm durchgegeben hatte. Er war ziemlich nervös gewesen, der gute Jürgen ... In der Mühle war er nicht? Wahrscheinlich steckte er bis zum Hals in Arbeit.

Es knackte. Dann das Freizeichen. Stefan wartete – nichts, nur die Wiederholung des Summtons.

Er legte auf.

Vielleicht waren sie ausgegangen, Doris, Christa und wer immer sich von den Rüttgers bei diesem Geburtstag in der Mühle herumtrieb. Und die Kinder schliefen. Morgen versuchst du es noch mal, nahm Stefan sich vor, doch was konnte er Christa sagen? »Das Wetter ist herrlich, die Nächte sind so warm, daß du im Meer schwimmen kannst. Unser Freund Lindner baut eine ganze Ferienstadt. Und eine Klinik gehört auch dazu. Die baut er extra für mich. Und du, Christa, du sollst hierher kommen ...«

Erholungsbedürftige Manager? Den Teufel wird sie tun, dachte Stefan. Eine Frau wie Christa arbeitet eher fürs Sozialamt. Also – von wegen Luxusklinik für gestreßte Millionäre! Nimm die Realität zur Kenntnis. Alles andere bleiben Träume. Zwecklos, einen Gedanken daran zu verschwenden.

Er stand auf, blickte über das Meer, nahm noch einen Schluck aus der Flasche des leichten Tafel-Rosé, die für ihn bereitstand, und da er nun schon einen eigenen Pool hatte, warf er die Kleider auf den Stuhl und sprang ins Wasser. Er legte sich auf den Rücken und blickte hoch zu diesem ungerührt grinsenden Mondgesicht.

Die ganze Reise an die Côte, was war sie schon? Eine Flucht. Eine elende Flucht in Illusionen. Stefan wußte es, hatte es von Anfang an gespürt. Jetzt wußte er noch etwas anderes: Der Traum, den er auf dem Col geträumt hatte, würde ihn nie mehr loslassen ...

Stefan Bergmann träumte einen zweiten Traum in dieser Nacht: Die Klinik war Wirklichkeit geworden. Da stand sie nun vor ihm, mit spiegelnden Fenstern, einer von Rosen gesäumten Auffahrt, die Eingangstüren flogen auf, Menschen kamen heraus, Ärzte in ihren Kitteln, Schwestern in schneeweißen Uniformen.

»Bonjour, Monsieur! Bienvenue!« riefen sie.

Er aber blieb stehen. All diese Menschen dort hatten keine Gesichter, sie waren unter Masken verborgen, und es war stets dieselbe Maske. Es war stets derselbe grinsende Mund ...

Schweißgebadet erwachte Stefan an diesem Morgen. Seine Uhr zeigte kurz nach neun. Er stand auf, noch benommen von Alptraum und Schlaf. Eines war dennoch klar: die Entscheidung war gefallen. Er würde, konnte seine Ehe nicht aufs Spiel setzen. Und das gleiche galt für die Arbeit der letzten Jahre.

Draußen auf der Terrasse hörte er Schritte und das Klirren von Geschirr.

Stefan ging ins Bad, duschte, trocknete sich ab und warf den Bademantel über die Schultern.

Er öffnete die Terrassentür.

»Ein herrlicher Morgen, nicht wahr, *Monsieur*? Ich habe Ihnen frische Erdbeeren gebracht. Vielleicht mögen Sie die?«

Porzellan funkelte, der Kaffee wartete, Orangensaft stand bereit, und Ronny in seiner weißen Weste strahlte Stefan an. Er trug keine Maske.

»Haben *Monsieur* sonst noch Wünsche?«

Er hatte keine. – Doch, den einen: Nie hierher gekommen, nie nach *Le Castelet* gefahren, nie einer Frau, die Maria hieß, begegnet zu sein.

Nach dem Frühstück ging Stefan durch den Garten. Unter blühenden Bougainvilleas nahm er eine der Treppen zum Haupthaus. Auf einer der Stufen verharrte er. Vom Landeplatz des Hubschraubers kam ein feines Singen, das schnell zu einem dunklen Röhren anwuchs. Wenige Sekunden später hörte Stefan das Knattern, das er kannte: Der Hubschrauber hatte abgehoben, hing nun für einige Sekunden als schwarzer Schattenriß über den Baumwipfeln und verschwand.

War das Lindner? Oder saß Paco am Steuer? Vielleicht hatte Thomas den Piloten mit irgendeinem Auftrag losgeschickt ...

Stefan stieg weitere kleine Treppchen hinauf, kam an Mimosen und Blumenrabatten vorbei und wunderte sich darüber, wie sehr er sich an den Vornamen Thomas bereits gewöhnt hatte: Thomas, der gute alte Thomas ... Als sei er tatsächlich ein Freund ... Und dann dachte Stefan wieder an Maria, an ihre Ehe und fragte sich zum dutzendsten Mal an diesem Morgen, was das alles sollte?

Er kam auf die Terrasse. Ein Gärtner, ein dunkelhäutiger Provenzale, lehnte auf seinem Rechen und nickte Stefan zu.

»Bonjour«, sagte Stefan. »War das gerade *Monsieur* Lindner, der da abgeflogen ist?«

»Ich bedaure, *Monsieur*, ich weiß es nicht.«

Stefan schluckte an seiner Enttäuschung. Lindners Anwesenheit im Haus war so wenig zu berechnen wie seine Arbeitszeiten. Einmal fuhr er im Landrover zur Baustelle, dann schwirrte er irgendwo bei irgendwelchen Geschäften im Hubschrauber durch die Gegend. Es hieß, Herr Lindner sei bei einer Konferenz, und keiner hatte eine Ahnung, wo die eigentlich stattfand. Doch wahrscheinlich war das vollkommen normal. Ein erfolgreicher Baulöwe und Anlagebanker – wie willst du da wissen, wie solche Leute ihren Job durchziehen?

Stefan ging über die Terrasse. Und blieb nochmals stehen..

»Was ist heute? Ein Feiertag?« rief er dem Mann mit dem Rechen zu.

Der Gärtner nickte.

Die Büros dort im Schatten der Säulen waren leer, die Zeichentische sauber aufgeräumt – und Lindner war weg. Auch das ändert nichts. Notfalls, nahm Stefan sich vor, schreibst du ihm einen Abschiedsbrief. Er hatte seinen Entschluß gefaßt und war sich dabei darüber klar: Es war eine zweite Flucht, die Flucht zurück in die Welt, zu der er gehörte, eine Flucht vor Träumen. Aber es war wohl gleichzeitig die Niederlage der herrlichen Vision, die er gestern abend nach dem Besuch bei Maria Lindner oben am Col gehabt hatte. Er würde abreisen – und das sofort.

Also schreib ihm deinen Brief, das bist du ihm schuldig. Er hat dich als feste Größe in seine Kalkulationen einbezogen, und Leute wie er wollen nun einmal wissen, welche Karten sie in der Hand haben.

Der Hügel. Die weiße Stadt darauf. Das Meer ...

Und ganz oben die leere Fläche, auf der noch kein Gebäude stand ...

Stefan Bergmann blickte durch das Fenster auf das Modell. Es war beleuchtet. Irgend jemand mußte vergessen haben, das Licht auszuschalten.

Die nächsten Schritte tat er beinahe unbewußt. Die große Eingangstür zum Bürotrakt stand offen. Er trat ein, wandte sich nach links, ging an der gläsernen Trennwand entlang bis zur Tür des Modell-Raumes und drückte auf die Klinke.

Die Tür war verschlossen.

Stefan zuckte mit den Schultern und blieb stehen. Er hatte die Nase gegen die Scheibe gepreßt wie ein Kind vor der Auslage eines Spielzeuggeschäfts. Und dort drin wartete seine elektrische Eisenbahn: der Spielzeughafen von *Port Les Fleurs* mit seinen Hotels und Yachten, all die weißen Häuser am Hang, die Pools, die Bäumchen. Oben aber ...

Stefan drehte sich um, ging noch einige Schritte weiter, denn am Ende befand sich eine weitere Tür, und sie war nur angelehnt.

Ziemlich unwahrscheinlich, daß Lindner sich hier herumtrieb …

»Thomas!« rief Stefan.

Er bekam keine Antwort.

Mit dem Knie schob er die Tür weiter auf. Es war ein großer rechteckiger, fensterloser Raum, den er betrat. Die einzige starke Lichtquelle kam von der Schreibtischlampe, die das Arbeitsbord beleuchtete, das sich gleich links neben der Tür befand. Die Wände waren bis zur Mitte mit elektronischen Geräten förmlich tapeziert: dunkles Metall, versehen mit unzähligen Schaltern und Lichtpunkten, die mattgrauen Wölbungen von Monitoren, die grünlich glimmenden winzigen Fenster der Anzeigen …

Elektronik gehörte zu Stefans großen Kenntnislücken. Sein Wissen reichte aus, um die wenigen Handgriffe anzuwenden, die er brauchte, um auf dem Burgacher Computer eine Krankengeschichte abzurufen.

Hier drin aber sah es aus wie in der Kommandostelle der Verkehrspolizei. Oder der Überwachungszentrale eines Geheimdienstes. Was sollte das alles? Hatte Lindner ihm nicht einmal erzählt, daß er das gesamte Gelände von Videokameras kontrollieren lasse, seit im Frühjahr einige wildgewordene *Port-Les-Fleurs*-Gegner versucht hatten, ihm das Haus anzuzünden.

Na gut, aber ein solcher Aufwand?

Stefan wollte sich umwenden, um zu gehen, als sein Blick auf einen braunen festen Umschlag fiel. Er lag auf dem Bord des Arbeitstisches. Ein DIN-A5-Format. *Guesthouse-Report* war mit Filzstift darauf geschrieben. Aus dem Umschlag ragte die Kante eines Papiers.

Es war kaum ein Gedanke, eher ein fast absichtsloser Reflex, der Stefan dazu veranlaßte, das Papier aus dem Umschlag zu ziehen. Ein Gästehausbericht? Er hielt drei

Blätter in der Hand, und schon der erste Blick genügte, um jeden Nerv in ihm zu mobilisieren. Was zum Teufel war das? Drei vorgedruckte Formulare, die Schrift eine Computerschrift, und was sie festhielt, schien das Protokoll eines Gesprächs zu sein.

Stefan warf einen Blick auf die Querleiste ganz oben: *Maison No. 3.*

Das *Maison No. 3* war das größte und luxuriöseste Gästehaus der ganzen Anlage. Boris Borodin und sein Anwalt wohnten dort oder hatten dort gewohnt. Bis gestern ...

Stefan schob die Papiere unter die Schreibtischlampe, zog sich den Stuhl heran, der dort stand, und setzte sich. Was war das? Eine Art Dialog, die Namen der Beteiligten waren nicht genannt, sie wurden durch zwei Initialen symbolisiert: A und B. Oben rechts, hinter dem Wort *Bemerkungen* stand: *Zur Wiedervorlage.* Offensichtlich handelte es sich um eine Übersetzung aus dem Russischen, denn schon ein einziger Blick reichte, um sich darüber klar zu werden, um wen es sich bei A und um wen es sich bei B handeln mußte.

A: »Schön, Oleg, ich steck nun mal drin. Und so werden wir die Sache durchziehen müssen. Bleibt uns ja gar nichts anderes übrig ...«

B: »Das wird schwierig.«

A: »Der Cowboy hat mich ausgeschmiert, das ist es doch, was du meinst. Na gut, wir werden sehen. Als es vor drei Jahren um die Landminen für diese Uganda-ENP ging, war's umgekehrt. Und auch bei dem Röhrenverkauf lief es gut für uns. Und dann – wie war's denn bei der Tumaco-Operation? Stolypin – erinnerst du dich noch, Generalmajor Sergej Stolypin, was für ein Typ! Der kam damals bis nach Genf. Dort haben wir gemeinsam den

Deal ausgehandelt: ein ganzer Frachter voll Hardware für die kolumbianische Befreiungsfront. Der Laden damals hieß FARC. – Was haben die alles für Abkürzungen? Komm, gib mir mal 'nen Whisky.«

B: »Hier. Bitte, Boris Iwanowitsch.«

A: »Na, jedenfalls, unser Stolypin lieferte alles an. Nicht nur Munition und Minen, selbst Panzerabwehrraketen. Der hat das halbe Magazin der vierten Armee dafür ausgeplündert. Und den Transport mit dem Frachter nach Tumaco oder wie das Nest hieß, organisierte er auch noch. Der Witz aber war doch: Die Guerillahelden bezahlten in Kokain. Und an den Koks wollte der Cowboy ran, aber das ließ ich nicht zu. Damals war er so sauer, daß er abspringen wollte. Wollte – nur daß er es nicht konnte. Und das wußte er genau.«

B: »Gewiß, Boris Iwanowitsch. Nur …«

A: »Nur, jetzt ist er mal selber dran, den Schnitt zu machen, meint er. Oleg, ich habe genug Kapital in dieses verrückte *Port Les Fleurs* gesteckt. Sogar mehr, als du weißt. Und es reicht ihm noch immer nicht. Das siehst du schon an der Aufschlüsselung der Anteile. Und ob es eine so gute Idee war, sich diesen Mafiaganoven von *Le Coq* und seine ganze Bande ins Boot zu holen, das wird sich auch noch zeigen.«

B: »Und Sie wollen, ich soll über Jean Amoros jetzt …«

A: »Du sollst jetzt gar nichts. Zuhören sollst du. In der ersten Phase tauche ich nicht auf. Aber es läuft nicht über Amoros, du gehst direkt zu *Le Coq*. Lindner stellt dich vor.«

B: »Und was ist das für ein Mann, dieser *Le Coq*?«

A: »Darum geht es. Stell dir einen dieser alten machtbesoffenen Tschekisten vor. Wenn's drauf ankam, wurden auch die raffiniert und arbeiteten mit Haken und

Ösen. Aber grundsätzlich ließen sie Widerstand einfach nicht zu. Denselben Größenwahn hat der Kerl auch. Wenn sich einer schon *Le Coq* nennen läßt ... Ein Hahn, ja, nur auf welchem Mist? Sein Misthaufen ist leider ein ziemlich kleiner Bauernhaufen. Und das hat er vergessen.«

B: »Sie meinen, daß man ihn in den Griff bekommen könnte?«

A: »Kann man jeden. Das ist nur eine Frage des eingesetzten Kapitals. In seinem Fall braucht es vielleicht noch etwas anderes – er hat ja schon den ersten Zug gemacht und es bewiesen.«

B: »Was?«

A: »Meinst du, Lindner würde ihn freiwillig halten? *Le Coq* hat seine Beziehungen zur Politik, aber Kapital rückt er nicht mehr heraus. Einer wie der kassiert nur. Mit seinen Baufirmen und bei den Leuten, die er unterbringt. Durch seine tollen Verbindungen hält er sich für ein ganz großes Licht. Die anderen aber, das heißt in diesem Fall wir, sind die Idioten. Die sollten bezahlen. Vor ein paar Wochen ist das dann selbst Lindner zuviel geworden. Er wollte *Le Coq* raushaben. Und was ist passiert? Es knallte. Vielleicht war das ganz gut so. Da bekam der Cowboy endlich mal zu spüren, mit wem er es zu tun hat.«

B: »Diese Geschichte in Deutschland? Als auf sein Auto geschossen wurde?«

A: »Was heißt, auf ihn? Sie haben ihm den Chauffeur umgelegt. Das ist so, als würde man seine Visitenkarte abgeben, genau die Tour, wie die Mafiatypen hier ihre Leute wieder zur Räson bringen. Die klopfen mit dem Zeigefinger an die Wand, schicken den Chauffeur in die Hölle und sorgen für 'nen kleinen Schock. Bei uns in Moskau läuft das schon direkter. Lindner wird nicht umgelegt, er ist ja noch ganz brauchbar für *Le Coq*, solange er funktioniert. Das ist die Rechnung.«

B: »Und jetzt?«

A: »Jetzt, Oleg, geh ich ins Bett. Und du auch. Und morgen reden wir weiter ...«

Der Rest der Seite war frei. Da stand nur: *Ende des Gesprächs: 1 Uhr 45.*

Ende des Gesprächs? – Sekundenlang saß Stefan, ohne sich zu rühren. Dann wurde er sich der Situation bewußt, schrak zusammen, steckte die Blätter hastig in ihr Kuvert zurück, löschte das Licht und ging.

Die Tür ließ er so angelehnt, wie er sie vorgefunden hatte ...

Von der Telefonkabine aus konnte Stefan die Hälfte der Flughafenhalle überblicken. Er war froh um diese Glastür; er brauchte sie. Und es hatte ihn zwanzig Minuten des Umherirrens gekostet, eine freie Telefonzelle zu finden. Selbst vor den Außentelefonen stauten sich die Leute. Der Flughafen von Nizza war kein Flughafen mehr, er war zu einer chaotischen Hölle für Touristen wie für das Personal geworden. Was verfügbar war und fliegen konnte, schien dazu verdammt, Menschen an die Côte d'Azur zu karren.

Stefan blickte auf seinen Gepäckwagen vor der Kabine. In letzter Sekunde hatte er einen kleinen Lavendelstrauch aus dem Garten der Villa Wilkinson gerupft und in eine Plastiktüte gesteckt. Die Tüte ragte aus seinem Kleidersack, und Bergmann fragte sich, ob der Lavendel in Burgach anwachsen würde. Er hoffte, diese kleine Handvoll duftendes grünes Mittelmeerleben würde Christa eine Freude machen. Doch was sollte er ihr sonst erklären?

Nun gab es nur noch dieses Gespräch zu führen.

Wieder tippte Stefan die Nummer von *Le Castelet* ein.

Beim ersten Mal hatten seine Nerven versagt, und die Verbindung war nicht zustande gekommen. Jetzt wurde abgehoben. Sein Herz schlug schneller.

»Ja?«

»Maria? Hier ist Bergmann.«

»Stefan? Wirklich? Stefan!« Ihre freudige Reaktion bedrückte ihn. Er hatte viel Zeit gehabt, sich dieses Gespräch zurechtzulegen, während Benthoff, der Chauffeur, ihn über die von Touristen überfüllten Straßen hierherfuhr, doch Bergmanns Stimmung war zu niedergeschlagen. Nur eines wußte er: Über den wahren Grund, über die Abhörprotokolle, die er heute morgen in dieser seltsamen Überwachungszentrale in den Büros der Villa gefunden hatte, würde er schweigen.

»Stefan, wo sind Sie denn?«

»Auf dem Flughafen. In Nizza.«

»Wo?« Ungläubig kam es, beinahe erschrocken.

»Ich wollte Sie noch einmal anrufen, Maria. Meine Maschine geht in einer halben Stunde. Ich fliege zurück nach Hause ... Mit Thomas konnte ich nicht sprechen. Er hatte irgendwo zu tun, und ich wußte nicht, wo. Es ist mir natürlich völlig klar, daß mein Verhalten unmöglich ist. Ich habe Thomas daher einen Brief geschrieben und mich entschuldigt. Er wird meine Abreise wahrscheinlich trotzdem nicht verstehen.«

Er hatte die letzten Sätze immer schneller gesprochen, als müsse er gegen das Schweigen am anderen Ende der Leitung ankämpfen. Als er jetzt Luft holte, war es noch immer da, dieses Schweigen. Stefan glaubte, Marias Atem zu vernehmen, und schloß mit einem erschöpften: »Es geht nicht anders, Maria. Leider ... Glauben Sie mir. Ich komme mir ziemlich schäbig vor gegenüber all der Großzügigkeit, die ich hier empfangen habe. Aber trotzdem – ich kann nicht anders. – Sind Sie noch da?«

»Ja.«

»Maria … Ich habe mir inzwischen Gedanken über Ihre Freundin gemacht …«

»Ja? Das ist nicht so wichtig.«

»Ich kann begreifen, daß Sie enttäuscht sind.«

»Auch darum geht es nicht.« Ihre Stimme klang nun leise und ruhig. »Es geht um Sie.«

»Die Klinik wird auch ohne mich …«

»Geben Sie Ihr Ticket zurück, Stefan«, unterbrach sie ihn. »Und bleiben Sie, wo Sie sind. Gehen Sie ins Restaurant, ich setz mich in den Wagen … Nein, die Fahrt dauert zu lange. Hören Sie, Stefan!« Die Worte kamen mit klarer Eindringlichkeit, so sicher, als sei ein Widerspruch nicht möglich. »Ich kenne ein sehr hübsches Hotel. Es liegt ziemlich nah am Flughafen. Dort warten Sie auf mich. Sie können schließlich auch eine spätere Maschine nehmen. Wieso, um Himmels willen, wollen Sie jetzt nach Hause fliegen?«

»Ich habe doch gestern schon versucht, es zu erklären.«

»Das haben Sie nicht. Und Ihre Praxis ist geschlossen. Sie haben Ferien.«

»Ja, Maria …« Er holte Atem und fühlte dabei den Schlag seines Herzens. »Auch Sie werden es schwer begreifen, aber manchmal kommt man eben nicht daran vorbei, einen Entschluß zu fassen.«

»Entschluß? In meinen Augen ist das eher eine Kapitulation. Und ich habe Ihnen gesagt, wie sehr ich Sie brauche.«

»Genau das ist es, was mich so belastet. Und warum ich jetzt noch einmal anrufe. Ich werde Bella …«

»Stefan, es geht nicht um Bella. Oder nicht um Bella allein. Es geht um uns.«

»Um uns?«

»Ja. – Um Sie, mich – und auch um Thomas. Seien Sie doch nicht so schwer von Begriff.«

Seine Schläfen wurden heiß. Er spürte, wie der Schweiß über seinen Rücken rann und das Hemd auf der Haut festklebte. Und wieder einmal fragte er sich, was Maria ihm mit ihren Worten sagen wollte. Er hatte sich umgedreht, weil er den Anblick des Gewühls dort draußen nicht länger ertrug. Nun starrte er auf all die Telefonnummern, Herzen und obszönen Zeichnungen, die auf die Kabinenwand gekritzelt waren. Er schloß die Augen und verfluchte, daß es ihm nicht gelang, seine Ruhe wiederzufinden.

Doch wie?

»Maria«, sagte Stefan. »Ich bin ja nicht aus der Welt. Und ich werde deiner Freundin helfen. Ich werde sie gesund machen.«

Er war ins Du verfallen, ohne sich darüber Rechenschaft zu geben. Nun korrigierte er sich hastig: »Sie kommen ja wieder nach Frankfurt. Nehmen Sie Ihre Freundin beim nächsten Mal mit – bitte.«

»Es geht nicht um Bella«, hörte er sie wieder sagen. Nun hatte ihre Stimme alle Kraft verloren; dünn klang sie, dünn und hilflos wie die eines Kindes. »Bleib, Stefan …«

»Maria, ich kann nicht anders. Nochmals: Bring Bella zu mir …«

Dann legte er auf.

Der Oktober war wunderschön geworden.

Der Hang vor dem Praxisfenster in der Heinrich-Heine-Straße erschien Stefan Bergmann wie ein einziges herbstliches Strahlen von Gelb und Rot. Er fühlte fast Bedauern, als er die Jalousien herunterließ, um seine nächste Patientin zu empfangen.

Es war kurz vor achtzehn Uhr. Anders als im Sommer hatte Bergmann die Hypnose-Therapie nicht nur um eine, sondern sogar um zwei Stunden vorverlegt. Dies war möglich, denn der Patientenandrang hatte in den Septemberwochen deutlich abgenommen.

Er mußte mit Christa über die Gründe reden.

Über so vieles mußte er mit Christa reden ...

Stefan schaltete die Schreibtischlampe an. Lindners Geschenk, das Barock-Kästchen, fing das Licht der Lampe ein. Schon einige Male hatte Bergmann es wegstellen wollen, dorthin, wo es hingehörte, in irgendeinen Schrank zu all dem Trödel, den man aufbewahrt, weil man aus irgendwelchen Gründen es nicht über sich bringt, ihn wegzugeben. Doch jedesmal hatte ihn etwas daran gehindert. Etwas? Ein Gefühl von Verrat ...

In den beiden vergangenen Monaten hatte Bergmann nichts von Lindner gehört. Einmal allerdings brachte der Postbote eine Sendung aus Saint-Michel. Sie bestand aus einer etwa dreißig Zentimeter langen Kartonröhre. Die Anschrift war mit der Maschine geschrieben, einen Absender gab es nicht, nur den Poststempel.

Stefans Herz klopfte, als er die Kartonröhre öffnete. Drei zusammengerollte Zeichenblätter befanden sich darin. Er hatte sie herausgezogen und auf dem Schreibtisch ausgebreitet. Es waren Kopien von Architekturplänen, und sie waren imponierend: Der Aufriß eines Gebäudekomplexes, einschließlich des ihn umgebenden Geländes. Dann der Eingang, die Nebengebäude, erster Stock, zweiter Stock – und die Fassaden.

Stefan hatte sich darübergebeugt, und sein Mund war trocken geworden.

Da lag nun alles vor ihm: ein von vier Säulen getragenes Vordach, große, dem Meer zugewandte Fenster im Erdgeschoß, im nächsten Stock Balkon an Balkon – die Patientenzimmer.

Auf jedem der Blätter war zu lesen: *Clinique de Port Les Fleurs. Architecte: Walter Mousson.*

Das war es.

Christa, die das Papprohr mit den Plänen gebracht hatte, stand schweigend neben ihrem Mann.

»Und jetzt?« hatte sie gefragt.

»Was jetzt?«

»Was machst du damit?«

Er hatte geschwiegen.

»Es gibt nur eines«, hatte sie gesagt. »Und ich helf dir dabei.« Sie hatte sich gebückt und den Papierkorb unter dem Schreibtisch hervorgezogen. »Hier – das ist der einzig mögliche Ort dafür ...«

Es war etwas in ihrer Stimme gewesen, das Stefan noch nie gehört hatte. Nicht ihre übliche Ironie, keine Wut, aber eine von klarem und hartem Willen getragene Endgültigkeit.

Stefan hatte Christa angesehen und dann den Kopf geschüttelt.

»Du machst einen Fehler, Stefan«, hatte sie gesagt, »einen sehr großen ...«

Und dann war sie mit erhobenem Kopf und durchgedrücktem Kreuz aus dem Zimmer marschiert und hatte die Tür hinter sich zugeknallt.

Nein, Bergmann hatte die Pläne nicht in den Papierkorb geworfen. Er hatte sie so verstaut, daß er sie nicht mehr zu Gesicht bekam – im Bücherschrank des Arbeitszimmers, hinter den Patientenakten. Doch erreicht hatte er nichts damit, denn immer wieder sah er die Zeichnung mit dem Säulenportal und den Balkons dort auf dem Col vor sich, sah die Landzunge, die Bucht ... Er wurde das Bild nicht los. Es war vielleicht lächerlich, eigentlich unglaublich! Arbeitete er nicht ständig bei seinen Patienten daran, Vergangenheitseindrücke und Erinnerungen zu löschen oder umzuformen, die sich verwirrend auf die Psyche und damit störend auf den Körper auswirkten.

Und du selbst? Dir geht's hundsmiserabel. Du hast noch immer dieses verdammte Kästchen auf dem Schreibtisch, Klinikpläne im Schrank, siehst den Col vor dir ...

Am schlimmsten jedoch: Ständig fühlte Stefan sich den dunklen Augen Maria Lindners ausgeliefert. Und oft verfolgten sie ihn bis tief in seine Nächte hinein ...

»Frau Lebuda ist da«, meldete Marga durch die Gegensprechanlage. »Kann ich sie reinschicken?«

»Ja.«

Bergmann hatte die Jalousien herabgelassen, die Lampe brannte, der Stuhl wartete – und da öffnete sich die Tür.

Sie war eine attraktive Frau, einundvierzig Jahre alt, wie ihm Margas Patientenkarte verriet. Sie war ziemlich groß und wirkte mit dem fast knöchellangen karamelfarbenen Rock und der weiten dunkelbraunen Jacke, als sei sie einem Modefoto entstiegen. Alles an Michaela Lebuda strahlte Selbstsicherheit aus.

Stefan kannte den Namen. Die Lebuda-Geschäfte waren die schicksten Einrichtungshäuser der Gegend. Michaela Lebuda wiederum führte eine Kunstgalerie, die sie selbst aufgebaut hatte.

Sie hatte Platz genommen, das getan, was eine Frau ihres Zuschnitts zu tun pflegt: die Beine übereinandergeschlagen, die Hände um das Knie verschränkt, ein

Lächeln distanzierter Höflichkeit aufgesetzt und dann gesagt: »Schon seltsam, wie wir zusammenkommen, Herr Doktor, nicht wahr?«

Was daran so seltsam sei, hatte Bergmann sich erkundigt.

»Nun, es ist eine Art Bankverbindung ...« Michaela Lebuda lächelte. Ihre anfängliche Nervosität hatte sich gelegt, und sie geriet richtiggehend in Fahrt, als sie schilderte, mit welcher Begeisterung Annemie Markwart ihr die Erfolge seiner Therapie geschildert hatte.

»Dabei brauchte Frau Markwart gar nichts zu erklären. Man sah es ihr ja an. Mein Gott, wenn man sie früher kannte und daran denkt, welche Entwicklung sie in wenigen Wochen genommen hat ...«

Er nickte. »Und darf ich fragen, was Sie zu mir führt?«

Sie versuchte, bei ihrem Lächeln zu bleiben. Es mißlang. Stefan wartete.

»Es ist nicht einfach zu erklären, Herr Doktor. Wenn ich mit Freunden darüber rede, ich meine, mit den wirklichen Freunden, dann sagen die einen, ich sei verrückt, und die anderen faseln von einer Neurose oder so was ... Und beides läuft am Ende auf das gleiche hinaus.«

Er stellte kaum Zwischenfragen. Und als Michaela Lebuda nach zehn Minuten zu Ende war, sah er sie weiter an, aber schwieg.

»Bin ich wirklich verrückt?« Sie fragte es hilflos wie ein Kind. »Gut, grundlose Eifersucht ist wahrscheinlich tatsächlich eine Krankheit?«

Sie starrte ihn flehend an.

»Alles hat Gründe, Frau Lebuda. Nichts ist grundlos. Und verrückt? – Setzen Sie bei dem Wort einmal einen Bindestrich zwischen die beiden Silben. Was man Eifersucht nennt, ist ein Gefühl, das einen Menschen aus dem bisherigen Rahmen seines Lebens entfernen, ihn wegrük-ken, ver-rücken kann.«

Er blickte auf die knappen Notizen, die er sich über ihre Geschichte gemacht hatte. Eine perfekte Ehe, zumindest beinahe perfekt wie so viele, ein Mann, der sie liebt, die Tochter zwar im Internat, aber was soll man schließlich tun, wenn es darum geht, die Geschäfte auszubauen? Immerhin, keine Probleme. Die Lebudas halten zusammen ...

Und dann der Tag, an dem sie das Foto fand.

Ihr Mann war gerade von einer Einkaufsreise aus Malaysia zurückgekehrt, hatte die Koffer bereits verstaut, nur das Necessaire stand noch auf dem Nachttisch. »Da tat ich etwas, was ich eigentlich nie tue. Ich zog den Reißverschluß auf. Und da fand ich es, das verdammte Foto.«

Es war das Foto einer jungen, einer viel jüngeren Frau. Es zeigte ihren gertenschlanken Körper im Bikini. Das Gesicht war das Gesicht einer Eurasierin. »Unglaublich hübsch, geradezu hinreißend hübsch«, wie Michaela Lebuda sagte.

Sie stand im Badezimmer, hielt das Bild in der Hand, und dann kam eine Hitzewelle und dann die Übelkeit, so überwältigend, daß sie sich endlos ins Waschbecken erbrach ...

Als sie die Kraft dazu fand, ging sie in das Arbeitszimmer ihres Mannes und legte ihm wortlos das Foto auf den Tisch. Er sah sie nur an. Er machte nicht den geringsten Versuch, irgend etwas zu leugnen oder zu beschönigen. Das sei Helene, er habe sie im Hotel in Kuala Lumpur getroffen. Und das Foto besitze er, weil er sie darum gebeten habe. Sonst sei nichts gewesen. Ein Flirt, das ja, ein ziemlich heftiger vielleicht, doch auf dem Rückflug habe er die ganze Geschichte bereits vergessen gehabt.

Er hatte die Wahrheit gesprochen. Michaela wußte es von Anfang an. Sie kannte keinen Mann, der ungeschickter war im Lügen, und so kam sie gar nicht auf die Idee, ihm nicht zu glauben. Es kamen auch keine Briefe, keine Anrufe, er unterließ seine Einkaufsflüge nach Ostasien, übertrug die Bestellungen einem örtlichen Agenten und blieb, was er immer gewesen war: der liebevolle, fürsorgliche, geradezu bewundernswert korrekte Ehemann.

Das Foto aber war zu einer Art Fluch geworden. So nannte Michaela es und setzte hinzu: »Es klingt völlig lächerlich, ich weiß, aber trotzdem ist es so ... Es ist wie ein Fluch! Ich sehe das Bild ständig vor mir, die Augen, der Körper, nicht weil dieses Mädchen soviel jünger und hübscher ist als ich, darum geht es nicht. Es geht nur darum, daß es sie gibt – in meinem, in unserem Leben. Und so sehe ich sie ständig in Richards Armen. Ich sehe sie im Bett mit ihm, ich sehe sie immer, Tag und Nacht ...«

Ihre Geschichte nahm den üblichen Verlauf: Ein Körper, der ständig rebellierte, die Übelkeit, die nicht weichen wollte, Kreislaufschwäche, Migräne-Attacken, manchmal so stark, daß sie oft wochenlang nicht in der Lage war, die Galerie zu führen, dazu Selbstanklagen, das ewige: Reiß dich zusammen! Hör auf mit diesem Irrsinn. Du hast einen Mann, der zu dir steht. Und was hat er dir eigentlich angetan? Wieso das alles?

Und so versuchte sie ihre alte Rolle weiterzuspielen – nur, es ging nicht. Die Beruhigungsmittel, die man ihr verschrieb, damit sie mit den Magenkrämpfen und den Kopfschmerzen fertig wurde, die Tabletten, die ihr zum Schlafen verhalfen, hielten sie ein weiteres Jahr lang aufrecht, dann war auch das vorbei.

»Ich kann nicht länger«, brach es aus ihr heraus. »Selbst wenn ich es versuche ... ich spüre mich gar nicht

mehr. Manchmal ist mir, als hätte ich gar keinen Körper. Gut, ich rede mit den Leuten, ich gehe in meine Galerie, ich tue das, was ich zu tun habe – aber das ist wie
eine Maschine. Sie läuft noch, und ich seh ihr zu und
wundere mich, daß sie das tut. Und dann komme ich
nach Hause, und Richard sagt: Du bist ein bißchen blaß
um die Nase. Geht's dir nicht gut? – Und ich sage: War ein
bißchen anstrengend heute ... Ich sehe ihn wie durch
dichten Nebel ...«

Die nächsten Worte konnte Bergmann kaum verstehen. Sie hatte ein Kleenex aus ihrer Handtasche genommen und preßte das weiße Papier mit Daumen und Zeigefinger in die Augenwinkel. Das Taschentuch nutzte
nichts, die Tränen fanden dennoch ihren Weg; als glänzende Streifen zogen sie rechts und links der Mundwinkel ihre Bahn.

Und dann kam noch ein Satz. Er erreichte Stefans Innerstes, und dies mit solcher Kraft, daß er ihn wie eine
Leuchtschrift vor sich sah.

»Nichts ist mehr, wie es einmal war. Und ich weiß
nicht einmal, wie es geschehen konnte ...«

Nichts ist mehr, wie es einmal war.

Die Worte trafen genau seine eigene Situation ...

Alles hat sich geändert. Nichts ist mehr, wie es war.
Es hatte kurz nach seiner Rückkehr aus Frankreich begonnen.

Christa kam erst eine Woche später aus Hannover zurück, und Stefan war eigentlich ganz froh darum. Er hatte
sich im stillen leeren Haus an seinen Schreibtisch gesetzt, um endlich das längst fällige Manuskript für die
WDR-Sendung fertigzustellen, dazwischen einige seiner
Dauerklienten behandelt, unter ihnen auch Annemie

Markwart, die einen geradezu unglaublichen Entwicklungssprung vollzogen hatte, und dann kam Christa.

Schon die telefonische Ankündigung ihrer Ankunft war bemerkenswert. »Du brauchst mich nicht abzuholen. Ich komm im eigenen Wagen.«

Der Wagen war ein schnittiges, hochelegantes Sportcoupé mit blauen Ledersitzen. Christa hatte es schwungvoll vor die Gartentür gefahren.

Stefan riß die Augen auf. Von Autos verstand er wenig, aber dieses Spielzeug hier? Siebzigtausend Mark schätzte er. Mindestens.

»Hilfst du mir mal?«

Sie reichte ihm die Tasche.

»Gern. Was hältst du von einem Kuß.«

»Komm ...« Sie lächelte knapp. »Mach's nicht so spannend ...«

»Und das Auto? Kannst du mir vielleicht erklären ...«

»Kommt auch noch. Nein, ich sag's dir gleich: Das hat mir mein Vater geschenkt. Er hat es ein halbes Jahr gefahren, aber du kennst ihn ja. Der Wagen war ihm zu popelig. Jetzt ist es wieder ein Ferrari oder was weiß ich. Ich kann mir diese komischen Namen ja nie merken.«

»Er hat ihn dir geschenkt?«

»Was sonst? Er hat mir sogar angeboten, Steuer und Versicherung zu übernehmen – damit du mal eine Ahnung hast, wie er unseren sozialen und beruflichen Aufstieg so einschätzt.«

Mit Stefans guter Laune war es vorbei, um so mehr, als Christa ihm auch gleich noch eröffnete, ein Sportwagen sei schon deshalb praktisch, weil sie sich von nun an häufiger in Hannover zeigen müsse.

»Weil es dein Vater so will?«

»Quatsch. Es geht um Doris. Meine Schwägerin braucht

mich. Die hat einen Riesenkrach mit diesem Idioten von Jürgen. Der kann das Fremdgehen einfach nicht lassen. Jetzt will sie sogar die Scheidung einreichen.«

Ein ganz normales Gespräch unter Partnern. – Was sonst? Doch keine einzige Frage kam von Christa. Und als Stefan selbst begann, von *Port Les Fleurs* zu erzählen und auch Lindners Klinikplan erwähnte, warf sie das Schlüsselbund auf den Tisch.

Die nächsten Worte kamen hart, schnell und verletzend.

»Spar dir das, Stefan. Spar's dir auch in Zukunft.«

»Was soll ich mir sparen?«

»Lindner. Und alles, was mit seinem Namen zusammenhängt. Du kennst meine Ansicht ...«

»Gerade hab ich versucht, dir zu erklären, daß ich ...«

»Trotzdem, Stefan. Wirklich.« Ihre Augen wirkten sehr kühl. »Bitte!«

Es hatte sich etwas verändert. Das war ihm klar geworden ... Er? Nein, sie hatte sich verändert.

KAPITEL 6

Jetzt sag mal, was ist bloß mit deinem Köter los, Paillard?«

Der Hund bellte nun noch lauter, so laut, daß er den Dauerkrach der Küstenstraße nach Lavandou übertönte.

Paillard sah noch nicht mal hoch. Paillard pulte weiter mit dem Daumen in seinem Tabaksbeutel herum. »Cäsar ist sauer. Ist er manchmal.«

»Und wieso?«

»Wärst du auch. Da rennen dir die Kaninchen vor der Nase rum, und du hängst an der Kette.«

»Kaninchen?« Laudet schob Paillard sein Päckchen Zigarettenpapier zu. »Zwischen deinen Schrottmühlen? Ratten vielleicht, aber keine Kaninchen ...«

Laudet nahm einen Schluck Bier, lehnte sich auf seinem Stuhl zurück, schloß die Augen. Kurz nach vier? Er würde aufladen müssen – bloß, er hatte keine Lust. In dieser Bretterbude, die sich auch noch »Café« nannte, saß man gemütlich.

»Es sind aber Kaninchen. Und drei davon hab ich ...«

Weiter kam Paillard nicht. Nun war's kein Bellen mehr, nun steigerte sich der Hund, der dort drüben zwischen all den Autowracks an der Kette hing, in ein schrilles Heulen.

»Scheiße!« Paillard stand nun doch auf. »Wenn er sich so aufführt, stinkt wirklich was. Ich geh mal ... Du spendierst mir doch den Kaffee, Charles?«

»Dir doch immer.«

Paillard hatte es nicht eilig. Wahrscheinlich irgendein Kunde oder sonst ein Typ, der nach einem brauchbaren Ersatzteil suchte.

Er ging langsam über die Zementplatten, die von dem Fernfahrercafé zu der kiesbestreuten Einfahrt des Autofriedhofs führten. Davor stand ein großer Zwölftonner. Weiter links, hinter dem alten Kirschbaum, in dessen Schatten die Hundehütte ihren Platz hatte, saß der Boxer, hatte den Kopf gehoben und heulte.

Paillard machte noch ein paar Schritte und kontrollierte die fünf Gassen, die zwischen den Autowracks hindurchliefen. – Nichts.

»Was ist, Cäsar?«

Der Boxer sprang auf und starrte nach links. Paillards Blick folgte ihm. Dort drüben, hinter dem verrosteten Anhänger – hatte sich da nicht etwas bewegt? Und wenn, dann war das kein Kaninchen …

Er ging etwas schneller, begann zu laufen – und dann blieb er stehen.

Aus dem Schatten der Schrotthaufen löste sich eine Gestalt. Paillard ging näher, und während er ging, schob er die Finger der Rechten in die Löcher seines Schlagrings. Die Berührung mit dem schweren, kantigen Metall hatte etwas Beruhigendes.

»He? Gibt's was?«

Der Junge sagte nichts, stierte nur. Und was für ein Typ: schmal, groß, schlank, nein, eher verhungert, ein Paar zerlöcherte, an den Knien abgeschnittene Jeans, das T-Shirt zerrissen und voller Flecken und an den Füßen ausgelatschte Sandalen.

Der Junge war vielleicht drei- oder vierundzwanzig. Blöde sah er nicht aus, eher sonderbar. Das ganze Gesicht geriet in Bewegung, es zuckte, und die hellen, grauen Augen waren weit geöffnet, doch in ihnen war keine Angst zu erkennen.

Paillard blieb stehen.

Was zum Teufel war mit dem los? Hatte der 'ne Macke? Und jetzt kriegte er die verzerrten Lippen zwar auf, aber es kamen keine Worte, nur unartikulierte Töne.

»Hören Sie?« Paillard besann sich auf seinen Kundenspruch. »Kann ich Ihnen helfen? Haben Sie irgendwelche Probleme?«

Der hatte Probleme. Bloß, er brachte sie nicht raus. Dann geschah etwas Verrücktes ...

»Moment ...« Das verstand Paillard und sah zu, wie der Bursche in seine Jeanstasche griff und einen Notizblock herausholte. Was wollte er damit? Dann hatte er tatsächlich einen Bleistift in der Hand, fing an, auf dem Notizblock herumzukritzeln, riß das Blatt ab und gab es Paillard.

Ich suche einen Unfallwagen, stand darauf. *Einen R12-Polizeiwagen.*

Ganz klar stand es da. Paillard konnte es kaum glauben, das durfte ja nicht wahr sein ... Der Kerl konnte nur einen einzigen Wagen meinen: den Streifenwagen aus Cavalaire, der vor einigen Wochen bei Saint-Michel in die Schlucht gefallen war.

»Und warum?«

Ein Schulterzucken, ein halbes Lächeln sogar; das Gesicht war ruhiger geworden.

»Ich bin ja ein geduldiger Mensch«, sagte Paillard, »aber mir reicht's langsam. Also, was willst du mit der *Poulet*-Kutsche? Ich hab hier jede Menge Blech rumstehen, Polizeiautos sind nicht darunter. Wieso interessierst du dich dafür?«

Der Junge lächelte weiter. Hätte er eine einzige vernünftige Antwort gegeben, Paillard wäre nicht dermaßen ausgerastet. Aber so? Den Hund hatte der Typ schon verrückt gemacht, und nun wollte er auch noch eine Polizistenkarre?

»Raus!« sagte Paillard. »Ganz schnell! Hörst du, verschwinde!«

Nicht einmal das begriff der Junge.

Erst als Paillard mit dem Zeigefinger der linken Hand zum Ausgang deutete und mit der rechten den Schlagring herausholte, setzte der andere sich in Bewegung. Paillard folgte ihm und gab ihm, als er nochmals stehenbleiben wollte, einen so heftigen Stoß, daß er stolperte und beinahe auf den Kies gestürzt wäre.

»He? Was soll denn das?«

Paillard drehte den Kopf in die Richtung, aus der die Stimme kam, die Stimme einer Frau. Nein, keine Frau, ein Mädchen. Da stand sie. Den R4, mit dem die beiden wohl gekommen waren, hatte er zuvor nicht bemerkt, der war von Laudets Laster verdeckt gewesen. Gar nicht übel, die Kleine! Nichts am Leib als einen roten Minirock und das Oberteil eines Bikinis, sehr hübsch mit den langen Haaren und verdammt sauer obendrein. Jetzt kam sie angerannt und packte ihren Freund am Arm, schüttelte gegen Paillard die Faust.

»Fabien, hat er dir was getan?«

Paillard hatte endgültig die Nase voll. Wie kam ein Halbirrer zu einer solchen Frau? Aber auch das war egal. Er ging auf seine beiden Tore zu, befestigte die Kette und hängte das Schloß ein.

Der alte R4 mit den jungen Leuten verschwand in einer Wolke von Staub. Was war mit den beiden los? Sollte er in Cavalaire anrufen und die Sache ans Kommissariat durchgeben?

Paillard beschloß, darauf zu verzichten. Vielleicht könnte er bei den *Poulets* ein paar Punkte sammeln, aber besser, er blieb bei der alten Marschrichtung: Bei der Polizei streck nie den Kopf aus der Deckung …

Eine Ehe hat viel Ähnlichkeit mit einem Gebäude. Zwei Menschen errichten es gemeinsam. Das war eines der Bilder, die Bergmann seinen Klienten während der Therapiestunden nahezubringen versuchte. »Es kommt dabei nicht so sehr auf die Pläne an oder die Absichten, die man verfolgt, entscheidend ist, mit welcher Ernsthaftigkeit man die tragfähige Struktur angeht. Wenn ein Partner auf seinen Bauteil nicht achtet, nichts darauf gibt, wenn Schäden entstehen oder sich Risse auftun, trifft es immer auch den anderen. Und das heißt: Man hat eine gemeinsame Verantwortung. Auch für die Defekte. Die Fassade kann noch so schön sein, wenn es dahinter nicht mehr stimmt, wird sie belanglos …«

Und so war es auch.

Bald überkam Stefan der Eindruck, daß er und Christa ein Spiel spielten. Die Rollen waren vorgegeben, das Stück hieß: »Die Landpraxis«. Sie spielten es sogar mit Erfolg. Niemand, weder die Putzfrauen noch Marga, bemerkte Probleme, schließlich waren sie ein altbewährtes Team. Und selbst als Christa sich eines Abends aus dem gemeinsamen Schlafzimmer verabschiedete, erfolgte es ohne Szene, fast beiläufig.

»Weißt du, im Sommer ist es im Gästezimmer einfach kühler … Du sitzt ja sowieso über deinen ewigen Vorträgen, und ich hab schließlich auch einiges zu tun.«

Sie hatten beide begonnen, abends zu arbeiten. Vielleicht wollte Christa mit Stefan gleichziehen. Auf der Anschlagtafel der Volkshochschule stand ihr Name geschrieben: *Frau Christa Bergmann spricht über moderne Kinder- und Säuglingspflege.*

Alles schien selbstverständlich ... Und jeder machte auf seiner Seite der unsichtbaren Scheibe, die zwischen ihnen stand, weiter, als sei nichts, aber auch gar nichts geschehen.

Doch dann bildeten sich die ersten Risse. Manchmal war in Stefan das Gefühl, als beginne der Boden unter ihm zu beben, als stehe etwas Bedrohliches bevor.

Am dritten September erhielt er einen Brief. Christa legte ihn zusammen mit der anderen Post auf den Schreibtisch. Als erstes fischte Stefan sich ein Kuvert heraus, dessen Absender ihn neugierig machte: *Verband deutscher Psychologen.*

Was wollten die? Ein Herr Walter Wollberger, Diplompsychologe, erbat eine schriftliche Stellungnahme zu der Frage, wie Stefan es sowohl standesethisch als auch kassenrechtlich zu vertreten gedachte, in seiner Praxis als Allgemeinmediziner psychotherapeutisch tätig zu sein.

Er reichte Christa den Brief. »Ist doch unglaublich.«

»Was ist unglaublich?«

»Na, lies. Was für eine dämliche Anmaßung. – Kein Praktiker, kein Arzt kann sich mit einem Patienten beschäftigen, ohne die psychologische oder die psychosomatische Seite der Probleme zu berücksichtigen. Nicht einmal betonharte Schulmediziner wie dein Vater können das.«

»Nicht einmal die? – Solche Idioten, was? Aber darum geht's hier nicht.«

»Nein?«

»Es geht um deine Methoden.«

»Es geht um die Hypnose-Therapie. Und das ist eine anerkannte Schule der Psychologie. Bloß gibt's dafür keine Gesetze. Außerdem – ich rechne privat ab.«

Diesmal gab Christa keine Antwort. Sie sah ihn nur an.

Er spürte, wie sein Ärger wuchs, hörte sich schneller atmen. »Was willst du eigentlich? Du weißt doch selbst, daß ich Lehrseminare besucht habe, daß ich auf jedem ernstzunehmenden Kongreß dabei bin. Außerdem habe ich mich wahrscheinlich mehr mit Psychologie beschäftigt und mehr Bücher darüber gelesen als dieser ... dieser ...« Er warf den Brief auf den Tisch. »Dieser arrogante Pinkel.«

Sie zog den Patientenstuhl heran, setzte sich, stützte die Ellbogen auf, faltete die Hände, legte ihr Kinn darauf und sah ihn weiter an. »Hier geht's nicht um Pinkel und nicht um Arroganz, Stefan.«

»Um was dann.«

»Um Sauberkeit. Um klare Linien, klare Trennungen.«

»Und das sagst du zu mir? Herrgott, du siehst seit Jahren, welche Erfolge ich mit der Hypnose-Therapie erziele. Du hast sie vor Augen. Du kennst die Fälle. Du hast gesehen, wie Annemie Markwart beieinander war und was aus ihr geworden ist, und sie ist eine von Hunderten. Das alles willst du in Frage stellen?«

Er brach ab. Es war nicht das Befremden in ihrem Gesicht, es war ein Staunen über sich selbst. Er hatte geschrien.

»Warum brüllst du nicht weiter? Schrei doch, nur zu! Es ist ja kein Mensch im Wartezimmer. In den letzten Wochen kommen sowieso immer weniger.« Sie hatte recht, doch was ihn schweigen ließ, war etwas anderes. Erzählte er nicht dauernd, wie wichtig es sei, in der Bedrängnis Distanz zu sich selbst zu gewinnen? Und jetzt brüllte er tatsächlich.

»Entschuldige.«

Christa blieb erbarmungslos. »Hast du dich schon mal

gefragt, was hier los ist? Warum wir so wenig Betrieb in der Praxis haben?«

»Was soll das?«

»Das ist ganz einfach. Und hat auch mit Klarheit zu tun.« Sie deutete auf den Brief. »Der Mann hat doch recht. Du vermischst die Dinge. Und weil du das tust, verwirrst du deine Patienten. Die wissen gar nicht mehr, wohin sie gehen, zu ihrem Doktor, der ihnen sagt, was mit der Herz-klappe los ist, oder ihnen ein Furunkel am Bein auf-schneidet, oder zu dem anderen, der sie in hypnotische Trance versetzt, in einen Zustand, den sie nicht kontrol-lieren können, der ihnen unheimlich ist.«

Auch jetzt blieb er ruhig.

»Christa«, sagte er leise, »du kennst meine Arbeit. Du kennst sie besser als jeder andere ...«

Sie nickte und ging.

In derselben Woche, drei Tage später, erhielt Stefan einen Anruf aus Köln. Am Apparat war sein alter Freund Rudi Becker, der Redakteur, der die Sendereihe »Grenzbereiche der Medizin« betreute.

»Störe ich?«

»Du doch nicht, Rudi. Ist irgend etwas an dem Manu-skript nicht in Ordnung?«

Es war Stefans vorletzter Beitrag. Er sollte in zehn Tagen gesendet werden. Der Abstand zwischen den Sen-dungen dieser Reihe betrug zwei Wochen. Es gab also im-mer noch genug Zeit, Korrekturen vorzunehmen.

Doch Rudi Becker ging es um etwas anderes. »Ich habe dir doch gesagt, daß wir am nächsten Mittwoch ein Hörer-echo bringen?«

»Damit hab ich aber nichts zu tun.«

»Nein, das erledigen wir. Aber da hat uns ein ziemlich

heftiger, man muß schon sagen, bösartiger Brief erreicht. Er kommt von einem Professor Rüttger aus Hannover. Und da hätte ich schon gerne, daß du darauf reagierst.«

»Schick mir den Brief per Fax«, sagte Stefan.

Das Fax kam wenige Minuten später. Der Inhalt entsprach ziemlich genau seinen Erwartungen, er deckte sich mit den bissigen Argumenten und Sprüchen, die ihm der Klanchef der Rüttgers schon vor Jahren lautstark an den Kopf geworfen hatte.

Immer blieb es das gleiche: gewissenlose Scharlatanerie, Irreführung der Patienten, die sich vergeblich Hoffnung auf Heilungschancen machten, und am Schluß: »*Bei Krebs beginnt diese sogenannte Hypnose-Therapie kriminell zu werden und rückt somit in die Nähe eines Straftatbestandes, nämlich der Anmaßung, selbst bei der Krebsheilung positive Erfolge erzielen zu können ...*«

Das alles berührte Stefan nicht. Er kannte es ja schon. Doch daß sein Schwiegervater sich an seinen Schreibtisch setzte, um ihn beim Sender anzuschwärzen, hätte er nicht erwartet.

»Wie, glaubtest du denn, daß er reagieren würde?« Der Blick, den Christa ihm zuwarf, war der gleiche wie der, als er sich über das Schreiben des Deutschen Psychologen-Verbandes aufgeregt hatte.

»Da wären wir also wieder!« Er seufzte resigniert. »Wieso eigentlich nehmt ihr denn nie zur Kenntnis ...«

»Ihr?«

»Ja, ihr. Dein Vater und du.«

»Und was sollen wir zur Kenntnis nehmen?«

»Daß ich, Himmelherrgott noch mal, genauso Schulmediziner bin. Nur daß mich dieser engstirnige Reparaturbetrieb nicht befriedigen kann. Und daß ich nichts anderes will, als meine Therapiemöglichkeiten zu erweitern.«

»Und? Wo sind sie denn, deine Krebserfolge? Wie konntest du den Wahnsinn begehen, so einen Mist im Radio zu verbreiten, und dann auch noch erwarten, daß mein Vater stillhalten würde?«

»Wahnsinn, sagst du? Wieso Wahnsinn? Erstens hast du die Sendung überhaupt nicht gehört, du weißt also nicht, wovon du redest. Zweitens ist von einer Krebsheilung durch Hypnose-Therapie nicht die Rede. Ich sage sogar ausdrücklich, daß bei der Krebstherapie in vorderster Front die klassischen Mittel der Medizin stehen, aber daß sich zur Unterstützung, nämlich zur Ankurbelung des Immunsystems, die Hypnose sehr wohl bewährt hat. Das wurde unzählige Male klinisch bewiesen. Außerdem, du kennst meine eigenen Fälle …«

Er sprach ruhig. Er würde sich nie mehr, so wie das letzte Mal, zu lautstarker Erregung hinreißen lassen. Was sich zwischen ihm und Christa auftat, war der klassische Schützengraben. Was schmerzte, war, daß er zwischen ihnen beiden verlaufen mußte.

»Ach, Christa …« Er hielt die Hand fest, die vor ihm auf dem Schreibtisch lag. Sie zog sie nicht zurück. »Christa, wie oft haben wir dies alles schon durchdiskutiert? Und wie oft warst du meiner Meinung. Das Immunpotential ist nun einmal das Entscheidende, nicht nur beim Krebs, sondern bei allen Heilprozessen … Aber gerade bei Tumoren wird es dramatisch. Du weißt es, ich weiß es, und Chirurgen wie dein Vater wissen es ganz besonders. Denen reicht oft ein einziger Blick oder ein kurzes Gespräch, und ihnen ist klar: Den hier, den krieg ich durch, denn der glaubt an sich. Und der andere hat sich schon aufgegeben. So ist das doch. Es läuft über die Psyche. In der Hypnose kann man Kräfte ankurbeln, ich kann den Leuten beibringen, wie man sich wehrt – bis hin zu den weißen Blutkörperchen, bis zu den Makrophagen. Du hast es erlebt – und jetzt stehen wir hier wie zwei Gegner? Das ist doch lächerlich, Christa!«

Doch sie ging bereits auf die Tür zu.

Was war bloß geschehen, Himmelherrgott noch mal?

Sein Herz schmerzte …

Was alles Pech, sagte sich Julien Mainardi, nichts als Pech.

Schon daß Abu Amar an diesem Samstag morgen den Sechzehn-Tonner mit Schüttgut für die Mole von *Port Les Fleurs* fahren mußte. Abu war ein guter Fahrer, immer war Verlaß auf ihn gewesen, aber er hatte nun mal einen marokkanischen Paß, und das dunkle schmale Gesicht mit dem schwarzen Schnurrbärtchen war genau die Sorte Gesicht, die sie hier so mögen. Dabei war Abu kein Marokkaner. Er gehörte zu den Palästinensern, die die Israelis während des Libanon-Krieges aus Beirut hinauswarfen und auf die Schiffe trieben …

Und ausgerechnet er mußte am Steuer des Lasters sitzen, dazu noch kurz vor neun, als der Nebel das ganze Gelände und den ganzen Betrieb zuschmierte, jawohl, regelrecht zuschmierte! Abu Amar hatte es bei der Vernehmung gesagt: »Nichts sehen. Nicht Hand vor Auge …«

Um acht Uhr vierzig hatte Abu Amar abgeladen, um acht Uhr vierundvierzig war er bereits auf der Rückfahrt. Er hatte die Bauzone schon beinahe verlassen gehabt, kam gerade in der Höhe der kleinen Imbißbuden vorbei, die sie dort für die Arbeiter errichtet hatten – und da passierte es.

»Sah nichts, Chef … wirklich nichts.«

Es war auch nichts zu sehen. Es gab nicht nur Nebel, da waren auch Dreck und Sand und Staub. Abu sah noch die

Lichter der *Camions*, die entgegenkamen, und dann plötzlich die Frau mit dem Kind.

»Die mich angucken ... ganz nah ...«

Abu hatte die Hände vor dem Gesicht, als er das erzählte. Er zitterte und heulte wie ein Hund.

Die Frau hieß Jeannette Bernard. Sie war sechsundzwanzig Jahre alt, seit einem Jahr verheiratet, arbeitete als Zeitungsausträgerin in Saint-Michel und war in dieser Sekunde nicht allein. Sie hielt ihre neun Monate alte Tochter Nicole im Arm.

Abu rammte den Fuß auf die Bremse, trat sie durch, so weit es ihm möglich war, und die Hydraulikbremsen seines Sechzehn-Tonners gehörten zu den leistungsfähigsten Geräten im Autobau. Überdies war das Ding gerade vor einer Woche überholt worden, aber das alles half nichts ...

Jeannette Bernard machte einen einzigen Satz. Die Stoßstange erwischte sie an der Hüfte und schleuderte sie in den Schmutz – ihr Glück! Glück war auch, daß der Fahrer des nächsten entgegenkommenden Wagens in einem PKW saß, das Unglück aus genügendem Abstand beobachten und rechtzeitig bremsen konnte.

Nicole jedoch, der Säugling ...

Das wirst du nie vergessen, sagte sich Julien Mainardi. Nie! Und wenn du neunzig Jahre alt wirst ... Das Herz krampft sich bei so was zusammen, der Magen dreht sich dir um ...

Er griff erneut zur Cognacflasche. Sie war im Handschuhfach seines Wagens verstaut. Er hatte Mühe, den Verschluß herunterzubekommen, so sehr zitterten seine Finger. Das Kind, das Kind ...

Das Häufchen zerquetschten Fleisches und zertrümmerter Knochen, das von ihm übrig war, hatten sie abgeholt. Doch die Blutlache blieb und sickerte langsam in die braune, staubige Erde.

Drüben in dem Polizeiwagen verhörten sie die Zeugen und schrieben Protokolle. Abu Amar hatten sie längst abgeführt.

»Hatte der Mann überhaupt einen LKW-Führerschein, Herr Mainardi? Die Arbeitspapiere? Die bringen Sie uns ins Kommissariat, ja? Auch die Versicherungsunterlagen und seine Arbeitsgenehmigung, verstanden? War der Wagen in Ordnung? Wann war er zum letzten Mal zur Inspektion gewesen?«

Was konnte Julien für den Nebel oder den Dreck auf der Baustelle? Und alles war in Ordnung. Die Papiere, ja, da konnte ihm keiner an den Karren fahren.

Das andere aber? Wenn die wüßten ...

Das »Schweinegesicht« kam gerade wieder angeschaukelt, fett, rothaarig und im schicken Seidenblouson.

Leo, das »Schweinegesicht« spielte den Patron. Er kam aus Rennes, war Bretone und bei den Bauarbeiten von *Port Les Fleurs Le Coqs* Mann vor Ort.

Auf der Baustelle arbeiteten an die vierzig verschiedenen Firmen, mehr als die Hälfte gehörten entweder *Le Coq* ganz, oder er hatte auf irgendeine andere Weise die Finger drin. So wie bei Julien Mainardi zum Beispiel ... Vor einem halben Jahr noch fuhr Julien mit seinen beiden Kleinlastern für den Markt in Saint-Raphaël. Jetzt waren acht schwere Volvo und vier Renaults auf seinen Namen eingeschrieben. Er konnte den Chef spielen, das ja, nur leider gab's dafür ein riesiges Schuldenkonto beim *Crédit Lyonnais* und dazu noch die fünfzehn Prozent, die monatlich von jeder Einnahme auf *Le Coqs* Konto flossen. Und es gab Leo, den Bretonen, der für diesen korsischen Mafioso arbeitete, bei Julien die Autotür aufriß und brüllte:

»Das muß ich melden, Mainardi. Das gibt Ärger, darauf kannst du Gift nehmen. Und das kostet Geld ...«

»Mit der Versicherung bin ich in der Reihe, Leo.«

»Was heißt Versicherung! Was glaubst du, was so 'ne Sauerei für uns bedeutet? Ja, was meinst du, was jetzt in den Zeitungen stehen wird?«

»Ich kann doch nichts dafür ...«

»Du nicht, der Fahrer nicht, keiner. Aber dich wird's was kosten. Du bist dran.«

Ach, leck mich doch am Arsch ... Mainardi dachte es. Es zu sagen, dazu fehlte ihm der Schneid.

Es war eines jener Wochenenden, die Christa bei ihrer Familie verbrachte. Nicht in der Mühle, nein, Doris war nach Hannover in die Waldhausenstraße zurückgezogen, bewohnte die große Villa allein, während ihr Mann Jürgen zum Mieter eines Appartements im Zentrum geworden war. Doch Christa blieb zuversichtlich. »So, wie es aussieht, bring ich die wieder zusammen ...«

Für Stefan bedeutete es einen ruhigen Samstag, angereichert vielleicht mit ein paar Patientenbesuchen. Schlimmstenfalls kam auch ein Notfall dazwischen. Am Samstag abend gab es dann, pünktlich um acht, Christas Pflichtanruf: Ob denn auch alles in Ordnung sei?

Nichts war in Ordnung.

Trotzdem, so übel waren die Stunden am Schreibtisch in einem leeren Haus nun auch nicht.

Die Notizen für den Abschluß seiner Sendereihe lagen bereit, der Recorder wartete, Stefan leistete sich eine Zigarette – die fünfte des Vormittags und somit eine Schande, vor allem wenn man daran dachte, wie vielen Leuten er unter Hypnose schon den Raucherdurst weggezaubert hatte.

Stefan drückte die angerauchte Zigarette aus und

nahm das Mikrofon des Recorders. »Ein Arzt begegnet einem kranken, leidenden Menschen. Was wird er tun? Doch das, was nach seiner Erfahrung und nach seinen Erkenntnissen am geeignetsten ist, diesen Menschen von seinem Leiden zu befreien.

In meiner Praxis als Landarzt wende ich seit Jahren die konservativen Mittel an, halte mich exakt an die Vorgaben der wissenschaftlich abgesicherten Schulmedizin, aber ich greife, wenn es mir geboten scheint, auch zum Hilfsmittel der Hypnose-Therapie. In welchem Namen will man mir das verbieten? Es gehört schon ein großes Maß an bornierter Engstirnigkeit dazu, wenn meine schulmedizinischen Gegner Erfolge, die nicht mit ihren Methoden erzielt werden, als ›Phänomene‹ oder ›nicht überprüfbare Einzelfälle‹ herabstufen wollen.

Sie sollen sich meine Krankenkartei ansehen. Ich stelle sie jedem zur Verfügung. In den Jahren, in denen ich mich der Hypnose-Therapie zuwandte, habe ich Resultate erzielt, die mich selbst überraschten. Dabei ging es nicht allein um die Schmerzfreiheit, die selbst bei schwierigen chirurgischen Eingriffen zu erreichen ist, auch langanhaltende chronische Entzündungsprozesse, Muskelschädigungen verschiedenster Ursachen konnten beseitigt werden. Dazu kommt das weite Feld jener Leiden, die auf neurotischen oder psychosomatischen Ursachen beruhen. Gerade das sind Krankheiten, die zu den qualvollsten gehören, weil sie vielen Menschen nicht nur ihre beruflichen Chancen, sondern auch ihre sozialen Verbindungen beschädigen ...«

Er stand vom Schreibtisch auf, ging zum Fenster und schloß es. Er goß sich eine Tasse Tee ein und nahm wieder das Mikrofon hoch.

»Sigmund Freud, dessen Erkenntnisse eine ganze Welt

veränderten, war einer der ersten, der mit Hypnose-Therapie arbeitete. Die Erfolge, die er dabei erzielte, waren für ihn ausschlaggebend, auf seinem Weg weiterzugehen und die moderne Psychoanalyse und damit auch die moderne Psychologie zu begründen. Obwohl es Freud und seinem Weggenossen Breuel gelungen war, seine Patienten von schweren Neurosen zu befreien, was war die Antwort? Der Vorwurf unwissenschaftlicher Scharlatanerie.

Der Vorwurf ist geblieben – nur ist er ein wenig leiser geworden, die Beweislage ist nun einmal zu zwingend. Die Angriffe laufen stets auf das Wort ›unwissenschaftlich‹ hinaus, aber auch das stimmt nicht. Die heutige Gehirnforschung ist nicht zuletzt von den Ergebnissen der Hypnose-Therapie angeregt, sie beweist zum Beispiel, was kompetente Hypnose-Therapeuten längst behauptet haben, daß im Aufbau und in der Funktionsweise unseres Gehirns zwei Gegenspieler existieren, die rechte – und die linke Hirnhälfte. Deshalb lassen Sie mich heute ...«

Stefan kam nicht weiter. Das Telefon war schuld. Bloß nicht, dachte er, als er nach dem Hörer griff, bloß nicht wieder irgendeine Mami, deren Baby Durchfall hat.

Er hob ab.

Zunächst war da nichts als das Knistern der Leitung zu hören, dann Worte, französische Worte. Es war, als presse eine Faust Stefans Herz zusammen, um es dann in wilden Galopp zu versetzen.

Er hatte die Stimme sofort erkannt.

»Maria?« sagte er ungläubig.

»Ja, ich. – Störe ich?«

»Stören? Wenn Sie wüßten, wie oft ich in letzter Zeit an Sie gedacht habe! Es ist nur, daß ich ...«

»Ich weiß, was ist, Stefan ... Oder denk es mir.«

Er schwieg. Was hätte er sagen können?

Er hörte ihren Atem.

»Wo sind Sie, Maria. In *Le Castelet*?«

»Nein, hier.«

»Wirklich?« Sein Herz machte einen erneuten Sprung. »Wo? In Frankfurt?«

»Hier ... Thomas nahm mich nach Deutschland, nach Frankfurt mit. Er hat in Frankfurt zu tun. Und dann kam irgend etwas noch viel Wichtigeres in die Quere, das läuft ja immer so bei ihm. Jedenfalls, gestern mußte er nach London. Anschließend fliegt er nach Vancouver.«

Thomas, seine Geschäfte, Marias Stimme ... Stefan spürte seine Hände feucht werden. Es war zuviel, es war ein Wirbel, der in seinem Schädel tobte, ihm die Gedanken blockierte, so daß er nichts zustande brachte als die alberne Floskel: »Wie schön, daß Sie anrufen.«

»Können wir uns sehen, Stefan?« Es kam knapp und präzise – und war genau das, was er sich wünschte.

»Wo sind Sie?«

»Ich sagte doch – hier.«

»Und was heißt das?«

Wieder ihr Atem, dann: »Stefan, ich wußte nicht, wie ich mich verhalten soll. Ich meine, ich habe keine Ahnung, wie es Ihre Frau aufnehmen würde, wenn ich plötzlich bei Ihnen auftauche.«

»Warum? Außerdem ist das kein Problem. Christa ist in Hannover. Aber was heißt ›hier‹?« beharrte er.

»Ich bin an dem Ort, den ich am besten kenne. Eigentlich ist es der einzige in Burgach.«

»Wo?«

»Oben an der Kurve.«

»An der Kurve? Sie meinen die Stelle, wo damals ...«

»Richtig, wo damals auf Thomas geschossen wurde.«

»Ich komme«, sagte Stefan Bergmann.

Unterwegs im Wagen, als er über den Zubringer in die Bundesstraße einbog, bedrängte ihn die Frage, die er so lange kannte wie Maria Lindner selbst: Was ist mit dieser Frau? Was will sie? Und warum zum Teufel wirfst du dich wie ein Irrer ins Auto und rast hier hoch? Du hättest sie doch genausogut nach Hause einladen können.

Und: wieso vermied sie das Haus?

Vielleicht weil sie ihren Luxuswagen nicht vor der Tür parken wollte? War es das?

Stefan hatte das Altersheim passiert, die letzte Strecke begann, die Gerade durch den Wald. Dort vorn wurde es wieder hell: die Kurve.

Es war das Déjà-vu-Erlebnis, das er schon einmal hatte, damals, als Maria zusammen mit Thomas Lindner nach Burgach gekommen war: der große Wagen einsam am Straßenrand, und wieder funkelte er in seiner ganzen burgunderfarbenen Pracht. Die Sonne hatte die Wolken niedergekämpft, warf ihre Strahlen auf den Hang, ließ das Herbstlaub in allen denkbaren Schattierungen von grellem Gelb, Rot und tiefstem Ocker aufleuchten.

Dieses Mal war Maria ausgestiegen.

Sie stand, den Rücken gegen den Wagen gelehnt, und blickte hinab ins Tal. Stefan parkte auf der gegenüberliegenden Seite und stieg aus. Sie kam quer über die Straße auf ihn zu, ihr Haar fing die Sonne ein, ihr Gesicht leuchtete. Selbst der mattgelbe leichte Wollmantel, den sie trug, schien für diesen Tag, für diese Sekunde ausgesucht zu sein ... Die letzten Schritte – sie ging sie nicht mehr, es schien, als laufe sie auf Stefan zu. Sie streckte ihm die Hände entgegen, und auch er breitete wie in einem Reflex die Arme aus, und da war sie. Er atmete den Duft ihrer Haare und ihrer Haut, spürte den sanften leichten Druck ihrer Lippen auf seinen Wangen, hatte ihre Augen ganz nahe vor sich, diese dunklen unergründlichen Augen mit den winzigen Goldpünktchen darin, an die er so oft gedacht hatte.

Küsse auf die Wangen – in Frankreich nichts als eine Form der Begrüßung. Aber dies war mehr.

Marias Gesicht lachte.

»Stefan, Stefan – das hätten Sie nicht gedacht, nicht wahr?«

»Doch«, hörte er sich sagen. Sie hielt ihn noch immer fest.

»Was heißt doch?«

»Ich habe davon geträumt. Und jetzt finde ich es so natürlich wie ... wie die Sonne.«

Sie ließ ihn los.

Es war eine Lüge. Oder vielleicht doch nicht? Wie konnte sich sonst so viel freudige Vertrautheit einstellen, so, als treffe man einen Menschen, dem man sich seit langer Zeit verbunden fühlte.

»Was ist natürlich?« beharrte sie. Ihre Hand berührte erneut seine Schulter.

»Ach, Maria, ein bißchen arbeite ich wie die Maler. In meiner Arbeit benutze ich Bilder.«

»Ich denke, es sind Gefühle?«

»Nein, Inhalte, Vorstellungen, von denen ich gerne hätte, daß andere sie übernehmen. Jetzt bin ich meine eigene Projektionsleinwand. Und es gab in letzter Zeit nur ein einziges Bild.«

»Welches?«

»Das«, sagte er. »Genau das. Ich sah es immer wieder vor mir ...«

Sie hatten den schmalen Weg zum Hang genommen. Maria hatte es gewünscht. Nun standen sie ganz oben und blickten auf das Feuermeer des herbstlichen Waldes. Die Wärme der Sonne kam schräg und streichelte ihre Gesichter. Rechts von ihrer gleißenden Scheibe türmte sich eine dunkelviolette Wolkenwand.

Die Lindners waren für eine Woche nach Frankfurt gekommen. Dringende Geschäfte, was sonst?

»Hat Thomas Sie wegen der dringenden Geschäfte mitgenommen?«

Das Gold in ihren Augen tanzte. »Ich weiß es nicht. Vielleicht.«

»Und?«

Sie nahm den Blick nicht von ihm.

»Warum flogen Sie mit?«

»Frag es dich doch selbst, Stefan.«

»Stefan« und »du« – und mit einer Gelassenheit, die ihm den Atem nahm. Und dieser Blick ... Sein Mund wurde trocken. Sein rechter Arm hob sich, und er konnte nicht anders, als Marias Haare zu berühren.

»Es ging mir wie dir, Stefan. Seit diesem Nachmittag, an dem du nach *Le Castelet* gekommen bist: Ich wollte dich wiedersehen, mußte ...«

Er sah sie an. »Und Bella?«

»Bella? Bella gibt es nicht mehr. Zumindest gibt es sie nicht in *Le Castelet* und auch nicht für mich ... zur Zeit nicht für mich. Wer weiß, was später wird. Aber sie wird in New York bleiben. Ausgerechnet New York!« Sie schüttelte den Kopf. »Die Stadt hat sie kuriert, Stefan. Stell dir das vor. Aber siehst du, so ist es.«

Er nickte.

Sie sah ihn noch immer an. »Weißt du, was Bella von dir sagt? Sie sagt, du wärst eine Art Schamane. Einer, der die Gefühle anderer manipulieren könne, müsse ein Schamane sein. Bist du ein Schamane, Stefan?«

»Vielleicht wäre ich dann schon ein bißchen weiter«, grinste er. »Vielleicht muß ich manchmal Gefühle manipulieren. Aber nicht für mich. Das würde ich nicht tun. Nie.«

»Natürlich, du als Arzt bist eine Art Heiliger, was? Trotzdem, du hast es getan. Du hast mich hypnotisiert – damals. Was hast du mit mir gemacht, Stefan?«

Er ertrug diesen Blick nicht länger, er schlug die Augen nieder, doch da waren ihre Hände, die sich an seinen Rükken klammerten, da war ihr Körper mit seiner Wärme, da war alles, was er sich in den Minuten, die er immer und immer wieder verdrängte, ersehnt hatte ...

Was geschehen muß, geschieht; kein Gedanke, keine Überlegung kann es ändern. Was hatte es mit Vernunft zu tun, wenn sie sich liebten – und wie sie sich liebten! Vernunft und Leidenschaft, Wasser und Feuer – sie gehörten nicht zusammen.

Einmal in den wenigen klaren Sekunden, als in diesen Rausch das Bewußtsein zurückkehrte, dann, wenn sie voneinander ließen, um Atem zu holen, erblickte Stefan dort unten am Hang den verdorrten, von Moos überwachsenen Stamm einer alten Fichte. Es war der Platz, hinter dem vor wenigen Monaten und so vielen Ewigkeiten der Todesschütze auf Thomas gelauert hatte. *Le Coq!* – Der Name tauchte kurz und flammend wie ein kleiner Sprengsatz in Stefan auf und verschwand wieder. Der Mann, den *Le Coq* geschickt hatte?

Doch was spielte das für eine Rolle?

Es war so fern von Stefans Realität, und so nah waren dieses Gesicht, dieser Körper. Wann hatte er je etwas Ähnliches erfahren, wann je etwas Ähnliches erlebt? Nie hatte er gewußt oder auch nur geahnt, was ein Körper zu fühlen vermag, zu welchen Steigerungen der Empfindung er fähig ist, und dies scheinbar endlos, ein Schwingen von Höhepunkt zu Höhepunkt, aufblitzend wie die Explosionen eines Feuerwerks – bis es dunkel und kalt um sie wurde, eine Art Abstieg in die Finsternis. Wind griff nach ihrer nackten, erhitzten Haut, warf Staub über sie, bis sie auseinanderfuhren und hochblickten.

»*Mon Dieu*«, schrie Maria.

Die ersten Tropfen lösten sich aus der tintigen Schwärze, in die der Himmel sich verwandelt hatte, der Regen prasselte auf sie nieder. Maria saß da ohne die geringste Reaktion, ließ es einfach geschehen, ließ zu, daß der jähe Wolkenbruch Wasser über sie ausschüttete, streckte die Arme aus, wandte den sonnenbraunen Körper dem Wasser entgegen, während ihre Haare wie schwarze Schlangen auf ihrem Gesicht klebten.

»Und jetzt?« Ihre Zähne blitzten. »Was jetzt, Doktor?«

Was jetzt? Den Tod würden sie sich in dieser Kälte holen und wenn nicht den Tod, dann mindestens einen höllischen Schnupfen. Einer der Forstarbeiter würde auf dem Weg auftauchen, Konietzka, der Mann, der damals in der Nacht geholfen hatte, Lindner aus dem Wagen zu ziehen, und was fand er jetzt? Lindners nackte Frau und den Doktor, beide vom Regen durchweicht ...

Stefan lachte mit, aber mit der Kälte kam auch so etwas wie die klare Überlegung zurück. Maria hatte sich aufgerichtet, die Schultern waren hochgezogen, die Arme preßte sie um den Leib, die Kleider, die sie sich zuvor heruntergerissen hatten – nun lagen sie verstreut um ihren Mantel. Ihre Wäsche, Stefans Jeans, die Windjacke, alles dunkel und naß.

»Und das sollen wir anziehen?« Maria starrte Stefan an wie ein aus dem Bach gefischtes Kind.

»Na, den Mantel, das geht doch. Und ich komm auch in

meine Hosen. Und dann runter zum Wagen und die Heizung anstellen.«

Auch Stefan schlotterte vor Kälte.

Vielleicht lag's am Wein, den der Kastellan von *Saint-Louis* ihm zugeschoben hatte, als er die alten Kirchenschwarten aus den Regalen holte, dicke verstaubte, nach Schimmel riechende Folianten, jedes Buch mindestens ein Kilo schwer: Charlie nahm die erste Zwanzig-Kilo-Ladung auf die Arme, stolperte durch den Seitenausgang aus der Kirche, und dann, gerade über dem Rand der gesammelten »Gesänge Davids« – was sah er? Zwei schräge schwarze Lackaugen, ein roter Kirschenmund – eine Chinesin!

»Hallo!« Das brachte er gerade noch heraus. »Wo kommst denn du her.«

»*I am chinese ...*«

Charlie schluckte.

Da stand er mit seinen Schwarten, die er Chevalier bringen sollte, stand am Seitenausgang von *Saint-Louis* auf diesem buckligen Kopfsteinpflaster. Es war Oktober. Hotels und Pensionen hatten die Fenster verrammelt, die Touristen hatte der Teufel geholt, der Wind pfiff schon kühl durch die Gassen – und da stand eine Chinesin.

»He«, sagte Charlie, »nun bleib mal ... Komm, ich lad meinen Kram ab, dann trinken wir 'nen Kaffee. Gleich dort vorn, das ist meine Karre, siehst du sie?« Es war nicht »seine Karre«. Der Wagen gehörte Chevalier, und die Chinesin blieb nicht. Sie trippelte los, und er, Charlie, jagte hinterher, nicht mehr als drei, vier Schritte ging er, schon passierte es.

Zuerst rutschten die Turnschuhe, dann die »Gesänge Davids« – und schließlich der ganze Rest.

Charlie fluchte.

Die Chinesin war schon an der Ecke, ihr roter Schal leuchtete, weg war sie ... Charlie aber hockte am Boden, rieb sich die schmerzenden Knöchel und betrachtete die Bescherung. Ein paar Foliantenseiten hatten sich gelöst, der Wind trieb sie fort, er grapschte danach. Und ganz plötzlich waren da noch zwei Hände, sie hielten fest, sammelten ein, stapelten Bücher aufeinander.

Ziemlich kleine Hände waren das ...

Charlie drehte den Kopf und blickte in ein Gesicht, das er schon immer gern gesehen hatte.

»Was machst denn du hier, Régine? Da war gerade 'ne Chinesin. Und jetzt ...«

»Mensch, paß lieber auf. Sonst trägt dir der Wind den ganzen Schrott davon.«

»Schrott«, sagte Charlie. »Stimmt ...«

Zusammen trugen sie die Bücher zum Wagen. Die Heckklappe stand offen, na, wenigstens das. Sie räumten ihre Last in den Kofferraum, Charlie warf den Deckel zu und drehte sich um. »Der auch noch?« wunderte er sich, als er Fabien kommen sah. »Wie ist das, Fabien? Warum schickst du Régine nicht mal allein. Seid ihr Zwillinge?«

»So was ähnliches«, lächelte sie.

»Wenn das stimmt«, fragte Charlie sauer, »wieso läßt du ihn dann so rumlaufen? Er sieht doch verboten aus.«

»Was soll ich machen? Ich habe ihm ein Zimmer im Haus in der Rue Bernanos hergerichtet. Das ist schließlich seine Bude, da könnte er wohnen ... Und was macht er? Sechs Wochen schon hockt er wieder oben in der Höhle. – Am Col.«

Charlie sah Fabien entgegen, der, die Hände in den Jeanstaschen, langsam auf ihn zukam, das Gesicht noch magerer als sonst, unrasiert, mit hellen Stoppeln auf brauner Haut, die alte Jeansjacke voller Schmutzstreifen, die Hosen am Knie zerrissen – doch die Augen weit geöffnet, das Grinsen erfreut.

»Fabien, willst du weiter so rumlaufen? Was soll denn das? Wann wirst du endlich vernünftig ...«

Und Fabien grinste weiter. Charlie kaute an seinem Ärger. Na schön: Sie sitzen im gleichen Boot, und das in mehr als einer Beziehung ... Charlie mußte das Semester schmeißen. Sein Vater würde vier Wochen länger in der Klinik bleiben, mindestens. Die Knochen waren ausgeheilt, aber der Kopf, das Gedächtnis wollte nicht. An die früheren Zeiten erinnerte der Vater sich, aber die letzten Monate ... Es gab nur Bruchstücke, die ihm klar waren. »Wie Felsen in der Brandung«, hatte der Arzt gesagt ...

Fabien wiederum hatte das Reden inzwischen fast ganz eingestellt. Mit Régine schien es noch zu funktionieren, sonst aber benahm er sich wie ein Taubstummer, auch jetzt wieder. Sein schmutziger Fingernagel deutete auf seine Lippen, den Kopf hielt er bittend schräg.

»'ne Zigarette willst du?«

Charlie holte die Gauloise-Packung aus der Hose, zündete zwei an, schob Fabien die eine zu.

Sie rauchten schweigend und im Stehen. Dann ließ sich Fabien auf dem Sockelvorsprung von *Saint-Louis* nieder, Régine setzte sich neben ihn. Fabien griff in seine Brusttasche, und Charlie wußte, was nun kommen würde: der Notizblock. *Wir müssen miteinander reden*, stand darauf.

»Es gibt bessere Witze.«

Fabien schrieb weiter: *Dringend!*

»Und wo?«

Fabien deutete mit dem Kinn in die andere Richtung. Dort stand der alte R4 von Régines Onkel. Anscheinend hatte er ihn ihr für alle Zeiten überlassen.

»Na gut. Ich bring meinen Krempel rüber zu Chevalier. Dann mach ich Feierabend. Der geizige Hund ist mir sowieso noch die ganze Woche Lohn schuldig.«

Und Fabien lächelte …

»Es ist ganz einfach …«

Charlie blieb die Luft weg. Fabiens Satz kam kurz, klar und präzise: »Es geht nur … um die Presse … Und ich glau-glaube, ich habe da eine- Lö-lö …«

Fabien verstummte. Was blieb, war der erstickte Laut, mit dem er den Versuch abgebrochen hatte, das Wort »Lösung« auszusprechen.

Charlie grinste, doch innerlich hätte er heulen können. Das arme Schwein! Jetzt begann wieder die Fummelei mit Bleistift und Papier. Régine war an der Jalousie beim Fenster und zog sie ein wenig hoch.

Ricard, schrieb Fabien.

»Klar doch«, sagte Charlie. »Der fette Oli …«

Der »fette Oli« war ein Kommilitone aus Narbonne, genauer, er war es gewesen. Oli hatte im letzten Jahr aufgegeben und sich nach Paris verzogen. Moment! Um seinen Vater ging es damals. Pierre Ricard war einer der ganz Großen im Journalistengeschäft, ein Reporter, den man oft im Fernsehen sehen konnte. Von Marseille aus hatte er für den *Figaro* berichtet, dann aber, und das war das letzte, was Charlie von Oli erfuhr, hatten sie Pierre Ricard zum Redaktionschef in Paris befördert.

Verdammt, darauf hättest du selbst kommen können, dachte Charlie. Alles mögliche hatten sie unternommen, die ganzen Schrottplätze der Gegend auf der Suche nach dem zu Bruch gegangenen Streifenwagen aus Cavalaire abgeklappert, mit jedem gesprochen, der etwas von dem Unfall mitbekommen haben konnte. Charlie hatte versucht, die Kollegen seines Vaters anzuzapfen, hatte sich nach Vertier umgetan, dem Agenten, der zusammen mit *Inspecteur* Donnet dabei gewesen war, als Ortiz erschossen wurde.

Es hatte Charlie ziemlich viel Whisky und eine Menge psychologische Geschicklichkeit gekostet, die Beamten in Cavalaire auszufragen, doch gebracht hatte alles nichts. Schon die kleinste Andeutung bewirkte nur eines: achselzuckendes Befremden. Der Fall Ortiz? Steht schließlich in den Akten ... Wir, o nein, wir wissen nichts.

Was noch blieb, waren die Fotos, die Pascal Lombard gemacht hatte.

Zusammen mit Fabien und Régine hatte Charlie sie wohl ein dutzendmal durchgesehen. Sie hatten sich eine Lupe geholt, in der Hoffnung, daß die Vergrößerung weiterhelfen würde. Amoros und *Le Coq*, dazu noch dieser Verwaltungsbonze aus Toulon auf Lindners Yacht ... Donnet mit diesem Russen ... die Miezen am Schwimmbad der Villa Wilkinson. Dann wieder Donnet, diesmal in Lindners Hubschrauber ... Wieso eigentlich? Wieso flog ein Polizeiinspektor im Hubschrauber des Deutschen durch die Gegend?

Dazu kamen vier weitere Fotos. Sie waren die schlimmsten, so deprimierend, daß den jungen Leuten der Atem stockte: Die erste Aufnahme zeigte Donnet und den Sergeanten Vertier, wie sie mit gezogenen Pistolen hinter Ortiz' Grundstücksmauer in Deckung gingen. Auf dem zweiten liefen sie auf das Haus zu, auf der dritten Aufnahme wiederum stand Ortiz an der Haustür, hatte seine Vogelflinte noch in der Hand, aber die Art, wie er sie hielt, konnte nur eines bedeuten: Er war bereit, sich zu ergeben, und wollte die Waffe ausliefern. Eine weitere Aufnahme zeigte vor allem einen großen blühenden Hibiskus. In seinem Schatten jedoch lag ein Mann auf dem

Boden, mit dem Gesicht nach unten: Ortiz. Beide Arme waren ausgestreckt, die Hände auf die Erde gedrückt. Doch ob es sich nun um die Leiche des Lehrers handelte oder ob er von den beiden Bullen, die neben ihm knieten, zu dieser Stellung gezwungen worden war, das war nicht auszumachen.

Alles zusammen aber, darin waren sich die Freunde einig, ergaben die Bilder einen logischen, klaren Tathergang.

Nur – was würde ein Anwalt sagen, dem sie die Fotografien auf den Tisch legten? Und welchem Anwalt?

Es gab einen einzigen, der in Betracht kam: Dumont in Saint-Tropez. *Maître* Dumont hatte seit Jahrzehnten den Wein von Pascal Lombard bezogen. Und hatte von der ersten Kampagne an beim Kampf gegen *Port Les Fleurs* mitgemacht. Aber *Maître* Dumont war auch bekannt und berüchtigt für seine aggressiven linken Sprüche; er war eine Art altkommunistisches Urgestein, sechsundsiebzig Jahre alt und somit nicht gerade eine Idealbesetzung.

Doch jetzt hatte Fabien ja eine neue Idee.

Die Presse.

»Der Arme!« Maria lachte.

»Was heißt – der Arme? Welcher Arme?«

»Der alte Herr von gestern abend ... Was der für Augen gemacht hat, der Arme. Der bekam fast einen Schlag.«

Der »arme alte Herr« war der Portier des Gutshotels *Schöneich*. Und der arme alte Herr im schwarzen Anzug war wirklich wie zur Salzsäule erstarrt gewesen, als er gestern abend zwei reichlich sonderbare Gestalten auf sich zukommen sah. Immerhin – sie waren gerade aus einem äußerst zuverlässig wirkenden, großen Luxuswagen gestiegen. Bis auf die Haut durchnäßt, die Frau zitternd vor

Kälte und auch noch barfuß, denn Maria hatte auf der Flucht vor dem Regen durch den Wald den rechten Schuh verloren.

Aber jetzt war es Tag. Und Maria lachte.

Sie saß vor der großen Balkontür, eingehüllt in einen weiten Bademantel wie in einen viel zu großen Kokon. Der Frotteestoff kam ins Rutschen und entblößte all das, was Stefan in der Nacht wie eine Offenbarung erschienen war: die zarte Schulter, die Linie des Halsansatzes, einen schlanken Oberarm, die rechte Brust, fest, klein, mit kühnem Aufwärtsschwung und einer winzigen braunen Warze. Das Licht, das über die Wälder, Wiesen und Koppeln kam, ließ die Härchen auf ihrer nackten Haut aufleuchten und zog einen goldenen Streifen um ihr Profil. Und hinter ihnen gab es diesen warmen, hübschen Raum mit dem großen Bett, seinen Biedermeier-Möbeln und der gelbbraun gestreiften Tapete.

Eine Oase, dachte Stefan. Nein, ein richtiggehendes Wunder – wie alles, was in dieser Nacht geschehen war. Der Rest der Welt ist versunken. Es gibt nur noch uns ...

Er hatte den Frühstückstisch an die Terrassentür gestellt, rauchte und sah Maria an. Er hatte noch keinen Schluck Tee getrunken, sie anzusehen genügte ihm vollauf.

»Was ist, Stefan? An was denkst du?«

»An eine Frau.«

»Was?« Sie richtete sich auf und zog den Bademantel über ihre entblößte Brust. »Und das sagst du jetzt? Ist sie schön? Ist sie interessant? Oder denkst du an deine Frau?«

»Das sollte ich wahrscheinlich. Aber ich tu's nicht. Noch nicht. Das schiebe ich hinaus.«

»Das funktioniert nicht lange, *chérie* ...«

Da hatte sie recht.

»Und was ist das für eine Frau?«

»Eine Patientin.«

»Kennst du sie näher?«

»Nein. Sie war gestern, kurz bevor du angerufen hast, bei mir.«

»Und?«

»Sie hat mir einen Satz gesagt, der auch auf mich zutrifft.«

»Was war das für ein Satz?«

»Daß sich für sie alles geändert hat.«

»Hat es das – für dich?«

Er schwieg. Doch als Maria ihn weiter aus ihren dunklen Augen ansah, erwiderte er zögernd: »Ich weiß es nicht. Noch nicht ...«

»Und weshalb kam sie zu dir?«

»Weil sie sich von mir Hilfe versprach. Ihre Krankheit nannte sie ›krankhafte Eifersucht‹, krankhaft deshalb, weil ihr Mann ihr treu ist und sie ihn trotzdem ständig in den Armen einer anderen sieht.«

»Und das trifft auch auf dich ...«

»Nein.« Er lächelte. »Sie hat zuviel Phantasie. Als Malerin bist du darin eigentlich auch Experte.«

»Na gut, Experte in Phantasie, aber doch nicht in Eifersucht.«

»Eifersucht ist Verlustangst, nichts anderes.« Er füllte ihr die Tasse mit Tee nach und sah zu, wie die braungoldene Flüssigkeit auf das weiße Porzellan traf. »Furcht vor einer Trennung ... Aber meist hat sie mit dem Menschen, den man meint, gar nichts zu tun. Meist ist sie mit einem viel früheren, viel tiefer liegenden Erlebnis verbunden.«

»Und das hast du ihr gesagt?«

»Ja.«

»Und was ist das für ein Erlebnis?«

»Eine Kindheitsverletzung, die man vergessen will, vergessen muß, um weiterleben zu können. Aber aus dieser Verdrängung speist sich eine ewige Furcht und dazu noch eine andere Kraft: die Imagination. Da sieht man tatsächlich, wie zerstörerisch Phantasie manchmal sein kann.«

»Ja«, sagte Maria leise, »das kenne ich. Das weiß ich. – Und was hast du dann mit dieser Frau gemacht?«

Er drehte den Kopf zum Fenster und sah den beiden Ponys zu, die dort drüben wilde Galoppkreise zogen. Ihr Fell glänzte, die Mähnen flogen ...

»Das ist es ja. Es war das erste Mal, daß ich jemanden in einer derartigen Situation abwies. Ich hätte ihr helfen können, aber irgendwie fühlte ich mich gestern nicht in der Lage dazu. Ich schickte sie zu einem Freund, er ist Spezialist in Paar-Therapie. Nun, der macht es vielleicht besser, als ich es hätte machen können ...«

Maria schwieg. Dann verschränkte sie die Hände unter dem Kinn und sah Stefan an.

»Und wer therapiert uns? Bist du eifersüchtig? Ist es Thomas?«

»Ich glaube nicht. Nein, das nicht ...«

»Aber du willst wissen, was mit uns ist?«

Er nickte. »Das schon, Maria.«

»Alles?«

»Alles«, sagte er.

»Wir führen eine Geschwisterehe.« Der Ausdruck stammte nicht von Maria, sondern von Thomas. Und er traf hundertprozentig zu.

Maria wurde in Italien geboren, war in der Schweiz aufgewachsen und hatte die Erziehung genossen, die bei der Tochter eines in Genf stationierten UN-Diplomaten zu erwarten war: ständiger Wohnungswechsel, perfekte

Sprachkenntnisse, gesellschaftlicher Schliff. Ob Rom, Genf, Amsterdam, London ... »Du klopfst stets dieselben Sprüche, hast dich überall zu Hause zu fühlen, kennst jeden blöden Tennis- oder Golfplatz und bleibst so einsam wie ein Kettenhund.«

Irgendwann stoppte das Karussell. Marias Vater bezog eine Villa am Ufer des Genfer Sees, aber auch hier mußte sie weiter Handküsse entgegennehmen und hohlen Small talk herunterbeten. Immerhin lernte sie, die besten *Petits fours* der Stadt zu servieren – und dann lernte sie, ihren Vater wegen seiner ewigen grinsenden Unverbindlichkeit zu hassen.

»Das war tatsächlich eine Art Vaterkrise.«

Sie sah Stefan nicht an, während sie sprach, sie sah den Ponys zu, drehte ihr Glas Orangensaft in der Hand, und ihr Profil war schön, sehr schön und nachdenklich zugleich. »Und dann kam er ...«

Er – Thomas Lindner.

»Das war auf einem Empfang, und es ging um den Hunger in der Welt oder irgend so was. Da war er also: Thomas, der Unwiderstehliche. Das ist nicht einmal so eine blöde Floskel, wie es klingt. All die Frauen an diesem Nachmittag bekamen den berühmten feuchten Blick, als er aufmarschierte. Na, du kennst ihn doch ...«

Stefan nickte. Er konnte es sich zumindest vorstellen. Marias Augen indessen blieben trocken an jenem Tag. Sie hatte sich längst abgewöhnt, gutaussehende Erfolgstypen auch nur zur Kenntnis zu nehmen. Sie hatte sich in ihre Malerei verbissen und nur den einen Wunsch: Bilder zu malen. Sie hatte zudem an diesem Tag auch noch Krach mit ihrem Vater, der ihr verboten hatte, eine Chagall-Ausstellung in Lugano zu besuchen, zu der sie eingeladen worden war.

»Und da stand nun dieser Lindner vor mir. Er hat mir die Hand geküßt und mir sonst kaum einen Blick gewidmet.«

Aber irgendwie mußte er von Marias gescheiterten Plänen Wind bekommen haben. »Sie wollen nach Lugano? Ist doch kein Problem. Sie fliegen mit meinem Privatpiloten, *Mademoiselle* ... Sie sind um sieben Uhr in Lugano und freuen sich an Ihren Chagalls. *Voilà*, so einfach ist das.«

»Und *voilà*, das war's dann auch. Ich flog hin, hatte ein Zimmer im besten Hotel und war am nächsten Morgen zurück in Genf.«

So blieb es. Lindner drängte nicht, schickte keine Rosen, rief nicht an, es kamen keine Liebesbriefe, doch jedesmal, wenn für Maria ein Problem anstand, war es durch ihn schon gelöst. Die großen Vernissagen, ob von Kandinsky, Warhol oder Pollok – stets kam eine Einladung mit beiliegender Karte. Und lag der Ausstellungsort weit entfernt, meldete sich eine freundliche Sekretärinnenstimme: Ob *Mademoiselle* denn wünsche, mit dem Wagen hingebracht zu werden?

Mademoiselle wünschte es nicht. Viele der Tickets ließ sie zurückgehen. Zu den besonders interessanten Vernissagen fuhr sie mit dem Zug.

Wären es allein die Ausstellungen gewesen – doch es kamen auch Tickets für die interessantesten Opernpremieren oder Konzerte. Bei den musikalischen Anlässen lagen stets zwei Eintrittskarten im Kuvert.

Zunächst war Maria soviel Aufmerksamkeit unheimlich, bald jedoch hatte sie sich daran gewöhnt. Wann immer sie fragte, ob *Monsieur* Lindner in Genf sei, damit sie sich bei ihm bedanken könne, gab es die gleiche stereotype Antwort: »Herr Lindner dachte, daß Sie vielleicht Interesse an diesem Ereignis haben könnten. Er ist nicht hier, bedaure. Herr Lindner ist in Geschäften unterwegs ...«

Zwei Jahre lang ging das so. Aus dem Mann mit der rotblonden Haartolle und den Strahleaugen, den Maria ein einziges Mal gesehen, der ihr ein einziges Mal die Hand geküßt und der von ihr dafür ein kleines Kaviarbrötchen bekommen hatte, war eine Art unsichtbares, mit überirdischen Kräften ausgestattetes Wesen geworden, das Kulturprogramme entwarf und für die Erweiterung ihres Bildungshorizonts sorgte.

Maria war jetzt vierundzwanzig.

Daß sie hinreißend aussah und eine große Anziehungskraft auf Männer ausübte, war ihr bisher nur als Nachteil bewußt geworden. Sie hatte von roten Köpfen und schmachtenden Blicken bis hin zu unverschämten, eindeutigen Angeboten so ziemlich jede Variante von Anmache und Werbung erlebt, zu der Männer fähig sind.

Aber was wollte Lindner, der Unsichtbare?

»Diesen Winter verbringe ich nicht am See«, eröffnete Maria ihrem Vater im November dieses Jahres. »Ich fahre nach Megève. Nicht zum Skilaufen. Dort werde ich malen.«

Ihr Vater reagierte, wie er in der letzten Zeit immer reagiert hatte. Für ihn war eine Frau, in erster Linie eine Tochter, dazu da, Anweisungen entgegenzunehmen und diese, ohne nach dem Sinn zu fragen, auszuführen. Die Anweisungen wiederum waren stets von seinem verbindlichen Botschaftsrat-Grinsen begleitet. In letzter Zeit bewies er dazu noch Anflüge von Senilität, wußte manchmal nicht einmal mehr, wieso er lächelte, brachte Dinge durcheinander, vergaß die Anlässe, für die er sich den Smoking hatte herauslegen lassen. Auf jeden Widerstand allerdings folgte prompt ein Wutanfall, auch dieses Mal wieder. Und als der Botschaftsrat merkte, daß das nichts half, sank er ächzend in einem Sessel zusammen.

Maria fuhr nach Megève. Und sie fuhr nicht allein. Inzwischen hatte sie Bella kennen und lieben gelernt. Megève lag knapp vierzig Fahrminuten von Genf in der Haute Savoie. Als sie den Ort und das gewaltige, etwas abseits gelegene Chalet sahen, dessen Gästeflügel Lindner zur Verfügung gestellt hatte, war klar: Hier bleiben wir! Und wir bleiben, solange dies nur irgendwie möglich ist ...

Das waren zunächst sechs Wochen.

Drei Tage, nachdem die Silvesterraketen der Leute verpufft waren, die Megève im Winter bevölkerten und sich allein schon deshalb für reich und schön hielten, am dritten Januar also, morgens um halb zehn, Maria hatte sich gerade die Zähne geputzt und war in die Küche gegangen, um Kaffee zu kochen, öffnete sich die Tür: Thomas Lindner kam herein. Ziemlich erschöpft, mit kurzgeschnittenen Haaren und dem üblichen Strahlelächeln.

»Ich störe doch hoffentlich nicht?«

»Wie ... wie bitte? Was?«

Der gläserne Kaffeebehälter fiel Maria aus der Hand, zerschellte am Boden, und die schwarzbraune Flüssigkeit kam auf seine schneeverkrusteten Schuhspitzen zu.

Lindner hatte sich einen Stuhl herangezogen, und da saß er nun, die Arme über den Knien hängend, die Schultern gekrümmt, den Kopf Maria zugedreht, das Gesicht blaß, mit rotgeränderten Augen. Ja, sein Lächeln war immer noch da, aber es hatte seine Wirkung verloren.

»Vier Wochen Kolumbien ...«, hatte er gemurmelt. »Die Hölle. Und dann noch die zwei Tage Flug ...« Hunger hätte er auch. Ob sie ihm vielleicht ein Brot zurechtmachen könne ...

Maria kochte neuen Kaffee, brachte Brot, Butter, Käse, tat es wie im Schlaf und dachte an Bella ... Bella schlief meist bis in den Vormittag, Gott sei Dank ...

Und vor ihr saß Lindner, ein Lindner aus Fleisch und Blut, kein abstrakter Name oder irgendeine anonyme Macht, darauf versessen, sie zufriedenzustellen oder gar glücklich zu machen, ein hungriger, zu Tode erschöpfter Mann, der Kaffee in sich hineinschüttete und Käsebrote verschlang.

»Da liebte ich ihn ... Ich hätte mich auf seinen Schoß setzen und seinen Kopf streicheln können ... Aber er wollte ja essen. Ja, und dann gab's noch Bella ...«

Vielleicht, hatte Maria oft überlegt, vielleicht hatte Lindner eine Privatdetektei auf sie angesetzt. Das mochte sein. Oder vielleicht war er telepathisch veranlagt oder besaß ein übernatürliches Einfühlungsvermögen. Jedenfalls: Selbst ihre Beziehung zu Bella war ihm bekannt.

»Am liebsten würde ich ja bei euch hier im Gästehaus wohnen. Aber so ... so störe ich wohl?«

Darauf hatte sie nichts zu antworten gewußt. Zweieinhalb Jahre Geschenke, zweieinhalb Jahre pure Großzügigkeit – und nun auch noch dieses Verständnis?

»Jung wie ich war, dachte ich, daß er nun alles von mir verlangen könne. Selbst die Trennung von Bella ...«

Das verlangte Thomas Lindner nicht. Statt dessen machte er zwei Tage später einen Vorschlag: »Wir sollten heiraten, Maria ... In Megève, Genf oder auf den Bahamas, nur bald ...« Sie standen an einer der Skipisten, als er es vorschlug. Bella war zu Hause geblieben. Thomas hatte keine Skier dabei, Maria aber würde sich gleich für die Abfahrt im Sessellift hochtragen lassen. Sie hatte ein Glas heißen Tee in der Hand, und Thomas fragte: »D'accord?«

Vor Überraschung hatte sie sich die Lippen verbrannt. Wie in der Küche die Kaffeekanne, fiel ihr nun der Teebecher aus der Hand.

»Für dich wird sich nicht viel ändern, Maria, glaub mir. Wenn jemand weiß, daß zu jeder Entwicklung Freiheit gehört, dann bin ich es. In der gegenwärtigen Phase ist für dich eine Frau wie Bella ein Glücksfall …«

Es war der merkwürdigste Heiratsantrag, von dem sie je gehört hatte.

Der Schnee glitzerte, die Sonne schien, irgendwelche Figuren in grellen Anoraks gaben irgendwelche grellen Laute von sich – Maria aber stand da und starrte.

»Eine Geschwisterehe«, sagte Lindner, »mit vertraglich garantierter Freiheit.«

Geschwisterehe? Sie sah ihn an. Wen hatte sie da eigentlich vor sich? Den Mann vom Mars, einen Außerirdischen, der für alles Verständnis hatte, der für jede Situation die Lösung wußte?

»Du brauchst diese Freiheit, und ich brauche dich. Mir war das von der ersten Sekunde an klar, als ich dich gesehen habe. Warum tun wir uns nicht zusammen?«

Sie taten es …

»Ist doch eine schöne Geschichte, oder?« Maria blies den Rauch ihrer Zigarette gegen die Fensterscheibe. Sie sah Stefan nicht an, sie sagte: »Da hast du deine Informationen … Was hältst du davon als Psychologe oder – Schamane?«

Der lichte Dunst über den Wiesen draußen saugte sich voll mit Grau, die Sonne hatte sich verzogen. Die Ponys trabten nebeneinander her. Auch das Zimmer war dunkler geworden. Sie rauchten beide.

Bergmann schwieg lange.

Maria griff nach seiner Hand und drückte sie. »Du, ich warte auf eine Antwort.«

»Er will nur eines: gewinnen«, sagte Stefan langsam. »Und dafür wird er alles tun. Zu verlieren wäre für ihn tödlich.«

»So ist es«, sagte sie. »Richtig, alles …«

Sie hatte den Kopf gesenkt, doch die Betonung, mit der sie das Wort aussprach, weckte Stefans Aufmerksamkeit.

»Auch schlimme Dinge, Maria?«

»Die gibt es nicht für Thomas. Zumindest nicht, wenn er etwas erreichen will. Er kennt keine Skrupel. Er nennt es den moralfreien Raum, ja. ›Ich agiere im moralfreien Raum‹, sagt er manchmal, ›ich erlaube mir, meine eigene Moral zu haben.‹ – Da gibt es noch etwas, das zu dieser Geschichte gehört …«

»Ja?«

»Er ist impotent … Fünf Jahre bevor er mir mit seinem Vorschlag kam und auf derselben Piste, auf der wir damals standen, hatte er einen Skiunfall. Er fuhr in einen Zaun, und der Draht hat ihm den Hoden lädiert. Äußerlich ließ die Verletzung nichts als ein paar weiße Narben zurück, aber es blieb noch etwas anderes, Schlimmeres. Schlimmeres auch als seine Impotenz …«

Wieder ein Sonntag. Der vierzehnte Oktober.

Die Küste war von den Touristen befreit, am Fuß des Col aber ging's noch ziemlich rund. Zwölf Kneipen gab es in Saint-Michel, Bars oder Restaurants, und alle waren geöffnet.

Ähnlich verhielt es sich mit den Hotels. In Saint-Michel gab es fünf; drei davon, die nämlich, die über eine Heizung verfügten, waren voll belegt. In ihnen brachte die *Societé Port Les Fleurs* ihre leitenden Angestellten und für den Fortgang der Arbeiten wichtige Besucher unter. Im Aparthotel *Côte de Soleil* wohnten die Leute des mittleren Managements oder die Angehörigen der Manager, die aus Entfernungsgründen übers Wochenende nicht nach Hause konnten. Im etwas schäbigen *Les Pinets* und in den Pensionen wohnte der Rest.

Saint-Michel erlebte den Boom seiner Stadtgeschichte, die bis ins vierzehnte Jahrhundert zurückreichte! Die Kassen klingelten, die Geschäfte florierten. Der ganze Rummel, das konnte man den farbenprächtigen Prospekten der *Societé* entnehmen, würde noch zwei Jahre dauern. Na und? Dann stand *Port Les Fleurs*, und es ging erst richtig los. Mit *Port Les Fleurs* war Saint-Michel dabei, sich zu einer Goldmine zu entwickeln.

»Und ich pfeif drauf!« schrie Raoul Farnet. Er stand da und starrte alle an. Jeden einzelnen. »Der alte Pascal hatte recht. Was bleibt uns von der ganzen Kohle? Nichts. Wer arbeitet denn auf der Baustelle? Nicht nur halb Afrika, sondern Typen aus Marseille, Toulon oder was weiß ich. Der arme Pascal hat es gewußt. ›Und wer kriegt den Zaster? *Le Coq* und der Deutsche! Ihr werdet noch an mich denken‹, hat Pascal gesagt. ›Ihr werdet euch nach den alten Zeiten zurücksehnen.‹ Und er hat jetzt schon recht ...«

Seit Pascal Lombard tot war, hatte keiner so etwas riskiert. Raoul Farnet aber knallte die Faust auf den Tisch, daß die Gläser tanzten.

Unglaublich!

Der Tisch war der Ecktisch im *Grand Nice*. Das *Nice* wiederum war an Sonntagen wie diesem das eigentliche Zentrum von Saint-Michel. Das war es schon deshalb, weil es dem Gemeindehaus und der Kirche gegenüber stand und sich hier der größte Versammlungssaal für die Wahlkämpfe oder die Sportvereinsfeste befand.

An den Ecktisch der Gaststube des *Grand Nice* paßten zwölf Leute. Die Stühle waren alle besetzt. Die Männer in ihren Sonntagsanzügen nickten feierlich, während Farnet ohne Hemmungen weiterbrüllte: »Wir alle hatten doch Tomaten auf den Augen! Es reicht ihnen ja nicht, uns auszunehmen wie die Weihnachtsgänse. Die wollen auch noch Leichen! Das sage ich euch! Die kleine Nicole wird nicht die letzte sein!«

Hinter dem Tresen der Theke beugte sich Valier, der Wirt des *Nice*, nach vorn und strich mit dem Spachtel sorgsam Schaum von den Gläsern. Er tat es mit der rechten Hand, den Daumen der linken benutzte er dazu, auf einen unscheinbaren schwarzen Knopf zu drücken, der unter der Bierleitung angebracht war. Er schaltete ein Tonbandgerät ein.

Valier stammte aus Marseille. Seine Großeltern waren korsische Einwanderer. Valier war lang, dünn, hatte ein dunkles hageres Gesicht und eine wie mit dem Messer geschnittene scharfe Nase. Dazu kamen seine langen häßlichen Ohren, über die gewöhnlich grauschwarze fettige Locken fielen. Das war praktisch. Niemand konnte den kleinen elektronischen Hörknopf erkennen, den Valier in der linken Ohrmuschel trug, und niemand in dem ganzen überfüllten Raum konnte auch wissen, daß die Hörmembrane des Knopfes mit den Mikrofonen verbunden war, die, unsichtbar unter der Holzdecke verteilt, die Gespräche an der Theke wie auch an jedem Tisch empfingen.

Im März vor zwei Jahren, als es mit den Bauarbeiten anfing, war Leo, der Bretone, gekommen. »Du brauchst 'ne neue Holzdecke. Das macht sich besser, Alter. Und ich bau sie dir ein …«

Das war keine Anregung und schon gar keine Bitte gewesen, sondern ein glatter Befehl.

Nun gab es diese neue Decke.

Und was den Ecktisch anbetraf – Valien brauchte sich keine Sorgen über den Empfang zu machen, denn Farnet brüllte weiter, so laut, daß Valier sich nochmals nach vorn beugte, um den Ton etwas zurückzunehmen.

Mein lieber Mann, wenn Leo das hört! dachte Valier. Was, zum Teufel, ist hier eigentlich los? Und was ist das bloß für ein Tag? Was ist in Farnet gefahren?

Und noch etwas dachte Valier: Der redet sich um Kopf und Kragen. Das kann Leo sich nicht gefallen lassen. Und der Deutsche schon gar nicht ... Und wenn ich auch noch an *Le Coq* denke – Madonna!

Kein Mensch wagte einen Ton im Raum. Alle starrten zu Farnet hinüber, der sich erhoben hatte, die Fäuste auf den Tisch gestemmt, das runde Gesicht gerötet, die Augen voller Schmerz und Haß.

»Das sind doch Mörder.« Diesmal schrie er nicht. Er sagte es ganz ruhig. »Und wir wissen das schon lange. Nur meine kleine Nicole hat es nicht gewußt. Wer, verdammt noch mal, denkt bei uns noch an die Kinder?«

Es reichte, Valier schaltete ab. Er gönnte sich einen Cognac, und dieses Mal sah er nicht hinüber zum Ecktisch, sondern zu dem kleinen Vierertisch rechts am Eingang. Dort hatten sie gesessen: Fabien Lombard, Charlie Benoît und Fabiens Freundin Régine.

Sie hatten das gleiche gesagt: »Das sind doch alles Mörder. Und wir kriegen sie dran!« Ja, das hatten sie gesagt, nur ganz, ganz leise, doch das Mikrofon hatte auch ihre Stimmen aufgenommen. Auch das, was sie über diese merkwürdigen Fotos erzählten ...

Sie hatten in ihrem Zimmer mit dem Blick auf die Ponys eine leichte Mahlzeit zu sich genommen. Im Schloßgut gab es zwar einen Speisesaal, doch sie wollten allein sein.

Die Sonne schien wieder und ließ die in Feuchtigkeit gebadeten Wiesen glitzern. Sie hatten ausgiebig das Bad benutzt; Maria amüsierte sich über ihr verdrücktes, vom Wald beschmutztes Kleid, rieb den Fingerknöchel an Stefans Bartstoppeln und brachte es tatsächlich fertig – und das mit atemberaubend gewinnender Fröhlichkeit –, sich zur Rechnung auch noch ein paar Damenturnschuhe, Größe 37, aufs Zimmer bringen zu lassen. Sie waren weiß und hatten einen roten Rand.

»Und von wem stammen sie?« erkundigte sie sich bei dem jungen Mann, der sie gebracht hatte.

»Frau von Wedel, die Chefin, läßt sie Ihnen schicken. Mit ihren besten Komplimenten.«

»Wie reizend. Ich schicke ihr einen Kuß. Und den bringen Sie ihr auch sofort.«

Sie steckte dem Jungen, der plötzlich einen feuerroten Kopf bekam, einen Fünfzig-Franc-Schein in die Westentasche, legte ihre Kreditkarte zur Rechnung und öffnete ihm die Tür. Nach fünf Minuten war er zurück – mit einer Rose in der Hand ...

»Zum Abschied, *Madame* ...«

Es war jetzt vierzehn Uhr dreißig. Sie wird in einer Stunde in ihrer Frankfurter Wohnung sein, dachte Stefan.

Wie schafft sie das nur, dachte er weiter. Wie schafft sie es, so hinreißend zu sein, während ich mich so mies fühle? Der Wagen glitt über die Straße in Richtung Westen. *Bad Ems* stand auf den Hinweisschildern. Von dort nach Burgach waren es nicht mehr als zwanzig Minuten.

Und dann? Bergmann betrachtete Maria von der Seite.

Sie fuhr schnell und konzentriert. Wieso hatte sie es so eilig? Kam Thomas früher zurück?

Er schloß die Augen. Wie war das noch: »Eifersucht ist nichts anderes als Schmerzverdrängung ...« War er im Begriff, in die Falle zu geraten, die er sonst so exakt beschrieb? Gab es nicht eine viel gefährlichere Falle – den Selbstbetrug der Illusion?

Die ganze Zeit, auch in der Nacht, hatte Stefan die Absicht gehabt, mit Maria zu sprechen, ihr zu sagen, was damals am letzten Tag seines Aufenthalts in Saint-Michel geschehen war. Es konnte die letzte Chance sein.

»Maria? Hast du den Namen Tumaco schon einmal gehört?«

»Wie?« Sie warf ihm einen halb desinteressierten Blick zu. »Wie heißt das?«

»Tumaco.«

»Und was soll das sein?«

»Das ist eine Stadt in Kolumbien ...«

»Wieso soll ich mich dort auskennen?«

»Es war nur eine Frage.«

Sie schüttelte lächelnd den Kopf: »Willst du dorthin?«

»Thomas war dort, nicht wahr? Und noch ein Name, Maria: Stolypin? Der Mann ist Generalmajor oder so etwas ähnliches ...«

Nun drehte sie ganz den Kopf. »Worauf willst du eigentlich hinaus? Mein Gott, was sind denn das für komische Fragen?«

»Sag ich dir nachher, Maria. Dieser Stolypin scheint einer der ganz speziellen Freunde zu sein, die Boris Borodin in der russischen Armee hat. Boris zahlt Geld, Schmiergeld, Stolypin liefert Waffen.«

»Ach nein?« Es kam ziemlich desinteressiert. »Woher hast du das? Und was hab ich damit zu tun?«

»Nun ja, die Waffen gingen nach Kolumbien. Sie gingen zur größten Guerillaorganisation, die es dort gibt. Ich hab mich da ein bißchen erkundigt. Die Organisation heißt FARC. Diese Leute von der Befreiungsfront oder wie sie sich nennen, führen seit zwanzig Jahren Krieg gegen die Regierung. Das Resultat sind dreihunderttausend Tote.«

»Wirklich? Aber ...«

»Boris hat ihnen zweitausend Tonnen Waffen geliefert. Zweitausend Tonnen, Maria! Nicht nur Munition und Kalaschnikows, auch schweres Gerät, Panzerabwehrraketen oder so was. Ich kenn mich da nicht aus.«

Sie fuhr langsamer, dann steuerte sie den Wagen auf den Standstreifen am Straßenrand, hielt an, schaltete den Motor aus, drehte sich zu ihm und starrte Bergmann an.

»Die Waffen wurden mit Drogen bezahlt. Ist dir das bekannt?«

»Ich hab dich was gefragt, Stefan.«

»Ich dich auch ... Kennst du einen Mann namens *Le Coq*.«

Sie schwieg.

Auf der Straße fuhren Autos vorbei, drüben auf dem Feld zog ein Bauer mit dem Traktor seine Egge – und Maria sah Bergmann nur an, wiegte den Kopf hin und her, langsam, enttäuscht, nichts als wütenden Vorwurf in den Augen.

»Was ist das? Eine Art Verhör?«

»Nein. Aber es ist wichtig für mich. *Le Coq*?« wiederholte er.

»Gut. Wenn es für dich so wichtig ist, den kenn ich.«

»Wie lange.«

»Zwei Jahre vielleicht. Er war auf dieser Motoryacht, die Thomas im Frühjahr verkauft hat. Auch in der Villa Wilkinson hab ich ihn zwei- oder dreimal gesehen.«

»Ein Geschäftsmann?«

»Was heißt Geschäftsmann – einer von Thomas' Partnern bei dem *Port-Les-Fleurs*-Projekt. Ein grauenhafter Typ. Zum Abschießen.«

»Aber du sitzt neben ihm, wenn Geschäfte gemacht werden. Ist es nicht so?«

»Thomas verlangt sehr wenig von mir. Das habe ich dir ja erzählt. Und wenn er mich dann mal um einen Gefallen bittet, tu ich das.«

»Und worin besteht der Gefallen? Darf ich dich das auch noch fragen?«

»Das kannst du. Ich weiß nur nicht, ob ich dir antworten soll. Und vor allem weiß ich nicht, warum ich mir das alles anhöre!«

»Gleich, Maria. Worin besteht der Gefallen?«

»Thomas will, daß ich die Leute auf ihre Reaktionen hin beobachte. Und daß ich mir auch merke, was zwischen ihnen abläuft. Er will wissen, wo sich gegen ihn Fronten bilden und wo für ihn eine Möglichkeit besteht.«

»Und manchmal kommen ihm auch deine Sprachkenntnisse zugute, nicht wahr.«

Ihr Gesicht war noch immer gebräunt von der Sonne der Côte … Nun hatten sich helle Inseln auf der Haut gebildet. Und ihr Mund wurde sehr schmal. »Was soll das jetzt wieder, Himmelherrgott?«

»Das könnte doch praktisch sein, vor allem bei Leuten, die sich sicher sind, daß man ihre Sprache nicht versteht – und die sich dann täuschen, wenn eine Maria Lindner bei ihnen am Tisch sitzt.«

Sie schloß die Augen. Die Finger ihrer rechten Hand zogen sich zusammen und streckten sich ganz langsam wieder. Stefan faßte nach der Hand; sie war kühl und steif.

»Es ist nicht angenehm, diese Fragen zu stellen, Maria. Es ist mir peinlich. Aber ich mußte es dir sagen. Vielleicht war es nicht der richtige Weg, aber ...«

»Sagen? Ich verstehe nicht, was du sagen willst ...«

»Du wolltest doch wissen, warum ich damals Hals über Kopf aus Saint-Michel abgereist bin?«

»Ja.«

Er erzählte von dem Morgen, als er Thomas gesucht hatte und durch Zufall in den Überwachungs- und Abhörraum der Villa Wilkinson geraten war. Maria schwieg, und Stefan ertrug ihr abgewandtes, verschlossenes, stilles Gesicht nicht länger. Er legte den Arm um ihre Schulter und versuchte sie an sich zu ziehen, aber er spürte nur Widerstand.

»Maria!«

»Alles das ist Thomas' Welt.« Sie sagte es gegen die Windschutzscheibe. »Und du weißt das. Es ist die Welt der Geschäfte, die Welt des Geldes oder wie man es nennen will. In jedem Fall ist es die Welt der Männer. Hätten Frauen zu bestimmen, würde es das alles nicht geben. Keine Waffen, keine Drogen oder sonst was.«

Sie machte sich frei. Ihre Unterlippe zitterte. »Gerade du weißt das. Einer wie du weiß, daß ich recht habe.«

»Ja.« Er nickte. »Ich weiß es.«

»Na also.«

Sie schwiegen. Er holte die Zigaretten hervor und bot ihr eine an. Sie schüttelte den Kopf. Er zündete seine an und sog den Rauch in die Lungen.

»Deshalb hast du dich nicht mehr gemeldet, Stefan? Deshalb wärst du auch nie mehr nach Saint-Michel gekommen?«

»Vielleicht. Wahrscheinlich. Aber das ist vorbei ...«

»Was ist vorbei?«

»Für mich gibt's nicht Saint-Michel, nur *Le Castelet*«, sagte er langsam. »Nach heute nacht sowieso.«

Sie lehnte sich an seine Schulter. »Das ist auch ein guter Ort, und ich bin froh darum. Ich will dich wiedersehen ... Aber was Thomas angeht – alles, was du da gerade erzählt hast, diese ganzen sonderbaren Geschäfte ...«

»Wären es nur Geschäfte!«

»All das ist nur die eine Seite von Thomas. Nenn es seine dunkle Seite – von mir aus. Und ich weiß, sie ist nicht nur dunkel, sie ist auch gefährlich ...«

»Das hast du schon einmal gesagt. Gefährlich?«

»Frag mich nicht. Aber es gibt auch den anderen Thomas. Den Mann, der kreativ und begeisterungsfähig ist – und treu. Er kann loyal sein wie kein zweiter. Er steht zu denen, die er liebt. Er redet nur noch von der Klinik, von ›Stefans Klinik‹. Der Bau ist schon ziemlich weit fortgeschritten, du wirst staunen. Und wenn er von der Klinik redet, redet er von dir. Er wartet darauf, daß du ihm Ratschläge gibst, ihm sagst, wie er sie einrichten soll. Und außerdem hofft er noch immer, daß du sie führen wirst. Du weißt: Er gibt niemals auf. Ein paar Tips könntest du ihm wenigstens geben.«

Er schwieg. Er fand keine Antwort.

»Kommst du, Stefan?«

»Nach *Le Castelet*?« Er strich mit dem Zeigefinger über ihre Stirn.

»An die Côte ...«

»Ja, ich glaube schon.«

»Das klingt ziemlich dünn.«

»Ich komme«, sagte er und wußte wieder: Alles hatte sich verändert ...

KAPITEL 7

Sie hatten die Situation noch immer unter Kontrolle, klar doch! Farnet war keine Gefahr, der brüllte nur in den Kneipen herum, und daß die Kleine, die von diesem dämlichen Laster am Sonntag überfahren worden war, ausgerechnet seine Nichte sein mußte – Pech! Wer konnte so was voraussehen?

Aber einen durchdrehenden Farnet bekam man wieder an die Leine, auch der verdiente letztlich an *Port Les Fleurs*. Eine Frage von ein paar passenden Worten und ein bißchen Geld war das, nichts weiter.

Mit den drei jungen Leuten war es etwas anderes. Das verdammte Trio, die beiden Studenten und das Mädchen, stellten ein Risiko dar, und das mehr noch als Donnets Kollege, dieser durchgeknallte Benoît im Krankenhaus von Hyères. Das war schiefgegangen. Aber es hatte den Kerl wenigstens am Kopf erwischt. Nun hatte sein Sohn auch noch durchgesetzt, daß man ihm eine Wache vors Zimmer setzte, und der Mann, der dort rumsaß, gehörte sogar zur Bereitschaft der *Police Nationale* in Toulon.

Aber es gab einen neuen dringenden Job!

Das Trio.

Leo holte die Karte hervor.

Zu dritt saßen sie in Leos blauem Kombi. Auch die Scheiben waren blau getönt, so daß niemand hereinsehen konnte. Sie saßen bequem. Sergio hatte ein Bier vor sich, der kleine magere Rossi blickte verträumt wie immer zur Decke, Leo wiederum kaute an seiner kalten Zigarre herum.

Sein manikürter Zeigefingernagel strich langsam an den Geländelinien der Karte entlang. Es war eine Generalstabskarte im Maßstab 1 : 25000. Auch noch der kleinste Weg, das letzte Ruinengemäuer waren darauf abgebildet. Pascal Lombards Haus stand noch – wenn auch nur auf dem Papier ...

»Hier!« sagte Leo. »Diese Felsformation. Das wäre der Platz ...«

Sein Fingernagel markierte einen Punkt. Er mußte etwa fünfhundert Meter westlich von der Stelle entfernt liegen, an der sie jetzt mit dem Klinikbau begannen.

»Für was? Und wen meinst du?«

»Es geht um den Stotterer, Sergio. Nur um ihn. Den jungen Benoît lassen wir mal draußen. Donnet glaubt immer noch, er könne mit ihm oder seinem Vater klarkommen. Lombards Sohn aber – das ist ein anderes Problem.«

»Wieso?« Rossi grinste. »Der kriegt doch nichts raus, den haben wir mit dem Feuerwerk damals zugenagelt. Der ist stumm.«

»Aber sein Kopf funktioniert. Und sein Gedächtnis ...«

»Hä-hä«, schrie Rossi.

Sergio seufzte. »Chef, hören Sie nicht hin. Rossi ist zwar der Idiot geblieben, der er immer war, aber sonst ist er gar nicht so übel. Er hat nur einen kleinen Defekt: Wo andere Leute ein Gehirn haben, steckt bei ihm Putzwolle.«

»Meinst du?« Rossi grinste.

»Wie soll das mit dem Stotterfritzen gehen, Chef?«

»Nicht mit der Knarre. Es darf nicht nach Mord aussehen, bloß nicht. Mit so was kriegen wir Ärger ...«

»Warum eigentlich er? Wegen der Fotos?«

»Was dachtest du?«

»Und seine Freundin?«

Leo hob nur die Schultern und schwieg.

»Die Kleine fährt in so 'ner alten Blechdose von Auto durch die Gegend. Es wäre kein Problem ...«

»Kein Autounfall. Nicht schon wieder.«

»Was dann?«

Leo, der Bretone, drückte erneut den Fingernagel auf die Kartenstelle. »Hier verläuft ein kleiner Weg. Der Fels auf der Hangseite ist ziemlich hoch. In der ganzen Gegend wird gebaut. Sie legen jetzt das Klinikgelände an. Nun kommt's: Die beiden sitzen fast jeden Nachmittag unterhalb von dem Felsen. Etwa zwanzig Meter sind das. Die Bäume sind hier schon abgeholzt.«

»Und was machen sie dort?«

»Die sitzen da und sehen den Arbeiten zu. Weiß der Teufel, warum, das ist nicht unser Problem. Wichtig ist nur, daß es ihr Lieblingsplatz ist.«

»Vielleicht redet der nicht mehr, aber bumst noch?« Rossi hatte den Daumen zwischen den Zähnen. »Und wir können zugucken. 'ne Wucht, die Kleine. Lohnt sich ...« Er kicherte.

»Idiot!« Leos Stimme wurde scharf. »Es geht um folgendes: Ihr zwei zieht euch Arbeitszeug an. Ihr bohrt den Felsen an und steckt Sprengstoff rein.«

»Donarit?«

»Von mir aus. Ihr habt Helme auf und eure Schutzbrillen. Und wenn irgendeiner vorbeikommt, sagt ihr, ihr gehört zur Sprengtruppe. Falls eine Anfrage kommt, ich erledige das schon. Du kennst dich beim Sprengen aus, Sergio?«

Der Mann mit den hellblauen stechenden Augen im dunkelverbrannten Gesicht sah den Bretonen nur an.

»Na also!« sagte Leo.

»Und wann?«

»Ist mir egal. Die Zeit, in der die beiden dort herumlungern, liegt immer zwischen fünfzehn und sechzehn Uhr. Falls sie mal nicht da sein sollten, gut, dann wartet ihr auf den nächsten Tag. Ihr könnt es euch aussuchen.«

»Prima Auftrag.« Rossi verzog das Gesicht. »Ich schau den beiden zu, und Sergio drückt auf den Knopf. All die Steine kommen runter ... rumms und Schluß.«

»Mein Gott!« Sergio schüttelte den Kopf. »Warum haben wir dich bloß von der Insel geholt?«

»Für Jobs wie den«, grinste Rossi. »Die besten Jobs der Welt.«

»Richtig, du Idiot. Das ist der beste Job, den du noch haben kannst.« Sergio drehte den Kopf. »Also ab heute?«

»Ab heute«, bestätigte der Bretone.

Aus der Wäschekammer drang das Summen der Maschine. Es war kurz vor sechs, der Abend brach herein. Die Tage begannen kürzer zu werden.

Christa kam von ihren Hannover-Ausflügen meist erst nach Einbruch der Dunkelheit zurück. Bisweilen besiegte Stefan dann den Kochkomplex, der ihn ein Leben lang begleitet hatte, blätterte im *Kochbuch für zwei* und zauberte irgend etwas mehr oder weniger Passables zu ihrer Ankunft auf den Tisch. Christa lächelte, nickte oder schüttelte den Kopf und fiel kurz darauf todmüde ins Bett.

Doch heute?

Die Waschmaschine schaltete in den Schleudergang: Heißes Wasser, Seife und eine rasende Trommel gaben sich alle Mühe, Schmutz und Walderde aus Stefans Jeans und seinem Hemd zu entfernen.

Ja, alles war anders! Sechzehn Jahre eheliche Treue ...

Und nun? Nun beseitigt der Ehebrecher die Spuren des Verrats ...

Stefan holte den blauen Plastikkorb und ging in die Wäschekammer. Die Maschine hatte sich abgestellt. Er warf Jeans und Hemd in den Korb und starrte durch das kleine Kammerfenster in den diesigen, von schwammigen dunklen Wolken durchzogenen Himmel, sah Marias Gesicht, sah ihre Augen, und alle Überlegungen erschienen ihm seltsam gegenstandslos: Verrat? Betrug? Vor der Wirklichkeit, die in Stefan Bergmann brannte, hatten Worte wenig Bestand.

Nur eine einzige Frage existierte: Was jetzt?

Er hatte gerade die Jeans, das Hemd und die Socken am Wäscheständer aufgehängt, als er Christas Wagen die Straße heraufkommen hörte. Der Motor röhrte noch einmal auf und ging aus. Die Gartentür klappte, nun drehte sich der Schlüssel im Schloß.

Ja, was jetzt?

Er würde mit Christa sprechen, das war Stefan in diesem Augenblick klar, er mußte ... Im Lügen war er so hilflos und unbedarft wie Michaela Lebudas Mann. Nur: Welche Worte würde er wählen für eine Geschichte, die ihm selbst so unglaublich erschien wie ein phantastischer Traum? Und was waren die Folgerungen?

Er dachte es – und lächelte, als Christa vor ihm stand, die Reisetasche über die Schulter geworfen, das Gesicht blaß, mißmutig, angestrengt.

»Wie war's?«

»Ach, Mensch, Stefan! Fällt dir nie was anderes ein als: Wie war's?«

Er zuckte mit den Schultern.

Mit ihr sprechen, dachte er. – Ja, schon, aber nicht jetzt.

»Komm, gib mir die Tasche.«

»Ich mach das schon …«

Es funktioniert immer, wunderte er sich. Schon stekken wir wieder in unseren Rollen.

»Zum Essen habe ich heute leider nichts vorbereitet.«

Die gewaschene Jeans war ihm eingefallen, und schon kam die erste Lüge. Aber schließlich, der Wäscheständer ließ sich nicht verstecken. »Ich wollte gestern einkaufen«, sagte er, »und geriet dabei in einen derartigen Wolkenbruch …«

Sie sah ihn an. Ein kurzer, prüfender Blick, aber Stefan war sich nicht sicher, ob sie ihm überhaupt zugehört hatte. Sie ging den Korridor entlang zur Tür des Gästezimmers, das sie schon seit Wochen »mein Zimmer« nannte, öffnete sie und warf die Reisetasche hinein. Dann schloß sie die Tür wieder und kam auf ihn zu. Sie stand im Korridor unter dem honigfarbenen Licht der Korblampe, hatte die Hände in den Taschen des blauen Hosenanzugs stecken. Ihr Haar schimmerte ein wenig, unter den großen braunen Augen lagen Schatten, doch ihr Blick war direkt und aufmerksam, nein, herausfordernd.

»Stefan, auf der Herfahrt habe ich mir viel überlegt. Ich glaube, es hat keinen Sinn, lange darum herumzureden.«

»Um was? Was ist denn los?«

»Stefan, wir müssen eine Entscheidung treffen.«

»Hier auf dem Flur?« Seine Ironie traf ins Leere, er merkte es sofort.

»Egal wo, nur schnell. Und schnell müssen wir sie auch durchziehen – schnell und konsequent.«

»Aha! Die Entscheidung. Und welche?«

Er hatte plötzlich das Gefühl, als bohre sich ein Daumen unter seinen Kehlkopf, ein Daumen mit einem sehr harten, schmerzenden Nagel.

»Das sage ich dir jetzt.« Christa sprach heftig, aber

klar und präzise betonend, so als sage sie einen Text auf, den sie sich bis ins kleinste eingeprägt hatte. »Und behaupte nachher bitte nicht, es hätte etwas mit meinem Vater zu tun. Er hat mich nicht beeinflußt. Nicht im geringsten. Ich habe auch mit meinem Bruder nicht darüber gesprochen ...«

»Vielleicht hast du endlich die Güte, dich etwas deutlicher ...«

»Stefan, mit unserer Praxis geht es so nicht weiter. Und du weißt es.«

»Was weiß ich?«

»Daß wir ... daß du sie ruinierst.«

Das also! Er holte Luft. Er würde sich nicht provozieren lassen. In ihm war auch kein Zorn, den hatte er hinter sich, eher schon eine fast schwerelose, heitere Neugierde.

»Wenn es so nicht geht – wie dann?«

»Wie bitte?«

»Wie geht es dann weiter?«

»Wir müssen die Gebiete trennen, Stefan. Klar trennen.«

»Ja, klar und sauber. Das habe ich schon mal gehört.«

Sie nickte. Sie war es losgeworden, ihr Gesicht wirkte jetzt ruhig und entspannt. Die Hände noch immer in den Taschen, ging Christa den Gang entlang, öffnete die Küchentür, zog sich einen Stuhl heran und setzte sich.

Was für ein Text kommt nun? dachte Stefan. Sie bringt das ganze Stück durcheinander.

Er setzte sich nicht, er blieb vor ihr stehen.

»Trennen? Und wie?«

»Du wirst eine eigene Praxis in der Stadt eröffnen. Für deine Arbeit brauchst du nicht viel Platz. Es wird auch nicht allzu viel kosten. Natürlich muß die Praxis zentral gelegen sein ...«

»Eine Praxis für Hypnose-Therapie?«

Sie legte den Kopf schräg und sah an ihm hoch. »Für was sonst?«

»Und du arbeitest hier weiter?«

»Nicht allein. Du brauchst dich nicht ausgebootet zu fühlen, um Himmels willen. Aber diese Lösung beendet das ganze Durcheinander – und es klärt die Kompetenzen, nicht nur für unsere Patienten, auch für dich.«

»Wie schön!«

»Grinse nicht, Stefan. Das ist nicht der geeignete Augenblick. Es geht um die Existenz der Praxis.«

»Richtig.« Er fischte in seinen Hosentaschen nach Zigaretten und fand keine. Er brauchte sie auch nicht, nicht für dieses Gespräch.

»Es geht auch um meine Existenz und mein Ansehen hier. Es ist dabei doch völlig klar, daß du auch hier in der Heinrich-Heine-Straße arbeiten wirst. Es gibt so viele Fälle, mit denen ich allein nicht zurechtkomme. Du wirst sie weiterhin betreuen. Das alles ist ja nur eine Frage der zeitlichen Organisation.«

»Ist es das?«

»Für die Ausstattung der Praxis in der Stadt habe ich auch einen gewissen Betrag zur Verfügung.«

Das war der Punkt, an dem es in Stefans Schläfen zu knistern begann, wo er Luft brauchte und verzweifelt um seine Beherrschung kämpfte: der Alte! Der Herr Professor? Woher sonst kam dieser Betrag! Christa hatte also gelogen …

»Und wenn ich den ganzen herrlichen Plan ablehne?«

»Das geht nicht. Das muß dir deine Vernunft verbieten. Das kannst du nicht …«

»So? Das kann ich nicht? Vielleicht ist es auch gar nicht mehr interessant, Christa. Ich kann nämlich etwas ganz anderes. Ich kann meinen Koffer packen und es dir allein überlassen, euer großartiges Rüttger-Konzept zu realisieren.«

»Stefan!«

»Ich kann mich in meinen Wagen setzen, zum Flughafen fahren und mir ein Ticket für irgendeine Nachtmaschine nach Frankreich kaufen. Und dort kann ich noch etwas: Ich kann eine moderne Klinik aufbauen, sie übernehmen und dem Herrn Professor Rüttger zeigen, was Hypnose-Therapie bedeutet und was sie zu leisten imstande ist. Aber senil, wie er nun mal ist, wird er es vermutlich nicht einmal begreifen.«

»Stefan, wenn du glaubst, derart anmaßend reagieren zu müssen, dann ...«

»Anmaßend? – Was ich dir gerade gesagt habe, das kann ich nicht nur, ich werde es auch tun ...«

Er ging zur Tür, öffnete sie und schloß sie hinter sich. Aber er fuhr nicht zum Flughafen, er fuhr ins Frankfurter Westend, wo sich das Penthouse der Lindners befand ...

Zweimal bereits war Régine auf dem Katasteramt von Saint-Michel gewesen, um die Pläne einzusehen, die die Besitzverhältnisse am Col festhielten. Das erste Mal war der Plan des Grundstücks 29001 nicht aufzufinden gewesen. Und als sie deswegen reklamierte, warf dieser Holzkopf, der sich dort wichtig machte, ein widerlicher, glatzköpfiger Hornbrillen-Typ, Régine hinaus.

Am Tag darauf war sie wieder da. Diesmal fand sich das Blatt. Das Grundstück lag versetzt unterhalb von Pascals altem Garten. Und es war ziemlich groß – an die dreitausend Quadratmeter.

»Setzen Sie sich, *Mademoiselle*.« Die Hornbrille war wie umgewandelt. Der Kerl hatte ihr sogar eine Zigarette angeboten, doch dann ging's los. Nach den Quittungen und Dokumenten, die sie vorgelegt habe, sei es durchaus möglich, daß der verstorbene Pascal Lombard – er möge in Frieden ruhen – sich als Besitzer des Grundstücks gefühlt habe, schließlich sei von ihm ja auch eine Zahlung geleistet worden. »Doch leider, leider, *Mademoiselle*, so einfach liegen die Dinge nicht ...«

Dann kam es: Die Nummer 29001 sei nicht etwa das alleinige Eigentum des damaligen Verkäufers *Monsieur* Foulier gewesen, o nein, sie stehe in Familienbesitz! »*Monsieur* Foulier konnte also gar nicht verkaufen. Es liegt nämlich keine Einwilligung der anderen Erben vor.« Die seien bereits vor dem Zweiten Weltkrieg nach Kanada ausgewandert ...

»In solchen Fällen jedoch, *Mademoiselle* ...« Der Hornbrillen-Mensch schlug das dicke Buch, das die Kartenblätter enthielt, wieder zu. »In solchen Fällen – und glauben Sie mir, es tut mir leid, das sagen zu müssen, besonders wenn ich an den armen Fabien denke, der schließlich schon genug getroffen ist –, aber in solchen Fällen fällt das Land nach einer gewissen Frist an die Gemeinde zurück. Das ist Gesetz. Und die Frist ist verstrichen.«

»An die Gemeinde? – Ja, wieso wird dann dort am Col wie verrückt gebaut?«

»Dafür gibt es eine einfache Erklärung. Die Gemeinde steckt in finanziellen Schwierigkeiten, wie Sie vielleicht wissen. Was hat sie also getan? Sie hat die Nummer 29001 an die *Societé Port Les Fleurs* verkauft. Zu einem guten, einem sehr guten Preis sogar.«

Régine konnte ihm nicht ins Gesicht spucken. Sie konnte ihn nicht anschreien, konnte nicht sagen, daß das alles nichts war als Schiebung, Betrug und Schwindel. Sie konnte nur eines: sich umdrehen und gehen.

Sie brauchte drei Tage, bis sie den Mut hatte, Fabien von allem in Kenntnis zu setzen.

Er schwieg lange. Und als er doch etwas sagen wollte, brachte er die Worte nicht heraus. In der Nacht aber hatte er eine seiner Krisen, seine schlimmste: Er wälzte sich im Bett herum, zerknüllte Kissen und Decken, richtete sich auf, schlug den Kopf gegen die Wand, bis die Stirn blutete und er dann schweißgebadet und zitternd zusammenbrach. Die ganze Zeit aber quollen diese fürchterlichen Laute aus seiner Kehle, tobende, knurrende, heisere Töne wie die Klage eines wilden Tieres.

Seit dieser Nacht gingen er und Régine jede Woche zwei-, dreimal hoch zum Col.

Sie setzten sich an den Hang, ziemlich nahe des Felsens, an dem, so erklärte Fabien, sein Vater immer hielt, wenn er vom Dorf zurückkam, um über die Bucht und das Meer zu sehen. Dort saßen sie dann viele Stunden lang. Manchmal ertrug Régine das nicht mehr, das Schweigen, die Traurigkeit, die von Fabien ausging, aber sie blieb.

Sie saßen und hatten all das Hämmern der Bauarbeiten in den Ohren, blickten auf die Maschinen und die Menschen, die den Hang eroberten, langsam und unaufhaltsam. Mauern wuchsen, Straßen durchschnitten die Erde.

Die Brandfläche lag noch unberührt. Es gab niemanden, der sie Fabien streitig gemacht oder ihm auch nur ein Angebot unterbreitet hatte. Was konnte das schon bedeuten? Nichts.

Sie saßen da, Fabien so steinern und ungerührt wie der Fels. So blickte er auch auf das Gewühl, auf die schweren Hämmer, die Löcher in den Boden rammten, in denen die Betonträger versenkt wurden, auf Bauskelette, Ziegelmauern, Schaufelbagger, Lastwagen.

Sprechen konnte er nicht ... Was hätte es auch genützt bei diesem Krach? Der Himmel stand leuchtend und fern über dem Meer und hatte mit alldem nichts zu tun ...

Doch heute war es mit Fabiens eisiger Ruhe vorbei. Kaum waren sie am Col, hatte er sich nach einem Stein gebückt, um ihn mit hochrotem, verzerrtem Gesicht gegen einen der geländegängigen Transporter zu schleudern, die dort unten zwischen den letzten Eichenstümpfen herumkrochen ...

»Mörder! Ich bring euch um – alle! Ihr Dreckschweine, ihr Mörder ...«

Den Stein sah keiner fliegen. Die Männer hörten Fabien auch nicht, nur Régine, und sie durchflutete Freude.

Fabien hatte gebrüllt! Er hatte die Leute ›Mörder‹ genannt, obwohl die nichts dafür konnten ... Die Mörder waren woanders ...

Aber das war nicht wichtig. Wichtig war nur eines: Fabien hatte nicht nur jedes Wort klar und ohne ein Stottern hinausgebrüllt – er hatte auch seine Stimme wieder, die alte Fabien-Stimme.

»Fabien, du kannst es ja. Du kannst ja sprechen!«

Er hatte Régine nur angestarrt. Dann hatte sich sein Mund erneut geöffnet, doch was dann kam, waren nichts als unverständliche Laute ...

Nun war es vier Uhr. Vom Meer kam wie stets um diese Zeit eine unangenehm heftige, kühle Brise.

Régine fröstelte und stand auf. »Komm, wir gehen.« Das wollte sie sagen, aber sie sprach es nicht aus.

Als sie sich erhob, war ihr Blick auf die Haselnußsträucher und die Felsen dort oben gefallen, und sie hatte die beiden Männer gesehen: Männer in den gleichen braunen Arbeitsklamotten, wie die anderen sie trugen, und mit den gleichen gelben Schutzhelmen auf dem Kopf. Der eine war lang und hager und verschwand gerade hinter den Blättern, der andere kauerte auf den Knien und stierte herab. Sein Gesicht konnte Régine nicht erkennen, aber er war ihr unangenehm. Beide waren es.

Sie zog Fabien am Stoff seiner Jeansjacke. »Los, nun komm schon ... Jetzt reicht's. Es wird verdammt kalt ...«

Sie wollte noch etwas hinzufügen, doch es ging nicht.

Der Kerl dort oben war verschwunden, so schnell, als sei er weggezaubert worden oder habe einen Satz gemacht.

Über dem Fels aber erschien etwas wie eine riesige braunschwarze Wolke, streckte sich hoch, weiter und immer höher, bis über die Baumwipfel am Weg hinaus. Sie war durchwirkt von einzelnen schwarzen tanzenden Punkten. Dann schmerzten Régines Trommelfelle von der Explosion.

»Fabien!« schrie sie. »Der Fels ...«

Seine Hand griff nach ihrem linken Arm, die andere nach ihrer Hüfte. Er schleuderte sie hinter einen der großen Eichenstümpfe und warf sich auf sie.

Régine lag, das Gesicht an den harten Boden gepreßt. »Ave Maria«, betete sie. »Lieber Gott, das kannst du nicht zulassen. Das doch nicht ...«

Der Boden zitterte, das dumpfe, vibrierende Poltern kam näher und näher, irgend etwas wie ein Schatten wischte an ihnen vorbei, rollte weiter, rollte und rollte ...

Régine hatte die Augen weit offen, als sie den Weg des Felsungetüms den Hang hinab verfolgte.

Die anderen, dachte sie.

Doch es gab keine anderen ... Nirgends war ein Mensch zu sehen! Auch keine Maschine. Dort aber, wo das Gefälle sanfter wurde, rutschte der Fels jetzt, um kurz vor einer Böschung zum Stehen zu kommen.

»Eine Sprengung! Das war eine Sprengung! Warum haben sie zuvor keine Warnung gegeben?«

Régine drehte sich zu Fabien um. »Hast du ein Signal gehört?«

Er sah sie nur an. Die Augen waren dunkel, nein, schwarz von verzweifeltem Haß.

Maria kam aus dem Haus auf die Terrasse. Sie trug Sandalen und eines der farbigen indischen Wickeltücher, die sie benutzte, sobald sie *Le Castelet* betrat. Die Sonne stand schräg, und in ihrem warmen, goldenen Licht sah Maria so unglaublich schön aus, daß Stefan sein Herz spürte. Ihr Gesicht war ernst und abwesend.

»Was ist?«

»Das Telefonat, das gerade kam. Thomas war das.«

Stefan sah sie nur an.

»Er ist zurück. Er ist gestern abend in Toulon gelandet.«

Sie ging an ihm vorbei, setzte sich auf die Steinbrüstung und blickte über die Olivenhaine und die Hügel.

Stefan stellte keine Frage.

»Er konnte kaum reden«, sagte Maria schließlich. »Was er sagte, kam ganz schwach. Während des Fluges hatte er einen Migräne-Anfall. Und der muß so schlimm gewesen sein, daß er es kaum bis Saint-Michel geschafft hat.«

Sie hatte Stefan von diesen Attacken erzählt, die Lindner in letzter Zeit immer häufiger überfielen. Sie hatte Stefan so viel erzählt in den letzten drei Tagen, in diesen drei unglaublichen und unwiederholbaren Tagen, in denen sie einander geliebt hatten oder sich umklammert hielten wie zwei angstvolle Kinder. Tage, die sie im wesentlichen im Bett verbrachten, um dann wieder aufzustehen, sich etwas zu essen und zu trinken zu holen oder in einen Schlaf zu fallen, in dessen Pausen Stefan dann Marias Stimme vernahm ...

»Und wer ist bei ihm?« fragte er nun.

»Dr. Roche.«

Dr. Roche war ein Arzt aus Lavandou. Thomas schien große Stücke auf ihn zu halten.

»Die Schmerzen gehen nicht weg ... Thomas hat nach dir gefragt.«

»Du hast ihm gesagt, daß ich hier bin?«

»Natürlich ...«

So natürlich war das nicht. Stefan verbarg seine Nervosität. Sie hatten auch über diesen Punkt gesprochen, doch Maria schob alle Bedenken mit so leichter Hand beiseite, als handle es sich um eine harmlose Belästigung. »Na und? Auch wenn du in einem Hotel oder in der Villa Wilkinson schlafen würdest, was ändert das? Thomas weiß es. Er weiß alles. Und es sind nicht nur seine Spitzel, die er überall hat ...«

»Oder die Mikrofone?« unterbrach Stefan sie.

»Mikrofone? In manchen Räumen hat er auch Kameras installiert.«

»Na, wunderbar!«

»Jeder Mensch hat Marotten. Die von Thomas besteht darin, alles über andere zu wissen.« Sie lächelte. »Im Grunde seid ihr da gar nicht so weit voneinander entfernt, finde ich ...«

»Aber ich verwende keine Elektronik.«

»Und er braucht sie im Grunde nicht. Das ist ja das Faszinierende an Thomas, und du wirst es auch schon gemerkt haben: seine Intuition. Er hat eine geradezu feminine Einfühlungsgabe. Ja, das ist es: Er ist so übersensibel, wie es eigentlich nur eine Frau sein kann.«

Nun aber schien Maria doch beunruhigt. Ihr Mundwinkel zuckte, ihre Zähne gruben sich in die Unterlippe, und sie sah Stefan an, nicht ängstlich, nein, aber sehr, sehr nachdenklich.

»Er weiß es mit Sicherheit. Er weiß, daß du hier seit drei Tagen wohnst. Er hat mich gefragt, ob du dich wohl fühlst.«

Wohl fühlst? Was Stefan schon einige Male durch den Kopf geschossen war – da war es wieder: wohl fühlst als Bellas Nachfolger? Nur, er war nicht Bella …

»Ich fahre. Ich fahre sofort«, entschied Stefan.

Sie nickte. »Tu das. Er leidet wirklich höllisch …«

Und das stimmte.

Ronny hatte Stefan in den ersten Stock der Villa Wilkinson geführt, an eine Tür geklopft und sie geöffnet. Es war das erste Mal, daß Stefan Lindners Schlafzimmer betrat. Es lag beinahe völlig im Dunkeln. In den herabgelassenen Jalousien gab es noch einige wenige Lichtritzen, auf dem kleinen runden Tisch in der Mitte des Raums brannte eine schwache Lampe, und im Hintergrund, nur schattenhaft, waren das große Bett und darin eine Gestalt zu erkennen.

»Stefan?« Es klang erfreut, aber Lindners Stimme war schwach und wirkte entstellt.

Bergmann ging näher. Er hatte sich an die Dunkelheit gewöhnt, nur das Licht reichte nicht ganz aus.

Er nahm das runde Tischchen mit der Lampe und trug es etwas näher zu Lindner. Ein akuter Anfall, richtig. Thomas' Gesicht zeigte alle Merkmale der typischen Attacke: geschwollene Augenlider, geschwollene Wangen, ein verzerrter Mund, Tränenspuren, weil unter diesen Schmerzen auch die Tränendrüsen nicht mehr kontrollierbar sind. Selbst die Nasenschleimhaut machte nicht mit, die

auf der Bettdecke verstreuten Papiertaschentücher bewiesen es ...

Lindner wollte Stefan die Hand geben, doch sein Arm
fiel zurück, er stöhnte.

»Ich bin froh, daß du hier bist«, sagte er unter Schmerzen. »Es hat ... hat lange gedauert, was?«

»Ja, Thomas.«

»Na, vielleicht ist das ganz gut so. Wie ... wie gefällt es
dir in ...«

Le Castelet, wollte er wohl sagen, doch der Schmerz
schnitt den Satz ab, und das ganze Gesicht wurde zu einer
Maske.

Irgendwo, tief in Stefans Hinterkopf, funkte ein Alarm-
zeichen: *Le Castelet?* Weckte selbst in dieser Situation
seine, Stefans, dortige Anwesenheit bei Thomas soviel
Emotionen, daß der Migräne-Schmerz noch heftiger zu-
schlug?

Stefan setzte sich auf das Bett. Der freundliche Onkel
Doktor – nein, der Hypnotiseur war gekommen. Er ergriff
Lindners Hand.

»Ich bin ein ziemlicher Versager, nicht wahr?« hörte er
Thomas stöhnen. »So ein Theater.«

»Das bist du nicht, Thomas. Migräne-Schmerzen gehören zu den schlimmsten, die es gibt. Aber wir kriegen sie
weg. Und zwar sehr schnell.«

»Wirklich?«

»Fragst du das im Ernst? Wieso baust du dann da drüben eine ganze Klinik für mich?«

Das schien Thomas zu gefallen, ein Lächeln versuchte
sich durchzukämpfen – und zerfiel.

Stefan griff nach der Medikamentenpackung, die auf
dem breiten eleganten Umfassungsbord des Bettes lag:
ein *Deseril*-Kombinationspräparat. Der Gefäßtonus sollte

damit geregelt, der Schmerz bekämpft werden. *Deseril* gehörte zu den schwersten Waffen gegen das pulsierende Stechen, das von den durch die Migräne geweiteten Kopfarterien ausging.

»Du wirst das nicht mehr brauchen. Bisher hattest du diese Attacken regelmäßig? Maria hat mir das gesagt.«

Lindner nickte.

»Das wird aufhören ... Heute nachmittag kannst du auf deine Baustelle gehen oder in dein Boot steigen, wohin du willst ... Und in Zukunft wirst du den Namen ›Migräne‹ vergessen.«

»Wirklich?«

»Für immer. Nur, du mußt bei dem, was wir jetzt unternehmen, ein bißchen mithelfen. Das kennst du ja schon von Boris ...«

Lindner versuchte zu nicken. Es schien ihm auch dazu die Kraft zu fehlen.

Stefan hatte sich sein Behandlungskonzept zurechtgelegt. Während der Fahrt von *Le Castelet* zur Villa Wilkinson durch einen strahlenden provenzalischen Herbst hatte er schließlich genügend Zeit dazu. Außerdem, es waren ja immer die gleichen drei Dinge, die über den Erfolg entschieden: die Suggestibilität des Patienten, dann der Rapport, die Verbindung, die Bergmann während der Hypnose zu ihm knüpfen konnte, und vor allem das eigene Können, die Fähigkeit, sich in die Persönlichkeitsstruktur, in die Probleme und Reaktionsvarianten des anderen einzufühlen.

Das klang einfach. Doch in diesem Fall? Bei einem Thomas Lindner? Und dazu noch in der Lage, in der sie sich alle befanden ...

Bergmann war nicht nervös, aber Unbehagen, ja, eine

Art Beklemmung fühlte er schon, bis er sich schließlich sagte, daß er gute Voraussetzungen vorfand: Schon vom Typ her schien Lindner für eine Hypnose geeignet. Wie hatte Maria gesagt?

»Er hat eine geradezu feminine Einfühlungsgabe. Er ist so übersensibel, wie es eigentlich nur eine Frau sein kann. Er spürt einfach alles ...« Nun, sollte er. Längst war es Bergmann klargeworden: Lindner war ein extremer »Rechts-Typ«. Wenn Stefan je einem begegnet war, dann ihm ...

Das Zusammenspiel der beiden Gehirn-Hemisphären, der rechten und der linken, gehörte zu den Funktionen des Bewußtseinsprozesses, die Stefan Bergmann seit jeher am meisten interessiert hatten: Die rechte Gehirnseite als Hort der gefühlsbetonten, der schöpferischen und kreativen Einfälle, das Instrument der Künstler, Musiker, Erfinder, aber auch der Gefühle. Und dann als Gegenpart die linke Seite, die Kontrolle, Vernunft, Pragmatismus und das analytische Denken regelte.

»Rechts- oder Links-Typ ...« Dieses sonderbare Kürzel gehörte seit langem zum Jargon von Analytikern, Therapeuten und Psychologen. Doch genauso häufig hörte man es indessen in den Personalabteilungen der Konzernzentralen, wenn es darum ging, irgendwelche »Leistungsträger« auf ihre Fähigkeiten durchzutesten.

An einem Thomas Lindner hätten sie ihre helle Freude gehabt. Wenn etwas in Chefetagen verlangt wurde, dann war es, daß sich beide Seiten als ausgeprägt erwiesen. Doch genauso entscheidend blieb das Zusammenspiel zwischen Rechts und Links: der Hochbegabte oder das Genie – na, wunderbar! Aber zeigte sich ein Mensch nur rechtslastig, dann versackte leicht alles Talent in hoffnungslosem Chaotentum. Klappte allerdings der Dialog, wurde die Begabung durch Nüchternheit kontrolliert, dann hieß es: »Das ist unser Mann. Den nehmen wir.«

Es gab auch andere Fälle. Es gab sie bei Menschen, bei denen dieser Dialog zum Streit geriet. Dann nämlich, wenn die linke Seite das Potential der rechten zu unterdrücken versuchte. Und das konnte eine Persönlichkeitszersplitterung zur Folge haben, die sich in eiskalter Härte und Brutalität ausdrückte. Diese Kälte, mit der Lindner damals auf den Tod seines Chauffeurs reagiert hatte! Die schmutzigen Waffengeschäfte!

Stefan hatte den kleinen Tisch mit der Lampe erneut umgestellt. Er hatte ihn näher ans Bett getragen und den Schirm so gedreht, daß das Licht ihn, den Hypnotiseur, aus dem Dunkel holte. Er hatte eine Trance-Induktion durch die Fixations-Methode gewählt und hielt den silbernen Drehbleistift, den er für seine Notizen und Rezepte bei sich trug, zwischen Daumen und Zeigefinger.

Er tat die drei Schritte, die ihn von Lindners Bett trennten.

Lindner hatte sich auf den Ellbogen aufgerichtet. Die Schmerzen verzerrten das leicht angeschwollene Gesicht, die Augen waren krampfhaft geschlossen, so daß nur zwei von wulstigen Lidern umrahmte dunkle Striche zu sehen waren.

Stefan beugte sich zu ihm, schob die Pyjamajacke etwas auf.

Lindner zuckte zusammen.

»Nichts, Thomas, gar nichts ... Ich berühre dich nur mit der Hand, ganz vorsichtig, ganz zart, zart wie eine Mutter – spürst du das?«

Lindner atmete rasch.

»Ich sage dir das, Thomas, damit du auch die nächste Berührung empfindest wie ein Streicheln. – Das ist es ja auch – ein Streicheln, das dir guttun, dich bald frei machen wird ... Hörst du?«

Wieder erwiderte Lindner nichts. Die krampfhafte Kopfbewegung sollte wohl ein Nicken sein. Die Schmerzen hielten ihn im Griff.

Stefan nahm den Bleistift und setzte ihn auf Lindners Haut, leicht, aber doch so, daß Thomas die Spitze spüren mußte.

»Tut gar nicht weh, nicht wahr? Eigentlich ist es ganz angenehm, oder?«

»Ja.«

Bergmann zog den Strich. Der Ausgangspunkt war das linke Schultergelenk. Er zog in einer halbmondförmigen Kurve eine Linie knapp über den Brustwarzen zur anderen Schulter.

»Hast du das gespürt? Aber natürlich hast du es gespürt ...« Stefan hielt den Bleistift vor Lindners Augen. »Es war dieser Silberstift, Thomas. Sieh ihn dir an ... Nun komm, versuch es wenigstens. Ist es schwierig? Brennen deine Augen? Sind die Lider schwer? – O ja, das sind sie ... so schwer, so warm und schwer ...«

Bergmann hatte die Stimme zu dem zärtlich eindringlichen und ruhigen Flüstern gesenkt, mit dem man Kinder anspricht. Die Kante seiner Hand tastete leicht über Thomas' Brustmuskeln. Er hatte das Gefühl, als hätte ihr Tonus sich geändert, als seien sie entspannter als zuvor.

»Spürst du den Strich, Thomas? O ja, du spürst ihn. Er tut gut, nicht wahr? Sieh mal, ich mach das jetzt wieder ...«

Stefans Blick wanderte über das matt erleuchtete, schmerzgepeinigte Gesicht. Es schien glatter als zuvor, ja, auch Lindners Miene hatte sich entspannt.

Stefan brauchte die Worte nicht zu suchen; jene seltsame, geheimnisvolle, magische Verbindung hatte sich eingestellt, die die Voraussetzung seiner Arbeit war, eine Intimität des Kontaktes, die Bergmann nur in solchen Augenblicken kannte, am Bett eines Kranken – oder in der Liebe ...

»Unterhalb des Striches, Thomas«, flüsterte Stefan, »wird es jetzt schwer und angenehm, alles fließt dort – bis in deine Schultern, in deine Arme, in die Muskeln an Schultern und Armen ... spürst du, wie sie leicht werden, leicht wie der Wind, der über das Meer weht? Spürst du es, Thomas? Nicht wahr, so ist es. Du brauchst mir nichts zu sagen, du spürst es. All deine Gefäße sind ruhig und stark. So schön ist es, das zu spüren. Die Adern, die Arterien sind ruhig, so ruhig. Das Blut strömt. Es ist warm, herrlich warm und beruhigend, und es fließt ganz still, fließt überallhin, bis in die letzte kleine Ader, bis in deine Haut. Denn die Haut, die spürst du jetzt. Sie ist es, die das Leben aufnimmt. Und die Haut ist es auch, die dich mit dem Leben verbindet. Mit Leben und Glück, Thomas ... Spürst du sie, spürst du, wie leicht und frei sie ist, wie frei auch dein Kopf wird? Frei und leicht, Thomas, frei von jedem Schmerz. Was ist schon Schmerz? Nichts ... Er geht dahin, er ist fort, so schnell, so leicht wie der Wind.«

Bergmann erhob sich langsam. Er steckte den silbernen Drehbleistift wieder in die Brusttasche seiner Lederjacke zurück. Er betrachtete Lindners Gesicht. Es hatte gewirkt. Und es war noch einfacher gewesen, als er erwartet hatte. Thomas lag da, das Gesicht ruhig, ohne eine Spur von Schmerzen. Nun öffneten sich seine Augen zu dem unbeweglichen Blick eines Menschen, der sich in Trance befindet.

»Thomas?«

Bergmann sprach den Namen ganz leise. Er hatte bei der Induktion auf eine tiefere Stufe verzichtet; Lindners Gehirn war beherrscht von den Alpha-Wellen eines somnambulen Zustands, eines nicht allzu festen Schlafes also, der es Bergmann einfach machte, ihn anzusprechen und von ihm Reaktionen zu erhalten.

»Thomas, du wirst jetzt tief schlafen – sehr lange. Bis siebzehn Uhr ... Genau bis siebzehn Uhr. Hörst du mich?«

»Ja.« Das kleine Wort kam klar, deutlich und völlig ruhig.

»Sehr gut. Du wirst dann aufstehen, auf die Terrasse gehen und dich so frisch und fröhlich und gesund fühlen wie ein junger Hund ...«

»Ja.«

»Wie wirst du dich fühlen?«

Lindners Augen wirkten nun klarer, die Gesichtsmuskulatur begann zu arbeiten, aber da waren keine Verspannung, kein Schmerz zu erkennen. Die Falten hatten sich geglättet, ein freudiges, beinahe jungenhaftes Lächeln zeigte sich. »Frisch und fröhlich und gesund wie ein junger Hund ...«, wiederholte der lächelnde Lindner.

Stefan löschte das Licht und verließ den Raum.

»In die Höhle? Mit dir auf den Col und in der Höhle wohnen? Wie stellst du dir das vor?«

»Es mu-mu-muß sein.« Fabiens Kiefer zitterte, selbst die Halsmuskeln verspannten sich in dem krampfhaften Versuch, die Worte hervorzustoßen, die Régine überzeugen sollten. »Hi-ier ... ist es zu-zu-zu ...«

»Gefährlich, willst du sagen?«

Er nickte heftig.

Sie saßen am Strand auf einem ausgerissenen, vom Meer glattpolierten weißen Baumstamm. Die Brandung brach sich langsam in langen, weiten Bögen, so als müsse das Meer Atem holen nach dem Sturm der Nacht. Überall am Strand, wo man hinsah, glänzte feucht und salzverkrustet der Tang.

Régine sah zu dem dunstigen blaßblauen Himmel hoch. Gefährlich? Fabien hatte ja recht. Nie würde sie die Sekunde vergessen, als dieses Felsenungetüm an ihr vorbei den Hang hinabdonnerte. Das war keine normale Sprengung gewesen – die wollten sie umbringen. Auch Charlie hatte gesagt, daß sie von den Fotografien wüßten. Doch wie? Durch wen?

»Ich bleibe in meinem Appartement, Fabien. Auch Charlie meint das.«

Wieder schüttelte er den Kopf.

Und dann ergriff er hart und schmerzhaft Régines Handgelenk. Sie blickte in sein blasses, ausgezehrtes Gesicht, dachte an all das, was sie wußten oder nur ahnten, an die Toten dachte sie und daran, was Charlie gestern gesagt hatte: »Dahinter steckt die Mafia-Krake! Das Wort hab ich mal gelesen, und es ist verdammt zutreffend. Überall haben diese Kraken-Killer ihre dreckigen Finger drin, aber keiner kann an sie ran. Nicht mal bei der Polizei kommst du weiter. Und die Presse? Ja, von wegen! Diesen Ricard hab ich gestern wieder angerufen. Zum dritten Mal – bis nach Paris. Der Herr ist auf einer Konferenz … Wo sonst? Ich hab meine Nummer bei der Sekretärin hinterlassen, ich hab gesagt, es sei lebenswichtig und dazu noch eine Wahnsinns-Story, und er soll mich dringend zurückrufen. Von wegen! Nichts!«

Auch Régine umklammerte Fabiens Hand, drückte sie und versuchte, ihrem Gesicht etwas wie Zuversicht zu geben.

»Du-du ko-ko-kommst?«

Sie nickte. Ein oder zwei Nächte würde sie oben verbringen. Nicht mehr. Fabien brauchte sie, sie spürte es.

Gegen fünf Uhr an diesem Sonntag, der Abend begann bereits den Himmel mit seinem Flamingorot zu überziehen, gingen sie von der Höhle über ihren Geheimpfad durch den Wald zu der Stelle hinunter, an der sie immer saßen. Alles war friedlich, niemand zu sehen. Kein Maschinenkrach, keine Arbeiter, kein Dieselgestank. Der Hang lag so still, daß man das Zwitschern der Vögel hörte und sich an die Illusion klammern konnte, nichts sei geschehen und alles wäre wie früher.

Fabien faßte Régine am Arm. Sie blieb stehen. Er zog sie hinter die Steine. Er nahm das Fernglas seines Vaters, das er hier oben am Col ständig mit sich herumschleppte, und setzte es an die Augen.

Nun sah auch Régine den Mann.

Er war gar nicht weit entfernt, keine siebzig Meter, vielleicht weniger, und auch er saß da, das Gesicht den Mauern zugewandt, die auf dem Klinikgelände errichtet waren.

Fabien drückte Régine das Fernglas in die Hand. Nun konnte sie das Gesicht des Mannes deutlich erkennen. Ziemlich blaß war es, doch es war ein angenehmes, sehr nachdenkliches Gesicht. Sie hatte den Mann noch nie in dieser Gegend gesehen.

»Und?« sagte sie. »Kennst du den?«

Fabien nickte heftig, gab ihr mit einer wilden Kopfbewegung ein Zeichen und ging rückwärts in den Wald zurück, ganz wie ein scheues Wild, das Gefahr wittert.

Sie liefen wieder zur Höhle hinauf. Fabien verschwand ohne ein Wort im Eingang und kam sofort mit einer der vielen bunten, glänzenden Broschüren zurück, die die

Societé das ganze Jahr über schon in Saint-Michel vertei-len ließ.

Auf dem Titelblatt sah man ein großes weißes, mit einem Säulenportal geschmücktes Haus: die Klinik.

Fabien schlug den Prospekt auf. Auf der Innenseite war gleichfalls ein Foto abgedruckt. Und es war das Gesicht des Mannes, den sie gerade im Okular des Feldstechers gehabt hatten. Darunter stand: *Dr. Stefan Bergmann. Der bekannte deutsche Hypnose-Therapeut wird aller Voraussicht nach Chef unserer Klinik.*

Auch dies kannte er.

Er hatte es schon einmal erlebt, damals, vor drei Mo-naten, als er auf der Rückkehr von seinem ersten Besuch in *Le Castelet* sich an den Hang gesetzt und seinen Traum geträumt hatte: Da waren die Bucht, das Meer, der Him-mel, alles lag zum Greifen nahe vor ihm, nichts hatte sei-nen Zauber eingebüßt – im Gegenteil. Stefan brauchte nur die Mauern dort anzusehen, um zu wissen, daß aus einer Vision Wirklichkeit wurde.

Thomas Lindners »rechte Hemisphäre« hatte sich also durchgesetzt ...

»Der Bau fügt sich nicht nur harmonisch in das Land-schaftsbild ein, *Monsieur*, er wird von den Funktionen und der Ausstattung her eine Sensation abgeben. Sie können mir glauben: Alles, was für eine solche Aufgabe zu haben ist, steht zu Ihrer Verfügung ...«

Das hatte Stefan vor zwei Stunden gehört. Als er Lind-ners Villa verlassen wollte, war ein grauhaariger, nervö-ser Mann hinter ihm hergerannt und hielt ihn fest. »*Mon-sieur le Docteur*? Welches Glück, Sie hier zu treffen! Mein Name ist Mousson. Ich bin Architekt.«

Mousson? Natürlich, der Architektenstempel auf den

Plänen, die Lindner ihm nach Burgach gesandt hatte! »*Architecte Walter Mousson …*«

»Herr Lindner liegt mir schon seit Wochen in den Ohren, mit Ihnen Kontakt aufzunehmen. Und nun sind Sie da. Welches Vergnügen, *Monsieur le Docteur*!«

Stefan hatte Mousson auf einen anderen Tag vertröstet und war zum Col hochgefahren. Der Bau interessierte ihn an diesem Tag recht wenig, seine Überlegungen kreisten um Lindner.

Stefan sah auf seine Armbanduhr: fünf Uhr, ziemlich genau.

Thomas Lindner würde, mußte jetzt aufstehen. Die innere Uhr folgte mit überraschender Genauigkeit den Befehlen, die in Hypnose in das Unterbewußtsein versenkt werden. Er würde also aufstehen, auf die Terrasse hinausgehen und sich fühlen wie ein »junger Hund« …

Vielleicht steigt er in seinen Hubschrauber, dachte Stefan, dreht aus lauter Spaß Kurven oder läßt sich von Paco durch die Gegend fliegen? Uninteressant. Nur eines ist jetzt wichtig: Was steckt hinter Lindner?

Es war zwar ermüdend, sich ständig Gedanken um einen Menschen namens Lindner zu machen, mehr noch, es ging auf den Nerv, doch was Maria ihm erzählt hatte und was Stefan selbst wußte, fügte sich zwangsläufig zu einem Bild, das ihn so zu belasten begann, daß er es fast vehement ablehnte. Und wie auch nicht? Bergmann hatte den Schnitt in Burgach vollzogen; er saß hier, dort drüben wuchs seine Klinik aus dem Boden und mit ihr seine Zukunft – und der Mann, der all das ermöglichte und ihm nichts als Freundschaft bewiesen hatte, begann sich als schwerer pathologischer Fall zu erweisen, als einer, der hinter der strahlenden Siegerfassade eine tiefe seelische Krankheit verbarg.

Schieß nicht übers Ziel hinaus, Alter, meldete sich in Stefan eine Warnung. Tat er es? Hoffentlich! Nur daß er an diese Hoffnung nicht zu glauben vermochte, und daher war Klarheit jetzt wichtig, lebenswichtig.

Stefan Bergmann stand auf und ging langsam den Hang hinauf. Er würde Klarheit erhalten.

Und bald!

Er hatte sich den Weg dazu eröffnet, er konnte erfahren, welcher Mensch sich in Wirklichkeit hinter Thomas Lindner verbarg.

Der erste Schritt war gemacht: Stefan hatte ihm nur einen einzigen posthypnotischen Befehl gegeben, nämlich den, sich nach dem Erwachen wundervoll, schmerzfrei und im Besitz seiner Kräfte zu fühlen.

Um eine Migräne jedoch wirksam zu bekämpfen, wäre es notwendig gewesen, mehrere Anweisungen so in Lindner zu verankern, daß sie sich, ihm selbst unbewußt, in der nächsten Zeit ständig wiederholten.

Darauf hatte Bergmann verzichtet. Und das bedeutete nichts anderes, als daß Lindner die nächste Attacke bevorstand. Das würde nicht lange dauern – zwei, drei, vier Tage ... Es konnte vom Streß, mochte sogar vom Wetter abhängen, doch der Anfall würde kommen.

Und noch etwas: Bergmann hatte sich mit seiner ersten Trance-Induktion bereits den Weg in die tieferen Schichten von Lindners Persönlichkeitsstruktur gebahnt; er war sicher, auf keinen Widerstand zu stoßen, wenn es darum ging, Fakten und Erklärungen aufzuspüren.

Hinter den Blättern der Bäume, die an der einen Seite des schmalen Pfades wuchsen, konnte Stefan nun Marias Sportwagen erkennen. Der weiße Lack leuchtete aus dem staubigen Grün. Bergmann ging schneller, freute sich auf den Wagen, freute sich auf die Rückkehr nach Le

Castelet, die für ihn bereits zu einer Art Heimfahrt geworden war.

Er kam nicht weit.

Was in den nächsten Sekunden geschah, blieb Bergmann auch anschließend unklar ... Er schrie auf vor Überraschung: Ein Schlag hatte seine Kniekehlen getroffen. Er taumelte, dachte an einen Baumast, irgend etwas, das sich gelöst hatte, aber da kam der nächste Schlag, traf seitlich seinen rechten Kiefer und schickte Stefan endgültig zu Boden. Er versuchte sich aufzurichten; ein neuer Schlag, diesmal gegen die Schulter, schleuderte ihn auf den Rücken, und dann spürte Stefan zwei Hände an den Seiten seines Halses, magere, harte, knochige Hände, die ihm die Luft abschnürten.

Er versuchte zu schreien, doch er brachte nicht einmal ein Röcheln heraus, er glaubte zu ersticken. Sein Kehlkopf war nichts als eine einzige stechende Feuerspirale. Aus dem Schatten über ihm aber wurde ein Gesicht: das Gesicht eines mageren, unrasierten Jungen. In den hellen Augen loderte Haß.

Stefan ertrug es nicht. Vielleicht daß alles zu Ende war, aber er wollte dieses Gesicht nicht sehen. Er versuchte, den Kopf zu drehen, doch die Finger hielten ihn fest. Stefan schloß die Augen ...

Und da war plötzlich wieder Luft ... So unerwartet, wie der Angriff gekommen war, so hörte er auch auf. Atmen! Stefans Magen rebellierte, sein Mund schnappte nach Luft, die Lungen pumpten.

Er richtete sich mühsam hoch, hustete, rieb Speichel vom Mund, holte Luft und sah nichts als den staubigen Weg.

Endlich drehte er den Kopf.

Er sah ein Mädchen.

Bergmann versuchte aufzustehen, und sie hielt ihm die Hand entgegen. Ihre Miene war gleichzeitig erschrocken und besorgt. Er ergriff ihre Hand, doch die Beine knickten ihm weg, der Kreislaufkollaps ließ ihn schwindlig werden. Alles schien sich zu verdunkeln, und er schlug erneut auf die Erde.

Die kleine Lichtung, auf die sie den Bewußtlosen legten, war noch keine zwanzig Meter vom Waldrand entfernt, dennoch ließ die Anstrengung Régine am ganzen Körper zittern und trieb ihr den Schweiß auf die Stirn. Welche Schinderei, was für ein Wahnsinn! Doch Fabien hatte darauf bestanden, den Mann tiefer in den Wald zu tragen, und sie hatte sich nicht gewehrt. In dem Zustand, in dem Fabien sich befand, war es zwecklos, zu widersprechen. Nun kauerte sie neben Bergmanns ausgestrecktem Körper.

Sie legte die Hand auf die Stirn des Mannes. Das Gesicht war blaß, die Haut feucht und kühl. Sie suchte nach dem Puls an den Schläfenadern – da war etwas zu spüren, ein schwaches Schlagen, leicht wie eine Vogelschwinge ...

»Mensch! Vielleicht stirbt er uns.«

Fabien stand an einen Stamm gelehnt, sah auf Régine herab und schüttelte langsam den Kopf.

»Warum?« Sie war nahe daran loszuschluchzen. »Warum, Herrgott? Wieso konntest du so was tun? Du warst doch bisher vernünftig ... Was hat dir der Mann getan?«

Fabien schloß die Lider. Und mit geschlossenen Augen begann er zu sprechen – klar und deutlich: »Der ist genauso schlimm ...« Auch der nächste Satz war verständlich: »Vie-vielleicht der Schlimmste von allen, der deu-deutsche Doktor ...«

Es war alles so plötzlich geschehen, daß Régine Stefans Gesicht zuerst nicht richtig wahrgenommen hatte. Ein Blick genügte: Fabien hatte recht, es war der Arzt aus dem Prospekt.

Sie richtete sich auf. »Fabien, du hast sie nicht mehr alle! Wie kannst du das tun? Gut, es ist der Doktor. Und wenn!«

»Er baut auf unserem ...«

»Er doch nicht. Und was heißt ›unser Grund‹? Du kannst doch nicht einen Menschen umbringen wollen, der mit der Sache nichts zu tun hat?« Jetzt schrie sie. »Steh nicht rum! Lauf zur Höhle! Bring Wasser, bring die Cognacflasche!«

Dann beugte sie sich wieder über Stefan und strich ihm die Haare aus der Stirn.

Stefan Bergmann schlug die Augen auf. Das erste, was er sah, war ein unruhiges gelb-rötliches Licht. Es flackerte in einer Art Glaszylinder und sandte einen dunklen Rauchstreifen aus der dünnen Röhre in die Höhe.

Die Schmerzen halfen Stefan, sich zu orientieren, ein pelziges Gefühl an seinem rechten Kieferknochen, das Ziehen in den Kniekehlen, die Stiche im Hinterkopf ... Er war also noch mit dem Schädel auf dem Weg aufgeschlagen, und das wahrscheinlich gegen einen Stein. Und anschließend hatte er wohl eine leichte Gehirnerschütterung erlitten? Kaum, denn sein Gedächtnis funktionierte. Er sah alles wieder vor sich.

»Wie fühlen Sie sich?« Die Stimme einer Frau. Es war das Mädchen von vorhin.

Er drehte den Kopf. Auch das tat weh.

Sie hockte auf einer Kiste am Kopfende der Matratze, auf die sie ihn gelegt hatten, und blickte ihn an. Ihr Gesicht war klar, beinahe kindlich, die hellen Augen betrachteten ihn voller Mitgefühl. »Ich kann Ihnen einen Cognac geben. Vorhin haben wir das auch versucht. Aber Sie haben ihn wieder ausgespuckt.«

Selbst das Kopfschütteln tat weh. Stefan versuchte es mit einem Lächeln; es blieb schon im Ansatz stecken. Dann sah er den jungen Mann. Er stand dort drüben an einem kleinen Tisch, mit dem Rücken zur Platte, beide Hände waren aufgestützt, und in den Augen lag der fanatische Glanz, der Stefan während des Überfalls so erschreckt hatte.

»Was wollt ihr?« hörte er sich sagen. »Was wollt ihr von mir?«

»Nichts«, sagte das Mädchen.

»Aber warum ...«

Sie deutete auf den Jungen. »Das war er. Er ist mein Freund. Aber manchmal hat er Probleme ...«

»Probleme? Und dann stürmt er los und schlägt Leute nieder?«

Sie vermied eine Antwort. Sie blickte zu dem Jungen. »Fabien, der Tee!«

Stefan sah ihn ankommen, eine Blechtasse in der Hand, aus der frisch gepflückte Minzeblätter ragten. Er beobachtete das Gesicht mit den sonderbar verspannten, unruhigen Lippen. Wohl war es Bergmann nicht, aber der Junge schien ganz friedlich – und friedlich stellte er den Tee neben ihn.

Was war mit dem Jungen los? Die Frage ging in dem Dröhnen in Stefans Hinterkopf unter. Er versuchte den Schmerz zu bekämpfen, hatte gelernt, ihn durch Autosuggestion und Atemlenkung zu bändigen, und auch jetzt ließ das Stechen wieder nach.

»Ich kann Ihnen auch ein Pflaster geben«, sagte die Kleine. »An Ihrem Kopf ist ein bißchen Blut ...«

Nun schaffte er doch das Lächeln. »Danke, ist nicht notwendig.«

Und sie lächelte zurück. Siebzehn, dachte Bergmann. Nein, älter, neunzehn vielleicht – und reizend. Aber wie paßt das zusammen? Ein Kerl, der dich ohne Vorwarnung zusammenschlägt, und dann dieses friedliche, erschrokkene, fürsorgliche Mädchen.

»Haben Sie eine Zigarette?« fragte Stefan.

»Gleich, *Monsieur le Docteur*, sofort.«

Monsieur le Docteur – das bedeutete, daß sie wußten, wer er war. Sie kam mit der Zigarette zurück, zündete sie an und steckte sie Stefan so vorsichtig und fürsorglich in den Mund, wie es Schwestern bei Schwerverletzten tun.

»Sie kennen mich?« fragte er.

»Ja. Aus dem Klinikprospekt der *Societé*. Das ist es ja gerade ...«

Der Junge drehte ihr nur den Kopf zu. Aus seinem Mund drang ein kurzer Ton, der wohl zu einem Wort werden sollte. Das Gesicht zuckte ... Ein Stotterer? Der Junge gab den Sprechversuch auf, und ein lautes, warnendes Zischen kam aus den zusammengepreßten Lippen.

Régine wandte ihm den Kopf zu. »Das hat doch keinen Zweck, Fabien.«

Und plötzlich konnte er reden. Die Zähne knirschten, das Kinn war vorgeschoben, doch es kam ziemlich klar und verständlich, was er herauspreßte: »Unser Land – mein Land ...« Und dann: »All die Toten ... Der Deutsche ist ein Mörder ...«

KAPITEL 8

Es war so unheimlich, wie er das sagte, Maria. Seine Stimme. Und dann: »Der Deutsche ist ein Mörder.« Er mußte sich schrecklich anstrengen ... Aber er hat es gesagt: »Der Deutsche ist ein Mörder.« Das Mädchen war richtig erschrocken, zutiefst erschrocken. Es sprang auf, streckte den Arm aus, als wollte es ihm den Mund zuhalten, aber da war es schon heraus.

Es war Nacht geworden. Sie gingen durch eine enge, gewundene Gasse. Rechts zog sich eine Weinbergmauer entlang, links standen die Häuser von Ramatuelle, eines an das andere gebaut, und die Lichter waren gelbe Vierecke im blauweißen harten Glanz des Mondes.

Maria stolperte und blieb stehen. Stefan hielt sie fest und drückte sie gegen die Mauer. In *Le Castelet* hatte er es nicht ausgehalten, er mußte sich bewegen, mußte irgend etwas tun, reden, alles loswerden oder sich betrinken. Was er erfahren hatte, dazu noch, was er aus dem Abhörprotokoll wußte, es war einfach zuviel.

»Maria?«

Ihre Augen verschwammen in der Dunkelheit des Mauerschattens.

»Maria, wenn das wahr ist, dann sieht für mich alles anders aus.«

»Was sieht anders aus?«

»Die Klinik. Nie werde ich mit ihm arbeiten, nie! Schon gar nicht für ihn. Wie denn?«

Sie schwieg.

»Meinst du, es ist wahr?«

Sein Kopf schmerzte, er schmerzte an der Stelle, an der er auf einem Stein aufgeprallt sein mußte, niedergeschlagen von einem jungen Verrückten. »Der Junge ist der Sohn des Mannes, der in seinem Haus auf dem Col verbrannt ist. Und zwar dort, wo jetzt die Klinik hochgezogen wird.«

»Und das hat er dir gesagt?«

»Der Junge meint das. Das ist absolut sicher.«

»Sicher? Warum sagt er es nicht klar?«

»Weil er stottert, Maria.«

»Und du glaubst ihm?«

»Ja, ich glaube ihm. Ein Mensch in seiner Lage lügt nicht. Aber Thomas ... Meinst du, er ist dazu imstande, Menschen umzubringen, nur um seinen bescheuerten Millionärs-Freizeitpark am Col durchzudrücken? Sag doch was, sag was!«

Er wollte eine Reaktion von ihr – nein, er wollte Gewißheit – und kannte die Antwort doch bereits: Er hatte sie im Untergeschoß der Villa Wilkinson gefunden.

Nun bekam er Marias Bestätigung.

»Ja. Ich halte ihn dazu für fähig. Wenn Thomas etwas durchsetzen will, ist er zu solchen Dingen imstande, dann kennt er nur eines: sich selbst und sein Ziel.«

Das hatte Bergmann schon einmal gehört, von Lindner selbst – und da lag er wohl vor ihm, Lindners »moralfreier Raum«, von dem Maria gesprochen hatte. Stefan umfaßte ihre Schulter, schüttelte sie.

»Er ist also in der Lage dazu? Und woher weißt du das, Maria? Woher? Kennst du solche Vorfälle? Hast du davon gehört?«

»Laß mich los.« Ihre Stimme blieb ruhig, die Augen schienen im Mondschein größer als zuvor.

»Du tust mir weh. Ich ahnte es, schon immer. Und da gab es eine ganze Reihe von Dingen ...«

»Erzähl mir davon.«

Sie schüttelte den Kopf.

»Es waren also Dinge, an die du nicht weiter denken wolltest. Ist es das?«

»Ja.«

Sie stemmte beide Hände gegen Stefans Brust und schob ihn zurück. Sie löste sich von der Mauer, wandte sich nach rechts und ging die Gasse hinunter. Er hörte ihre Absätze auf den runden, schwarz glänzenden Steinen klappern. Er folgte ihr wie betäubt, nicht weit, denn nach sechs, sieben Schritten blieb Maria stehen und sah ihn an, das Gesicht weiß im Mondschein.

»Thomas«, sagte sie leise. »Er hat viele wunderbare Eigenschaften, und ich war ... war zu schwach. Oder zu egoistisch. Deshalb war es so. Deshalb wollte ich nichts wissen.«

»Von was wolltest du nichts wissen, Maria?«

Sie holte tief Atem. »Daß er ein Monster ist, Stefan – ein Monster.«

Sie sahen sich an. Sie hatten beide die gleichen weit geöffneten Augen und beide den gleichen Ausdruck im Gesicht. Und sie konnten nicht anders, als sich in die Arme zu schließen.

Er hatte die Nummer angerufen, die Régine ihm gestern in der Höhle gegeben hatte, und sie hatte auch sofort zugesagt, sich mit Stefan zu treffen. Dies war nicht das Problem gewesen, das Problem war der Treffpunkt. Offensichtlich hatte sie Angst, mit ihm zusammen gesehen zu werden; Angst schien ihr ganzes Leben zu diktieren, die Angst vor einer ebenso übermächtigen wie unsichtbaren, aber stets gewaltbereiten Organisation.

Doch sie kannte die Straße nach Ramatuelle, auch die Abzweigung nach *Le Castelet*, und so hatte sie ihm eine Bushaltestelle beschrieben, die oben an der Straße lag. Aus Vorsicht hatte sie sogar auf den Wagen verzichtet; niemand sollte ihr folgen.

Es war vier Uhr nachmittags, als auf der Straße eine ziemlich schwere, von Rost zerfressene Vespa auf Bergmann zurollte: Régine. Sie stieg ab und gab ihm die Hand.

»Und jetzt?« fragte er.

Sie lächelte. Die beiden Grübchen in ihren Mundwinkeln, die ihm seit der Sekunde, in der er in der Höhle erwacht war, in Erinnerung geblieben waren, hatten sich wieder gebildet. Sie deutete auf den Vespa-Sattel.

»Bitte. Steigen Sie auf.«

Sie fuhren los. Régine schien die Gegend zu kennen. Nach einem weiteren Kilometer in Richtung Ramatuelle, kurz vor einem Pinienwald, bog sie auf einen Feldweg ab, und Bergmann mußte sich an ihrer Taille festhalten, um bei all den Schlaglöchern nicht aus dem Sattel geworfen zu werden. Régine hielt vor einem alten, aus Bruchsteinmauern zusammengefügten Schafstall. Er war mit einem Vorhangschloß gesichert. Sie holte einen Schlüssel heraus und schloß auf. »Hier war ich oft als Kind«, sagte sie. »Der Stall gehört meiner Tante. Sie hat nach Ramatuelle geheiratet.«

Der Stall war leer, der mit Häcksel bestreute Boden verbreitete den intensiven Geruch der Schafe.

Régine trat ein, verschloß hinter Stefan die Tür, stülpte einen Blecheimer um, setzte sich darauf und wies auf die kleine Steinbank, die ein Stück an der Wand entlanglief.

Sie sah Bergmann an, still und erwartungsvoll.

»Ich hätte nicht gedacht, daß Sie kommen würden, Régine«, begann er.

Sie ging nicht darauf ein. »Tut der Kopf noch weh?«

»Nein. Das ist vorbei.«

»Gott sei Dank! Es war schlimm, ich weiß …«

»Und jetzt bin ich ziemlich froh um die Beule. Und darum, daß Sie Vertrauen zu mir haben.«

»Oh, das haben wir uns schon überlegt. Wir haben darüber gesprochen.«

»Wir? – Wer?«

»Das tut nichts zur Sache … Entschuldigen Sie«, setzte sie hastig hinzu.

»Régine«, sagte er, »ich habe mit all diesen schrecklichen Dingen nichts zu tun. Und die Sache mit der Klinik – gut, es war ein Angebot, und es hat mich beeindruckt, aber ich werde es nicht annehmen. Das Ganze gefällt mir nicht.«

Sie schwieg und beobachtete ihn weiter.

»Ihr Freund«, fragte er. »Was ist mit ihm? Warum hat er mich wie ein Wilder überfallen? Und seine Sprachschwierigkeiten, hatte er sie schon immer?«

Sie schüttelte den Kopf. »Nein. Das gehört auch dazu.«

»Zu was?«

Sie benötigte nur kurze Zeit und knappe Worte, und Stefan wußte Bescheid. Er hatte einen Teil der Informationen ja schon erhalten – von Lindner, gleich am Tag seiner ersten Ankunft in der Villa Wilkinson. »Die Brandfläche dort? Da ist eine Gasflasche explodiert. Der arme Teufel hat sich selbst in die Luft gejagt …« Das lag nun etwa drei Monate zurück. Aber der »arme Teufel«, Fabiens Vater, hatte sich nicht selbst in die Luft gejagt, das hatten andere besorgt, wie das Mädchen sagte. Und dieser Pascal Lombard war auch nicht der einzige Tote? Unfaßlich …

»Der andere, dieser Lehrer, Max Ortiz – das war auch Mord, sagen Sie?« fragte Stefan.

Régine nickte nur.

»Und die Geschichte mit dem Polizeiauto, das in die Schlucht fiel?«

»Da haben sie's ebenfalls versucht.«

»Mein Gott ...« Sein Nacken war verspannt, seine Zunge wollte ihm nicht gehorchen, und auch sein Vorstellungsvermögen streikte.

»Uns wollten sie auch umbringen«, sagte Régine ruhig. »Und auch bei uns sollte es nach einem Unfall aussehen, nach einer Sprengung.«

»Und das wissen Sie?«

Sie nickte.

»Warum gehen Sie nicht zur Polizei?«

»Die sind alle gekauft. Die stecken alle unter einer Decke ... Das haben sie prima eingefädelt«, setzte sie hinzu, »und mit viel, viel Geld.«

»Sie wissen doch, daß ich Lindner kenne? Warum ...«

»Das war meine Idee«, sagte sie und lächelte. Ihre Zähne schimmerten in der Dunkelheit des Stalls. Ihre Augen erreichte das Lächeln nicht; sie waren ruhig und fest auf Stefan gerichtet. »Wir wissen, daß Sie in *Le Castelet* wohnen. Und wir wissen auch, *Madame* hat mit alldem nichts zu tun. Sie war sogar dagegen, daß man den Bauern die Grundstücke wegschnappte und darauf baute.«

Sieh mal einer an! Davon hatte Maria ihm keinen Ton gesagt ...

»Und woher wissen Sie, daß ich ...«

»Wir haben jemanden in der Villa des Deutschen, eine Frau. Sie ist eine Nichte von Fabiens Vater. Sie arbeitet dort. Sie hört alles. Und sie meint auch, daß Sie nicht zu diesen Leuten gehören.«

»Trotzdem ...«

»Wir wollen, daß es möglichst viele Leute wissen ... Und wir wollen, daß diese Klinik nicht entsteht ...«

»Und die Presse? Warum gehen Sie nicht zur Presse?«

»Das haben wir schon versucht. Aber wir haben wahrscheinlich nicht die richtigen Verbindungen ...«

Bergmann schwieg.

Die Ahnungen, die Fragen, die er sich und Maria gestellt hatte, das, was er bereits wußte, all das rotierte in seinem Kopf. Aber was nun Gestalt anzunehmen begann, war wie eine Tonnenlast, die Stefan auf die Erde drückte. Er versuchte nachzudenken, doch er kam nicht sehr weit damit.

Wenn das wahr war – um Himmels willen, dann hatten sie es nicht nur mit einem Menschen, sondern einer ganzen Organisation von Verbrechern zu tun.

»Und da ist noch etwas, *Monsieur* ...«

Er wartete.

»Fabien ...«

»Sein Sprachfehler?«

»Ja. – Wir haben in diesem Prospekt der *Societé* gelesen, daß Sie Spezialist sind und so etwas heilen können ...«

Er suchte schon wieder in seiner Hosentasche nach Zigaretten, und schon wieder tat er es vergeblich. Schließlich griff er nach einem dürren Zweig und kaute darauf herum. In jeder Situation frei von Panik und ausgeglichen zu bleiben, das benötigte er in seinem Beruf, und deshalb hatte er über Jahrzehnte trainiert. Doch nun?

Gut, er war ruhig – und warum auch nicht in der Nähe dieses jungen Menschen, der von ihm Hilfe wollte? Hilfe gegen den Mann seiner Geliebten, Hilfe gegen einen Mann, der sich sein, Stefans, Freund nannte, in Wirklichkeit jedoch der Boß einer eiskalten Verbrecherbande war ...

Ein Monster ... Gestern nacht hatte Maria es gesagt.

Nun wußte Bergmann, warum.

Er zwang sich zu einem freundlichen Lächeln. »Hatte Fabien diese Sprachstörungen schon früher, ich meine, als Kind oder während der Pubertät?«

Er war froh, diese Frage stellen zu können. Er befand sich auf vertrautem Gebiet, für einige Minuten wenigstens.

Régine schüttelte heftig den Kopf: »Nein.«

»Noch mal, Régine ... Sie kennen ihn ja schon seit langem, nicht wahr?«

»Seit zehn Jahren.«

Eine Sandkastenliebe also. »Sie glauben, das Stottern hat etwas mit dem Tod seines Vaters zu tun. Aber ist Ihnen irgendwann, vielleicht in der Schule, aufgefallen, daß er nach Worten suchen mußte? Oder daß er bei gewissen Worten Schwierigkeiten hatte, sie auszusprechen?«

Wieder das Kopfschütteln. Plötzlich sprang Régine auf, preßte die Hände gegen den rauhen Stein hinter sich und starrte Bergmann an. »Es kam in dieser Nacht!« Ihre Stimme schwankte. »Seither ist Fabien so. Alles fing in dieser Nacht an.«

»In der Nacht, als Fabiens Vater starb?«

Sie konnte nicht sprechen. Ihre Augen hatten sich mit Tränen gefüllt.

Also war es das, was er erwartet hatte! Stottern als Folge eines psychischen Traumas ... Auch Stefan war aufgestanden. Er griff nach Régines Hand und hielt sie fest. »Ich helfe ihm, Régine. Ich helfe ihm mit Freuden. Und es wird gar nicht so schwierig sein, wie Sie vielleicht annehmen. Er wird sprechen können – und das bald.«

Und dann setzte er hinzu: »Das ist jetzt nicht nur für Sie wichtig, auch für mich.«

Vielleicht verstand sie das nicht ganz, aber sie sagte: »Ja.«

»Ihr alle lebt ständig in der Angst, beobachtet zu werden – ist es nicht so?«

»Nicht nur wir, alle werden beobachtet.«

»Sie meinen, auch ich?«

»Das weiß ich nicht … Aber wir besonders. Wir ganz bestimmt.«

»Und warum?«

»Wir wissen, was los ist.«

Es war das erste Mal, daß sie Beweise erwähnte, und es war genau das, nach dem Stefan sie fragen wollte und es bisher nicht gewagt hatte.

»Wir haben Fotos …«

Zunächst wußte er nicht, was Régine damit meinte. Eine Ahnung allerdings stellte sich ein: Fotos von Tathergängen? Das klang nun wirklich zu unwahrscheinlich …

Er wollte nicht weiter in sie dringen; ihr Gesicht zeigte Verzweiflung und Abwehr. Vielleicht bereute sie, daß sie das von den Fotos gesagt hatte?

»Wollen Sie mehr dazu sagen?« fragte Bergmann sanft.

Sie schüttelte den Kopf. »Später.«

»Und wo können wir uns sehen?«

»Auf dem Hof, *Monsieur*, dem Hof meiner Tante in Ramatuelle. Sie hat auch noch eine Wohnung im Ort … Ich muß das erst mit Fabien besprechen. Ich erkläre es Ihnen dann.«

»Am Telefon?«

Sie nickte wieder und wandte sich dem Ausgang des Stalls zu: »Gehen wir …«

»Stefan? Was ist mit dem Jungen? Wie kommst du mit diesem Fabien voran? Kann er reden?«

»Es läuft besser, als ich dachte …«

Sie gingen durch die Weinberge bei *Le Castelet*. Die großen Blätter der Reben begannen sich braun, orange und hyazinthrot zu verfärben – zwischen all diesen Farben schimmerte das Blau der Trauben. Menschen arbeiteten auf den Terrassen. Ein Mädchen sagte etwas, ein Mann antwortete, und es lachte. So friedlich war diese Welt – und so unglaublich, daß es all das andere geben sollte ...

Doch es war wahr: Mit Fabien hatte Stefan Bergmann bereits überraschende Fortschritte gemacht, und sicher waren sie nicht allein seiner Arbeit, sondern genauso dem Leidensdruck zu verdanken, unter dem der Junge stand.

»Wie bist du vorgegangen?« wollte Maria wissen.

Sie hatte sich auf eine der niedrigen, noch immer sonnenwarmen Steinmauern gesetzt, die die Felder umrahmten, und sah Stefan erwartungsvoll an. Er wußte, es war nicht allein Neugierde – Maria ergriff jede Gelegenheit, die sie von den Gedanken ablenken konnte, die sie in diesen Tagen ohne Unterlaß belasteten.

Fabien war allerdings kein geeignetes Thema.

Bergmann sah ihn vor sich. Madame Ternier, die Tante, hatte zwei wacklige Stühle und einen Korbsessel in das Gartenhaus gebracht, in dem sie sich trafen. Um das Haus standen Apfelbäume, die langsam ihre Blätter abwarfen. Die Fensterläden waren halb geöffnet, Fabiens Gesicht blieb blaß, doch entspannter als bei ihrer ersten Begegnung – damals, vor einer Woche, als Stefan und Régine ihm Pascal Lombards Fotos zeigten und alles, was bisher geschehen war, plötzlich klare und präzise Konturen bekam. Fabien hatte auch seinen Freund Charlie dabei, einen schlaksigen, breitschultrigen, sportlichen Typ mit kurzgeschorenem, dunklem Haar – Charlie, das dritte Mitglied der Verschwörung. Zwei Studenten und eine Supermarkt-Verkäuferin – im Alleingang dabei, eine kriminelle Organisation auszuheben.

Charlie blieb vorsichtig. »Wir versuchen es. Es bleibt uns ja nichts anderes übrig. Wir müssen das versuchen. Und wenn alles zu Bruch geht ...«

Marias Stimme drängte. »Was ist denn? Du wolltest mir doch sagen, ob Fabien ...«

»Wir fahren heute nach Toulon«, unterbrach Stefan sie. Er sah auf seine Uhr. »Wir können das vielleicht bis zwei Uhr schaffen. Falls das Konsulat nachmittags geschlossen ist.«

»Welches Konsulat? Das deutsche?«

»Was sonst? Und die arbeiten am Nachmittag nicht. Irgend jemand wird sich dort schon finden, der sich auskennt und uns sagt, wie wir vorgehen können. Lindner ist schließlich Deutscher.«

Sie zerrte an einer Haarsträhne, die sie sich um den Zeigefinger gewickelt hatte: »Toulon? Ausgerechnet! Marseille, Nizza, Toulon – das sind *Le Coqs* Reviere. Da wird dir gerade irgendein deutscher Konsulatsangestellter Bescheid geben können!«

»Gut. Dann gehen wir zu einer Redaktion. Oder zum Radio ...«

»Mein Gott, Stefan! Du kannst doch nicht so naiv sein! Du wirst doch nicht glauben, daß das gutgeht. Wenn du Pech hast, wissen die anderen schon in zwanzig Minuten Bescheid. Denk doch mal nach!«

Das versuchte er ja. Wo befand er sich eigentlich? Was war das für ein Land, in dem man Verbrechen einfach hinnehmen sollte, ohnmächtig, ohne jede Chance auf Widerstand? Das war doch verrückt, vollkommen verrückt ...

Stefan setzte sich neben Maria und blickte über den Weg, hinauf zu den Hügeln und den Zypressenspalieren, die den Mistral von den Weingärten abhielten.

»Komm«, sagte Maria und legte Stefan die Hand auf den Arm. »Sag mir lieber, wie ist das mit Fabien?«

Er schwieg lange, ehe er begann: »Im Grunde ähnelt sich alles. Fabien ist mit seinem Problem gar nicht so weit von Lindner entfernt.«

»Was sagst du da? Wieso?«

»Ich habe Fabien in Hypnose versetzt. Wie das immer ist bei Stotterern, die sich in Trance befinden, sofort konnte er flüssig und normal reden ...«

»Tatsächlich?«

»Ich sagte doch, das ist immer so. Ich habe viele behandelt.«

»Du sagst eine Menge, Stefan. Und das meiste muß jedem einfach unbegreiflich vorkommen.«

»Nein, so ist das nicht. Stottern ist nichts als ein durch irgend etwas ausgelöster heftiger Kontrollimpuls, der in den unterbewußten und automatischen Vorgang des Sprechens hineinpfuscht. Man kann es also nur dadurch heilen, daß man das Unterbewußtsein neu programmiert und den störenden Kontrollfaktor beseitigt. Alles was du sonst machst, Sprechtechnik, Atemtraining und so weiter, kann ein bißchen helfen – heilen kann es nicht.«

»Und Fabien sprach?«

»Natürlich sprach er. Fließend, ohne jede Hemmung ... Ich machte eine Regression mit ihm, eine Zeitrückführung in seine Kindheit, um zu kontrollieren, ob trotz allem auch dort ein Problem liegen könnte. Ich brachte ihn zum Beispiel auf den Sportplatz.«

»Du brachtest ihn – wohin?«

»In der Hypnose wird die Erinnerung wieder Wirklichkeit, das hab ich dir schon einmal erklärt.«

»Ja, aber so was anhören und hinnehmen ist ein bißchen schwierig, findest du nicht?«

»Es ist aber so«, sagte Stefan kurz. »Wir waren auf dem Sportplatz, und da waren seine Freunde. Ich ließ diesen ermordeten Lehrer auftreten, Ortiz heißt er, Max Ortiz. Fabien war sehr tief in Trance. Ich habe ihn auf seiner Zeitlinie, die wir in die Vergangenheit gelegt haben, auf den einzigen Punkt ›Schule‹ fixiert. Und das so intensiv, daß dabei auch der Mord an Ortiz aus Fabiens Bewußtsein gelöscht war.«

»Und das geht?«

»Er sprach völlig normal, ganz natürlich, wie ein Junge mit seinem Lehrer spricht, einem Lehrer, den er mag. Fabien mochte Ortiz, das merkte man sofort. Hätte der Junge damals schon irgendwelche Störungen gehabt, es wäre sofort auffällig geworden. Ein Junge, der stottert, ist niemals unbefangen. Ich ließ Fabien dann ein Lied singen, irgend so ein Jungenslied. Auch das funktionierte, er sang vollkommen entspannt und glücklich. Das Lied war eine Art Vereinslied, das sie in Saint-Michel anscheinend häufig gesungen haben: Wir sind die Kumpels von Saint-Michel, und wenn wir kommen, dann gewinnen wir ... Etwas in dieser Art.«

Stefan sprach nicht zu Maria, er sah noch immer auf das Land, als versuche er, seine Schönheit, seinen Frieden in sich aufzusaugen. Maria blickte ihn von der Seite an.

»Es war das Lied einer Jugendbande, eines Teams, das gewinnen will. Ich versuchte, den Inhalt wieder in Fabien zu verankern, dieses Selbstbewußtsein, auch das Bewußtsein, daß er keine Angst zu haben braucht, weil er stark ist; ein Gefühl, das auch sein Vater hatte. Ich befahl Fabien, sich diesem Gefühl auszuliefern. Ich sagte ihm, daß es sich von nun an ständig einstellen würde, wenn er an seinen Vater denkt. Daß er, Fabien, gewissermaßen eine Botschaft übernommen habe, so wie ein Läufer einen Staffelstab übernimmt, verstehst du?«

»Ja. Das verstehe ich. Und?«

»Das Spiel ging auf. Als ich Fabien aus der Trance zurückholte, konnte er sprechen. Er sprach auch mit den anderen. Die waren ja dabei. Die Kleine ist wirklich unglaublich tapfer, aber nun war Régine doch so durcheinander, daß sie weinte ... Jetzt ist sie glücklich. Ich brauche noch eine oder zwei Sitzungen, etwas Atemtechnik vielleicht, aber im Grunde hat Fabien schon alles hinter sich. Sein Problem ist gelöst.«

Maria nickte. Nach einer Weile fragte sie: »Wie, um Himmels willen, kommst du auf die Idee, daß Fabien und Lindner sich in ihren Problemen ähneln?«

Stefan stand auf. »Komm, gehen wir. Gehen wir nach Hause. Ich muß sofort telefonieren. Ich werde in Deutschland anrufen. Ich kenne da einen Mann im Bundeskriminalamt – das ist unsere zentrale Stelle für Verbrechensbekämpfung. Die interessieren sich ohnehin für Thomas Lindner, und vielleicht können sie ihre französischen Kollegen alarmieren ...«

Sie hatten wieder die Höhe der Straße erreicht. Hier wurde der Wind kühler. Drüben, in all seine Hügel eingebettet, lag Ramatuelle. Der Blick ging weit hinüber zu den in grauem Dunst verlaufenden Linien des Massif des Maures. Ein gesegnetes Land – und ein vergiftetes ...

»Fabien und Lindner?« Maria hatte nun ihr Thema, sie schob es Stefan beharrlich aufs neue zu. »Die ähnlichen Probleme? Erklär mir das!«

»Der Druck, Maria. Der Druck, der von all den Dingen stammt, die beide verdrängen müssen. Thomas ... Du hast mir doch all den Wahnsinn erzählt, der in seiner Jugend passiert ist. Gott sei Dank hat er zu dir geredet. Dieser verrückte Bankdirektor von Vater, dem kein Schulzeugnis gut genug war, von dem nie auch ein Wort des Lobes kam ... Leistung, Leistung, das war's? Und nicht nur Leistung. Da gab es auch diese irren Geschichten mit den Mutproben?«

»Der Alte ließ Thomas beim Skilaufen eine Steigung hinunterrasen, die kein Profiläufer gewagt hätte«, bestätigte Maria. »Und als das dann schiefging, Thomas sich das Bein und die Schulter brach, machte sein Vater ihn noch auf dem Transport ins Krankenhaus dafür verantwortlich. Er sei nichts als ein Versager. Er sei selbst schuld. Da gibt's viele solcher Geschichten.«

Bergmann ging weiter. Bei der Eiche dort konnte er bereits die Abzweigung zum Haus erkennen: »Die Mutter paßt genau ins Bild: eine Frau, die Thomas nie in den Arm nahm oder tröstete. Für sie war der Junge nichts als ein Vorzeigeobjekt, das zu funktionieren hatte. Außerdem – diese angebliche Impotenz.«

Marias Augen waren schmal, über der Nase entstand eine Falte. »Wieso angeblich?«

»Weil ich nicht glaube, daß es eine Verletzungsfolge ist. Einer wie Thomas Lindner kann nur siegen. Darauf ist er programmiert. Irgendeine, die kleinste Schwäche Frauen gegenüber würde ihn auffressen, schlicht umbringen. Er will geliebt, bestaunt, bewundert werden, unwiderstehlich sein – das ja, und dafür tut er alles. Aber er wird sich nicht der geringsten Kritik ausliefern. Nie, denn Kritik, auch Selbstkritik, ist tödlich. Und da ist noch etwas, Maria.«

»Ja?«

»Die Migräne-Anfälle. Hemikranie hat meist etwas mit Sexualität zu tun. – Kopflastig oder bauchlastig, das kennst du doch? Migräne ist die Krankheit der Kopflastigen. Kopflastigkeit geht auf Kosten des Bauches, und der

Bauch wehrt sich, wie er kann, wenn der Kopf ihn verge-waltigen will. Das muß zu Katastrophen führen. Sexuali-tät sucht, nein, braucht Öffnung, das gilt auch körper-lich. Einem Migräne-Kranken, der sich ein Leben lang abklemmt, schießt das Blut zu Kopf, die Arterien sind aufs äußerste gespannt, das Druckgefühl steigert sich ins Un-erträgliche ... Und jetzt kommt der ›Bauch‹ dazwischen ... Es kommt zu Erbrechen, zu Durchfällen und natürlich Depressionen. Auch Fabien litt unter einem seelischen Druck. Da hast du die Parallele. Lindners schwache Stelle, die Engstelle ist der Kopf – bei Fabien wiederum ist es der Hals. All das, was da passiert ist, all das Schreckliche, das die beiden erlebt haben, ist nicht bewältigt, drängt hoch. Bei Fabien ist es wie bei einer Flasche. Der Hals wird zur Engstelle, die Kontrolle übermächtig. Die Halsmuskeln und die dort lokalisierten Organe verstümmeln und zer-stückeln die Sprache, bis sie nicht mehr zu verstehen ist.«

Maria sah Stefan von der Seite an. Sie schwieg. Sie gin-gen weiter. Stefan sah auf die Uhr.

Es war Mittag, kurz vor zwölf. Sie waren nur noch wenige Meter von dem breiten grauen, aus Olivenholz gefertigten Gartentor von *Le Castelet* entfernt. Von dort aus führten sechs mit schweren Steinplatten belegte Stu-fen zu dem Platz vor der Haustür.

Maria legte den Kopf schräg. »Das Telefon läutet.«

Sie ging schneller, drückte das Gartentor auf, lief auf das Haus zu und verschwand. Stefan war stehengeblie-ben, eigentlich ohne klaren Anlaß – oder doch?

Das Gartentor! Der Riegel war innen angebracht, man mußte sich darüberbeugen, um ihn vorzuschieben, und das hatte Bergmann getan, ehe sie zu ihrem Spaziergang aufgebrochen waren. Er erinnerte sich genau daran.

Er sah sich um und rief sich gleichzeitig zur Ordnung.

Dieses ewige blödsinnige Lauern auf eine unsichtbare Gefahr – bekam das nicht langsam neurotische Züge? Aber Stefan konnte sich gegen das Unbehagen nicht wehren. *Le Castelet*, das breite Haus mit all den geschlossenen Fensterläden, bekam plötzlich etwas Unheimliches. Gestern abend noch hatten er und Maria beschlossen, vom Schlosser in Ramatuelle Gitter und Schlösser nachprüfen und gegebenenfalls austauschen zu lassen. Und weil Maria den Anruf des Schlossers erwartete, der Bescheid geben wollte, wann er kam, war sie wahrscheinlich zum Telefon gerannt.

Jetzt kam sie zurück. Ihr Gesicht war angespannt. »Das war nicht der Schlosser. Es war Thomas.«

»Was hat er gesagt?«

»Gesagt? Er konnte kaum sprechen. Er braucht dich.«

»Ein Anfall?«

»Ja. Und anscheinend noch schlimmer als beim letzten Mal.«

Bergmann nickte, schwieg, machte ein paar Schritte auf Maria zu und blieb wieder stehen. Sein Blick war auf den blühenden Lavendelbusch gefallen, der rechts vom Weg aus einigen hellen Steinen herauswuchs. Es war ein hübsches Bild, der braune durchlöcherte Stein, die zarten, staubgrünen, schmalen Blätter und dann die blauen bis ins Violett spielenden Lavendelblüten. Was daneben, besser gesagt, darunter und etwas nach rechts verschoben lag, war gleichfalls braun, goldbraun und glänzend.

Ein Tierfell! Das Fell einer Tigerkatze! Läufe und Pfoten waren weiß, leuchtend weiß – mit einer Ausnahme: Den linken Hinterlauf verkrustete ein häßlicher Fleck, tiefbraunes geronnenes Blut.

Stefan kniete sich auf die Steinplatten, streckte vorsichtig die Hand aus und wollte die Katze näher zu sich ziehen.

Er ließ die Hand fallen.

Was war das? Was war mit dem Tier passiert? Nicht nur die Beine, auch die Brust war blutüberströmt! Dort, wo der Hals sein mußte, war nichts als eine gezackte Wunde. Der Kopf fehlte.

»Non!« hörte er Maria neben sich. »Non, non, non!«

Ihre Absätze klapperten, entfernten sich. Sie rannte in Panik zum Haus.

Stefan folgte ihr nicht. Er hatte noch etwas entdeckt: ein Stück weißen Kartons, eine Art Karte, nicht größer als vier mal acht Zentimeter. Die Karte hatte dieses Schwein von Tiermörder mit einem Bindfaden am rechten Hinterlauf der Katze befestigt.

Stefan riß die Karte ab und stand auf, um besser lesen zu können, was darauf stand. Die Botschaft war in kleinen Blockbuchstaben verfaßt, so sauber und exakt, als stammte die Schrift aus einem Architekturbüro.

Botschaft? Gut, es war eine Botschaft, das wurde Bergmann in der ersten Sekunde klar. Nur, daß sie lediglich aus zwei Namen und zwei Strichen bestand. Der erste Name war: *Le Castelet*. Der zweite: *Burgach*. Und über beide Namen lief ein dicker, brutaler roter Strich.

Stefan starrte auf die beiden Striche, hörte sein Herz klopfen, und in seinem Hals war ein dunkler, ziehender Schmerz, der sich vom Kehlkopf über beide Kiefer bis hinauf in die Wangen ausbreitete.

Le Castelet?

Burgach?

Und zwei rote Striche!

Gerade noch hatte Stefan sich vorgenommen, bei Kommissar Warnke in Burgach und dann bei dem BKA-Mann, dem Kriminalrat, anzurufen. Wie hieß er noch? Oster? Richtig!

Nun fiel Stefan auch ein, was Warnke ihm nach den Schüssen auf Lindners Auto gesagt hatte: »Eine Visitenkarte, Herr Bergmann. Nichts weiter. Mafiosi nennen das ein *aviso*. Und *aviso* heißt Warnung ...«

Zwei Namen, zwei rote Striche, eine tote Katze.

Die Visitenkarte ...

Er würde Warnke anrufen. Wenn es sich so verhielt, wie Stefan annahm, wie es Charlie und Fabien ihm bestätigt hatten, wie selbst Maria es glaubte, wenn *Le Coq* auch noch die Polizei bestochen hatte – gut, dann konnte vielleicht Wiesbaden Druck machen. Vielleicht? Was heißt vielleicht? Sicher sogar ... Was blieb den Beamten schon anderes übrig?

Stefans Gedanken rotierten, doch er stand da wie erstarrt, die Karte in der Hand, und zu seinen Füßen lag dieses arme, geschundene Häufchen Knochen, Fleisch und blutverschmiertes Fell. Bergmann wußte nicht weiter, wußte nicht einmal, ob es gut war, Maria den Fetzen Karton zu zeigen. Und ausgerechnet jetzt ging es Herrn Lindner wieder einmal dreckig? Wenn das stimmte! Warum ruft er dich? Ausgerechnet dich?

Bergmann bemerkte nicht einmal, daß Maria wieder vor ihm stand.

Sie nahm ihm die Karte einfach aus der Hand. Und er ließ es zu.

Sie begriff sofort.

»*Le Castelet?*« Sie griff nach Stefans Arm. Die Fingerspitzen gruben sich so heftig in seine Muskeln, daß es schmerzte.

»Die wollen uns umbringen ...«

Er schwieg. Es erschien ihm zu unglaublich, zu dramatisch.

»Uns alle, Stefan. Uns – und deine Frau.«

»Die roten Striche?«

»Ja. Das kenne ich … Es stand auch in der Zeitung. Immer gab es diese Warnung mit dem roten Strich. Das kennt hier jeder. Und dann kommt der Mord.«

»Und wer hat das vor? Mein Patient, der gerade wieder hypnotisiert werden will? Das ist doch … Lachhaft ist das, absurd.«

Maria hörte nicht zu. Sie sah zum Haus hinüber. Ihr Gesicht hatte einen gelblich blassen Pergamentton angenommen. Die Lippen zitterten.

»Ich habe Angst, Stefan, solche Angst! Fahren wir weg … Laß uns bloß von hier verschwinden!«

»Hör zu … bleib ruhig. Ich verstehe dich ja. Aber laß uns erst einmal überlegen …«

»Nein, nein – weg!« Jetzt zitterte sie am ganzen Körper.

»Und wohin?«

»Egal. Bitte, bitte, bloß weg …«

In diesem Zustand war nicht mit ihr zu reden, Maria befand sich in Panik. Stefan nahm ihr den Schlüssel aus der Hand, ging zur Haustür und schloß sie ab. Dann führte er Maria zu dem wartenden Wagen. Er mußte sie stützen, sonst wäre sie gefallen.

Lange Zeit hing sie nur in ihrem Sitz, die Augen geschlossen, das Gesicht starr. Stefan hatte versucht, mit ihr zu reden – umsonst. Erst als das Straßenschild *Saint-Michel* 5 *km* auftauchte, schien sie zuzuhören, erwachte wieder zum Leben. Für Stefan stand fest: Er würde sie in Saint-Michel absetzen. Es mußte ein Ende haben. Er mußte zu Thomas, und die Migräne war nicht der einzige Grund. Es ging um Lindners verdammte Pläne: was er dachte, was sich in seinem kranken Hirn zusammenbraute, wieviel er wußte, warum die arme Katze abgeschlachtet wurde, was diese grausige Warnung bedeutete …

Nichts als Wiederholungen, dachte Stefan. Nur die Morde, die bleiben real.

Die Serpentinen zum Meer hinab begannen. Bergmann zog den Wagen in die erste Kurve, dann in die nächste, eine Rechtskurve, und dort drüben auf der linken Seite erhob sich der Col über dem Meer. Dunkel und exakt wie ein Schattenriß stand er vor dem diesigen Himmel.

Maria sagte irgend etwas, Stefan gab nicht darauf acht. Wie unter einem Zwang breitete die Erinnerung alles vor ihm aus: Lindners kaltes, gleichgültiges Desinteresse am Tod seines Chauffeurs, des Mannes, der am Hang bei Burgach sterben mußte. Die Geschichte mit den Uranturbinen, die gemeinen, dreckigen Geschäfte, die die Russen auf dem Protokoll enthüllt hatten. Die mafia-ähnliche Kaltschnäuzigkeit, mit der sie darüber redeten – über Waffengeschäfte, Drogenverkauf, über den Tod von anderen, der ihnen Geld einbringen konnte, viel, viel Geld.

Dann die Fotos ... Das Foto des toten Lehrers, aufgenommen von seinem Freund, Fabiens ermordetem Vater. Die anderen Fotos: Die großkotzigen Bonzen auf Lindners Yacht, die nackten Frauen an Lindners Swimmingpool, der *Police-Inspecteur* in Lindners Hubschrauber, dieser Donnet, der seinen Kollegen mit einem manipulierten Auto hatte umbringen wollen. Und schließlich noch der Anschlag auf die beiden jungen Leute, auf Régine und Fabien, das Liebespaar ...

Noch etwas fiel Bergmann in dieser Sekunde ein: »Laß die Finger von diesem Mann!« Christa hatte es gesagt. Sie hatte es instinktiv gewußt. Und sie hatte mit allem nichts zu tun ...

Es reichte.

Stefan fuhr noch langsamer. Jetzt hörte er auch wieder Marias Stimme.

»Diese Sache mit der Katze, das hat nicht Thomas ausgeheckt.«

»Weil es nicht sein Stil ist? Ist es das? Wer dann?«

»*Le Coq* natürlich ...«

Das gleiche hatte Stefan auch schon gedacht: Enthauptete Katzen hinter dem Gartenzaun ... Nein, Thomas Lindner zog elegantere Lösungen vor.

»Und wenn!« sagte Bergmann bitter, fuhr den Wagen in eine Ausweichstelle und hielt an.

Maria griff nach einer Zigarette, zündete sie an, lehnte sich im Sitz zurück, stieß den Rauch aus und schloß die Augen. Ihr Gesicht wirkte sehr ruhig.

»So was macht nur die Mafia ... So was machen die Korsen. Das ist ihre Sprache, Stefan. Die sprechen sie seit Jahrhunderten ...«

»Das ist mir auch klar. Aber wer hat es veranlaßt? Wer gab die Anweisung dazu?«

»Thomas nicht. *Le Coq*. Aber das verrät etwas ganz anderes ...«

»So? Was denn?«

»Daß er mit *Le Coq* Schwierigkeiten hat. Daß ihm dieses Mörderschwein aus dem Ruder zu laufen droht.«

Er schwieg. Auf der Fahrt hierher war diese Idee wieder wie ein Schatten aus dem Dunkel herangeweht. Zuvor war es der Augenblick gewesen, als Stefan Pascal Lombards Fotos gesehen hatte, in erster Linie die, die den Hubschrauber zeigten.

Doch was änderte es, wenn die beiden Obergangster sich in die Haare gerieten? Zu viel war geschehen, zu viel Blut war geflossen. Es durfte kein neues Blutvergießen geben.

Da sprach Maria es aus. »Was ändert es?« sagte sie. »Ich bin mir ziemlich sicher, daß Thomas das gleiche beabsichtigt wie die Korsen.«

»Und warum bist du dir sicher?«

»Warum?« Ihre Unterlippe zitterte. »Warum, warum? Weil ich das schon von ihm gehört habe. Weil er mir selbst schon gedroht hat. Und nicht nur einmal ...«

»Was hat er gedroht?«

»Nicht nur mir – allen.« Sie versuchte, ihre Stimme unter Kontrolle zu bringen. »›In meiner Umgebung gibt es keinen Verrat‹, so hieß ein solcher Spruch. Oder: ›Einer, dem ich vertraue und der mich verrät, ist schon tot.‹«

»Bist du deshalb bei ihm geblieben?«

Sie schlug beide Hände vor das Gesicht, ihr Kopf sackte nach vorn, die Schultern krümmten sich. »Frag das nicht. Was weiß ich? Frag es mich nicht, Stefan, frag es mich nie wieder ...«

Er brauchte keine Antwort.

Er ließ den Motor an, legte den Gang ein und fuhr wieder auf die Straße nach Saint-Michel ...

Er wußte, was er tun würde.

Sie hatten die Gabelung erreicht. Rechts ging es zur Corniche und zum Strand, links nach Saint-Michel. Bergmann zog den Wagen nach links. In den letzten Minuten hatte Maria schweigend und in sich versunken neben ihm gesessen – jetzt stemmte sie beide Hände gegen die Polsterung, die um das Armaturenbrett lief.

»Wieso ... wieso Saint-Michel?«

Sie fuhren an den ersten Häusern vorbei. »Weil ich hier etwas zu erledigen habe. Und weil du dann in einem Café auf mich warten kannst.«

»Hier?« Ihr Kopf fuhr herum, sie starrte Stefan an, die Augen heiß vor Furcht und Zorn: »Ich will nicht.«

»Ruhe, Ruhe – es dauert nicht länger als eine halbe Stunde. Nein, sagen wir, vierzig Minuten. Ich fahre hoch zur Villa Wilkinson, und du gehst in ein Café oder eine Apotheke, kaufst dir irgendwas, das dich beruhigt, und wartest.«

Er sagte das ganz ruhig, vor allem brachte er es sehr lässig und auch überzeugend. Der Arztton. Dabei fühlte er sich ähnlich wie Maria. Er empfand eine Spannung, die ihn zu zerreißen drohte. Nur hatte er keine Angst.

Sie blickte wieder geradeaus. »Fahr raus aus dem Kaff. Hier bleibe ich nicht, auf keinen Fall …«

Es war das alte Saint-Michel, das sie durchfuhren. Kopfsteinpflaster, die Kirche, der Marktplatz, die Boule-Bahn. Männer mit Baskenmützen auf den Bänken, Hausfrauen, die an den Ecken der Gassen miteinander plauderten, kleine Hotels, Platanenbäume und Zypressen. Aber wie sollte man das romantisch finden, wenn die Angst den Hals würgte!

Sie kamen in die Hafengegend. Maria rutschte tiefer in ihren Sitz. Sicher empfand sie es als Beruhigung, daß das Cabriodach geschlossen war. Vor ihnen, am Ende der Straße, sah man das Meer. Gleich rechts gab es eine Fischerkneipe, *Le Pêcheur*, gemütlich, wenn auch ziemlich vergammelt. Doch wie konnte er Maria dort absetzen, wenn sie hinter jeder Tür, hinter jedem Baumstamm einen Mafia-Mörder vermutete?

Stefan fuhr den Quai entlang bis zum Ende. Hier gab es einen Taxistand. Drei Wagen parkten davor. Er hielt an.

Die Sonne hatte den Vormittagsdunst verscheucht, hart und scharf umgrenzt stand sie am Himmel und schickte eine breite Lichtbahn durch das niedrige Wagenfenster.

Sie teilte Marias Gesicht in eine dunkle und eine helle Fläche. Ihre langen Wimpern waren halb gesenkt. Nie hatten die Augen so dramatisch auf Stefan gewirkt wie jetzt, als sie sagte: »Das tust du nicht. Du gehst nicht zu ihm. Du mußt verrückt sein ...«

»Vielleicht«, sagte er.

»Bitte, tu es nicht!«

Auch dazu war es zu spät.

Er wußte es – sie nicht, noch nicht ...

Trotzdem schaffte er es, zu lächeln. »Es dauert wirklich nicht lange. Und wenn du hier nicht bleiben willst, gut, vielleicht weißt du etwas Besseres. Mach einen Vorschlag ... Am Strand? Ich glaube, es ist warm am Meer.«

Ihre Stirn neigte sich nach vorn, eine lange Strähne schwarzen Haares löste sich und verbarg Marias Gesicht. Sie hatte etwas Ergebenes an sich in diesem Augenblick, sie wußte, daß nichts zu machen war. Vor allem eines wußte sie: daß Männer verrückt sind. Alle – ohne Ausnahme.

»*La plage publique*«, sagte sie. Und dann: »Da ist jetzt niemand ... Ich warte dort. Aber das sage ich dir: nicht länger als eine Stunde.«

Der Hubschrauber stand dort, wo er hingehörte. Der Lack des Gestänges funkelte, die Kabine wirkte wie ein einziger großer, in der Sonne leuchtender Glastropfen. Auch sonst war alles, wie es sein sollte: frisch abgespritzte braune Steinplatten, aus deren Fugen sorgsam geschnittenes Gras wuchs, Blumenrabatten, Palmen und Zypressen und der ganze protzige Rest, der noch dazugehörte: Säulen, Terrassen, Pools.

Das Tor hatte sich bei der Annäherung des Taxis automatisch geöffnet und den Eingang freigegeben. Nun hatte es sich bereits wieder geschlossen.

Stefan bezahlte den Taxifahrer und drückte ihm zwei Extrascheine in die Hand. »Hören Sie, es ist jetzt vierzehn Uhr zehn. Kommen Sie in, sagen wir, einer Stunde wieder und holen mich hier ab.«

Der Chauffeur war ein älterer Mann mit einem freundlichen, faltenreichen Gesicht. »Wird gemacht, *Monsieur!*« Er tippte den Zeigefinger an die Schläfe. »Bis in einer Stunde ...«

In einer Stunde ... Stefan dachte es, als er auf die Haupttreppe zuging, die zu der Terrasse führte, wo sich die Eingänge zu den Wohnräumen befanden.

Noch während der Fahrt im Taxi hatte sein Gehirn wie ein Computer alle Argumente und Fakten wiedergegeben. Er hatte es sich überlegt: Es gab keine andere Chance, keinen Ausweg. Der Name *Burgach* auf der Karte hatte endgültig den Ausschlag gegeben. Wo und zu welcher Zeit auch immer ihre Gegner zuschlagen wollten, konnten sie es tun. Das hatte schließlich das Attentat auf Lindners damaligen Chauffeur bewiesen. Und wer sagte Stefan, daß Christa nicht das nächste Opfer sein würde?

Christa, Régine, wir alle ... Es gab nur eine einzige Möglichkeit, das Spiel zu beenden.

Stefan stieg die breiten Marmorstufen hinauf und spürte die Wärme des Steins durch seine dünnen Sohlen. Vögel sangen, ein Hund bellte, unter der Terrasse in ihren Büros arbeiteten in weißen Kitteln Lindners Sklaven, und weiter hinten tickten die Geräte. Bisher hatte Bergmann niemanden gesehen; alles war so ruhig, so still, so friedlich.

Er erreichte die letzte Stufe, als sich einer der schweren Türflügel öffnete. Ronny tauchte auf, wie immer in schneeweißer, makellos gestärkter Jacke und mit hingebungsvoll strahlendem Lächeln. Nur, daß es so echt wirkte wie ein frisch aus dem Kopierer gezogener Hundert-Dollar-Schein: »*Monsieur le Docteur*, wie schön, Sie zu sehen! Herr Lindner wird froh sein, daß Sie kommen. Sehr froh, glauben Sie mir ...«

Stefan glaubte ihm alles. Der junge Butler zog die Tür ganz vor ihm auf, und er ging durch die riesige Empfangshalle. Auch hier waren die Läden geschlossen, doch es herrschte ein angenehm gedämpftes, bräunliches Licht. Stefan war schon einige Male hiergewesen, aber noch nie waren ihm die Einzelheiten der Einrichtung so ins Bewußtsein gedrungen wie jetzt: endlose Meter matt schimmernder Palisander-Täfelung, schwere Sessel, der gewaltige Gobelin an der Wand, die Teppiche unter seinen Füßen ...

Unwillkürlich war Bergmann langsamer gegangen. Nun waren es nicht mehr die Kannellierungen, die Lüster, die Gemälde, die er sah. Ein anderes Bild war in ihm aufgestiegen, ein anderer Thomas Lindner als der, der sich hier in diesem Haus bewegte. Maria hatte ihn geschildert: der kleine achtjährige Thomas, der sich im Kleiderschrank seines winzigen Mansardenzimmers versteckte, in einer Art Höhle, in der er jedes Mal, wenn er hineinkroch, einen Lampion anzündete, um dann dort im Dunkel von dem Tag zu träumen, an dem er einer der größten Männer Deutschlands, nein, der ganzen Welt werden würde.

»Bitte, *Monsieur* ...«

Sie gingen weiter. Wie beim letzten Mal öffnete Ronny ganz behutsam und vorsichtig die Tür zu Thomas Lindners Schlafzimmer. Und wie beim letzten Mal brannte in dem großen dunklen Raum nichts als eine kleine Lampe auf einem kleinen Tisch ...

Dieses Mal blieb Stefan am Kopfende des Bettes stehen. Er sah auf Lindner hinab – und lächelte.

Dessen Gesicht war von Ödemen angeschwollen, wieder war der Mund verzerrt, die Haare waren schweißnaß, in der Luft hing ein feiner Dunst von Schweiß, Erbrochenem und Herrenparfüm. Lindner litt schlimme Schmerzen. Der hochrote Kopf bewies es ebenso wie die Tatsache, daß er Stefan anzusehen versuchte und nicht einmal das schaffte.

Lindners Lider schlossen sich, seine Stimme war kaum zu verstehen. »Trotz allem«, sagte er, »trotz allem, Stefan ... Ich bin froh, daß du da bist ...«

»Trotz allem?«

»Ich ... ich habe über euch nachgedacht. Du ... du wirst mir helfen? Du mußt. Es ist ... es ist so wichtig ...«

Lindners Gesicht spannte sich in der Anstrengung des Sprechens, die Schmerzen, die das hervorrief, preßten ein Stöhnen durch seine Lippen. »Wirklich, Stefan ... Ich habe einen wichtigen Termin ... eine Besprechung mit meinen ...« Wieder unterbrach er sich, und wieder benötigte er alle Kraft für die nächsten Worte: »... wichtigsten Partnern. Heute noch ...«

Er atmete röchelnd, und dann kamen noch vier Worte: »Du bist mein Freund ...«

Bergmann setzte sich auf die Bettkante. Dein Freund? Und schon ein Toter für dich, dachte er. Er griff wieder zu dem silbernen Drehbleistift in seiner Brusttasche.

»So, Thomas, gleich ist es vorbei.«

Er lächelte. »Sieh mich an ... Versuch es doch, mach die Augen auf, richte sie auf den Bleistift ... So schwer, wie du glaubst, ist das nicht, überhaupt nicht. Schwer sind nur deine Augenlider, nur sie, immer schwerer und schwerer ...

Ja, Thomas, du spürst es schon ... deine Augenlider sind schwer, doch dein Kopf wird leicht ... immer leichter. Der Druck verschwindet. Spürst du, wie er verschwindet? Spürst du, wie meine Hand den Blutandrang zurück-drückt? Ganz langsam, Thomas ... ganz langsam ... noch ein wenig ... und wieder ...«

Lindners Stirn glättete sich, der verzerrte Mund wurde gelöster. Bergmann beugte sich noch weiter zu ihm und führte seine Hand an Lindners Stirn vorbei.

»Spürst du meine Hand? O ja, sie ist ganz nah, sie führt dich jetzt, sie hat dir alles weggenommen. Es ist so ruhig um dich, Thomas, so ruhig und still und leicht. Es strömt in dich, wird dunkel und angenehm – wie damals, Tho-mas, weißt du noch, damals im Schrank unter dem Dach? Damals, als der Lampion brannte. Siehst du den Lampion, dieses schöne rosafarbene Lampionlicht? Es tut nicht weh wie das andere Licht. Es ist ein schönes Licht. Es wird dich führen, Thomas, und einhüllen – so wie damals. Alles ist wie damals im Schrank, als niemand dir weh tun oder dich ausschimpfen konnte ... nicht der Vater, nicht die Mutter. Wie damals, Thomas, als du wußtest, daß alles gelingen wird – alles ...«

Stefan sprach die einzelnen Worte langsam, ließ eines nach dem anderen in das Bewußtsein des Mannes drin-gen, der da vor ihm lag. Und jedes der Worte war eine Brücke zu einer anderen neuen Realität. Die aber lag in Bergmanns Hand.

»Das Licht – das rosa Licht hat dich zu einem großen Mann gemacht, Thomas. Es wird immer weiterleuchten, wenn du es willst ... Du mußt es nur wollen ... und du mußt es holen, Thomas – bald. Dann, wenn du dich kräftig und stark fühlst, mußt du es holen ... Du fliegst zu ihm ... so schön ist es, zu fliegen ... Du steigst in einer halben Stunde in den Hubschrauber und fliegst zum Col. Dort wartet das Licht auf dich, dort, wo die Klinik ist – genau dort ... Hol es dir ... hol das Licht. Flieg in einer halben Stunde ...«

Bergmann unterbrach. Lindner öffnete die Augen. Sie starrten zur Decke.

»Flieg, Thomas, hol das Licht. Am Col ist das Licht. Nicht landen, Thomas, nicht landen ... Der Hubschrauber holt das Licht. Laß ihn machen – nur ihn ...«

»So ein schöner Tag, was?« sagte der Taxifahrer und lächelte.

Das Meer lag ruhig da, graublau, glatt wie ein Kuchenteller mit einer schmalen weißen Schaumbordüre.

»Ich wollte eigentlich nicht rumgurken ...« Das Taxi rollte, der Chauffeur mit dem Bauerngesicht lächelte in sich hinein. »Jetzt gibt's jede Menge zu Hause zu tun. Ich hab da einen Weinberg. Da geht's jetzt richtig los: aufräumen, saubermachen und so ... Dann aber hab ich mir gesagt: Wieso? Vielleicht greifst du dir 'nen Fahrgast. Wenn nicht, auch nicht schlimm ... Aber du hast 'nen guten Tag ...«

Einen guten Tag?

Stefan hätte gern irgend etwas geantwortet, doch die Welt – sie schien so unwirklich. Er fühlte nichts als Leere, eine endgültige, alles umfassende lähmende Gleichgültigkeit.

»Wissen Sie«, sagte der Taxifahrer, »ich bin ja froh, daß ich ein bißchen Land habe. So was steckt im Blut. Bauern waren wir in unserer Familie immer, das ist mein Beruf.«

Beruf ... Selbst dieses Wort löste bei Stefan kaum ein Echo aus.

Als er die Villa Wilkinson verließ und in das Taxi stieg – vor knapp einer halben Stunde –, war es anders gewesen. Er hatte sich gesagt: Vorbei! Jetzt hast du deinen Beruf verraten und damit alles, was dein Leben war. Jetzt hast du nur noch dich selbst. Von jetzt an wird nie mehr etwas sein, wie es war ... Aber wenn sich alles änderte, was war dann noch wichtig?

»Der Strand«, sagte der Fahrer und hob die Hand. »Da vorn. Wo wollen Sie hin? Der Strand ist ziemlich lang hier. Und das Café ist sowieso zu. Obwohl, da hängen manchmal um diese Zeit ein paar Typen rum. Die bringen sich was zum Picknick mit ... Also wohin?«

Stefan hatte sich weit vorgebeugt, die Arme auf der Rücklehne des Beifahrersitzes. Er blickte den weiten, leeren, nun grau schimmernden Strand entlang: Die Kabinen dort drüben, dann der Parkplatz, das blau gestrichene Café mit den geschlossenen Fensterläden ... Nichts. Kein Mensch ... Weiter vorn fuhr ein Pritschenwagen. Ein Gabelstapler lud Tang auf. Sie benutzten ihn hier zum Düngen ...

Und sie? Wo war Maria?

Stefan sah sie nicht – oder doch? Ziemlich weit vorne am Wasser lag ein umgekipptes Tretboot, und darauf saß eine Gestalt, saß einfach da, unendlich allein vor der ganzen Weite.

»Halten Sie bitte dort am Parkplatz.«

»Wie Sie wünschen, *Monsieur*.«

Die Räder knirschten über Schotter, der Wagen hielt. Stefan stieg aus. Auch der Fahrer schob sich von seinem Sitz. Stefan zog Geld aus der Brusttasche.

»Also die Spazierfahrt macht für Sie ...«, begann der

Fahrer, die Summe nannte er nicht mehr. Er drehte den Kopf. Auch Stefan wandte sich um und blickte zum Himmel.

Dort!

Ein schwarzer Punkt hing am Himmel, das ferne Knattern der Rotoren war deutlich zu vernehmen.

»Der Hubschrauber«, sagte der Fahrer. »Der Hubschrauber der Villa Wilkinson. Der Hubschrauber des Deutschen.«

Stefan nickte. Sein Herz schlug nun ganz langsam. Er mußte sich mit dem Rücken gegen das Taxi lehnen, so schwach fühlte er sich. Die Maschine zog einen weiten Bogen über die Bucht, dann nahm sie Kurs nach Westen.

»Der fliegt zum Col, *Monsieur*.«

Sie schwiegen. Beide hatten sie den kleinen dunklen Punkt dort im Blick. Nun löste er sich vom Himmel, ging tiefer, und als die Sonne ihn traf, blitzte ein gläserner Reflex auf.

»Der fliegt ja direkt auf den Col zu ... Das ist der Deutsche, das ist *Monsieur* Lindner. Manchmal landet er dort ...«

Nein, dachte Stefan, er wird nicht landen. Diesmal nicht!

Noch einmal konnte er die Maschine deutlich vor der graugrünen, schattendurchwirkten Fläche des Hanges ausmachen. Sie hatte jetzt die Höhe des Klinikbaus und der Brandfläche erreicht, auf der einst Pascal Lombards Haus gestanden hatte.

Dann – war der Punkt verschwunden!

Dort aber, wo Stefan ihn eben noch gesehen hatte, am Hang, glühte ein rosafarbenes, dann orangeweißes Licht auf, das rasch zu einer tiefroten Flamme wurde.

Der Taxifahrer hob den Arm. Er schrie: »O mein Gott – haben Sie's gesehen? Sehen Sie den Rauch?«

Eine schwarze Wolke hing über dem Col.

»Es hat ihn erwischt ... Es hat den Deutschen erwischt. Der ist gegen den Berg geknallt ...«

Stefan schwieg. Er hielt noch immer die Geldscheine in der Hand.

»Haben Sie etwas gehört, *Monsieur*? Nichts, nur ein ›plop‹ wie bei einem Sektkorken ...«

Stefan steckte dem Fahrer die Francs in die Brust-tasche und ging über den Sand davon. Auch Maria hatte sich erhoben. Nun hatte sie ihn gesehen und rannte ihm entgegen, unsicher, die Arme ausgestreckt.

»Stefan!«

Ihr Gesicht war fahl, die Augen wirkten riesengroß. »Stefan, die *Alouette* ist abgestürzt ... am Col ... Mein Gott ...«

Er nickte.

»Wer flog?« Ihre Stimme zitterte, dann schluchzte sie: »Mein Gott, wer saß da drin? Paco sicher ...«

»Nein.«

Der Wind vom Meer wehte die Haare über Marias Gesicht, über die glühenden, weit aufgerissenen dunklen Augen. Ihre Züge erstarrten.

»Nein? Wieso ... wieso willst du das wissen?«

»Ich weiß es.«

»Du meinst – Thomas?«

»Das meine ich nicht«, hörte er sich sagen. »Das ist so.«

»Du ... du hast ihn ...«

Er nickte.

»Du hast es ihm gesagt?« wiederholte sie ungläubig. »Du hast ihm befohlen, daß ... daß er das tut? Du konn-test das?«

Er nickte wieder.

Sie wich vor ihm zurück, machte zwei, drei Schritte, fiel in den Sand. Dort kniete sie und umklammerte mit beiden Händen ihren Kopf. Stefan beugte sich zu ihr und berührte ihre Schultern.

»Laß mich, laß mich bloß ... Geh! Bitte, bitte, geh ... Ich kann, ich will dich nicht ansehen ... Nie mehr ...«

»Maria!«

Jäh und mit einer Wildheit, die er nicht erwartet hatte, sprang sie auf, schlug mit den Fäusten nach ihm, drehte sich um und rannte auf ihren Wagen dort drüben an der Straße zu.

Stefan blickte ihr nach. Er ließ sie laufen. Es gab nichts mehr zu tun. Sie hatte ja recht. Es war vorbei, alles. Er drehte sich wieder um und blickte zum Strand.

Auch der Gabelstapler hatte aufgehört zu arbeiten. Der Mann war von seinem Sitz gesprungen und beobachtete die Rauchsäule über dem Col – doch jetzt? Was war mit ihm? Er wirbelte herum, riß die Arme hoch ...

Im selben Sekundenbruchteil, als Stefan Bergmann dies wahrnahm, erreichte ihn die Explosionswelle: ein heißer, versengender Hauch, dann folgte ein unerwarteter schrecklicher Knall. Stefan begriff nicht. Wie auch? Langsam, ganz langsam drehte er sich um.

Wo gerade noch Marias weißer Sportwagen gestanden hatte, loderten Flammen und formten sich zu einem riesigen roten Feuerball ...

Maria aber lag im Sand.

Stefan rannte. Es waren zwanzig, vielleicht dreißig Meter. Er warf sich neben sie. Sie lag mit dem Gesicht nach unten. Er drehte sie um, tastete sie ab.

»Maria!«

Er richtete sie auf. Sie war zu benommen, um zu reagieren. Sie sah ihn nur an.

»Maria! Hörst du? Wir müssen weg. Sofort! Wir zwei, hör doch, wir zwei ... sofort. Du hast es doch selbst gesagt.«

Sie nickte.

Der Taxifahrer kam angelaufen. Stefan stand auf.

»Der Wagen«, keuchte der Mann. »War das Ihr Wagen?«

Stefan schüttelte den Kopf.

»Das war eine Bombe. Das war eine Autobombe!«

»Wahrscheinlich«, sagte Stefan. Mit zitternden Händen suchte er in seiner Jacke nach Geld, erwischte ein ganzes Bündel Francs, hielt es dem Mann vor das Gesicht. »Hören Sie, meine Frau ... Sie hat einen Nervenzusammenbruch. Wir wollen von hier fort. Und das jetzt gleich ... Würden Sie uns nach Toulon bringen?«

Der Mann starrte ihn an.

»Was für ein Tag! Mein Gott, was für ein Tag ... Gut, kommen Sie ...«

Stefan saß am Aussichtsfenster, das auf den alten Holzbalkon hinausging. Davor schimmerte Eis, eine wie dunkelgrauer Stahl glänzende Fläche, die bis zum anderen Ufer reichte. Die Schilfkolben am Gartenrand waren weiß vom Frost, und von den Bergen, die dort im Dunst verschwammen, kannte Stefan noch immer nicht die Namen. Den Namen des Sees aber wußte er: Brieger See. Das kleine einsame Haus am westlichen Ufer gehörte Maria, ihre Mutter hatte es ihr hinterlassen.

Stefan hörte die Holzdielen knacken, als Maria zu seinem Sessel kam.

»Tee?« Sie stellte das Tablett auf den Tisch. »Wie ist das, hast du schon eine Antwort von Marcel?«

Er nickte. »Ich kann anfangen. Ab ersten Januar.«

»Phantastisch.« Sie lächelte. »Freust du dich darauf?«

Stefan hatte Dr. Marcel Bertrand bei einem seiner Seminare kennengelernt, einen temperamentvollen, lebenssprühenden Walliser, der nun in Lausanne eine Rehabilitations-Klinik für drogengeschädigte Jugendliche betrieb. Doch Bertrand war Verhaltenspsychologe. Trotzdem hatte Stefan sich an ihn gewandt und sofort die Zusage erhalten, daß alles versucht werde, um ihn nach Lausanne zu holen. Und nun hatte es geklappt.

Maria setzte sich zu ihm. Sie rieb sich die Hände. Die Fingerspitzen waren weiß von der Kälte dort draußen.

Dann schob sie Stefan eine Zeitung zu. »Ich hab auch was für dich ...« Es war die *Tribune de Genève*.

»Gleich auf der ersten Seite, Stefan. Schon wieder ...«

Schon wieder? Richtig – und mit Balkenüberschrift: »*Höchststrafen für die Mörder im Bauskandal an der Côte d'Azur.*«

Stefan überflog den Artikel nur. Es war schon zuviel geschrieben worden, er wollte nichts mehr wissen; zwei Dinge jedoch blieben haften. Der Satz:

»*Entscheidend für die Urteilsfindung erwiesen sich bei diesem Prozeß die umfangreichen Aussagen eines bei Lindner angestellten indischen Elektronik-Spezialisten, der sich aus Furcht vor den Mafia-Killern selbst der Polizei gestellt hatte ...*« Und dann: *Selten ist es in einem Mafia-Prozeß gelungen, die Verbindungen zwischen krimineller und wirtschaftlicher Macht mit ihren menschenverachtenden, mörderischen Konsequenzen so rückhaltlos aufzuklären wie in diesem Fall.*«

Stefan legte das Blatt auf den Tisch. Er verspürte keine Genugtuung. Wie hatte Thomas Lindner gesagt: »Das Kapital kommt und geht, wohin es will. Wir zimmern die neue Welt, nicht die Politik.« Sie würden auch weiterhin zimmern – im »moralfreien Raum«.

Maria war aufgestanden, um den Tee zu holen. Nun

drehte sie sich um, trat hinter Stefan, legte ihm beide Hände auf die Schultern und blickte wie er über den See.

»Komm, Stefan! Mach dir nicht immer Gedanken. Alle bekamen lebenslänglich. Meinst du, das hätte Thomas durchgehalten? Du hast ihm einen Gefallen getan ...«

Bergmann schwieg. Lebenslänglich ... Über ihn war das gleiche Urteil gesprochen worden: Lebenslänglich dazu verdammt, an den Menschen zu denken, den er als Arzt getötet hatte ...

Di Morrissey
Tränen
des Mondes

*Der große
Australien-Roman*

Australien im 19. Jahrhundert: Die Stadt Broom im Nord-
westen bildet das schillernde Zentrum der australischen
Perlenfischerei. Hier wird nach den »Tränen des Mondes«
getaucht, wie die Ureinwohner die wertvollen Austernperlen
nennen, hierhin zieht es Seeleute und Vagabunden, hier
treffen die europäischen Einwanderer auf einen wilden,
unerschlossenen Kontinent und die uralte Kultur der
Aborigines.
Und hier begegnen sich auch die junge Olivia Hennessy,
die durch ein Feuer Besitz und Familie verloren hat, und der
Abenteurer John Tyndall. Gemeinsam wollen sie mit der
Perlenfischerei ihr Glück machen. Aus Freundschaft wird
Liebe, und sie erleben eine kurze Zeit der Seligkeit. Bis
Tyndalls totgeglaubte Frau auftaucht und nicht nur An-
spruch auf das Vermögen ihres Mannes erhebt ...

ISBN 3-404-14498-8

BASTEI
LÜBBE